MELISSA

悪役令嬢と鬼畜騎士3

JN118291

猫田

Illustrator
旭炬

この作品はフィクションです。
実際の人物・団体・事件などに一切関係ありません。

悪役令嬢と鬼畜騎士3

MELISSA

【1】

悪役令嬢として元第二王子であるフェリクス様に婚約破棄をされた私は、フェリクス様の恋人であるミア・マイアー伯爵令嬢の画策であわや娼婦《しょうふ》落ちになるところを新たに第二王子となったルカスに助けられて彼の婚約者となり、めでたく将来を誓い合う仲になった。

その後、境の森に出現した古代竜の討伐を経て、恐らくは神器である宝剣エッケザックスをその身に宿す代償として私についての記憶だけを失ってしまったルカスともう一度恋をやり直した私は、チートな騎士王子となった彼に攫《さら》われるように王城に連れてこられ、婚約式へ向けて慌ただしい日々を送っている。

なんせ顔よし家柄よし、対外的な人柄よしな上に、第二王子でありながらベルン王国の至宝と言える〈英雄〉としても立つハイスペックを極めきった婚約者様と親しくなりたがる人間は沢山おりますので、おこぼれを狙ってくる彼らをちぎっては投げ、ちぎっては投げ……と令嬢らしく社交をこなす日々です。

ただし、常識的な貴族であれば、王家と我がクライン侯爵家の婚姻契約にわざわざ割って入ろうとはしない。そして記憶を失ったからとはいえ、愛を誓い合い、指輪まで用意した事実上の婚姻関係にある相手を捨て別の女性《わたし》を選ぶなど、いくら王族であっても許される事柄ではないため、ルカスの記憶喪失は機密扱いとされ、対外的にも婚約式を行う旨が布告されている。

諸外国の目を考えれば、ベルン王国の信用を地に落とす事件《スキャンダル》を再度引き起こし、自らの首を絞めようとする人間は普通はいないはずなのだ。普通は。

だからそういった面で言えば、問題は私とルカスの破談を目論《もくろ》んだ王妃様が、彼に引き合わせるために呼び寄せた、隣国王家の血筋であるビビアナ・ベッローニ侯爵令嬢と、その取り巻きと化した王妃派閥のみ。

正直会いたくはないけれど、ビビアナ様は客人として来臨されているので、第二王子妃候補として歓待する必要がある。

だから王城の第二王子宮の庭園で開いたお茶会へ招待をしたのだけれど――

「まぁ、ではビビアナ様は恋わずらいで臥《ふ》せってらっしゃるのですかっ？」

日差しを遮るように作られた大きめのガゼボの中を、柔らかな風が花々の芳香を運びながら通り抜けた。ルカスの命で私の好きな花に植え替えられ、色彩豊かとなった庭園内に驚きの声を響かせた中立派の令嬢に、ビビアナ様のご友人である我が国の侯爵家のご令嬢がしんみりした雰囲気で返答する。

「ええ、好いている方にご婚約者様がいらっしゃるらしくて、そのせいでなかなか気軽にその方にお会いすることができないと……」

それは気軽に会えないでしょうね……婚約者の有無が問題なのではなく、ルカスは王子に副団長にと、兼業しておりますから。

それに恋わずらいの仕方がお茶目を通り越してマナー違反です。

ルカスの執務の予定を無視して、王妃様の力で拝謁申請を無理矢理ねじ込もうとしているらしいじゃないですか。そのせいで「ツェツィ、疲れたから癒やして」って、夜ごと強請《ねだ》られるコチラの身にもなってくださいっ。

「まぁ、それはどうにもならない状況でしょうから、余計にお辛《つら》いですね」

私を窺《うかが》う視線に心配げな表情でさっくり言い返すと、斜め前の王妃様と懇意の伯爵家ご令嬢が不機嫌さを隠しもせずに声を荒らげた。

「その婚約者の方が、ただの約束を盾にビビアナ様の想《おも》い人へ結婚を強要しているらしいんですっ」

記憶を失《な》くす前のルカスとの誓いは無効だと言いたいのかしら……でも私だって彼を愛してますから、誓い合った事実と比翼連理の指輪を盾に婚約者の地位を守ろうとするのは当然ですよ。指輪の事実を広められて悔しい思いをされたようですが、持ってる武器で社交をこなすのは基本です。

でも元々婚約自体が王命だし、確かに私自ら望んで誓い合ったけれど、指輪は抜けないようにしてあるって教えてもらったの、嵌《は》めた後なんです！　抜けない状態にして命懸けの討伐に行くとか、酷《ひど》くないですかっ？

〈英雄〉になる代償としての記憶喪失が仕方ないとしても、私の全てを忘れられたと大号泣させられた挙げ句、あのヒトそれを隠れて見てたんですよ！　泣き止《や》むのを待ってたにしても、酷くないですか!?

あっ、もしかして結婚を強要云々《うんぬん》はルカスさんの話とかそんなオチ――……はないか。

心の中で溜息《ためいき》をつくと、先程のしんみり令嬢もふぅ……と息を吐いた。

「約束を全うされようとする姿勢は素晴らしいと思いますが、そのせいでビビアナ様は最近では食事も喉を通らないとか……本当にお気の毒なことです。早く問題が解決されるといいのですけれど」

つまり私がルカスと婚約を解消しない限り、私主催のお茶会には今後も出る気はない、と。

突然のキャンセルだというのに側近を介さず王妃様の派閥のご令嬢を自分の欠席を伝えるために寄

越して、挙げ句その彼女達を無理矢理お茶会に出席させてまで伝える話じゃないです……。

きちんと王妃様派閥のご令嬢も招待していたのに、さらに増やすなんて強気すぎる。もしかして自国にいると勘違いしてらっしゃるのかしら。

こちらだってビビアナ様と王妃様の顔を立てて受け入れたのだから、黙ってる必要はないわね。

「その喧嘩《けんか》買います」と私が言っていたと、是非伝言をお願いするわ。

私を窺ってくるどこか愉悦を含んだ視線に、茶器を持つ手を下ろして心配げな表情を作る。

「まぁ、では本日もその好いた方の件でご相談があって、ルカス様に拝謁のお願いをしにいらしたのかしら……？　宮の手前で騎士に断られているのをルカス様の執務室からお見かけしました。ご無理をされたでしょうに、お気の毒に……」

臥せっているはずのビビアナ様、突撃訪問のせいで宮にも入れてもらえず門前払いされてましたよ～と伝えると、ビビアナ様のご友人方が顔を強張《こわば》らせ互いをチラチラと見たから、もう終わり？　と小首を傾《かし》げてみせる。すると今度は私の派閥のご令嬢方が楽しげに口を開いた。

「まぁっ、ではツェツィーリア様は、ルカス殿下とご一緒されていたんですかっ？」

「応接室ではなく執務室に入れてもらえるなんて、とても信頼されていらっしゃるのね……！」

追撃をありがとう、と彼女達に感謝の笑みを向けたわ。

「えぇ、昼餉《ひるげ》を一緒にどうかとルカス様に呼んでいただきました。お邪魔ではありませんかと伺いましたら休憩したいから、と……」

人払いをされてちょーっとキスを許したら、危うく長椅子でコトに及ばれそうになりました……。

休憩とはっ！

思い出して笑みが崩れそうになり口元へカップを運ぶと、会場の入口に女官が現れ時間を告げた。

「時間のようですね、皆さんに出席していただいて、とても楽しい時間でした。また是非いらしてくださいね」

主催者として立ち上がり礼を述べて、騎士に令嬢達を頼む。悔しげな雰囲気で返礼をしてすごすごと立ち去る姿を見送っていると、女官から何事か耳打ちされたケイトが近寄ってきた。

「ツェツィーリア様、ルカス様からお言付けがあるそうです」

……嫌な予感。

「何かしら……？」

「ゆっくり話がしたいから第二王子宮の応接室で待っていてほしい、と。本日は執務から早く戻られるようです」

「……そう、今日の予定はもう終わりだったかしら？　何か確認することはある？」

ないとわかっていても、問いかけずにはいられなかったわ。

第二王子宮に連れてこられてから、実は、夜はルカスの居住空間で過ごしている。

第二王子妃の間は女官が挨拶に来る朝晩の支度でしか使われず、有能侍女の隠し持つ鍵を使って隣接している夫婦用の寝室を通り抜けて行き来をしているから、私は第二王子妃の間で生活していると女官達には認識されている。

どうしてそれでバレないのかなって思ったのだけれど、細かい部分は隠密侍女ズの工作とチートによる幻影魔法で誤魔化しているようです。治癒魔法しかできない私には全くわからないし、バレたら穴に埋まりたくなる程困るのは私なので、深くツッコんだりはしません。

……指輪に魔法を色々付与しているのも知ってますが、その辺もツッコんだりはしません。特に幻影魔法は大変ありがたいのでっ。女官に噛《か》み痕なんて見られたら魂が飛び出す……！

そんな感じでチート力を使って隠れ同棲をしているわけですが、婚約者という立場と権力を使ってこられて、公爵家にいたとき以上に逃げ場なしになり、ルカスさんに好き放題されています……。

「応接室で話がしたい」は、つまるところ強制的なお誘いで、「早く戻る」はいつもより執拗《しつよう》に抱くよという宣言……！

昨日だってあれよあれよと流されて朝辛かったし、昼前に呼び寄せられたときだって執務室で恥ずかしい目に遭ったのに、今夜もだなんて流石《さすが》に回避したい!!

有能侍女、空気を読んで私にも仕事があるって言ってください……！

視線で懇願すると、ケイトが申し訳なさそうに頭を下げた。

「それが、もしツェツィーリア様に急に執務が入るようなら、一緒にやった方が効率的だろうからツェツィーリア様の執務室に行く、と仰《おつしや》っておられるそうです」

「……そう……」

顔に諦めた方がいいですよって書いてあるのが悲しい……。

かくなる上はあの手段を使うしか……と思案していると、最後まで残っていた派閥内でも親しい令嬢が笑いを零《こぼ》した。

「ふふ、今日はありがとうございました。お元気そうで安心いたしました。……小さな噂《うわさ》を耳にしまして、心配しておりましたの」

告げられた言葉に、私の笑みまで小さくならないようお腹《なか》に力を入れ、いつも通り微笑《ほほえ》む。

「ありがとうございます。少し忙しいだけで、問題はありませんから」

たとえ誰が来ようとも、私は私の立ち位置を誰にも譲らない。だから王家《ルカス》とクライン侯爵家《わたし》の婚約は決して揺るがない……だから、その小さな噂はただの噂だ——

一言に込めて答えると、安心したように笑みを返された。

「そうなのですね、ではまたご招待いただけると嬉《うれ》しいわ」

そう言いながら握られた手の温かさと気遣いに、自然と頬が綻んだ。

「えぇ、落ち着いたらまた招待させてください」

礼をして最後の一人を見送り、第二王子宮のルカスの所有する応接室へ移動する。

そして、はしたないと思いつつもソファーに身体《からだ》を投げ出して嘆いたわ……。

「……本当にない……」

「そうですね……」

「流石にないですね……」

「ルカス様のご機嫌度合いは半端ないみたいですけどね～。ねぇケイト、クッションに入れる綿はこれくらいでいい？」

「ん～、もう少し多めがいいと思うわ」

ハァ——……と溜息をついて長椅子にぐったりしながら、小さめのクッションを量産すべく作業をするケイトとエルサを見る。

何してるのかしら……そんな小さめクッションを大量に作ってどうするの？　あ、枕投げ大会でもするのかしらね？　やだ楽しそう——いえ、ヤバそうだわっ。彼女達の枕投げ大会とか、血で血を洗う命懸けの戦いになりそう……！

ねぇ、アレどうする気なの？　と恐々とアナに視線をやると、スチャッとクッションを掲げて説明してくれたわ。

「ぐったり女神の視線ごちです……っこちらはツェツィーリア様の武器です。今朝ルカス様に枕を投げつけようとなさっていましたので、少しでも投げやすいように小さめのクッションにしてみました。ベッドサイドに積み上げておきますのでご活用くださいませ」

「……ありがとう」

お礼、言っちゃって良かったのかどうなのか……いえこれは言うべきね。大変ありがたい武器を感謝いたします。あのヒト相手に当たるかどうかはともかくとして、怒っているという意思表示には良いのではないでしょうか。今度有効活用させてもらいます。

そんなことを思って、またも盛大に溜息をついてしまう。

最近、王城内で私とルカスの不仲説が流れている。

これが去り際に令嬢から告げられた『小さな噂』であり、原因は私の態度——時折出てしまう疲れからくる溜息と、ご機嫌なルカスがすぐに腰を引き寄せて必要以上に触れようとしてくるのを防ごうと、一定以上の距離をあけて対応しているせいだった。

それがどうも、私が記憶のないルカスと心を通じ合わせることが辛くて、憂いを帯びていっているという噂になってしまったらしい。

ちなみにルカスさんは、むしろ記憶がないにも拘《かかわ》らず私と関係を取り戻そうと頑張っていると評判がいいです……めっさ腹が立ちます！

ナニソレ、私悪くないですよ、と言い訳したい。誰にしたらいいかしら。本当、誰か聞いてほしい。まぁ訊《き》かれても答えられないんですけどね……だって全部夜の営みのせいですから……ッ。

「――疲れてる態度で不仲説が流れるなんて……っ」

毎晩毎晩好き放題してくれちゃって……誰かさんがイケメンすぎる英雄のせいで仲良しアピールが必要になったのに、その誰かさんのせいで私の態度がどんどん憂いを帯びていってると噂されるなんて予想していませんでしたっ。断ろうにも、記憶が戻り始めて砕け始めた言葉遣いから繰り出される意地悪に、頬染めちゃって抵抗できなくなるの本当なんとかしたい！　私の身体なのに、ルカスの望む通りに反応するの間違ってますよボディさん……！

あまりの悔しさに拳を握るとエルサが、「あぁ、おいたわしや……幻影魔法が消えたらそんな噂きっときれいさっぱり消えるのに……」とニヨニヨしながらクッションを積み上げたから、頬が染まってしまったわ。するとケイトがドヒュンッと音をさせて、エルサにクッションを投げた。

「グッションッ!?」と言いながらボーリングのピンのように倒れたエルサに、中に石でも入れたのかしら……と心の片隅で考えながら、机の上にある手紙を見つめ、よし、と決意を固める。

見てなさい、ルカス・テオドリクス……私だってやられっぱなしじゃないんだから！


「今日はぜーったいにシませんからっ！」

「……何、いきなりどうしたの、ツェツィ」

いきなりじゃありませんー！

ムキッとしながらルカスが寝室に入ってきた段階でそう宣言すると、彼は濡《ぬ》れた髪を拭きながら口端を上げて「俺のシャツ着ながらそんなこと言われても、誘ってるとしか思えないんだけど？」と言ってきたから、はーんだそう来ると思いましたよ残念でしたー！　とドヤ顔で言い返してやりましたっ。

「これはあなたの代わりですっ。今日はこの枕よりこっちに入ってこないで！　触ってきたら当分口ききませんからねっ」

「……え、何それ」

「ではおやすみなさいませっ」

「ちょ、ツェツィーリア!?　本体《おれ》がいるのにシャツが代わりってどういうこと……っクッソ誰の入れ知恵だコレ……！」

もぞもぞと布団に潜り込み、「ツェツィーリア、俺の目の前で俺のシャツを俺代わりにして共寝するとか酷くないッ？　せめて枕どけて……ツェツィさんっ？」としつこく言ってくるルカスに「ルキ様、もう寝てくださいませ」とバッサリと切り捨てて黙らせて。

枕の上に腕を置きながら手を伸ばしてこない彼に、やっぱり切り札は結構な効き目とほくそ笑み知恵をくれたお母様に心の中で感謝して——あれ、何か注意書きがあったような……と思いつつ、落ちる瞼《まぶた》に抗《あらが》えず眠りについた。

——それが気になっていたせいか、それともいつもの温《ぬく》もりがなかったせいか。寝返りを打った瞬間、深い眠りに沈んでいた意識がシーツの冷たい感触に捕らわれて喘《あえ》いだ。

これは夢だと自覚しながらも、前を見据える金色に恐怖から必死に手を伸ばす。

「……行かな……で……一緒に、いきたい……っ」

心からの叫びに力強い腕が応えてくれた。寝る前はなかった馴染《なじ》んだ温もりと安心できる匂いに強張った身体を守るように包み込まれ、大切な大切な存在に衝動的に縋《すが》りついてしまう。

「……離さないでっ……離れていかないで、ずっと愛して……っ」

すると優しい唇が落ちてきて――

「……よし、言質も取った」

どこか嬉しそうな声音で唇の上で呟《つぶや》いたかと思うと、目元を拭ってくれていた少し固い指先が突然私の顎を固定してきて、強く口を塞がれた。

「……ッ!? ンんっ……!」

驚いて目を見開くと目の前の金の瞳が弧を描いたから、慌てて制止しようとして――長く節くれだった指をゆっくりと身体の中へ入れられて、ジンとした痺《しび》れで出そうと思った言葉ははしたない喘ぎになったわ……どうして勝手に弄《いじ》るのよ、この変態ド鬼畜王子ぃ……!

「やっ……る、ルキッ、まっ……あっあっ、ダメッ、やめ、てぇ……!」

愛撫《あいぶ》されていると気づいてしまったせいで血液が集中し、より敏感になったあわいを褒めるように撫《な》でられた。その優しい動きに堪《たま》らず彼の夜着をぎゅうっと握り締める。

「愛してるよツェツィ、俺の唯一」

肌に浸み込ませるような愛の囁《ささや》きと共に指の腹で隠れている花芯を優しく押し捏《こ》ねられ、耐えきれず腰が気持ちよさで反ってしまう。

「ッ、る、きぃ……ふ、うぅ〜……!」

「猫みたいに反っちゃって、可愛《かわい》い……我慢しないでちゃんとイッて？」

「〜ッや、待って今されたら……っ駄目すぐっまたっ……ンんぅー……！」

やだやだと諸悪の根源の首に顔を押しつけて耐えようとするも、容赦なく割れ目を開かれクニクニと優しく陰核を愛されて、甘美な刺激に抗うこともできず、またも果ててしまう。

「──ハ、あ……ッん、るき、の、ばかぁ……っひど、ひどい……っ」

ぴくんぴくんと勝手に動く身体に羞恥を覚えながら、目覚めてすぐに絶頂した恥ずかしさで泣きながらルカスを詰ると、甘やかすようにおでこにキスを落としながら「酷いって何が？」と聞き返されたから、寝言を言質にするなんて卑怯《ひきょう》です！　と衝動的に睨《にら》みつけ──かけて、ヒェッと身が竦《すく》んでしまいました……っ。

ブチンブチンとボタンを文字通り布地から外されているとわかっていても、その大きな手を止めることもできず、情欲を孕《はら》んでドロついた金色に射貫かれて唇を震わせるしかできない。

「もう、昨日の取り決めは時効だろ？　シャツじゃなくて俺が、あなたを抱き締めていいはずだよな……俺のツェツィ？」

「──ッ」

『追伸、ルカス様は独占欲強そうだから、煽《あお》りすぎないように気をつけるのよ〜』と母からの手紙の最後に書かれていた注意書きが脳裏を過《よ》ぎるも後の祭り……。

ちぎり取ったボタンをギシ……と音をさせて手の中で粉々にしたかと思うと、見せびらかすようにゆっくりと手を開き、元ボタン、現塵《ちり》を差し込む陽光に散らせながら獰猛《どうもう》に微笑まれ喉奥で小さく悲鳴を上げてしまったわ……。

ビフォーアフターのアフターが残虐すぎる！　ボタンさんごめんなさいぃ……！

「まさかシャツを代わりにしてくるとは思わなかったよツェツィーリア。しかも、触れさせてくれない上におやすみの挨拶《キス》もなしなんてちょっと酷くない？　だから今少し……意地悪《あまやか》したい気分なんだよね。そのシャツどろどろに汚して、隣の寝室に置いておこうか」

甘い声音で空恐ろしいことを耳元で囁かれ、ブワッと目に涙が浮きました……ッ。甘やかしたいの字面絶対違かった……まさかのドSモードがご降臨……！

ただの寝言だと言える雰囲気じゃなし、これは終わったな……と頭の片隅で分身が諦観の溜息をついてきて、同意がてらぷるぷる震えてしまう。

すると「ん？」と目を細めつつ優しく問いかけられたから、まだ交渉の余地はギリギリある！　と必死に口を開いたわ……！

「や、やだ……っおねが、お願いそれはヤメて……っ」

「ヤメてほしいんだ？」

それは当然!!　と高速で頷《うなず》かせていただきました！

朝からドSに好き放題されたら、今日何もできなくなる……上にっ！　隣の第二王子夫妻の寝室にそんなシャツを置かれたら、あっという間に婚約式が結婚式に様変わりしちゃうぅぅッ！

せっかくここ最近は準備がうまく進んでたのに、こんな馬鹿みたいな理由で周囲の人達に迷惑をかけるなんて第二王子妃候補としてのプライドに関わる！　あと私の魂が羞恥で飛び出る……っ。

「ごめんなさい……！　もう、その、しないからっ」

「なんで今躊躇《ためら》ったの」

いやぁ気づかれた！　ヒッ……嘘《うそ》ヤダ、腰回りにわざわざシャツを下ろすとか容赦ないー！

「ツェツィーリア？」

「だ、だってシャツは貸してほしい、から……！」

「……それはズルいだろ、ツェツィ」

耳先を赤く染めたルカスに、お願いですシャツをグチャグチャにされるのも部屋に置かれるのも貸してもらえなくなるのもイヤなんですっと必死で訴えると、ハァ――……と盛大に溜息をつかれ、グイッと引き起こされて胡坐《あぐら》をかいた上に座らされる。そして鼻先を突き合わされた。

「おやすみの……挨拶のキスは絶対にする」

「は、はいっ」

「シャツは着てもいいけど、俺がいるときは絶対に、絶対に代わりにするな」

「はい……っ」

無機物にまで嫉妬するとかさぁ……独占欲と言葉遣《ことば》いにトキメクなわたしぃ……！

「あとは……そうだな、あの例の俺に効き目抜群の武器、当分使用禁止ね」

「はい……えッ？」

「それから今夜、ちょっと激しめにするから、早めに休んでおいて」

「えっ!?　ま、待ってそんな……!?」

たった一回シャツを代わりにしただけで武器が取り上げられちゃうなんて酷い！　そして今夜の我が身が危うい……！　そう思って声を上げかけて――

「……そんな？」

「――か、しこまり、ました」

支えていた大きな手が下着の中の割れ目を辿《たど》り後ろの孔をクニクニと押してきたので、口を震わせて了承の意を示させていただきました。脅すのはんたーい……。

「じゃあ、順番が逆になったけど挨拶をしようか。寝室内だし、夫婦のキスでお願いしても？」

そう言いながら淫靡《いんび》に微笑む美貌に、都合よく同意をもぎ取った上にさっきのキスは含まれていないだと!?　と腹が立ってしまったのは仕方ないと思うのですっ。

いいわ、そっちがその気なら……どなたかのお蔭《かげ》で羞恥心をポイして対応するのは得意ですしっ、どうせ今夜好き放題されるならば持てる武器の全てを使って今やり返す!!　と心の中で明後日《あさって》気味な闘志を燃やし、よいしょとルカスの足の間に膝立ちになる。

予想外だっただろう私の行動に、綺麗《きれい》な金色が光を取り込むくらい目を丸くしたのを見て嫣然《えんぜん》と微笑みながら、夜着がはだけた鎖骨付近へ手を伸ばし掌《てのひら》で肌を辿る。すると彼は動揺からぴくっと肩を跳ねさせたから、そのまま首に腕を回してゆっくりと身体を押しつけると、彼の身体がガチンと岩のように固くなった。

ふっふーん、おいでませ可愛いヒトッ。でもまだまだー！

「ルキ様……ルキ」

「――は、はいっ」

何故《なぜ》かピシッと背筋を伸ばした彼の頬にチュ、チュとキスを落とす。

何度か啄《ついば》むと、ルカスの唇が何かを言おうと震えたから「慌てないで？」と制してやったわっ。

「今のは昨夜と今朝の挨拶の分です。夫婦のキスは別、でしょう？」

「……っそ、うです、ね」

……また別人みたいになったわね、どうしてあなたってそんなにギャップが凄《すご》いのかしら。真っ赤な顔と潤んだ瞳に私の乙女心がはしゃいでしまいそうっ。でも手は緩めませんけどね！

こつんとおでこを、瞳を合わせる。そして、好きすぎて腹が立ちます！　という気持ちを視線にこれでもかと込めて、薄い唇に自身の唇を当てた。

微《かす》かに震える唇をあやすように何度か顔の角度を変えて啄むと、私の身体に固い腕が回された。その手が壊れモノのようにそっと抱き締めてきたかと思うと、剥ぎ取りたいと言わんばかりにシャツを握り締めてきたから、これ以上は危険……っと慌てて唇を離し、にっこり言ってやったわっ。

「おはようございます、根性悪スケベ殿下」

「――……あ、うん、おはよう……え、終わり……っ？」

呆然《ぼうぜん》と問いかけてきたルカスに、当然ですと頷き返す。

「挨拶をしようと仰ったではありませんか。さ、手を離してくださいませ」

腰にあった手が不埒な動きをし始めるのを制止すると、ルカスは悔しそうに目元を染め、私の胸元でぶつくさ言ったわ。

「――クッソやられた……そんな扇情的な格好でこんなキスされるなんて天国だった……」

……ぶつくさの内容がなんかおかしい！　そして羞恥心が戻ってきちゃったじゃないー！

「こっ……これはどなたかのせいで、こんな風になったのではありませんかっ！」

バッとはだけた前を隠して睨みつけると、何故か彼は花が咲き誇るように笑ったわ。解せぬっ。

「――あはは っ、今日もあなたは本当に綺麗だね、ツェツィーリア」

「――……それは、どうもありがとうございます……」

あれ、おかしいな、褒めてきた……。

どういうこっちゃと眉間に皺《しわ》を寄せながらお礼を返した私の髪を一掬《すく》いすると、彼は愛を告げるみたいな甘い声で変態味の強いおねだりをしてきて、私をドン引きさせた。

「恥ずかしがりかと思えば大胆で気が強くて、キラキラした若草色がホント堪んないな……もっと睨んで？」

……どうしてそうなった……!?

衝撃のおねだりに衝動的にぷるぷる首を振ると、摩訶不思議《まかふしぎ》生物がニィッと口端を上げていきなり私を押し倒し強い口づけをしてきた。

「キャッ!?　ルキッ何――ん！　ふぅ……ッ!?」

夜着を押し上げる程に固くなった切っ先を下着にグリッと当てられ、何かを探すように前後に擦《こす》られて、ぞわぞわと背筋を這い上る感覚に慌てて腰を捩《よじ》って抵抗を示す。けれど私以上に私の身体を知っているルカスは、絡めていた舌でおもむろに上顎を刺激し、私の抵抗をあっさりと封じてきた。

最近まで知らなかった口内の性感帯を丹念に舐《な》め上げられ、熱棒で秘唇ごと陰核を押し潰されてシーツを蹴る足先にぎゅうっと力が入る。その仕草でバレたのだろう、同じ場所を擦り上げられて堪らず彼を押しやった。

「ふっ……んぁっ、や……ッ、る、ルキ、何するの……！」

「何って、夫婦のキスを返してるだけだよ。挨拶は大切だろう？　……逃げると、長引くよ？」

シャツ以外も汚れていいの？　と耳打ちされ、下腹部の誓紋を愛《いと》しげに撫でていた手が私の下着に移動してきたから、ポテンシャルめぇコンチクショー!!　と歯軋《はぎし》りをしかけて――凍りつく程の色気を湛《たた》えた顔が吐息のような嗤《わら》いを零し、ぞわっと背筋が粟立《あわだ》った。

ゆっくりと上がる口角から、違うと伝えるように動きを止めない手に視線をやって、恐ろしい勘違いに気づいてブワッと汗が噴き出たわ！　嘘でしょ……シャツ以外って、あなたの夜着……!?

「～～ッいやぁッ離し……離してルキ……っ！」

濡れた私の下着、ボタンのない濡れたルカスのシャツ、そして何故か濡れたルカスの夜着とくれば、想像すら憚《はばか》られる程のアブノーマルセットの出来上がり……冗談じゃないぃー!!

ジタバタと抵抗しようとすると再度腰を押しつけられ、しっとり張りつく下着の中の割れ目に尖《とが》った夜着を割り込まれ、ど鬼畜！　と内心でツッコみつつ恐怖から身体を固くする。逃げませんからやめてください！　と意思表示をした私に、ルカスはゆっくりと腰を引き、下着の染みを濃くするように指でヌチヌチと押しながらうっとりとした。

「疑似的な行為でこんなに濡らしちゃって……本当にイヤらしくて可愛いよ、ツェツィーリア」

「……ッ、る、ルキ、やっ、そんな、触っちゃ……ッあ、ンッ……」

そんなの褒めてくれなくて結構だし、わざと水音をさせるのもよしてくださいませんか……っ。

「……で、どうする？　キス、続けてもいいなら口を開けてほしいんだけど」

ちょいちょいと親指で私の唇を刺激しながら意地悪く問いかけられ、顔に熱が籠もってしまう。くそぅ、その手には乗ら――ないと恥ずかしい目に遭わせる気だわっ、なんて素敵な根性悪……じゃない！　恋心めこなクソぉー！

「えぇ、ご存分にどうぞっ！」

自棄《やけ》気味に叫び、ついでに「腹黒ド変態のアホ馬鹿ルカス！」と口の動きだけで伝えると、変態が可愛らしく笑いながら変態な要望を繰り出してきて、敗北感に打ちのめされました……。

「――ハハッ、もっとだよツェツィ、もっときつく俺を見て？　……俺だけを、見て」

わぁぁんこの変態ヤンデレがぁぁあ！　最後の切実な感じにときめくのがホント悔しいぃ……っ。

胸中で叫びつつ、ぐぐぐと顔を傾けてキスをしてくる性悪美形を精一杯睨みつけて辿々《たどたど》しく罵る。

「んっ、ん……る、き、の、変態っ、んっ、ば、かルキ……っ」

ルカスは私の詰りに目を細めると、口端を上げてさらにキスを強くした。

どうしてそうなるのぉ……！

「んぅッ、んーっんん――……っ」

押さえつける力とは裏腹に愛おしむように舌を絡められ、重ね合わせた手と身体の温もりに抵抗が削ぎ落とされて力が抜ける。受け入れるように顔を傾けてしまった私に、蕩《とろ》けた金の瞳がどこか苦しそうに細まった。

「……ねぇツェツィ、睨まないってことは、この先を望んでると思っていいの？」

そう言いながら固い指の皮で胸の下を撫でられ、出そうになった喘ぎをなんとか飲み下しながら慌てて言い返す。

「……ッ、に、睨んだわ……っ」

「へぇ？　それで？」

えっ、睨んだつもりでしたけど、これ以上の睨みってどんな感じなの？

うっかり疑問を覚えていると、今度はお臍《へそ》を指の腹で撫でられてぴくんと身体が反応してしまい、当たった夜着の感触に慌てて制止の言葉を出したわ……！

「まっ、待って！　これ以上は駄目、ルキ……っ」

「じゃあもう一回睨んで？　はい、どうぞ」

意味不明でーす！

なんなの、睨みつける仕草をやり直しさせられるとか、人生でもなかなかない経験っ。というか、なんとなく不安げな気が……と少し逡巡《しゅんじゅん》していると、ルカスがいきなり胸を刺激してきた。

乱れたシャツごとやんわりと揉《も》まれただけなのに、制御の利かなくなった身体は強請るようにシーツから浮いてしまって、恥ずかしさと悔しさでヤダヤダと口を開く。

「ひゃっ……や、あ、に、睨む……！　睨むからやめッ、アッ駄目だめっや、だぁ……っ」

「……なんでそんなに可愛くてヤラしいんだよ……じゃあ、どうぞ？」

なんなのコレ……っ意味わからない上にまたイヤらしいって言ったわね⁉　腹が立ちましたので今度はちゃんと声に出してあげるわ！

「——腹黒ド変態のアホ馬鹿ルカスッ！」

これでもかと睨みながら鼻息荒く言うと、彼はそれはそれは幸せそうに微笑んだ。

「足りない、やり直し」

わぁ、美人の満面の笑みはホント素敵——えっ、まさかのダメ出しだとぉ……⁉

しかも足りないって、あなたはSなのMなのどっちなのっ？　とかねてからの疑問を覚えていると、固くなってしまった胸の芯を指でクリクリと刺激され、自分で聞いても恥ずかしくなるくらい甘い声が出てしまい、ブンブン首を振ってルカスを押し止めたわっ。

「きゃぁん……っ！　い、いやっ、ちがっ～今のナシぃ……！　や、やり直しますっ、やり直すからヤメてったら……！」

「……煽りがすげぇな……いやでもこれはこれで……じゃあ、もう一回な？」

このぉ……っなんか瞳が真ん丸になってキラキラしてるけど、ちょっとワクワクしてない!?

そっちがその気なら私だって言っちゃうからね、こなクソー！

「意地悪スケベの……っお子ちゃまルカスー――！　手を、離しなさいっ、よぉ……！」

「……――お子っ……!!　……言ったな……っ？」

私の渾身《こんしん》の罵声に、ルカスが目を剥《む》いた。

かと思うと頬を真っ赤に染め上げて悔しそうに睨みつけてきたわ！　ふっふーんだ、怖くないわよそんな顔したって！　むしろ可愛いですっ、キュンてする！

けれど、一矢報いた嬉しさから、どやぁっ！　と笑おうとした瞬間――最強の可愛いを繰り出されて、暫《しばら》く心臓が止まりました……。

「……いや……？」

「――……」

……………んジ。あ、そういう反応、しちゃうの……？　嘘……何、その照れいじけ……っ。

目を見開いて固まる私を見てルカスは慌てて染まった耳と目元を腕で隠し、ついでクシャリと前髪を掴《つか》んで悔しげに顔を背けた。

そして自分のその行動を恥ずかしがるように、「あぁクッソ……」と小さく悪態をつく人外美形に、細胞の全てを溶かされた気がしました……破壊力スゴイ……っ。

ひたすら呆然としていると、ルカスが盛大に溜息をついてから問いかけてきた。

「……ツェツィ、年上っぽくないのは、いや、でしょうか……」

「っ……あ、その、そのままが好きよっ、ルキの全部、愛してるわ……！　私、その、言いすぎて、ごめんなさい……」

拗《す》ねながらも不安そうな色を乗せた顔に慌てて手を伸ばして言い募ると、ルカスはホッと頬を緩めた。そして恥ずかしそうに小さく「良かった……俺も、ごめん。もう少し、頑張りますので……」と呟いた。

その、安堵《あんど》しながら恥ずかしがる顔に完全降伏いたしました。

駄目、無理です……やり返そうだなどと、ワタクシめが本当に浅はかで愚かでした……。こういうの自分に返ってくるものだものね……今度から気をつける。本当に申し訳ございませんでした……あれ、なんで私謝ってるのかな……。

――その後、「仲直りのキス……いいでしょうか」とおずおずと強請られ、動揺して「は、はい、是非……！」と埋まりたくなるような返事をしてしまい、そのまま扉がノックされるまで延々くっついていました……。

そんな日常の攻防戦が原因で、まさかの訪問を受けるとは思わずに――


翌日。

あまり使うことのない第二王子妃の間の応接室のソファーに座り、崩れそうになる身体を叱咤《しった》しようと膝上で組んだ手を強く握り締める。

――激しくするとのお言葉通り、ルカスはやりたい放題してきた。

イッちゃうと言うとノリノリで焦《じ》らしてきて、酷いヒドイと泣いて懇願してようやく迎えた絶頂はあまりの快感の強さと長さに息が止まりそうになり……そんな状態の私をしり目に今度はノリノリで激しくしてきたから、気持ちよすぎて死んじゃうと必死に伝えたら殊の外お喜びになられて、あれよあれよと色々……、そ、そこだけは無理って思ってた部分も愛されちゃって……っ。弄られながら達したあまりの恥ずかしさに意識を失いました！　よくやった生存本能！

それで朝動けない身体で怒ろうとしたらあのヒト、どろどろのあっまあまな顔で全部俺のモノってぎゅうぎゅう抱き締めてきて！

「あなたの身体、全部俺に反応してくれるなんてホント嬉しい……っ、可愛かった、本当可愛かったありがとツェツィ、愛してるよ」って、金の瞳を信じられない程キラッキラ輝かせながらスリスリチュッチュしてきて、私の馬鹿ちんなお胸がキュンキューンってなったんですよ……。

さらには！　優しく微笑みながら「ちゃんと午前中の打ち合わせは俺が対応しておくし、急ぎのモノは終わらせとくからゆっくり休んでて平気だよ」と言われて怒るタイミングを完全に見失い、「ありがとうございます……」と何故かお礼を言っちゃいました！　私こそが馬鹿なんじゃないの、ツェツィーリア・クライン!!

あぁ、腰が痛い……身体が重だるい……っお、お尻がちょっとだけヒリヒリする……！　ないっ、ほんっとナイ……!!

「……信じられない失態だわ……ッ」

「ツェツィーリア？　どうしたんだ？」

「っ、いえ、お父様、なんでもありません……」

ホホホ……とギリギリしそうになる口元を手で隠し、目だけ微笑みの形をつくって誤魔化す。

「ツェツィーリア、私もお前が悪いとは思っていない。絶対に殿下が悪い、それは間違いないとわかっている。だが、その……流石にこの時期にルカス殿下と不仲であるような噂を立てるのは、あまり得策ではない。賢いお前ならわかってると思うが……」

……許すまじ、ルカス・テオドリクス……!!　どうして……どうして私がお父様に説得されなくちゃいけないのー！

だってお父様、あのヒト最近本当に酷いんです！　ヤメテって言ってもやめてくれないし、イッてもイッても終わりにしてくれないのよ……っ。ホント好き放題してきて、昨日なんてとうとう、う、後ろの方まで……っ！　指を入れられてっ、弄られてそのままイッちゃった私の尊厳はどうなるんですか……っ。

心の中で訴えながら、微笑みを維持して口を開く。

「まぁお父様、ご心配をおかけしまして大変申し訳ございません。ですが、特に不仲というわけではございませんので……」

どうして私がお父様に謝ってるのよ、馬鹿ルキーッ！

ルカスがはっちゃけたせいで私が欠席する羽目になった会議は、夜会準備の進行状況を担当者を集めて確認する場で、いつも二人で出席している会議だった。だからこそ私が欠席してもルカスが調整と対応をすることが可能で、だからこそ無理をしなくてもいいという言葉に甘えさせてもらった。

……起き抜けは本気で起き上がれなかったので、甘える以外に手がなかったとも言います。

その結果、まさか完全に関係にヒビが入ったのではないかと政務棟の事務官達の間でまで噂されて、急遽《きゅうきょ》お父様が確認しにいらっしゃるなんて思いもしなかった……っ。

顔を覆いたくなるのを必死で堪《こら》え頭を下げると、父は溜息をついた。

「……ただ休んだくらいでそんな噂になり、しかも広がりが早いのは、恐らく王妃の派閥の貴族が手を回しているのもある。だが最近静かにしていた王妃が隣国の侯爵令嬢に手を貸して、殿下への拝謁申請を増やしてきている。午前中のことはルカス殿下がお前は体調不良だったときちんと広めてくださったから問題なかったが、あまり不仲だと疑われるような行動は慎みなさい。――殿下もです」

「申し訳ありませんでした、侯爵」

父へ返された謝罪に驚いて室内へさっと視線をやると、いつの間にかドアの横に佇《たたず》んでいるルカスを見つけた。

私と目が合った途端弧を描いた金色を危うく睨みつけそうになり父へ視線を戻すと、彼は苦笑しながら手の甲に口づけてきたから、もう余計に腹が立って平坦な声が出てしまった。

「この通り、良好な関係を築いております。けれど誤解を生んでしまったようですので、今後はきちんと、適切な距離感で、ルカス様と仲良くさせていただこうと思います。……ねぇ、ルカス様？」

「……そう、ですね」

顔が少し強張ってるわよ。ようやく私が怒ってることに気づいたの？

確かに断りきれない私も悪いわよ、そこは猛省するわ。でも、流石に今回ばかりは腹に据えかねました……！

「ルキ様」

退室する父の後ろ姿を見ながらルカスへ視線を向けずに呼びかけると、彼は肩をビクリとさせた。

「はい……っ」

「そういうわけですので、今後は適切な距離感でお願いいたします」

「適切な、距離感」

「当然、おわかりになりますよね？」

「わ、わかります……」

ほらね、と思って流し目で言葉を紡ぐ。

「では、私はこのまま第二王子妃の間におりますから、何かございましたらご連絡くださいませ」

「――っ」

息を呑《の》む音を聞きながら、淑《しと》やかに礼をしてにっこり微笑んでやったわ。ちょっと反省するがいいですよ……!!

「ツエ、ツエツィごめん……ッ」という悲愴な声と焦燥した雰囲気にツーンとそっぽを向いて、アナとケイトに支えてもらいながら寝室の扉へ向かう。

「……自業自得」「これぞ自業自得……」「当分ガチョウ様はなしかぁ……」というアナ達の声と、「俺の主《あるじ》のアホっぷりが酷い……」「あらぁザマァないわねクソご主人様っ、番《つがい》ちゃんやるぅっ」というフィンさんと黒竜様の声を聞きながら、シャツが必要ね……と馬鹿みたいなことを考えて扉の前でもう一度ルカスに向き直る。そしてトドメとばかりに言ってやったわ！

「愛してますわルキ様、ですから頑張りを見せてくださいませ。それでは失礼いたします」

「――ッ、はい……っ」

返事はいいけど、どうして頬を染めてるのかしら……一緒にいるためなんだから本当反省してよねっ！　あと、気持ちが収まるまでは私、あなたと一緒に寝ませんから！　と視線に込めて、ガウンの裾を翻して扉を閉めた。


そうして不仲説を払拭するために大人しくなったルカスときちんとした距離感で婚約者関係をアピールした結果、あっという間に不仲説は下火になった。

自身の立ち居振る舞いを猛烈に反省しながらも、ホント釈然としない……と思ったのは仕方ないと思います……。

世間一般の婚約者は毎朝毎晩口にキスはしない、というより一緒の寝室で寝たりしないし、むしろその、夜のアレはご法度なので、こんな悩みでまさかそんな問題が起こるなんて世間一般は考えないから、それもまた仕方ないと思うんですけど……。

本当に体裁を取り繕うことの大切さを学んだ一件でした。正直、凄く悔しい……。

その後、相変わらず今までからは想像もつかない程の清いお付き合いをしているのだけれど、その清すぎるお付き合いに、まさかイライラし始めるとか思ってなかった……っ。

約束した通り適切な距離感で優しく穏やかに接してくれたお蔭で体力も回復して、婚約者としてきちんと立てていることに満足している。

ましてどれ程アピールを頑張ってもルカスは手を出す気など欠片《かけら》もないと、常に、何度でもバッサリと切り捨てる返答をしてくれるから、不満を持つようなことなど一切ない。……ないけれど、自分の婚約者が、愛するヒトが己以外の女性に言い寄られている場面を何度も見ることが、こんなにも腹立たしく苦しい思いをすることだと知らなかった。

あくまでも第二王子として紳士的に、けれど決して身体を寄せられないように一歩引いて対応する姿に安堵しながら苦しくもなってしまい、愛が深くなればなる程、その分醜い感情も膨らむのだと思い知ることになり、なんだか意気消沈してしまう。

さらには、気持ちが収まるまでは一緒に寝ないと部屋を出てきてしまった手前、独り寝が寂しいなんて言い出せなくなりました……。

頬へのキスのあと、指で唇をそっと撫でられる行為に胸が苦しくなってしまって、もういっそ迎えに来てよ……なんて身勝手にも考えてしまう自分に日々項垂《うなだ》れております……。

なのに、何故かそういうときに限って追い打ちをかけるような出来事が起きる。

眼前の、昼間なのに随分とゴージャスに着飾ったご令嬢に微笑みながら、隣国の血筋の方とホント相性が悪いなぁ……と胸中で息を吐く。

お茶の時間に第二王子宮の庭園の東屋《ガゼボ》で休憩していると、会うとは思っていなかった人物に出会った――というより、突撃してこられた。

「――だからっ、彼女に話があると言っているでしょうっ？　私は王妃様に招待された賓客よ、少し話をすることになんの問題があるの！　そこを通しなさい！」

「どのような身分の方であっても、こちらは第二王子殿下が許可した方でなければ入れません。お引き取りください」

私を護衛する近衛騎士相手に騒ぐ女性へ視線をやり、聞いていた姿形を見咎《みとが》めて胸中で溜息をついてしまったわ。夜会まで会わずにいたかったな……と詮ないことを思いながら、徐々に騒ぎが大きくなり、威迫を示す騎士と侍女を制する。

「あまりにも突然すぎます、いくら客人であっても無礼な――」

「いいわ、挨拶をするからお通しして。……」

騎士の態度を謝罪しようか一瞬逡巡して、今後を考えてやめた。

いくら彼女が王妃様の身内で王家の血筋を引くご令嬢であっても騎士の判断は正しいし、無礼な態度が度を超している。何より、フェリクス様の件がある以上警戒しておいて損はない。下手に出て格下だと侮られたらこの先やりにくくなる。

粛々と立ち上がりつつ謝罪はしないと意思を示した私に、彼女は気分を害したようで眉を顰《ひそ》めた。顔に出やすいんですね、血の繋《つな》がりは薄いはずですけれど、流石王妃様のお身内……。

そんなことを思いながら、この場では私が上なのだと伝えるように先に名乗る。

「お会いするのは初めてですね、ツェツィーリア・クラインと申します。どうぞよしなに」

「……ビビアナ・ベッローニよ、はじめまして？　第二王子殿下方のご婚約者様」

わぁ態度わるぅ……。元々の婚約者だったフェリクス様を含めて言ってくるなんて、その第二王子殿下の婚約式に出席しにきたのに失礼すぎる。隣国の王家の関係者ってどんな教育されてるのかしら……ちょっと興味深いわね。

くだらないことを考えつつ、一度もお茶会に出席しようとしなかった彼女へ「まぁ、私のことご存じでしたのね」と微笑みながら嫌味を返し、左手で持った扇で口元を隠して指輪で牽制《けんせい》する。

……侍女ズが拳を握ってるうちにさっさと終わらせたいわ、この会話……。握るのが拳じゃなくなったらホントどうしようかしらね……っ。

どうもフェンリルの一件から近衛の間でアナ達の話が出回ってしまったらしく、「レーベンクリンゲヤバい」と噂になってるらしい。まぁ、ヤバいのは私も認めるわ。対人戦最強の騎士が止められないんじゃ、王族を殺し放題だもの……本当に味方で良かったっ。

だからビビアナ様についている我が国の近衛騎士達が、アナ達を気にしてるのが凄く気になるの。だって冷や汗かいてない……？　まさか拳じゃないモノを握り始めたとかじゃないわよね……っ？

戦々恐々としていると、ビビアナ様が口を開いた。

「ねぇツェツィーリア様、ルカス殿下って本当素敵な方ね」

「……そうですね、私も、素敵すぎていつも困っておりますわ」

ホホホ愛されてますんで～とはにかむ表情を作りながら、喧嘩売る気ね？　とビビアナ様を見つめ返す。

「私、英雄って聞いてもっと巌《いわお》みたいな騎士を思い浮かべていたのよ。なのに会ってみたら女神様みたいに綺麗なお顔で、背もスラッと高くて……本当に信じられないくらい格好良くてびっくりしてしまったわっ。あの方とご一緒になれたら、どんなに幸せかと考えてしまう程っ」

「ふふ、ビビアナ様は可愛らしい方なのですね。確かにルカス様は見目麗しい方ですけれど、それ以上にお心が素敵なのですわ。ですから私も幸せでしてよ、本当に」

ド直球で喧嘩売ってきたわね……貴族なのに凄いわ、いっそ感心する。なので私もド直球で返させ

ていただいたのですけれど、やっぱり怒るのね。わかりやすくて結構ですよ。

「……っ、あら、でも私、ちょっと聞いてしまったのだけれど、そのぉ、ルカス様はツェツィーリア様のことを覚えていらっしゃらないとか？　ご一緒に過ごされているとは聞いてますけど、前とは随分変わられたのではなくて？　寂しいでしょう？」

「……古代竜討伐がどれ程の困難を極めたか、きっとルカス様以外にはわからないことです。王国を守るだけでなく、竜まで従えて帰還された彼《か》の方に詮ないことを囁く方もいらっしゃるようですが、前と変わらない関係を続けてくださる殿下に憂えることなど、私には何一つございませんわ」

……本当凄いわ、堂々と記憶喪失情報をぶっ込んできた。確かに公然状態だけれど、それでも機密なのをわかってないの？　口にしちゃ駄目って絶対に言われているはずなのに……隣国の教育状況が危機的って誰に伝えたらいいかしら。

そんなことを思っていると、ビビアナ様が「聞いていた通り、お高くとまったイヤな女ね」と呟いてから顔を歪《ゆが》めて笑った。

「ねぇツェツィーリア様、あなたに憂えることが何もなくても、ルカス様はどうかしら？」

「……どういう意味かしら？」

「だってあなたは六年も前の婚約者と——フェリクスと過ごしていたのでしょう？　六年って長いじゃない。そんな長い時間隣に居続けたってことは、あなただってフェリクスと結婚しようと思っていたからでしょう？　そんなあなたを知って、ルカス様はあなたの中にフェリクスを想う気持ちがないなんて思うかしら？」

切り崩してやろうという感情がありありと見えるその言葉に、一瞬言葉を返せなくなった。

それは、ルカスがそんな風に考えているかもしれない――そう思ったわけではなく、フェリクス様のことを想っていなかったのに、六年もの間第二王子妃候補であり続けようとした要因に、思い至ってしまったせいだった。

脳裏に蘇《よみがえ》るのは初めて出会ったときのこと。そして一方的に交わした約束のこと。

『あなたに守っていただけるような立派な王子妃を目指しますわ！　ですから近い将来、お会いできるのを楽しみにしておりますっ、ルキ様！』

……あれですね……っ。うわぁ、私最低最悪の女じゃない……フェリクス様の隣に立ちながらルカスとの約束を胸に頑張り続けるとか、完全にスタート時に未来の予定では旦那様になるヒトを裏切ってる……これはない……本当ない……本当最低……!!

いいえ、確かにフェリクス様の立場を慮《おもんぱか》って物凄い、もんのすっごい頑張ってフォローしていたので、そこは認めてほしい……。けど、他の男性との約束を守るために第二王子妃候補でいようとしていたなんて、何してるの私……結婚する気が全くないじゃない……！

さらに最悪なのが、それをフェリクス様に申し訳ないなってほんのちょびっとしか思っていなくて、むしろルカスにバレたらどうしよう嫌われちゃうかも嫌だ恐い絶対に知られたくない……って思ってるところですねっ。わぁ本当最低最悪だぁ……っ。

あぁ、ちょっとこの喧嘩は私の負けだわ……凄い精神をやられました。落ち込む上にバレたらどうしようって戦々恐々としちゃって、立て直しに時間がかかりそう……。

でも、とりあえず返答しとかないとあることないこと吹聴されちゃうので、頑張って私ぃ～……と自分を弱々と鼓舞して、視線をビビアナ様に向けてゆっくりと微笑んだ。

「……ルカス様がお変わりないので、私本当に幸せで、そういったことに気が向きませんでしたわ。ビビアナ様ったら、細やかなところに気が利く方なのね、私も見習いたいわ」

「ふぅん、六年も一緒にいたフェリクスに捨てられたのに、フェリクスを罵る言葉が一つも出てこないのね。ツェツィーリア様ったら健気《けなげ》だわっ」

嫌味の性能だけ無駄に高いわね、隣国……。

「まぁ罵るだなんて、ビビアナ様は何か勘違いしてらっしゃるわ。確かに六年という長い時を過ごしてなお悲しい結果にはなりましたけれど、私にとっては大切な六年でした。第二王子妃候補として在ろうとしていなければ、ルカス様と一緒にはなれなかったかもしれませんもの」

にっこりと微笑んで答えた瞬間――ザッと木立が揺れて、見慣れた長身が現れて目を見開く。

けれど先に口を開いたのはビビアナ様だった。

「――ルカス様っ、まぁ、どうなさいました？　もしかして、私にご用事かしら？」

その言葉にムカッとして、そうなのかとルカスに視線を向けると――彼は私に視線を向けず、ビビアナ様に綺麗に綺麗に微笑んで優しく囁くように言葉を発した。

「困った方ですね、ベッローニのご令嬢、お付きの方が探しておられましたよ。あなたを心配する者が多いようですから、あまり迎賓館から離れないでください」

「まぁ、うふふ……ルカス様も心配してくださったのかしら？　ねぇ、では戻りますから私の部屋までエスコートしてくださいな」

部屋まで？　エスコート？　嘘でしょう？

婚約者の目の前でそんなことを言い出すなんて、とあまりの常識知らずにびっくりしていると、ビビアナ様がなおも言い募ってきてげんなりしてしまう。

「ねぇツェツィーリア様、ほんの少しルカス様をお借りするだけですし、ルカス様を信頼されているツェツィーリア様は何も心配していらっしゃいませんよね？　だからいいでしょう？」

何がいいのかわかりません。

婚約者を狙っているヒトにその婚約者を簡単に貸し出すとでも本当に思ってるの？　イヤに決まってるでしょう、あり得ないわ、どうなってるのこの方の頭の中……。

うっかり目が睨むように細まってしまったけれど、もうこの際いいかと思ってそのまま口角を上げて答える。

「申し訳ありませんがビビアナ様、私、ルカス様に少し用事があることを思い出しましたの。……ルカス様、少しお時間よろしいですか？」

そう言いながらルカスと視線を合わせて――ゾッとした。

変わらない微笑み、変わらない弧を描く瞳、……感情の浮かばない、ただの金色――

どうして……どうしたの……？　笑ってる……笑っているのに、笑っていない……っ。

間違いなくそれは、感情を一切浮かべていないただの作った仮面だと確信に近い思いを抱いた。

一度として向けられたことのないその表情に、戦慄と動揺を覚えて必死で思考する。

あれは何……どうして仮面が必要なの？

仮面……何かを、隠してる……？

何かを見せないようにして、何かを、耐えている――？

微笑みながらルカスを凝視する私に、彼は変わらない顔で、金色の奥の感情を隠すように瞳を細め、優しい穏やかな声音で私に返事をした。

「愛しい婚約者殿のお願いなら、きかないわけにはいきませんね。そういうことですので、ベッローニのご令嬢、申し訳ありませんがそちらの近衛騎士と迎賓館まで戻っていただけますか」

そう言いながら、むくれたビビアナ様の手を持ち上げて騎士へと渡すルカスを見て、そしてそのルカスをうっとりと恋する瞳で見上げるビビアナ様を見て、顔が強張った。

ビビアナ様の色合いが、そして姿形も、私と似ていることに気づいてしまったから。

ベージュに近い金髪に、青みがかった緑色の瞳。ビビアナ様は私よりも華やかな衣装と化粧が好きだから正面から見ると印象はまるで違うけれど、背格好まで似ているせいで、よく知らない人間が後ろから見たら勘違いをする可能性もある。――だから、王妃殿下はこの方をベルンに呼んだのだ。

記憶がないルカスに、私に代わる人物をあてがおうとした。それが無理でも、何度もルカスに会いに行かせ、恐らく王城内で二人が親密な仲だと噂を広めようとしたのだろう。

うまくいかなかったのは、記憶喪失のはずのルカス自らが私を第二王子宮に住まわせ、さらに私への接触を過剰に行ったため、そんな噂を作ることができなかったから。

……大丈夫、意図していなかった不仲説だって下火になってる。だから問題はない――そう思いたかった。

けれど、自分の中の醜い感情に疲れている中、最悪な自分を知ってしまって気分はどん底で。

そして見たこともない、向けられたことがない冷たい仮面を見せられて動揺と恐怖が心の中に巣食い、そんな余裕は持てなかった。

ゆっくりと振り向くルカスに心臓がうるさくなり、背中にドレスの生地がじっとりと張りつく。

「……ツェツィーリア、用件はなんですか？」

「っ」

あくまでも優しい声音に、微笑みを貼りつけた仮面に冷や汗が流れた。

逃げ出したい衝動と、どうしたのと問い詰めたい焦燥が喉元まで出かかって、けれどルカスの後ろの近衛騎士が目に入り、必死でお腹に力を入れて微笑みを作る。

「大した用事ではございません。その、第二王子宮での件の、お話でも、と……」

「……そうですか、少し、長くなりそうですね」

自嘲するようでどこか皮肉げに微笑まれ、ドレスのヒダで見えない手をぎゅっと握る。

——怒ってる……っ？　違う、もっと重い感情……っ。あれは、ナニ？

噴き上がる恐怖に胸が冷える。

それでもと必死で声を振り絞って問いかけた。

「お時間、いただけますか？」

「いいですよ、とは言っても今はそこまで時間もありませんから、夕食後フィンを迎えに行かせるので俺の執務室まで来てもらえますか」

「畏《かしこ》まりました」

震える膝をなんとか折りながら答えると、ルカスが手を差し出してきた。

ゆっくりと……恐々と近寄ってその手に自身の手を重ねると、ギュッと強めに握られ、ピクリと肩を震わせてしまう。するといつものように親指でそっと肌を撫でられたから、縋るように握り返してしまった。

彼は絡まる指を見つめて小さく吐息をつくと私の手にキスを落とし、「送ろうか？」と囁いた。

その声音に泣きたい気持ちになって、瞬《まばた》きをして金色を見つめ返す。

「……大丈夫です、お忙しいのでしょう？　また後程」

「――すまない、ではまたあとで」

何かが込められた謝罪に小さく首を振りながら、もう一度キュッと手を握って、そっと緩めるとルカスも同じことをしてきて。数瞬視線を絡めると、彼はその金色に一瞬恐ろしい光を湛え、そして振り切るように踵《きびす》を返して去っていった。

その光に血の気が引き、唇が震えた。

私はあれを知っている……あれを、一度だけ見たことがある――あの初めてのデートで〝ルキ〟とは最後だと言ったときも、彼は私をあの目で見た。

それを今、本当に一瞬だったけれど、明確に私に向けていた……！

ルカスの瞳に浮かんだ光に、今度こそ身体が震えた。

あれは狂気――あれは、殺意と憎悪。

彼は私を、殺したい程憎んでる――……？

【2】


味のしない夕食後、フィンさんを待つ間、緊張から身体《からだ》の震えが止まらなかった。

私の尋常ではない様子にアナ達がオロオロしていたけれど、大丈夫だと弱々しく微笑《ほほえ》むことしかできなくて申し訳なく思う。

何度思い返しても、本当に一瞬だったけれど、ルカスの瞳には私への殺意と憎悪が浮かんでいた。

どうして？　何故《なぜ》？　と、あれから何度となく自問自答したけれど、答えなんて当然出ない。

多分、ビビアナ様との会話を聞かれていたのだと思う。

そしてその受け答えに、何か——ルカスにとって酷《ひど》く嫌なことか、または傷つく内容があったのかもしれない。

だから、ビビアナ様に気持ちが傾いたわけではないだろうし、私のことを好きではなくなったわけでもない、と思う……っ。

そうでなければ手を握り返してこない気がする……そう思うけれど、それだってただの推測であり、自分がしたいように想像しているだけかもしれなくて。

だからどれだけ会話の内容を振り返っても、わからないものはわからない。

……わからないなら、本人と話をすればいい。

でも、もし何か傷つけてしまい、彼の愛が憎しみへと変化してしまったのだとしたら——？

それを、これから伝えられて、しまったら……っ。

恐ろしい想像を、目をぎゅっと閉じて振り払う。

こんな恐怖、彼が一人で死んでしまったと思ったときに比べればなんでもない……今はもう、すぐ手の届くところにいるのだから。だから、たとえ憎まれてしまったとしてももう一度、何度だってやり直す努力をすればいい、と己を鼓舞する。

まずは……まずは、ちゃんと話をするの。

だって彼は、あの光を浮かべる前に仮面を被《かぶ》ったのだから。

それは私に隠すため……何かを思い、何かに耐えて、恐らくは私に殺意《それ》を向けまいとしたためだから――

覚悟と同時にドアのノック音が響き、顔を上げる。

入ってきたフィンさんを見て、その顔色の悪さに苦笑してしまった。

「巻き込んでごめんなさい」

「――ッ、主《あるじ》は、……主、が、もしもツェツィーリア様が辛《つら》いようなら、今日はいい、と」

「……行くわ、必要なことだもの」

私の返事にフィンさんが、そしてアナ達が引き止めるように息を呑《の》んだから、自嘲気味に微笑んで「そんなに酷いの?」とフィンさんに問いかける。

「ひ、どいなんてモノではありません……! あんな、あんなルカス様はここ最近ではなかったことですっ」

「では、以前はあったのね?」

「――っ」

顔を強張《こわば》らせて俯《うつむ》いてしまったフィンさんに連れて行ってと頼むと、彼は小さく了承した。

ノックをせずに扉を開けられて、灯《あか》りのほとんど点《つ》いていない暗い室内に足を踏み入れる。

小さな蝋燭《ろうそく》の火と淡い月の光を頼りに目を凝らして室内を見回し、執務机の向こう側にある窓辺に無言で佇《たたず》むシルエットを見つけて、そちらへ震える足を向けた。

陰って表情が見えないけれど、間違いなく私を見つめているルカスに口を開こうとすると、先に彼が声を発した。

「――来たんだ。あなたは、来ないかと思ってた」

私を否定するような言葉に、お腹《なか》に力を入れて疑問を返す。

「何故？」

「……何故？　わかってるんだろう、ツェツィーリア？　だってあなたは気づいてた……俺が、あなたに向けてしまった感情に」

クツクツとつまらなさそうに嗤《わら》う声に、その見たことのない、知らなかった姿に恐怖で後退《あとずさ》りそうになるのを必死で堪《こら》える。

逃げない……っ、だってこれは、彼が私に見せまいとしていた姿……ただ私が知らなかっただけで、間違いなくルカスの一部なのだから。

手を握り締め、知りたいから来たのだと見つめると、彼はフッと小さく小さく笑いを零《こぼ》した。

「それなのに来て……ツェツィ、あなたは俺に、殺されてもいいの？」

その、恐ろしく甘い声と共に、ルカスから漏れた魔力で室内が満たされた。

「――ッ」

足元に這《は》い寄る殺意の籠もった魔力に目が釘付《くぎ》けになり、へたり込みそうになって――けれどルカスがくれた指輪が守るように小さく光ってそれを弾《はじ》いた。

その光に勇気を貰《もら》い、きゅっと指輪を握ってもう一度彼へ視線を戻し、微塵《みじん》も動かない生きていないかのような影に窄《すぼ》まる喉を無理矢理開いて言葉を吐き出す。

「何故……何が、理由ですか？」

「理由？　あなたを殺したい理由？　知りたいんだ？」

ハッと嗤う声に苦しみが混じった気がして、「知りたいわ」と返しつつ足が出た私に、彼は冷たい声で「俺は知りたくなんて……思い出したくなんてなかったよ」と呟《つぶや》いた。

思い出したくなかった――っ？

失《な》くした記憶は私に関わるものだけだ。その私自身を拒否するかのような言葉に、衝撃で足が止まってしまった私に、ルカスはようやく窓辺から近づいてきた。

その顔は冷たく無機質なのに、揺らめく金色にはもう隠すことのない憎悪と殺意が浮かんでいて……けれどその狂気の中には愛も間違いなくあって、堪《たま》らず手を伸ばした私を優しく引き寄せると、彼は泣きそうな顔で嗤った。

「あなたといると、どんどん記憶が戻る。大切な記憶も、……そうでない記憶も」

「――そう、で、ない、記憶？」

「……ねぇ俺のツェツィーリア、あなたも詳しくは話さなかったし、クソみたいな考えをしている貴族共は必死で隠していたけれど、俺は記憶を失ってすぐにあなたのことを調べたから、あなたとアイツが婚約していたことも知識としては知っていた」

その言葉にビクリと肩を揺らすと、ルカスは、強張った私の肩を宥《なだ》めるようにゆっくりと撫《な》でてからさらに引き寄せて囁《ささや》いた。

「けれどそれは知識だけで、その六年のあなたに関する記憶は一切ない……あなたを見続けていただろうその六年、何を思っていたかなんて、別に思い出さなくていいと思っていた。だってあなたは今はもう間違いなく俺のモノで、俺だけを見つめてくれていたから……」

言葉と同時に下腹部の誓紋の部分を確認するように撫でられて喉をコクリと動かすと、大きな掌《てのひら》が身体を辿《たど》り……喉を、ゆっくりと掴《つか》んできて。

「……ッ」

薄ら笑いを浮かべながら唇を押し当てられ、狂気を孕《はら》んだ金色を間近で見ることになって恐怖で浅い息を吐き出した私の唇の上で、ルカスは氷のような声を出した。

「――なぁツエツィーリア、あなたは六年、フェリクスの婚約者をしていた。……俺と会ったときには既にアイツの婚約者で、初めて欲しいと、恋しくて恋しくて気が狂うかと思う程好きになったあなたは、既に他の男の隣に立っていた。……アイツの隣に立ち続けるために、アイツとの未来のために、俺に約束を紡いできた……合ってるだろ？」

その冷たく問いかける声が微《かす》かに震えていて、胸が苦しくなってルカスの耳環へ手を伸ばす。

「俺のための約束じゃないとわかっていても諦めるなんて考えられなくて、六年、我慢した。あなたは第二王子妃候補のまま、どれだけフェリクスに虐げられても隣に在り続けるから、もしかしてアイツが好きなのかと疑心暗鬼になったりもして……この手にすることはできないんじゃないかと、何度も絶望して――何度も、死にたくなった」

「死、にたく……なった……っ？」

衝撃と恐怖で無意識に言葉を繰り返すと、ルカスは口角を上げて獰猛《どうもう》さを隠しもせずに嗤い――身を切るような叫びを上げた。

「何度言ったらわかるんだ……？　俺はあなたを愛してるんだよ、ツェツィーリア……あなただけをッ狂ったように!!　あなたの全てを俺のモノにして俺を刻み込んで、俺から離れることなどできないように繋《つな》いで、誰の目にも触れないよう閉じ込めたくて仕方ないんだっ！　どれだけ愛せば理解する……ッ、こんな狂気を抱えて手を伸ばすことも赦《ゆる》されず！　他の男の隣に立って、他の男に微笑みかけるあなたを見続けて……！　殺してやりたいと思わないはずがないだろうッ!?」

「――ッ」

叫ばれたあまりにも重い感情に、膝が折れそうになるのを歯を食いしばって耐えた。

愛憎で染まった金色の瞳に絶望が浮かんだのを見て取って、半ば無理矢理に言わせてしまった後悔が私の心に渦巻いて息がし辛くて、身体を震わせながら必死で呼吸をする。

そんな私の様子を見てルカスは顔を歪《ゆが》め、私の肩にまるで助けを乞うように額を押し当てた。

「殺して、やりたかったよ、ツェツィ……。俺と約束しながら、フェリクスのために王子妃として頑張るあなたが本当に愛《いと》しくて憎かった。苦しくて、殺したい程恋《こ》い焦がれて……その恋しい相手を殺したいと考えてしまう恐怖に、何度も死にたいと思った……ッ。でも今は、あなたは俺のモノだ……俺のモノ、なのに……っ、あなたの、口から、フェリクスとの六年が大切だと聞かされて、……っ」

「あ……っ」

――あの言葉――！

ビビアナ様に伝えた言葉が瞬時に脳裏に蘇《よみがえ》る。

大切な六年だったと確かに言った――だって私にとってはルカスに繋がる六年だったから……っ。けれど、彼にとってはどれ程苦しみ抜いた六年だったかをまるで考えていなかった自分を、引っ叩《ぱた》きたくなった。

抱える苦しみを一切見せなかった前の彼を思い出す。

きっとずっと、恐らくは死ぬまで私に気づかせないように、伝えないようにしていたのだろう。隠して隠して――失って、そして突然戻った記憶に心を乱された。それでもなお、傷つけまいと隠そうとしてくれていたのに私が無理矢理暴いてしまった――！

「――ごめん、わかってるんだ、あなたは悪くない……一切悪くないんだ。俺が悪い、俺がオカシイから、こんな、見せるつもりじゃなかった……本当にごめん……っ。好きだよツェツィ、本当に愛してるし守りたいと思ってる。……でも、壊したい。あなたが壊れるまで抱いて、その身をグチャグチャに暴いてその息が止まるまでキスをして……ッあの六年を大切だと言ったあなたを、殺して、やりたい……！」

顔を隠すように俯く彼の頬へ両手を伸ばす。

触れ合った熱に驚いたのか身体を震わせ縋《すが》る視線を向けてきたルカスに、声にならない声で呼びかけると、彼はふっと……諦めたように微笑んだから、息を呑んで凝視する。

「ねぇツェツィーリア、あなたが思っている以上に俺は狂ってるだろう？　……きっと、何度あなたが誓ってくれても、俺はこの汚い感情を何度でもあなたに向けて、生涯浅ましくあなたを求め続ける……だから、あの六年は、思い出したくなかった」

「……っ」

まるで心臓を掴み出そうとするかのように自分の胸元を鷲掴《わしづか》みにして吐露するルカスの、死にそうな程悪い顔色に震えが走った。

何を言うつもりだと無意識に彼の服を握り締めた私に、ルカスは自嘲気味に嗤う。

「来ないで、ほしかった。こんなの、あなたにぶつけていい感情じゃない。身勝手もいいところだ。ぶつけて、その上なお縋りつくなんてみっともなさすぎてもう笑うしかないよ。……俺は、記憶があろうがなかろうが、あなたの隣に立つ資格がないんだ」

「ッや、ルキ様……ルキ……っ！」

まさか……まさか――！

「でも、それでも、愛してる……っだから俺からは絶対に手放せない。ごめん。……ッ、俺、から」

逃げたい……？　と、涙は流れていないけれど間違いなく泣いている顔を歪めて、最後は声に出さずに微笑んだルカスに、私は――ふざけないでよこんなに好きにさせておいて、私が逃げたいって言ったら手放す気なの⁉　と腹が立ってしまって、凄い勢いで両頬を挟んでしまったわっ。

「イッぶっ……つぇ、つぃ？」

ベチィッという結構な音と共にグイッとその美麗な顔を自分に近づけ、目を白黒させるルカスに勢いよく口づけて、睨《にら》むように見つめる。

「答えなさい、ルカス・テオドリクス・ヘアプスト……！」

「あ、はいっ」

「私のこと好きですか⁉」

「それは勿論《もちろん》ですっ」

「殺したいくらい愛してますか⁉」

「そうですねっ」

「じゃあ殺していいって言ったら、殺しますか⁉」

「こっ……ろしま、せん」

呆然《ぼうぜん》と答える彼に、一方的に話を終わらせようとしてくれちゃって！　とお怒り気味にもう一度口づけて、フンッと鼻息荒く……令嬢としてどうなのと思いつつ、なお言葉を続ける。

「それはどうしてっ？」

「……愛してる、から」

「結局どうしたいの？」

「――一緒に、いたい、です」

その言葉によしっ！　と頷《うなず》いて、手を引っ張って一番落ち着ける寝室へと足を向けた。

「ツェツィっ？　なに……っ」

「黙ってついてくるっ、私だってあなたに言いたいことがあるんです！」

まだ話は終わっていないと強い口調で伝えると、ルカスが息を呑んで唇を噛《か》み締めた。

「っ……」

戸惑い、どこか嫌がる雰囲気のルカスをベッドにグイグイ押しやって……全然動かない身体に、このぉ！　と口を開く。

「ルキ様座っててっ」

「いや、でもベッドは……俺さっき、壊れるまで抱きたいって言った……」

不安げに揺れる金の瞳がそうしていいのかと問いかけてきたから、それも含めた話をこれからするんです！　とベッドを指差して睨みつけたわ。

「ルキ！　座りなさい！」

「はいっ」

最初から素直にきいてよねっと思いつつ、ちょこんと座って私より少し目線が下がった彼の頬をみょーんと伸ばす。

「……ふぁの《あの》、つぇりーひゃん《ツェツィさん》？　ひゃに《なに》……」

ホント美形ってほっぺた伸ばしても腹立たしいくらい美形のままなのは、なんでなのかしら……そして面白い。笑いそうになっちゃうからやっぱりこれはなしで、と手を離し、ルカスの赤くなった頬を挟んでゆっくりと深呼吸をして、口を開いた。

「……ルキ、私」

「——待っ」

瞬間、彼が怯《おび》えたように身を強張らせ私の口元へ手を伸ばしてきたから、受け入れるようにその掌へ口づけた。予想外だっただろう私の行動に動きを止めた手に指を絡ませ、重なる両手を自らの心臓へと移動させ、全てを捧《ささ》げる覚悟を伝えた。

「あなたのこと凄く愛してるの」

「——……は」

「あなたが私を本当に殺したいなら殺されてもいいと思うくらいには、あなたのこと本当に愛してる。

……あなたに相応《ふさわ》しくない私なんて、なんの価値もないと思う程、あなただけを愛してるわ」

自分でも驚く程スルリと出た言葉に、私も大概オカシイでしょう？　と苦笑すると、ルカスは呆然と「逃げない、の……？」と呟いたからムキッとして「逃げないわよ、ずっと一緒にいたいものっ」とちょっと声を荒らげてしまったわ。

すると彼は金色をほんの少し潤ませながら私の身体にそっと、怯えるように手を回してきたから、手放さないと言ってほしくて尋ねてしまった。

「まさか、本当に逃がす気だった……？」

「まさか、足の腱《けん》切って防御壁内に鎖で繋いで監禁して、じわじわ抱き壊す予定でした」

本気の顔で思っていたよりも具体的な監禁内容をサックリと言われ、ヤバめの回答！　とツッコむ前にホッと安堵《あんど》しちゃった自分は、もう笑って流したわ。

そして窺《うかが》うように、縋るように見つめてくるルカスに、躊躇いながらも問いかけた。

「……言いたく、なかった……？」

「っ、当たり前だろ……！　こんな、身勝手でみっともない自分をツェツィに知られるなんて……っ俺はあなたにしか感情が動かないけど、でも……っ」

どうして弱い部分を見せる相手まであなたなんだ……と苦しげに顔を覆うルカスに胸が震えた。

なんて可愛《かわい》くて愛しいヒト。あなたは、どこまでも私に狂ってくれるのね。

苦しみに気づけなかった申し訳なさと、それ以上に私だけを求めてもらえることに喜んでしまう心で目が潤んでしまう。

「ツ、言わせてしまって、ごめんなさい」

「違うっ、俺が悪い、本当にツェツィは一切悪くないから。最後まで隠しきれなくて、傷つけて……ホントごめん……」

そうして項垂《うなだ》れて顔を歪めるルカスの頭を囲い込み「お詫《わ》びに私の秘密を教えます」とそっと囁くと、彼は逃さないと言うように回した腕に力を込め、金色を煌々《こうこう》とさせて私を見つめてきた。

「……それは、俺の知らないこと？」

「そう……ですね、秘密ですから。知りたいですか？」

「当然、今すぐ言って」

勢いよく返された促すというよりも脅すに近い言葉に、つい笑ってしまったわっ。

「ふふっ、ルキったら、ホント子供みたいね」

「——ッ、し、仕方ないだろっ、俺はあなたのことになると自制が利かないんです！　すみませんね大人じゃなくて……！　でも嫌いにならないでくださいっ！」

頬と言わず顔全体、さらには耳まで染めて恥ずかしそうに声を荒らげる愛しい彼を、湧き上がる気持ちのままにギュッと抱き締め、もう一度ふふふと笑って口を開いた。

「ねぇルキ、私、六年頑張ったの。……六年、辛いときも多かった」

「……知ってるよ、あなたは本当に凄い努力をしていた」

苦しみながらも間違いなく私を見ていてくれた彼の言葉に涙が滲《にじ》みそうになって、腕に力を込める。

「……それでも六年、頑張ったのはね、六年前にとても素敵なヒトに出会ったからなの」

「——はぁ!?　ちょ……待ったツェツィっ、俺以外にも会ってたのか!?」

「そうね、あなたではなかったわ」

含むように返した私に、ルカスは眉間に皺《しわ》を寄せて——徐々に瞳を見開いた。ギュッと強まる腕に、ふふんと笑い返す。

「諦めずに挑む姿勢と前を見据える顔が凄く素敵なヒトで、時折何故か、瞳が金色になってたの。不思議よね？」

「……ッ」

どんどん赤くなる彼の、震え始めた唇にちょんと指を置いてにっこり微笑む。

「でも挨拶したときはぶっきらぼうでちょっと態度が悪かったのよ、失礼しちゃうでしょう？」

「うっ……いや、それ、は」

「どうしてかしらね？」

「っ、ま、負けた、姿を、見られた、のが、恥ずかし、くて、では、ないかと」

真っ赤になって目を彷徨《さまよ》わせてるわ、もう本当可愛いっ。でも、もう少し言わせてね？

「そのヒトの何度も挑む姿に苦しみから解放されて、その姿が心に焼きついたの。彼に守ってもらえる、相応しい人間になろうって思った」

「——そ、んなこと、で、六年も……っ？」

「あら、でも彼だってそんなことで……おままごとみたいな約束を律儀に守ってくれていたようなのよ、六年も」

「ぅっ……」

ツェツィ、言うね……とボソリと私の胸元に呟くルカスが私を見上げてこないように抱き締め直し、緊張で喉を鳴らして「それでね」と言葉を続ける。

「私、最低最悪の女だなって気づいちゃったの」

「――は？」

「だってそのヒトに会うために頑張ってたのよ……ビビアナ様に言われて、フェリクス様と結婚する気が全然なかったことに気づいて、もう最低だなって思ったわ」

「……」

無言になったルカスの反応が恐くて、震える腕で縋りつき夜明け色の髪に顔を押し当てる。

「……それだけで六年も頑張ったの。こんな、馬鹿で最低な女、だけど……っ、き、嫌いに、ならないで……」

あなたにとっては苦しみ抜いた六年で、私はそれに気づけなかった愚かな女で本当に申し訳ないと思っているけれど、でも私にとってはあなたに会うために頑張ったやっぱり大切な六年だったと伝えると、ルカスは身動《みじろ》いで顔を上げようとした。だから顔を上げないでと伝えるようにぎゅうぎゅう抱き締めたのに、彼はやっぱりズルくて。

突然ベッドに倒れ込まれて大きな身体の上に乗り上げることになり、慌てて固い胸板に手をつく。乱れた私の髪が端正な顔を囲うようにはらりと落ちると、ルカスはそっと髪を梳《す》きながら「あなたは本当に頑張ってた……素晴らしい女性だよ」と紡いで、甘やかに、満ち足りたように微笑んだ。

「まさかお互い様だったなんて嬉《うれ》しすぎて死にそう……六年も、俺と会うことを考えてくれてたんだ？」

「……ルカス《あなた》じゃないわ、〝ルキ〟よ」

優しく愛おしむように頬を撫でられながら伝えられ、嬉しいけど恥ずかしくて誤魔化す言葉が口をついて出てしまう。すると「ハハッ、ソコ、こだわるんだね」と笑われ、当然こだわりますっとそっぽを向こうとして――金色があまりにも幸福そうに緩まったから視線を外せなくなり、なんだか泣きそうになって口を引き絞る。すると指で唇を撫でられ、優しい仕草に気持ちが零れてしまった。

「……ルキ、よ……」

「……うん、そうだね」

私の謝罪を込めた呼びかけに金の瞳が蕩《とろ》けながら応えてくれたから心が愛で満ち足りて、触れてくる指に唇を押しつけてしまう。キスが欲しいと強請《ねだ》ったことに気づいた彼は、すぐに引き寄せてくれて……お互いを確かめるような口づけに力が抜けて身体を彼に預けると、ルカスは、逃がさないと私の身体を抱え込んで揶揄《からか》う声を上げたわっ。雰囲気台無しですよ、ルカスさんっ。

「婚約者なのに、フェリクスとの結婚を考えてなかったんだ？」

「～っ、だ、第二王子妃候補としてしっかりと立つことしか考えてなかったのよっ、言い訳かもしれないけど、本当に大変だったんだから……！」

胃に穴が空くかと思う程教育を詰め込まれたのよ！　と羞恥から声を荒らげると、ルカスは苦笑して、そしてそっと囁いた。

「……じゃあ、俺と婚約したときは？　婚約の先を、結婚を考えてくれた？」

見つめてくる瞳の理知的な光に確信が見て取れて、臍《ほぞ》を噛んでしまう。

くそぅ……っ、そっちがその気なら私だって言うからね！

「だって誰かさんは婚約したことも言わないで、誰かさん以外に嫁げないようにしてきたじゃないっ」

「……あぁ、まぁ、そうでしたね」

ほらねっ、だから私の判断は別におかしくありません！　と思っていると——キラリとする金色と口角をゆっくりと細められて、心臓がドクンと跳ねた。

これ、多分、恥ずかしいこと言われる……っ。

「じゃあツェツィは、婚約の有無に関係なく俺と結婚しようって思ってくれたんだ？」

「——っ」

ナニよなんなのなんですかその凄い幸せそうなふんわり笑顔ぉ……っ。

だって憧れの相手に似てて気になって仕方なかった超絶美形に、意識飛ぶくらい抱かれたのよ……ッ、しかも誓紋まで刻まれちゃって!!　そんな目に遭って他の男性を考えられる人間がいます っ!?

いやいやないっ！　……よね!?　どうなの—！　と動揺で真っ赤になった顔を彼の胸元に押しつけてしまう。

「そう、かも、です、ね」と片言で伝えると、ルカスは思いもよらなかったことを口にしてきた——

「そういえば初めてシたとき、ツェツィからキスしてくれたよね」

「——へ……？」

「あれ、凄い嬉しかったんだけど、でも今思うとちょっと変、だよね？」

「……——っ」

「かなり痛かったはずなのに、キスしたがって腰動かしてさらには俺を欲しぶっ——……」

ひぃいいいやぁああ馬鹿ルキぃいいいい!!

どうしてそんな覚えてなくていい記憶を細部まで覚えてるの……!?　それこそ忘れててていい記憶だし、本当にソレ、続き、聞きたくない……っ。

自らの疑問の答えを聞かされそうな、とんでもなく恥ずかしい目に遭う予感にもうその話はお終《しま》いにしませんかっと涙目で頼んだのに、ルカスは金色の瞳をそれはそれは甘く嬉しげに緩めて口元を覆った私の手を握ると、そっと、けれど容赦なく引き剥がしてきた。

「ツェツィ、俺、今思ったんだけどね」

「い、いや……っ」

「普通、大して知り合ってもいない男に身体を暴かれて……」

「る、ルキッ、やだってば……っ」

言わないで、と必死にその口を閉じさせようとしても、ルカスはお構いなしに言葉を紡ぐ。

「誓紋が」

「ツいやぁ違う違うぅ……！」

「刻めるかな……？」

確信しながらもなお、わざとらしく問いかけてくるその蕩けきった淫靡《いんび》な顔に口を戦慄《わなな》かせ、羞恥で震える身体を無理矢理起こして、もう無理！　と逃げようとしたのだけれど。

当然の如《ごと》く押さえ込まれてしまい、くるりと回転されて背中に感じたフカフカの感触に、首筋まで真っ赤にさせてしまった。

薄暗い中でもわかるくらいうっとりと微笑む顔が近づいてきて慌てて顔を背けると、そのまま耳元に唇を押しつけられ、脳髄に言葉を焼きつけられた。

「――ねぇ俺の愛するツェツィーリア、あなたはいつから俺を……〝ルキ〟ではなくルカスとしての俺を気にしてくれていたんだ？」

教えて……？　と熱い吐息を耳奥に吐き出され、心臓が早鐘を打って息が上がる。

ち、違う、そんな、嘘《うそ》、違う……！

ぐるぐる否定の言葉が身体を駆け巡るけれど、どこかで納得しているせいか喉元から先には一切出てこなくて……ホント私最低さいて――い!!　と泣きたくなりました……。

「好きだよツェツィ」

「や、や……っ」

「本当に愛してる、……あなたを一目見たときから壊したいくらい、殺したい程愛してる」

だから恐いから……っ殺したい程愛してるとか言われて喜ぶ女子はそんなにいませんよっ、かなりなマイノリティマニアック女子……うわぁ自分がマニアック女子に入るとか信じたくないぃぃッ！

「あ……」

狂気的な愛を囁かれて喜ぶように口から熱を零してしまった私に、彼は「お望みなら壊し尽くそうか？」と恐ろしい問いかけをしてきて。

恐いのに何故か甘えるような声音で「そ、んなに、壊したい、の……？」と返してしまって、余計に頬が染まってしまってもうどうしていいかわからない……！　鬼畜対応のマニアック女子になんてなる予定なかったのにぃぃ……っ。

なのに彼はグイグイくるんですよ、さっきまで悲愴な顔してたくせに！

元気になって良かったですよっ。

「……ホント、どこまでも夢中にさせる。ねぇツェツィ、俺のこと、好きって言って？」

わぁ容赦のないおねだり作戦っ！　ここで使ってくるとかホント清々《すがすが》しい程欲求に忠実でいっそ格好いいですねコンチクショーッ！

「ツ、す、好き、です、ルキ……ルカス、様……っ」

両方の名前も呼んだしっ、頑張って言ったので終わりにして……！

「いつから？」

しつこっ！

「い、言わないっ」

「言って」

「いやよ……！」

「俺がツェツィに会えるようになったのは、近衛騎士になってからだ」

「い、言わないぃ……っ」

「デビューのとき、……魔狐《まこ》に遭遇したとき、一瞬だけ視線が合った」

「――ッ」

よく覚えてるわね、そのチート頭脳ホント迷惑……！

ベッドに押しつけられた手では染まった頬を隠すことができず、誤魔化そうと睨みつけた私に彼はふぅんと確認するように目を細めると、低く甘く、私を追い詰める言葉を紡いだ。

「そこから、あなたは時々……騎士団の訓練を遠目から見ていなかった？」

「……――!?」

自分でも気づいていなかった行動を意味があったものではないかと伝えられて、衝撃と驚愕《きょうがく》で目を見開いてしまった。

言葉が出なくて、口をパクパクさせながら無意識に否定するように首が動く。

そんな私を見て、ルカスは甘やかに私の名を呼んで、……やっぱりしつこく聞いてくるのよホントこのヒト押しの強い根性悪！

「俺の可愛いヒトは、一体騎士団でナニを探してたんだ？」

「ちがっ、誰も探してなんていないわ……！　ちょっと見てただ――……っ」

「へぇ、見てたんだ」

「いやぁっ違うぅ……っ」

うわぁぁんもうヤダこの鬼畜しつこくてさぁ……！

しかも凄い思い出してる！　もうほぼ思い出してるよねっ！　前と合わさって完全体の鬼畜の出来上がりでしょうか!?　ナニソレ恐いっ！

動揺のあまりノリツッコミするしかできなくて泣きたくなる……いえもう泣いてましたっ。

だってこれじゃあ私、本当に最低最悪の女じゃない……!!

フェリクス様と婚約していながら結婚を想像すらしてなくて、ルカスとの約束を胸に頑張った挙げ句その人を気にして目で追って……！

好きって気づいていなかっただけで……、抱かれてあっさりルカスだけって誓っちゃったわけでしょう……!?　ヒィッ最悪すぎる……！　どうしよう流石《さすが》にないわ、フェリクス様ごめんなさいっ。

でもあなたの態度は本当にないと、今でも思ってますけども。

意識していたことを見抜かれ、言い訳さえ思いつけず馬鹿みたいに開いたままになった口がハクリと動く。そんな私を見て、ルカスは目元を染め上げて破顔した。

「あぁ本当嬉しい……！　六年もあなたの心の中に俺がいた上に、一年も前から、ルカスとしての俺を気にしてくれてたんだっ？」

「う、浮気者みたいに言わないで……っ！」

ちゃんと第二王子妃候補としてフェリクス様のことしか見てなかったはずだものっ……ぜ、絶対、とは言えないけれど、多分……恐らく……あれ、ホントにただ第二王子位にいるヒトとしてしか見てなかった気がする……？

そんなことを思いながら口が勝手に動いてしまう。

「私……っ、あなたに助けてもらって婚約して初めて恋を知ったのよ……！　好きになったのはあなたが初めてなのっ……だから婚約してからあなたのことしか考えてないし、あなたしか見てない、わ……っ、あ、その……ッ」

気の多い女だと思ってほしくなくて、勘違いしないでほしくて、フェリクス様に対する罪悪感をほっぽり投げて必死に言い募ってしまい、私の必死さに目を見開いたルカスの様子にハッとなる。

結局のところルカスしか考えられない自分に気づいて動揺し、涙目で真っ赤になった私に、彼は金色をこれでもかと暗く蕩けさせ、甘やかに嗤った。

「――欠片《かけら》もないんだ」

ナニその顔ぉ……そして欠片もないってなんのことですか……っ？

「ふふ、そう……そっか、あー信じらんね、嬉しすぎる……そっか、欠片もね……く、ハハッ……」

なんか、一人でご納得され始めましたが……ちょっと恐すぎてツッコめませんので放置の方向でいいでしょうか……っ？

何やら呟きながら、私の肩口でこの世の春とばかりに幸せそうにドス黒く嗤う彼に恐々として大人しくしていると、クスクスと楽しそうに嗤っていたルカスがお礼を言ってきた。

「ごめん、ホント嬉しすぎて……ありがとうツェツィーリア、愛してるよ」

「あ、いいえ、こちらこそ……」

そう返しつつ、え？ところでナニが？と小首を傾《かし》げて――ちゅうっと甘ったるいキスを落とされて「んぅ？」とキスしながら疑問を呈してしまったわ。

するとルカスは何を思ったのか、ちゅっちゅっちゅうーっと結構な力で私をベッドに押さえつけてきて、えっキスの圧力つよっと思う間もなく身体とシーツの間で手が蠢《うごめ》き、あっという間にドレスから腕を引き抜かれ下着が丸見えになった。

「ン、ふぅ……!? ンッ、んーっ！ふぁ……る、るき、何……ッ？」

「何って、やだなツェツィ、あなたが俺をベッドに連れてきたんじゃないか。夫婦がベッドですることと言ったら一つしかないよ」

何か変？と可愛らしく微笑みながら何故か私が聞き返され、ドレスを信じられない速さで脱がせてくる旦那様に驚愕で目を見開くしかできない。

ええ、確かに私が連れてきましたけども。でも私そんな意図なくて、というか私達確かそれで喧嘩《けんか》してましたよねっ？まだそれについては仲直りしてないと思うのよっと伝えると、ルカスはキリッとした。

「それについては反省しております。今後も距離感についてはきちんと対応します、本当にごめん。なので抱かせてください」

「あ、はい――……」

潔すぎる謝罪とお願いに、うっかり返事をしてしまったわ……。

するとルカスは「やったっ」と小さく快哉《かいさい》を叫び、いそいそとまたも脱がしにかかってきた。

あれ？　なんか今の文章オカシイし、これ元の木阿弥《もくあみ》じゃ……？　と片隅で思うのに、背中をゾクゾクさせる低音ボイスで女神もかくやと言わんばかりのご尊顔をフルに使い、それはそれはいと可愛らしく懇願されて、馬鹿ちんな私のお胸は一発で撃ち抜かれてしまいましたとさ……。

「愛してるよツェツィーリア、本当に寂しかった。ちゃんとするから、もうどこにも行かないで……俺の檻《うで》の中から、二度と出て行かないで」

「あ、はい……」

……なんか字面がおかしい部分あった気がするのに、何をあっさりと二度も同じ返事しているのかしら、私ったら……もうホント、ルカスに弱すぎるでしょう……。


腕の中に抱え込まれて、キスをしながら足からドレスが引き抜かれる。

下着姿になってしまい無意識のうちにその脱がされたドレスへ手が伸びてしまった私を見て、ルカスは微笑みながら……脱がせたドレスをポイッとベッドから遠くに放り投げましたっ。

壁にベシっと当たって落ちるドレスを視界に収めて、大して隠れないと理解しつつ腕で身体を隠して彼へ口を開く。

「逃げないったらっ」

「アハハッ、逃がす気ないからついね」

「ッ、し、仕方ないじゃないっ、恥ずかしいのよ……っ」

何回していてもやっぱり理性が強い状態だととてつもなく恥ずかしくて慣れないのにっと睨みつけると、ルカスが口の端っこにチュッとキスを落としながら笑った。

「もう何度もしてるのにそんな可愛い仕草して。恥ずかしがってるところ悪いけど手はこっち。……ああ、あなたは本当に綺麗《きれい》だね」

「……ッ、ん……」

そう言いながら胸元から引き剥がした手を自分の首に回させると、布地越しにそっと胸に……まだ少し柔らかい頂に触れてきて。

そのまま確認するようにトロリとした視線で見つめながらそっと肌をなぞってこられて、背中がゾクゾクしてあっという間に胸の先が尖《とが》ってしまった。

ゆっくりと脇腹から背中にかけて撫でられながら唇を押し当てられ、離れては名を呼ばれ愛を囁かれて、羞恥心を上回る幸福感で満たされた私は、堪らず回した腕でルカスを引き寄せてその耳元で囁いた。

「る、ルキも、脱いで……？」

仕事終わりに呼んでくれたからだろう、ルカスはまだジャケットを脱いだだけの格好だった。

抱き締めてくれる彼をもっと感じたいと思ってしまった私は、肌に当たる布地が酷く邪魔な気がしてしまって……ついはしたなくも強請ってしまって恥ずかしくてそのまま彼の肩に顔を押し当てた。

するると身体をなぞっていた大きな掌が私の言葉にピタッと止まり、窺うように名前を呼んできた。

「ツェツィーリア、お願いがあるんだけど」

「な、なんでしょう……」

私声ちっさ！　と心の中で思いつつ、耳に吐息を吹き込まれ、ふるりと肩を震わせながらおずおずと金色を見上げる。すると、ゆらゆらと愛を揺らす金色が甘やかに弧を描き、おねだりをし返されて顔が真っ赤になりましたっ。

「脱がせて、俺の可愛い奥さん」

「……～ッ」

なんか変なお願いしてきた――！

確かに私が脱いでってお願いしましたけどもッ、でも脱いでって言ってまさか脱がせてって返されるなんて思ってもいなかったんですけどぉ……！　着るのを手伝うならまだしも、脱ぐのを手伝うとかいくら妻でもスル気満々じゃない⁉　妻ってそういうことしても大丈夫なヒトなの⁉　そんなこと王子妃教育じゃ習わなかったのでどなたか教えてくださいませんか⁉

ハクハクと口を動かして動揺した私に、ルカスは色を含んだ声で誘惑してきた。

「肌を触れ合わせて抱き合いたいって、あなたも思ってくれたんだろう？　ねぇツェツィ、脱ぐから手伝って？」

首へ回していた手を取られ、そのまま重ねられてルカスの首筋に掌を当てられる。

「……あ……っ」

しっとりとした肌に浮かぶごつっとした喉仏の感触に声を零してしまった私を見つめながら、重ねた手を徐々に下にずらされた。

シャツの中に指先が入って、固い筋肉と熱に触れてキュウッと口の中に力が入った私を見て、ルカスはゆっくりとキスをすると、もう一度……堕《お》ちてこいと言わんばかりに囁いた。

「……大丈夫だよ、誰も見てないし、強請ったのは俺だ。だから、ね、ツェツィーリア……肌、触れ合わせたくない？」

「る、き……」

「ボタン、外してくれる？」

「ッ、はい……」

低く甘い、まるで呪《まじな》いのような囁きに、口が勝手に動いた。

小さな私の返事に眼前の金色が喜色を浮かべて細まったのを見て、震える指先でベストのボタンに手をかけると、頭の上の呼吸音が妙に大きく聞こえて、心臓が早鐘を打った。

一番下のボタンを外し終わり戸惑って手を宙に浮かせると、ルカスは私の手を掴んで今度はシャツへと這わせた。その意図を読み取り、開いた部分から見える肌に涙目になりながら震える指先で必死でボタンを外す。

——ナニこの羞恥プレイ……ッ頭茹《ゆ》だりそう！　シャツから薄《う》っすら透けた肌色が艶っぽいしっ、なのにボタンを外せば外す程その肌と筋肉を纏《まと》った身体が現れてくるのが自分の行為のせいとか恥ずかしくて死にそう……っ。だがしかし！　私は、妻……!!

影響力のある単語で己を鼓舞して、プツリプツリとボタンを必死で外し——その先の難易度にビタッと手が止まってしまった。

「――ッ、る、ルキ、あの、あとは、その……」

この部分はちょっと無理っ……と目を彷徨わせ助けを乞うたのに、旦那様は厳しかった……。

「ズボンのホックを外してシャツを引っ張ってくれる？　脱ぐから」

「え……!?　でも、そのっ、わ、たし、あの」

「ツェツィ、俺の愛しい奥さん、ホック外して」

涙目で見上げた先の端正な顔に譲る気配を微塵も感じ取れず、さらには『妻』を逆手に取られ、すごすごと引き下がりました……脱いでなんて言うんじゃなかった……！

というかこのヒト本当に顔だけでなく身体まで綺麗に整いすぎてると思うんだけど、女神様ったら作り込みすぎたんじゃないでしょうか。背だって騎士団の中にいても目立つ程高いし、脱ぐと予想以上にガッチリしてて全然出会った頃とは想像もつかない成長をしてる――……そんなことを現実逃避気味に考えながらホックを外してしまったせいか、震える指が彼の身体に触れてしまい、その固い筋肉の感触に突然自覚してしまった。

剣を握る大きな手、筋張った肩から繋がる長く頑丈そうな腕、がっちりとした骨格に、固い筋肉を纏った大きな身体、……そのところどころにある傷跡。

自分とまるで違う、出会った頃とはまるで違う身体になってまで私を守ってくれていて、これからその彼にこの身を捧げて愛を交わし合う――想像して、衝動的にパッと身を翻してしまった。

「――逃す気ないって言っただろう、ツェツィーリア」

「……ひゃッ！　あ、ルキ待って……っ」

当然すぐさま捕まって腕の中に引き戻され、肌が合わさる温《ぬく》もりに耳奥がドクドクうるさくなる。

そんな私にルカスは小さく笑いながら首筋にキスを落とし、嬲《なぶ》るように鎖骨を舐《な》めて、肩に歯を食い込ませるように当ててきて、早口で逃げませんと意思を伝えさせていただきました……！

「ごめんなさい今のは間違いです……！」

するとと彼はまたも楽しげに笑って、恐ろしい忠告をしてきた。

「ハハッ、ツェツィーリア、俺今ね、凄く嬉しくて……かなり興奮気味なんだよ」

か、かなり？　ご本人様が言うくらいって、それマズくない……っ？

「ツ、ん、や、噛まな、で……っ」

「だから逃げたりしたら……防御壁内から出られなくなるかもしれないよ？」

部屋じゃなくて即そっち⁉　決して逃げません！

いやでも、六年前とは比べ物にならない程背やら肩幅やら逞しくなってて、その大きな身体にすっぽりと収まるのがなんだか守られてる感じがして本当に恥ずかしくてですねっ、私の気持ちも少しはわかってほしい……っと赤くなりながら口を開く。

「だ、だってこんな……っ、恥ず、かし……ッ」

「恥ずかしい……？　もう何度も抱いてるし、あなただってたまに触れてきたことあるから、流石にもう俺の身体を見慣れてると思ったけど？」

見慣れてるわけないでしょう⁉　いつもいつも私のことを翻弄してるのはそっちじゃないっ！　そんな状態で冷静に身体を眺められる女子がいますか⁉　いたらその女子に冷静でいられる極意を教わりたい！

「だって、なんか、前、と、身体が全然っ、違うんだもの……っ」

堪らず真っ赤な顔を覆いながら言うと、ルカスが「はっ？」と驚いた声を出したから、だからぁ！　と自棄《やけ》気味に振り返ってしまったわ！

「ろ、六年前は子供だったじゃない……！　手足だって細くてっ、女の子みたいだったのに……！」

「お、んなのこぉっ？　待っ……なんだそれっ、俺そんなに細くなかったぞ……!!」

わぁ頬染めて珍しく必死になって可愛いっ、と片隅でキャッキャする分身を感じて、確かにっと思いながら、あなたはこんな感じでした！　と両手で表現して言い募る。

「細かったわよっ、背だって騎士達の中では小さかったもの！」

するとルカスが納得いかないっと言い返してきた。

「はぁっ!?　そりゃ騎士団の中にいたら小さく見えただろうけどっ、同年代の中だったらそこそこ高い方だったしガタイだっていい方だったんだけど!?　フェリクスより圧倒的にでかかったし！　年上のレオンと同じくらいはあったんだからな！」

何をドヤ顔してるのよ、可愛いわね！　でもご令嬢バリに運動をしなかった年下のフェリクス様と比べたら月とスッポンだろうし、レオン殿下の身長なんて興味なかったので知りません！

「あなたに会ってからはあなたの印象が強すぎて、フェリクス様もその他の男の子もどうだったのかなんて覚えてません！」

「なっ……んだ、それ、じゃあ、何が恥ずかしいの」

ふんっと言い返すと、ルカスさんは口元を覆って「うわぁすげぇ喜ばせてくるんだけど……」とかなんとかゴニョゴニョ言った。ここまで言ったのにどうしてわかってくれないのかしらねっ。

「だからっ！　六年前と違って今は全然身体つきが違うし、守ってくれてたんだなって思ったらなんか緊張しちゃったっていう話だって、ば……ッ!?」

ヒッ……どうしてそんな危険な瞳になるの……!?

焔《ほのお》を浮かべた金色と喜びを表す口角に頬を染めつつ身体を仰《の》け反《ぞ》らせると、ルカスは目を細めて私を見つめて、甘く意地悪げに囁いた。

「ツェツィのために六年も鍛えたんだ、変わって当然だろう……？」

「……ッ……」

どうして緊張してるって言ったのに、わざわざ見せつけるようにシャツを脱ぐの……っ。

「真っ赤になっちゃって……俺の身体はお好みに合いましたか、奥さん？」

ぁあああ腹立つぅぅー！　クスクス笑ってるしっ、私が抵抗できないようにわざと身体を押しつけて押し倒してくるとか、本当意地が悪いわねあなたって……!!

「し、知らないっ……ルキっ待――ンッ、んぅ……っ……ン、ふぁ……」

制止しようとすると深く口づけられ、それだけで力が抜けてしまった。離れる唇を羞恥から睨んで追うと、ルカスが笑みを優しいモノに変えた。

「待っては禁止。……ツェツィは、まぁ前も本当に綺麗だったからそこら辺は変わってないけど、でもだいぶ変わったたか。……こんなに成長しちゃって、ホント守るの大変だったな……」

感慨深げに言いながら、いつの間にやら剥ぎ取った下着をドレス同様ポイッと遠くに放られて、感動を返して！　と胸を隠して睨みつけ――ようとして、彼の言葉に不安を覚えてしまった。

「こっこれは違っ、前はここまでじゃ……ッ」

「……ツェツィ？　どうしたの？　今の言い方嫌だった？」

優しく頬を撫でながら少し焦ったように問いかけられて、伸しかかる不安に恐々と口を開く。

「る、ルキは、私の身体、……好み、じゃ、ない……？」

太ってるわけじゃないけれど胸がね……その、なんだか身体とのバランスが悪い気がしてならなくて、最近それが気になってた。ミア様はどちらかと言えば痩せてたし、ビビアナ様はバランスがいい体型だし……ちょっとコンプレックスなのよね。ない物ねだりなのかもしれないけれどっ。

そんなことを思いながらもう一度そっとルカスを見上げて――情欲全開の視線で見つめられてヒィッと息を呑みました……っ。

「無自覚に喜ばせてくれるよな、ホント……六年前からあなただけをずっと好きだったんだよ、ツェツィ」

「あ、はい……存じて、おります……っ」

身体の中へ浸透させるような低すぎる声と蕩けきって危険な瞳に、身を縮こませて了承を示したわ……迫力ありすぎて恐いんですが、もしかして喜んでるんですか……っ？

「六年間、あなただけをずっと欲しがり続けてきたんだ。言ってる意味、わかる？」

「……？　あ、の……わ、わかりません……」

小さく否定するとルカスは腰の下着に手をかけながら顔を近づけ、何故か嬉しそうに微笑んだ。

「俺、あなた以外に反応しないんだよ」

「――……？」

はんのう？　……反応!?　えっ嘘、じゃあまさか娼館《しょうかん》のときが初めてだったの……!?　あんなことしておいて嘘でしょ!?　と驚愕した私に、彼はハハッと楽しそうに、少し照れ臭そうに笑った。

「他の女じゃ一切勃《た》たないし欲情もしたことがない、ツェツィだけに反応するんだ。自分でも驚いたんだけど、会ったときからその身体を暴いて俺だけのモノにしたくて仕方なくて……もうホント辛かったよ」

……何を伝えてきてるの……というか会ったときからって、お互い子供でしたよね……!?

知ってたけど、本当にこのヒト危ないヒト――なのに、何故か高鳴った胸に顔を覆いたくなったわ。こんなことにまでキュンとかするなんて、私も危ないのかも……!

湧き上がった恋情に羞恥を覚えて身を固めた瞬間、するんっと足から下着を抜き取られ、さらには足を開かされ、空気に触れてヒクンと反応した秘部に灼熱《しゃくねつ》の棒を乗せられて悲鳴を上げてしまう。

「――きゃぁ!?　やっやだ、ルキッ恥ずかし……ひゃあっ……!?」

「そんな俺が、あなたの身体が好みじゃないとか、あり得ると思う？」

言いながらあわいをでっぱりで愛おしむように撫でられ、切っ先で乞うようにノックされ、慌てて逃げようと腰を捩《よじ》ると、固い腕で押さえ込まれた。……う、嘘……まさかいきなりスル気……!?

「おもっ、思わないから……！　る、ルキ、ね、待って、そんな押しつけたら入っちゃ……ッ」

「良かった。じゃあわかってくれたところで……あなただけに狂ってる俺に、是非とも慈悲をくれませんか、俺のツェツィーリア？」

むしろあなたが私に慈悲をくださいませんか……っ。準備もなしにそんな凶器受け入れられませんので、ペロリって口元舐めて挿《い》れる気満々な顔しないで！　流石に本当に無理ぃ……と涙目で見つめると、ルカスは安心させるように優しく微笑んだ。

「いきなり無茶苦茶して壊そうなんて思ってないから安心して。ただもう本当にツェツィが欲しくて……一つになって、愛し合ってるって実感したくて堪らないんだ。ちゃんとゆっくりする。だから俺の愛しいツェツィーリア、頼む、いいって言って？」

……笑う顔が本当に綺麗でそういうことを一切考えてなさそうなのに、足を抱えて開く力が異常に強くて安心感皆無です……。顔と行動の落差が酷いわよっ！

そうは思えども、優しく深く愛を告げるように口づけられ、求めた腕に抱き締められて喜びが身体を支配した。当たる肌からじんわりと広がる体温に心が震えてしまい、その感情に突き動かされて彼の唇へ自らを押し当てる。そして窺うように見つめてくる金の瞳と同じ色の耳環に指を這わせて……注意点を伝えさせていただきましたっ。

「が、頑張るから……あの、抱き潰さないでね……？」

明日はそこそこ動き回る日なので軽めでお願いしますっと真っ赤になりながら伝えると、ルカスはニコッと可愛く笑い……返事をしないでキスしてきたんですけど、どういうことですか⁉　返事をしてくださーい！

慌てて彼の肩を掴むとぎゅうっと隙間なく抱き締められて。逃がさないと言うように伸しかかってきた馴染《なじ》んだ重さにゾクゾクと幸福感が背筋を駆け上り、その広い背中に手を回してしまった。

啄《ついば》む唇が音のないまま幾度も私を呼び、ゆっくりゆっくり肌を絶妙なタッチで撫でられる。

優しく舌を絡められ、息継ぎの合間に愛を囁かれ、ただひたすら愛を心に滲ませるような行為に脳が陶酔したように蕩け、身体の隅々まで幸福感で満たされてお腹の奥の熱が膨れ上がった。

じわりじわりと徐々に増え続ける快感にトロリと愛が零れ、お尻が濡《ぬ》れた感触に震えが走った。

「んっ、ンぅッ……あ、や、嘘……っ」

抱き合いキスを交わしただけでまさかシーツを濡らすなんて、とあまりのはしたなさに口を戦慄かせた私に、ルカスは熱っぽい吐息を零しながら乞うように問いかけてきた。

「ハッ可愛すぎ……挿れていい？」

「え、あ、ルキ、待って……っ」

「頼むツェツィーリア、もう挿れたい……一つに、なりたい」

ゆっくり挿れるから、無理そうだったらちゃんと止まる、と宥めるように頬を撫でられながら優しく言われ、湧き上がった愛しさに彼が欲しいと言わんばかりに秘部が蠢き彼のモノに吸いついた。

もう本当、私のルカスに対する素直さがヒドい……！

「ふぅ、ん……ッ」

ぷちゅりという微かな音と共に切っ先がほんの少し入り込み、愛欲に塗《まみ》れた喘《あえ》ぎが口から零れる。

「ツ、ツェツィ、いいって言って？」

「……っ、き、キス、してほし……っ」

「……畏《かしこ》まりました」

そうしてゆっくりと押しつけられた唇に羞恥で震えながら「ど、どうぞ奥まで、あなたで満たして」と小さく伝えると、ルカスは一度項垂れるように深呼吸をしながら「ホント堪んねぇんだけど……イクかと思った……」とかなんとか呟いて。

「ツェツィ、俺の大切なツェツィーリア、本当にあなたに会えてよかったよ。……壊したいくらい、殺したい程にあなただけを愛してる」

猛烈に重たい愛を伝えつつ腰を進めてきたから、回した腕に力を込めて喘ぎの合間に必死に返す。

「る、ルキ、を、ずっと愛したいから、壊さないで……っハッ、あ、おっきぃ……ツンぅ～～ッ」

すると彼は可愛らしく耳先を染め上げ――私の顔横にある掌の中のシーツを塵《ちり》にした……。

「……可愛すぎて壊したくなるよ、ツェツィ。でも壊したら言ってくれなくなるから我慢だな……」

愛がホントに恐い!!　あなたの思考回路大変危険ですね、是非我慢してください……っ！

そしてやっぱり大きすぎて準備なしでとか絶対に無理っ……と思うんだけどっ、私の身体のポテンシャルが発揮されちゃって苦しいのに気持ちいいとか、とっても遣《や》る瀬ない――！

ぐちゅりとゆっくり身体に入り込む圧倒的な存在感と身を焦がす熱に身悶《みもだ》えながら、夜明け色の頭を掻《か》き抱き彼を呼ぶ。

「やっあ、あ、ルキッ、ルキぃ……！」

「ツ、ナカすげっ……力抜いてツェツィ……っ」

できかねます……！　とぶんぶん首を振ると、ルカスが一度腰を引いてくれた。そのぞりっと内壁を削って出て行った感触に肌がぶわっと粟立《あわだ》って、覚えのありすぎる前兆に奥歯がカチカチ鳴った。

なんか身体がおかしい……っどうしようホント変ナニコレ嘘でしょやだやだイッちゃいそう……イッちゃ……ッ！

「だっ駄目やっぱり待ってルキッ、止まっ……ふぅんっ……！」

「キツっ……ごめん、半分挿れたら一回止まるから」

震えた胸先をキュッと摘まれ、喘ぎと共に息を吐くと体重をかけてこられて、身の内を切り開かれる感覚に目の前を火花が散った。

「ヒッ……だめっ……キちゃ……ッ、あっあ、やっ……あぁっ……——ッ!!」

「ッ、え……」

驚いたようなルカスの声を聞きながら、汗が噴き出る感覚と共に酷くゆっくりと快楽が弾けて……それが身体中に広がって、ひくりと震えた喉から長い息を淫らに吐き出す。

抱き締めてくれるルカスの体温に安心感を覚え、涙を零してしまった。

そんな私を宥めるようにゆっくりと抱き締め、戸惑いながら優しく呼んでくれる声に感情の全てが向かうと、正直者の身体が喜びで痙攣《けいれん》した。

心の反応に身体まで反応したことが信じられず、目を見開いて、嫌だ恥ずかしい見ないでとルカスの目元へ手を伸ばして——二度目の絶頂が訪れて堪らず泣き喘いでしまった。

「や……ッヤダヤダまたぁ……！　やっ見ないでルキッルキぃ……っイッ……ッ！　ふ、う、……ひ、イヤぁ止まらな……！」

「——う、そだろツェツィ……ッ？」

驚いているルカスの声に助けを求めようと仰いだのだけれど……頬を染めて瞳をドロつかせた、明らかに大興奮した人外美形の顔がそこにはありましたっ。

え、ちょっとナニその顔……ッ私イキ続けてて大分苦しいんですけど、もう嫌な予感しかしませんよ……！

「待って……ッる、き、おねが、一回、ぬ、いてぇ……ッ」

「これ、奥、まで入ったら、ハッ、ヤバそ……ッあぁホントっ、エロくて可愛いねツェツィーリア、そんなに俺に満たされるの気持ちいいんだ……ッ？」

「ッ馬鹿ルキぃ……ッヤ、やだぁっ待ってホントむ、りぃ……ひゃっ、やぁ……――ッ！」

抜いてって言ってるのにどうして入り込んでくるのよこのドSがー！

そして馬鹿って言う度に金色のお目々をぱぁぁっとキラキラさせるのはどうしてなの……!? 喜ぶところがホント変ッ！ 無理そうなら止まるって言ってたのに止まる気ないし、ゆっくり入ってくるのがむしろ辛いぃ……ッ。

「ツェツィが吸いついて離さないんだよ。そんなことされて、そんな可愛くよがり狂われて待つわけないだろ……っまた、イッてるし、ッ、ほら、あなたの大好きな奥、だよ」

ずぷんっと音をさせて腰を押しつけられ、満たされた衝撃に息を吸い込もうと必死で開けた口がヒクリと一瞬止まった気がした。

「ひっ、ッ、……――ッあ、あぁ……――ッ」

脳が熱くなって視界が金色の光で埋め尽くされて、もう流石にコレは気絶できるんじゃないかな～……とちょっと希望を持ちながら目を閉じようとして――ググ……と大きな身体が伸しかかり楔《くさび》で奥を押し潰され、揺蕩《たゆた》っていた身体がビクッと痙攣して引き戻されて。

愛欲で蕩けきった金色が弧を描くのを、ヒクリと喉を鳴らして見つめる……っド鬼畜め……！

「ごめんツェツィ、でもまだ寝ないで？」

「――や、さしくしてッ……」

「ハハッ、ごめん本当に嬉しくて……善処します」

ナニよ善処ってぇ……止まるって言ったのに止まらなかったし、抱き潰さないっていう確約も貰ってないんですけど！ 腹が立って口を開こうとすると、ルカスが優しくキスを落としながら囁いてきて、……ぐぅの音も出なくなりました……っ。

「……でもねツェツィーリア、俺、まだナニもしてないの気づいてる？　さっきのも奥まで入っただけだよ」

「――……え、あ……っ」

「ねぇ……俺は挿れただけ。挿れて、動いてすらいないよ」

うっとりと淫靡に微笑まれて、あまりの恥ずかしさに涙が零れてしまう。

「～ッ」

信じられない……！　肌を合わせただけではしたなく濡らして受け入れただけでイッちゃうなんて、羞恥で死ねる……！　こ、こんな、私こんなじゃなかったのに……もうやだ……！

動揺から涙が止まらなくなり、ヒックヒックと顔を背けて子供のように泣いていると――ドＳがお喜びになられました。ホントもうさぁ……！

「ああ本当にあなたは可愛いね……！　そんな風に泣くところ、きっと生涯俺しか見られないと思うと堪らない気持ちになる……」

もっと見たいな……って小さく呟くの聞こえちゃってる！　そういう願望はせめて声に出さずにいよう!?　そして優しくしてよ……！　と泣きながら睨むと、苦笑しつつルカスが謝ってきた。

「ごめん、優しくする、気をつけます。ツェツィが落ち着くまで待つから、キスしていい？」

「～ツ、キ、キスだけにして……ンっ、ずっと、辛い、の……っ」

「……まぁ、だろうね。ずっとナカうねってるもんね」

嬉しげに唇の上で言われて、誰のせいよこのぉ！　と肩を叩《たた》いてしまったわっ。なのにどうしてあ

なたは、そんな嬉しそうに笑うのかしらね⁉

「ホント、最高に幸せ……愛してるよツェツィーリア」

「……ばか、意地悪……私だって愛してるわ、ルキ……」

腕で囲われながら甘く告げられて我慢できずに伝え返し、頬を染めた彼の唇を笑って受け入れた。

そうして気持ちの籠もったキスの幸福感に揺蕩う——だけで済むはずがなかった。

彼の行為の全てを喜んでしまう恋心と無駄に高いポテンシャルのせいで、絡められた舌の気持ちよさに身体が反応し始めてしまって、猛烈に焦るも後の祭り。

待って離してちょっとキスやめてストップストーップ！　と頼んだのに、頼んだのにぃ……っ。

「ハ……ッ舌、柔らかく噛むの気持ちイイんだ？　イキそう、だね……ッ」

「んぅぅ……ンッん……ツンぅーっ！　ふぁッ……あッいやイッ……ッ、る、きぃ——……っ！」

「ッ、イキながら縋りつかれるの、可愛すぎて堪んないなホント……ツェツィ、もう一回」

止まってくれませんっ。

落ち着くまで待つからって言ってくれた優しいあなたは一体どこに……⁉　そして何度もキスでイカされる行為の終わりが全く見えない……っもう一回を何回繰り返せばいいの！

もう本当に苦しくて無理だから離してと肩をペシンペシン叩けども、「その叩くヤツ凄い可愛い、もっとやって？」とドロ甘の顔で私の抗議をいなされてしまい、ときめいて叩けなくなる自分が嫌になります……っ。

しかもこの合間におねだりまでしてくる始末。

「ツェツィ、愛してる……俺のツェツィーリア、ね、好きって言って？」

「ハッ、は……ッ待っ……て……っ」

「好きって、言って？」

「ッ、すき、よ……ッルキだけって言ってるでしょバカぁ……っ」

呼吸を整える時間くらいくださーいっ！

そしてこのあと、瞳をキラッキラ輝かせたルカスに頭を抱え込まれ、またもキスイキ地獄が始まる……もう私の旦那様が手に負えません、どうしたらいいですか……っ。

そんな地獄巡りをしていれば当然の帰結として、彼の中の鬼畜が露《あら》わにもなるわけで――……。

「ハッ、中が膨れ上がってキツくてドロドロ……ッ俺も、そろそろイッていい？」

動いていいかと頬にキスを落としながら甘やかに囁かれて、えっ絶対に駄目ですよナニ言ってるんですか⁉　と必死で首を振らせていただきました……！

「ま……ッ、待ってい、まは、今、そ、なことされたら……！　し、死んじゃう……っ！」

「いや、ツェツィ、それは煽《あお》ってる。……息止めないで、な？」

金色を細めて私を射貫くように見つめると、ルカスはベチョベチョになった口周りを舐めてから私の腰をがっちりと掴み、確認するようにゆるゆると揺さぶってきた。

「やぁ違うっ……ヒッ⁉　ルキッ待って離してホント無理ぃっ……ぅうぅぃやァ……――っ！」

それだけで身体が震えるくらい気持ちよくて、泣きながら彼の首に縋りついて――いきなり突き上げられて為す術《すべ》なく上り詰める。

見開いた視界がキラキラ歪んで、息が止まりそうになる程イキ続けて。

お願いヤメて気持ち良すぎて死んじゃうから止まってもうお終い……！　とボロボロ泣いて懇願す

ると、息を荒らげたルカスが辛そうに眉間に皺を寄せ、困ったように死刑宣告をしてきてショックで本当に息が止まるかと思いましたっ。

「ッ、……ツェツィ、泣いてるところ悪いけど、流石に俺もここで終わるとかマジで無理だから……俺がイクまでイキ続けてもらうしかないです」

「そ、そんな、も、無理ぃ……っ落ち着くまでっ、待って……やっ動かな――やだぁッ……！」

「くッ、ずっと俺の舐め上げてきてるんだから、ヤダじゃない言葉が聞きたいよ、ツェツィーリア……ハッ、ホント、ヤバいくらい気持ちいい……っツェツィ……！」

名を呼ばれると同時にベッドの軋《きし》みが激しくなり、私の身体の震えと脈も強くなる。

このままじゃ殺されてしまう！　と焦って彼のおねだりを取り入れた拒否を精一杯してみると、ようやく止まってくれたわ……っ。

「ひっイッ、やッ、アッあっあぁ……やっキモチ、いからぁ……！　も、気持ちいいのイヤなのぉ……！　ルキっルキとまっ、止まって壊れちゃうっ……ッあ、またイクの、やぁ――……！」

「ッ、クッソ、いやらしくヤダやだ言いやがって……！　ちょっとはその無自覚を自覚しろツェツィーリアッ、それ完全に煽ってるからな……っ」

えぇぇ……じゃあどう言えば良かったんですか……っ。

遣る瀬ない気持ちを押し殺してハーハー酸素を取り込んでいると、胸に赤い水滴が落ちてきて息を呑んだわ……っ。

る、ルカスさんたら、珍しく猛烈に獰猛な感じでハーハーフーフー言ってるぅ……っ。

「あ～止まるとか言わなきゃ良かった……ックッソ、死にそうにキツ……ッ」とかお口悪いしっ、奥歯ギリギリ言わせてるし、口端と拳から血が出てます……！

どうしよ……凄い我慢してくれてる……！　けど、これはちょっと本気でマズイのでは……ッ？

だって私の身体さんたら未《いま》だに痙攣しちゃってるし、彼ったら、目が、据わってる……！

美形の不機嫌顔にこれ以上は本当に危険を感じて、逃げ道はないかと思案しかけた瞬間――

「……ツェツィ、それ以上は考えるなよ……？　ここまで我慢させて逃げたらどうなるか、わかるよな……？」

「ッ、わ、かります……っひゃあんッ!?　そ、そこっソコや……ッそ、こでイッ……のいやぁ……っる、ルキお願い……っ」

イヤって程わかるのでっ、あの、腰を押しつけてナカで感じさせながら後ろの孔を同時に弄《いじ》るのやめて……っ！

あっさりと飲み込んだ二本の指を小さく交互に動かされ、クプクプと鳴る卑猥《ひわい》な音に死にそうなくらい羞恥を感じ、ぶんぶん顔を振って懇願すると、ルカスが指を抜きながらふーっと息を吐き出した。

「良かった、……早く息整えて。言っとくけど、焦《じ》らせば焦らす程俺ヤバくなると思うから、早いとこ覚悟決めてシテいいって言った方が身のためだよ」

……その忠告、ワタクシめの身を慮《おもんぱか》って言ってくださってるのでしょうけど、瞳孔を完全に開かせて口端から血を流した美形な鬼畜様に獰猛さを隠しもせずに言われるとか、恐怖以外の何物でもないです……。まだ全然落ち着いてないけど、もう自分のポテンシャルを信じて――あれ、そのポテンシャルに追い詰められてるような……？　いや、もう考えるのよそうっと指を絡ませ、勇気を振り絞ってルカスを仰ぎ見る。

「っ、が、頑張る、から……ルキ、あ、の」

「……キス？」

なんでわかったの……⁉　と赤くなるとルカスさんが奥歯を噛み締めました。何故悔しそうなの？

「……ホント頼むよツェツィ……ッ、口開けて？」

「は、はい……んッ、ふ……ルキ、る、きぃ……あ、いッ……待ってイッちゃいそ……ン――ッ」

「くっ……ッソ、俺の台詞《せりふ》だぞっ……ああもうッ……マジでもういいって言って……！」

文句を零しながらも私の望む口づけをくれる彼に、私の口からも気持ちが零れてしまう。

「ンぅッ、ん……す、好き、ルキ、す――ンぅッ⁉　んぅ、んン《ルキなに》……ッ？」

すると突然口を手で覆われ、脅されました……。

「……ツェツィーリア……これ以上、可愛いことをして俺を煽るなら……泣き叫ぼうがなんだろうが、当分裸の状態でベッドから出られなくするぞ……？」

ヒィ！　ワイルド鬼畜様が降臨しちゃう……ッ！

ギシィッと鎖を支柱に巻きつける様を見せつけられて、必死で己を鼓舞したわ……ファイトよツェツィーリアー！

「あ、あっ、明日、お、起き上がれなかったら……ちゃ、んと、ンッ、ちょ、せぃして、……ッ」

頼みを口にするとルカスは即座に頷いた。

「お任せください、愛しい奥さんっ」

あなたってそういうときだけ返事早いのね！

あ～俺の忍耐良くやった、ホントよく我慢できたな俺……とかなんとか言ってるけど！　ほとんど脅しだったからね！

「よし、じゃあツェツィ、悪いけど最低でも五……は流石にツェツィがキツイか。でも四回はするから頑張って？」

妥協が一回分だけとか全然妥協してないし抱き潰す気満々！　どうりで返事しないはずですね！

無理！　と首を振ろうとした瞬間、肌を当ててこられて視界が揺れた。

「――ヒッ！　ヤァっいきなり激しッ……ア、あッ、る、ルキのバカぁッ……っあ――……ッ」

耐えきれず果てながら詰ると、ルカスはこの上なく幸せそうな表情で熱っぽく笑った。

「その、蕩けきったバカ、ッ、最高……！」

ド変態ぃ！　そしてトキメクな私ぃっ！

【3】

お互いに長年拗《こじ》らせていた想《おも》いを伝え合い、あと数日で正式な婚約式だと意気込んでいる中持ち込まれた情報に、悩みは尽きない……と溜息《ためいき》をついてしまう。

「ドレスの色が？」

「はい、昨夜忍び込んで確認してきましたので間違いありません」

忍び込んできたの……いくらレーベンクリンゲでも、迎賓館の警備は今人数が増やされているはずでかなり危険だと思うのだけれど、大丈夫なのかしら。

「そう、ケイト、ありがとう、本当に助かったわ。……でも、あまり危ない真似《まね》はしないでね」

「ひゃっほー褒められた～！　ご心配には及びませんっ、私は攻撃力はありませんが隠密系は得意ですのでっ。むしろ向こうの護衛騎士の護衛クオリティのあまりの低さに心配になりました！」

……攻撃力ないは、冗談よね？　だってエルサとアナが物凄《ものすご》い見てるわよ？

「それにしても……いくらなんでも流石《さすが》にドレスの色を被《かぶ》らせるなんてしないと思っていたのだけれど、しちゃうものなのね……」

「こちらの予想を遥《はる》かに超える頭の悪さだと、なかなか対応が難しいですね」

「常識的に考えてはいけないとわかっていても、思いもつかないことをしてきますから……今後も随時確認を怠らないようにいたします」

「監視してて良かったですねっ」

隣国って、全然文化が違うのかもしれないわね……とフォローのようでフォローになっていない言葉をポツリと零《こぼ》すと、労《いたわ》るように紅茶を置かれ、お礼を返す。そして差し出されたドレスのデザイン画に、結局こっちになったわね、とアナ達へ視線をやった。

「ルキ様の空き時間を確認してくれる？」

「本日の午後一でしたら空いております」

「こちらに合わせて小物類も確認しておきます」

「……超絶反対しそうですね」

最後のエルサの一言に、全員が無言になったわ……。

元々夜会用のドレスは二着候補があった。

一着はビビアナ様が被らせてきた、シャンパンゴールドに金糸で華やかに刺繍《ししゅう》が施してある、クラシックなAラインのもの。凱旋の夜会で主役の婚約者として並ぶからと候補に上がった。

もう一着は完全にルカスの色だけで作られた、濃い青紫地に足元にかけて金糸でふんだんに刺繍が施されたシンプルなマーメイドラインのドレス。ボートネックの胸元の寂しさを補うように深く切り込みが入れられ金色のレースで彩られている、夜会であまり見かけない色と形のドレスだ。

私としてはマーメイドラインがとても綺麗《きれい》だったから、こちらでもいいなと思ったのだけれど……

「どうですか？」と訊《き》いたら、顔を覆ってしゃがみ込んだルカスさんに却下されました。

「もう信じられないくらい綺麗で似合ってるよ……だからそのドレスは絶対に許可できない。似合いすぎるから駄目、諦めて。悪いけどそれで出席されたら俺、エッケザックス出すと思う。……丸ごと見せたくないのに、なんでさらに見せたら駄目だろって部分が見えるようになってんだよ……最高に綺麗で目を引く……マジで本当に駄目」

そこまで言うならと諦めたデザイン画に目を落として、アナ達に問いかける。

「これ、そんなに駄目かしら」

「むしろ最高ですっ！　夜会に舞い降りた女神が脳裏に描ける程に！　むしろ描けない程お似合いでお美しい姿になること請け合いですっ！　楽しみすぎるッ！」

「会場中の視線を総取りですよっ！　問題はそのことによるルカス様の大量虐殺ですねっ！」

「白い肌に映えまくる青紫色のピタピタドレスで覆われた色っぽボディっ、そして胸元深くに切り込まれたシースルーレースから覗《のぞ》く谷間と開けた背中が男共の妄想を掻《か》き立うじゃんッ！」

回転しながら飛んでいくエルサを横目に見つつ、問題点の重さに頭を抱えたくなったわ……。

他の色のドレスもあるにはあるのだけど、ルカスが英雄服だから並ぶと完全に負けそうなのよね。

美形すぎるあのヒトに白の騎士服なんて着せたら私が何を着ても霞《かす》む気はするんだけれど、そこはやっぱり女子として頑張りたいし。夜会は目立ってなんぼだし。

だから現状、選択肢がこれしかないから駄目って言われたら困ってしまうのよね……おねだり作戦でどうにかなるかしら。どうにか——ならなかったら夜会の主役による血の饗宴《きょうえん》が……!?

「エッケザックスを出す」という言葉を思い出して青褪《あおざ》めていると、アナ達が声を上げてくれた。

「頑張ってツェツィーリア様！　今日の夜着はちょいエロを用意しますかっ？」

「ツェツィーリア様のおねだりに全ての貴族の命がかかってます！　小悪魔風のスリット入りでいいですかっ？」

「い、色、黒、で……っ」

いつも本当にありがとう、でもその提案でのおねだりは、凄くしたくない……っ。そんな夜着を着ちゃったら、貴族の命の前に今夜の我が身が危険極まりないじゃない……！

おねだりは最終手段で使おう、と考え直し、他の手はないかと頭を捻《ひね》る。

ルカスは見せたら駄目って言ってた……確かに胸元がかなり開いてるし、いくらレースで隠されてもそれなりに深い切れ込みだから下品に見えるのかも。でもここを変えると、このドレスいきなり野暮ったくなりそう……。つまり、私の胸がいけない……？

そんなことを思って自分の胸元をチラと見ると、アナとケイトが否定してくれた。

「ツェツィーリア様、それは違います」

「でも、バランスが悪いとか……」

「いいえ、バランスも最高です。むしろツェツィーリア様でないと、このドレスは着こなせません。かなり大人っぽい型ですから、身の程を弁《わきま》えない人間が着たらドレスに飲まれて残念無念なことになります」

「シンプルな上に全身が暗い色合いですから、スタイルだけでなく所作や姿勢も際立ちますし」

「いてて……とにかく目を引きすぎることがルカス様が嫌がった点だと思いますっ」

そうなのね、と頷《うなず》いて再度確認する。

「ビビアナ様はシャンパンゴールドに金糸、かしら？」

「はい、ツェツィーリア様がお選びになったドレスとほぼ同じ物でした」

「夜会のエスコートは諦めたようですが、拝謁申請はめげずに出しまくってるようですし、恐らくダンスを踊ろうと画策しているのではないかと」

「ルカス様はお衣装が決まってしまっていますので、ツェツィーリア様と同じ色のドレスでルカス様に選ばれた風を装って横に並ぼうとしているようですっ」

……凄い度胸……。

主催側がわざわざ招待状の縁取りをシャンパンゴールドにして被らないようにって暗に示したのに、その色にした上にそんな暴挙を考えているなんていっそ感心するわ。その強心臓だけは見習いたいっ。

そんなことを思いながら夜会の準備をいそいそと進め。

ルカスから面会の了承を貰《もら》い、薄くなった書類を抱えて執務室へ向かって――眼前のご令嬢方に囲まれた自分の婚約者を目にして、書類をギュッと握り締めてしまった。

「――ルカス殿下、我が家は今北方と交易をしておりまして、向こうの特産品を沢山仕入れましたのっ。今度是非お茶会にご招待したいですわっ」

「まぁっ、それならわたくしも是非お見せしたいものがございますわ！　東国の珍しい絹織物をお父様に買っていただきましたの！　素晴らしい色合いで今度の夜会のドレスもそれで仕立てたのです、是非ルカス様とダンスを踊りたいわっ」

「私もルカス殿下と是非踊りたいです！　ねぇ殿下、誘っていただけます？」

甘い声音で言葉を紡ぐ彼女達を睨《にら》んでしまわないよう、必死で己を制御する。

「ご令嬢方、機会があれば……と言いたいところですが、申し訳ありませんが愛《いと》しい婚約者に誤解されたくないため、お断りさせていただきます。そして今後もお誘いにはお応えできません」

ルカスの超模範的な返答に安堵《あんど》の息を吐きかけ――他のご令嬢方を牽制《けんせい》するように艶《あで》やかに微笑《ほほえ》みながら彼に近づく女性に息を呑《の》んでしまった。

「まぁ、ツェツィーリア様はそんなに狭量なのですか？　ダンスくらいいいではありませんか、ルカス様の討伐成功を祝う夜会ですもの、わたくし達も是非殿下と一緒に祝いたいのです」

そう言いながら甘えるように伸ばされた手をルカスが取った瞬間、自分でも信じられない程の激情に支配された。

私の、わたし、の――と煮えたぎりぐるぐる渦巻く感情に飲み込まれそうになり、初めて、はしたなくもヒール靴の音を立ててしまう。

「いいえ、俺が彼女に誤解されたくないのでお断りさせていただいているのです。だからこそ、夜会のダンスは彼女以外と踊らないことにしていますのでご納得いただけますか、レディ」

ビビアナ様の手を紳士的に離しながら断りを述べたルカスが、その音にほんの少し目を見開いているのがわかるけれど、今だけは視線を合わせたくなくて。

ただ、目の前の女性達へ微笑みかけて足を前に進めた。

「――ご歓談中に申し訳ありません。ルカス様と夜会準備の件でお約束をしていたのですけれど……私、時間を間違えてしまったかしら」

目を細め、マナーを守れ、と伝えるとビビアナ様が反応した。

「まぁツェツィーリア様ったら、わざわざお忙しいルカス様から時間を貰って打ち合わせをするなんて……わたくしだったらそんなことできないわ」

「ふふふ、いやですわそんな……王家主催の夜会で王族の方の確認もなしに作業を進めるだなんてできませんのに。ビビアナ様ったら、冗談がとってもお上手ね」

一人でやりなさいよと言わんばかりの嘲るような笑みを浮かべるビビアナ様にニコリと微笑み、できないなんてむしろ不敬すぎて堂々と言えることじゃないけれど、どういう教育を受けてるの？　と小首を傾《かし》げてみたわ。

するとビビアナ様は顔を赤くして眉を吊《つ》り上げた。

その表情を見て、彼女も私も馬鹿みたいだな、と急激に虚《むな》しさを覚えてしまった。

こんなやり取りをするためにわざわざルカスに時間を取ってもらったわけじゃない。邪魔をしにきたのではないのに結果的に邪魔をしてしまい、しかもくだらない女の争いまで見せてしまって胸が苦しくなり、持っている書類を胸元にギュッと引き寄せた。

これが日常で、これが当たり前なのだと理解している。

まして自分の婚約者は第二王子であるだけでなく英雄で、そして人外級の美貌を誇る男性だ。彼の隣に立ち続けるためにはフェリクス様のときと同じ……恐らくはそれ以上に、荒れ狂う心の中を一片たりとも見せたりしてはいけない、のに……っ。

このままではみっともない姿を見せてしまうかもしれない——それが恐ろしくて、ビビアナ様が口を開く前にルカスに声をかけた。

「ルカス様、貴重なお時間をいただいてしまって申し訳ありません。こちらがいつもの申請書、そしてこちらが夜会関連の決裁をしていただきたい書類です」

「ああ、いつも本当にありがとう、ツェツィーリア」

甘く微笑みつつ私を窺《うかが》ってくる視線に誤魔化すように微笑み返し、ドレスの件については周囲にわからないように伝える。

「それから一番下の書類に関してはもう時間もございませんので、ご納得いただけると幸いです」

「一番下……？」

「後程ご確認くださいませ。そこまで重要な書類はありませんし、本日はここで失礼させていただきます。もし説明がご入用でしたら、お呼びくださいませ」

書類を捲《めく》ろうとしたルカスの手をそっと止めて、苦しくて熱い喉を冷ますように鼻で深く呼吸して、ルカスへもう一度微笑みかける。

「ツェツィーリア……？」と小さく呼ぶ声を聞きながらゆっくりと膝を折り、顔を赤くして私を睨みつけるビビアナ様にもニコリと微笑み「それでは失礼いたします」と挨拶をして。

手を伸ばそうとしてきた彼を振り切るようにドレスの裾を翻した。

第二王子宮まで戻りたかったけれど、もう間に合わないことはわかりきっていたから足早に廊下を通り、政務棟の中でも人通りの少ない一角に向かう。

アナ達が心配するような視線を向けてきたけれど、今は誰も使っていない――王子妃用の書物が保管された書庫室の扉に手をかけて誰も来ないように見ててと震える声で伝えると、彼女たちは黙って頭を下げてくれた。それに小さく謝罪とお礼を言って、重い扉を潜り抜けて奥の分厚いカーテンがかかる大きな窓のところに、足音が鳴るのも構わず駆けた。

助けを求めるように手を伸ばしカーテンにくるまると、焼きついてしまった光景が目の奥で繰り返されて、醜くてグチャグチャの心がとうとう叫びだした。

――いや……いやッ、触らないで……！　私のルキよ、私だけの、ルカスなのに……！

けれど、どれだけ心の中で叫んでもそれを言葉にすることは叶《かな》わない。

あのヒトは私だけのモノではいられないのだと理解しているから、そしてそう在るべきだと思わなくてはいけないと自分の矜持《きょうじ》が言ってくるから、その矜持に心を抉《えぐ》られる。

弱さを見せてくれたルカスが本当に愛しくて堪《たま》らなかった……私にしか見せない姿を見せてくれたあの瞬間、私は私の命を、全てを捧《ささ》げたいと本当に思った。

私はルカスが考えている以上に彼を愛してる。あのヒトが喜ぶなら、あのヒトがそれで癒やされるならば、壊されても、殺されてもいいとさえ思っている自分がいる。

もう私はルカスしか見えてない。ルカス以外を受け入れられない。……だからルカスに、他のヒトを一時でも受け入れてほしくない――そんな風に思うように、なってしまった……。

社交界でどうする気なの……と布地を握り締め、窓におでこをつけて項垂《うなだ》れる。

胸が苦しくて、吐き出すように小さく悪態をついた。

「……ホント、モテモテですこと……っ」

まず顔がいい。そして立ち居振る舞いが完璧な第二王子であり本物の英雄で、性格も紳士的で優しいと評判です……凄いわね、あのヒト。

まぁ夜の彼を知っても紳士的で優しいと言えたら尊敬――しないしそんなこと絶対に教えないし許しませんけどっ！　と意味不明な自分ツッコミをして、またも項垂れる。

どれだけ牽制しても、一定数は必ず残るとわかっていた。

それが貴族の派閥というものであって、それ以上にルカスの持つ権力も、何よりルカス自身が魅力的だからだと理解していた――そんなことを思って、喉が熱くなった。

瞼《まぶた》の奥に蘇るのは、ルカスを見上げる恋慕を浮かべた瞳。

……わかってる、だって私自身が一番知っている。

顔じゃない。

地位じゃない。

あのヒトの努力家なところが、あのヒトの誠実なところが、あのヒトの地に足をつけて前を見据える純粋で気負いのない強さが、……あのヒトが守り抜いたもの全てが、あそこまで人を引き寄せる。

――だから、どれだけ牽制しても一定数は必ず残るとわかっていた……っ。

「理解と納得、想像と現実は違うものねっ、ホント馬鹿なツェツィーリア……ッ」

言うと同時に涙が盛り上がったから、口を引き締め、必死で鼻で呼吸をして目頭の熱を散らす。

第二王子妃候補としての教養や知識が、恋にはなんの役にも立たないことが少し悲しくて悔しい。

殺したい程私のことを好きだと言ってくれた彼を独り占めできないことに苛立《いらだ》って逃げ込んで泣くなんて、みっともないことこの上ないわ……。

「……こんな感情を、六年も……」

――こんな狂気を抱えて手を伸ばすことも赦《ゆる》されず！　他の男の隣に立って、他の男に微笑みかけるあなたを見続けて……！　殺してやりたいと思わないはずがないだろうッ⁉――

身を切り裂くような叫びを思い出して、ぶるっと震えた。

あの頃の彼と私とでは、立ち位置が全く違う。だからあのヒトはもっと辛《つら》く苦しかったはずで、こんなものとは比べ物にもならなかったはず――『死にたくなった』というルカスの言葉を、そして絶望を映した瞳を思い出してもう一度、今度は明確に身体が震えてぎゅうっと奥歯を噛《か》み締める。

あれ程の苦しみを乗り越え、今なお愛を囁《ささや》いてくれる彼に誇れる自分になりたいのなら、こんなところで下を向いてべそべそイジイジしていてはいけないのだ。

これからもこんなことはいくらでもある。婚約したって、きっと結婚したって起こり得ること。だから私はこの醜い感情と折り合いをつけて、自分の中で消化して、立ち向かわなくてはいけないのよ。……いけない、のに……っ。

溜《た》まりに溜まった醜い感情は、前を向く力を奮い立たせた傍《そば》から根こそぎどす黒く塗り潰していく。嫌よヒドイ、どうして私の目の前であなたに感情を向けているヒトに微笑むの……ッ。簡単に触らせないで、私だけって言ったのに……！

「……ルキ……っ」

「――なに？」

そうして苦しすぎて零してしまった名前に唐突に求めた声が応えて、無意識にカーテンを強く握り締めた。

扉の音も足音もしなかったのに、声はもうすぐ近くで聞こえて、わざと立てられた靴音に心臓がドクドクうるさくなる。縮こまってか細く呼吸をしていると、優しい声が諭すように言葉を発した。

「ツェツィーリア、かくれんぼは俺相手にやらない方がいいよ？」

「……ッ」

――ええっ、そうでしょうね！　なんせ最強の呼び声高い英雄様ですしね！

でもまさか追いかけてくるなんて思ってなかったのよっ、こっちは苦しくて遣《や》る瀬なくて、泣きたい気持ちでいっぱいなのにどうして……っどうして追いかけてきてくれるの、狡《ずる》いヒトね……！

こんな状態の自分を見られたくないから来てほしくない、でも気にかけて、追いかけてきてくれて嬉しくて、ぐちゃぐちゃの感情を必死で我慢していると足音が近づいてきて、唇を噛み締めた。

——泣いては駄目。泣くな、泣くな泣くな……っ。

「様子が変だったから気になってきたんだけど、俺の愛しいヒトはカーテンにくるまってどうしたの？　こんな可愛《かわい》いカーテン見たことないんだけど」

囁かれながらカーテン越しに抱き締められ、耐えきれず噛み締めていた口から苦しみが零れた。

「……ッふ、ぅ」

「——ツェツィ？　泣いて……ッ？」

戸惑い焦ったような声が問いかけてくると共にバサリとカーテンを剥がされて、見開いた金色と目が合って。

「なん……っどうしたんだ!?　何があった!?」

声を荒らげながら腕の中にグイッと引き寄せられて、無意識に首を小さく振るけれど、恋《こ》い焦がれて止《や》まない温《ぬく》もりに纏《まと》っていた令嬢としての仮面が呆気《あっけ》なく剥がれ落ちて口が戦慄《わなな》く。

盛り上がった涙のせいなのか、眉間に皺《しわ》を寄せて心配してくれるルカスが歪《ゆが》んで見えた。

「つ、ツェツィ、ツェツィーリアッ、何があったっ？　頼む、言ってっ……アナッ、ケイトッエルサッ！　お前達出てこい……説明しろッ!!」

美しい顔を険しくして、金色に恐ろしい怒りを浮かべて声を張り上げたルカスから少し離れたところに顔色を悪くしながら跪《ひざまず》いたアナ達を視界に入れて、慌てて彼の服を引っ張った。

「ツ、ちが、違う……っ」

「何が違うっ？　何があった!?　そんな風にっ、耐えるように泣くなんてよっぽどのことだろう!?」

よっぽどのこと——その言葉に、怒りに似た感情が湧き上がって我慢できずにとうとう口から噴き出した。

「こんなに好きにさせて狡いのよ……！」

「だれ――は……？」

クラバットをグイッと引っ張り、高いところにある驚きで固まった顔を睨みつける。

そしてみっともなく泣いて振り切れた精神が、もう全部言っちゃえー！ と口を動かした。

「ど、して、どうしてそんなにモテるのよ……っ！ どうしてっ、あのヒトに笑いかけてあのヒトの手を取るの……！」

「え、俺……っ？」

私の言葉に若干顔色を悪くさせて固まったルカスに「そうよっ！」と語気鋭く返答して、そして堪らずその胸に、縋《すが》るようにおでこをくっつけた。

涙が止まらなくなりうまく呼吸ができなくて、肩を大きく震わせてから唇を噛み締める。

なんてみっともなくて醜いの、彼は悪くないのに、とどこかで理性が囁いてくるけれど、そんなことは自分でもわかってる。無茶苦茶言ってることをわかってても、一度吐き出してしまったら止まらなくなって、理性を無視して言葉を続けた。

「わたし、私だって好きなのよっ、あなたのこと本当に愛してるのっ！ なのにっなのに……ッ、毎日毎日飽きもせず、他の女性があなたに言い寄ってるのを見なくちゃいけなくて！ 嫌なのに笑って我慢しなくちゃいけなくて……！」

よっぽどのことじゃなくてごめんなさいね！ でも好きなんだもの、我慢できなかったのよ隠れたっていいじゃない！ と自分勝手すぎる台詞を叩きつけ、ふとワタついて宙を彷徨《さまよ》っている手を見てイラッとしてしまい、ズイッと右手をルカスに差し出した。

「手っ！」

「えっ、手？」

「左手を貸してくださいっ！」

早く！　と睨むとルカスは慌てふためいて私の右手に左手を乗せた。

「はいっ」

……お手してるみたいになった、めっさ可愛い……としょうもないことを思いながら、その手を自分の手で包み込んで口元に持っていく。

「つ、つぇ、つぃっ？」

盛大に口ごもるルカスの声を聞きながら、ビビアナ様に差し出したその左手に口づけた。

……所有印なんて刻めない。こんなことになんの効力もありはしない。

わかっていてもどうしても嫌で、大きな掌《てのひら》にもキスを落とし、剣ダコを撫《な》でて――いつも、いつでも愛し守ってくれている彼に、全然悪くない彼に八つ当たりしてしまったことに酷い自己嫌悪と苦しさを覚え、もう一度唇を噛み締めてから、深呼吸をした。

「ッ、……ごめんなさい、ルキ様は悪くない、です……」

「ツェツィ？」

訝《いぶか》しむような声で私を呼ぶルカスへゆっくりと視線を向け、口角を上げてお腹《なか》に力を込める。

追いかけてきてくれた。心配してくれた。

だから今度は私が頑張る番で、私の矜持にかけて、彼に見合う女になるの……！

「身勝手な感情を押しつけ、はしたないところをお見せしてしまい申し訳ありませんでした。お仕事が忙しいのに、探してくださってありがとうございます。……私も戻りますから、ルキ様もお仕事に戻ってください」

自分を叱咤《しった》して、綺麗に礼をする。そしてサッと扉へ足を向けて――

「待った」

「ひゃあッ!?」

あっさりと捕まり、もう一度顔をつき合わされてマジマジと、それはもうガッツリと見つめてくる金色に動揺と羞恥を覚えパッと視線を外すと、クイッと顎を掴《つか》まれて肩が震えてしまう。

名を呼ばれ、より恥ずかしくなって視線を伏せた私に、彼は雨を降らすようにキスをしてきた。

頭、こめかみ、目元、頬、口元――優しく落とされるキスに抵抗を奪われ唇を震わせると、ルカスは、それはそれはあまぁ～い声音で悪魔の囁きをしたわ……っ。

「なんてあなたは可愛いんだろう……俺のツェツィーリア、そんな風に一人で泣かないで」

ヒィッ誑《たら》し込みにきてる気がする……っと焦りつつ、送り込まれる言葉に心が膨らんでしまって、苦しくて恋しくて手が勝手に彼に縋りつきそうになるのを、必死で我慢する。

しっかりしなさいツェツィーリア……！　こんなみっともない姿を見せて八つ当たりした挙げ句甘えるなんて許されないわよ！　……許されないので、もう誘惑するのヤメテくださーい……っ！

胸中で叫んだ声が聞こえたかのように彼にギュウっと抱き寄せられ、トドメとばかりに耳元で低く甘く囁かれて、顔が真っ赤になってしまう。

「あなただけを愛してるよ、だから、頼む、俺に甘えて……？」

「……っや、やぁ……っ」

このままでは流されてしまう！　と焦ってルカスの胸を必死で押す――のに、全然動かないのよね、空気を読んでほしいんだけど！　カーテンに隠れてたし、今だって戻りますって言って正直逃げようとしてたのわかってるでしょう⁉　だから絵面的には追いかけるのを躊躇《ためら》って逃がすところなんですが、どうして持ち上げるのよぉ……っ！

「は、離してっ、下ろしてください……！」

突然の浮遊感にルカスの首に手を回しながら、行動とは裏腹な声を上げてしまったわ。恥ずかしいので本当お願いします……！

「離さない。ねぇツェツィ、もっと俺に頼って？」

「い、いやぁッ……駄目ヤメて……！」

「……駄目やめてってナニ」

私の返答に憮然《ぶぜん》とした表情を浮かべたルカスの腕の中で、令嬢らしさをかなぐり捨てて腕を突っ張っていると、アナ達がこちらを見つめながらコショコショと話し合っていて、その内容に身動きさえ取れなくなったわ……！

「まさかの痴話喧嘩《げんか》だった……しかもルカス様のせいだったわ、焦って損したっ！」

「走馬灯が見えたわよ……流石に今回はお手当が欲しい……しかし女神の涙は美しかったっ‼」

「ツェツィーリア様可愛い！　嫉妬ゴッファ……ッや、きガチョウ、たらふく、食べたい……っ」

……恋愛初心者なもので、いつも迷惑をかけてすみません……っ。でもわざわざ声に出さなくていいのよ、とケイトにグーパンをされたらしい、蹲《うずくま》るエルサからそっと視線を外す。羞恥に耐えられず真っ赤になって身体を小さく震わせると、ルカスが宥めるように自分の肩に私の顔を隠してくれた。

「わかった、怒鳴って悪かったな。フィンに言って危険手当その他も、好きなだけ出してもらえ」

……えっ、あなたのお怒りは危険手当に該当するの!?

衝撃を受けていると「ひゃっほー痴話喧嘩バンザーイ！」という喝采を室内に響かせながら、三人が消えた。色々おかしいし、言い逃げをするのはヤメテほしい……。

そうして静まり返った室内に、妙に緊張してしまう。

どうしよう、さっきの行いが酷すぎて埋まりたいのに、抱えられちゃってて逃げ場なしとか本当に恥ずかしい……恥ずかしすぎるから、とりあえずうまい言い訳を考えよう……と逃避気味に思考していると、緩やかに髪を撫でられながら呼ばれた。

「ツェツィ、ツェツィーリア」

優しい声に促されそっと顔を上げて、愛を映す金色を見つめ——ムキィッとしてしまった私は絶対に悪くない……！

「どうして笑ってるのよ……っ！」

「ごめん、でもツェツィが可愛すぎて……待って、今我慢する」

そこは呼ぶ前にキリッとしておくのが正しい姿ですしっ、今更口元覆ってもホント今更ですけども!?　それはただ隠しただけで我慢してないし、何を言おうとしてるのかしらね……！

「ツェツィ、嫉妬し——ぶっ」

「そっ……なんですけどっ、それ以上言ったら口きかないから……っ、み、見ないで……ッ」

「……クッソ可愛すぎて見ないのは無理」

そう言いながら彼の顔を覆おうとした私の手を引き剥がされ、頬を緩めながら抱き締める力を強くされて泣きそうになる。

そんな私しか目に入ってないみたいな態度取って、私を喜ばせるのやめてほしい。私はちょっかい出し女子とモテモテを許容できない自分に腹立ててるのよ……ッ。なのに、そんな風にあなたに甘やかされたら崩れて甘えそうになる……。私は自分の足であなたの隣に立って、自分の力であなたを狙ってくる女性を払いのけたいのよ……！

「……ッ、下ろしてください!!」

「でも、下ろしたらツェツィ逃げない？」

「逃げますよっ！」

だって心の整理できてないもの！　と返すとルカスは困ったように眉を下げながら私をそっと下ろしてくれて、そしてテレテレしながら意味不明の言葉を吐いてきたから、このヒトの思考回路全然わかんないなって呆然《ぼうぜん》としてしまったわ……。

「だよね、じゃあ一応言っておくけど、逃げたら襲いかかります」

「襲い――……え……っ？」

動きかけた足をなんとか引き留め、私へ寄ってくる手袋にこくんと小さく喉を動かす。

あの……その右手、なんですか……？　そしてどうしてドレスに指を引っ掛けるの。ピチッて布地が言ったんですけど、まさか指でドレスを裂けちゃうの……ッ？

「もうツェツィが可愛すぎて、今すぐそのドレス破り裂いて窓に押しつけて抱きたいと思ってます」

……裂けちゃうのかぁ……っ。しかも恐すぎる欲望を伝えてきた……！

「だからまぁ……是非逃げて？」

「――……逃げません……」

……えぇ……、是非逃げてって何を言ってるの。さぁどうぞって扉を示されても絶対に行きませんよ。逃げたら襲うって忠告されて走りだすわけないでしょう、とんだ卑猥《ひわい》鬼ごっこですよ……っ。

本当意味がわからないわ、私軽く泣いてるんだから、そこは紳士的に何もせずに逃がすべき――そう言えばこの鬼畜紳士、毎回逃げたら襲いかかってきてた！　逃げずに対応しないとマズイ紳士だった！　むしろ教えてくれる分、まだ紳士的――……紳士の定義ってなんだっけ……？

混乱しているとルカスが自身の左手を顔に寄せ、私を見つめながら私と同じようにその手へ口をつけた。ヒェッ何して……!?

「……俺は、あなたのモノだよ。この手も、この身も、命すらあなただけのモノ。だからツェツィ、あなたが嫌なら、切り落とそうか？」

甘い声で、甘い顔で恐ろしい焔《ほのお》を浮かべた金色で見下ろされ、ゾクッと背中を何かが走る。衝動的にひらひらと振られる左手を掴むと、ルカスは小さく嗤《わら》って右手の中の魔法を握り潰した。

「敵《かな》わないな……愛してる、ツェツィーリア。本当にごめん。もう二度と他の女には笑いかけないし、手も取らないと約束する」

引き寄せられ、愛おしむように頬を撫でながら伝えられ、喉元に熱がせり上がる。小さく首を振って意思を示すと「約束するから」と再度囁かれて、必死で喉から言葉を絞り出した。

「……ツル、キ様、駄目、んぅッ、……っ」

遮るように唇を奪われて、その慰めるようなキスにルカスの服を掴みかけてしまい、慌てて手を離すと、ルカスがその手に指を絡めてきた。チュッ……という小さなリップ音のあとに鼻先を擦り合わせられ、唇をギュッと噛んでから必死で首を振る。

「いけません……！　これは私の問題でっ、私の我儘《わがまま》で立場のあるあなたに迷惑をかけるなんて絶対にイヤ……！」

一緒に幸せになるために頑張ってきたのに、感情に任せて身勝手な願いを口に出したせいで台無しになるなんて、と自分の浅はかな行動に青褪めてしまう。自分でなんとかすると必死に言い募ると、ルカスはそんな私に苦笑して、さら～っと信じられない言葉を吐いた。

「元々結婚したらご令嬢向けの外面はもう必要ないと思ってた。あなた以外に時間を割いて相手をするのも面倒なのに、わざわざ作り笑いまでする必要性を感じないからね」

「――……め、面倒……」

え……、誠実さと紳士さの欠片《かけら》もないびっくりな単語が出てきましたよ。紳士っていう単語がもうどこかに吹っ飛んだ気がするっ。

「俺、あなた以外に感情が動かないって言っただろ？　でも貴族社会、特にご令嬢相手に無表情じゃマズイから作ってただけなんだ。ツェツィは、俺が無表情なところを見たことないと思うけどね」

「……そう、ね。でも立場上――きゃっ、ルキ……？」

無表情とか信じられませんけど……とツッコみつつ、返答しようとすると突然抱き上げられ、慌てて彼の肩に手を回すと、何故《なぜ》か楽しそうに笑われてしまいました。え、なんで？

「ハハッ、ホント、取って食いたくなるくらい真面目だな……ツェツィーリア、俺の立場、忘れてるだろ？」

「え、だから……」

「俺、煌々《こうこう》と輝く金色に釘《くぎ》付けになり息を呑むと、ルカスはゆっくりと私へ顔を近づけた。

〈英雄《テオドリクス》〉だよ」

「自分で言うのもなんだけど、黒竜を従える、本物です。……多分、大陸最強だよ？」

そっと唇の上で囁かれて、頬を染めつつ血の気を引かせました……っ。

最強で最恐の力で物理的になんとかしようとしてる気がする……！　それやっちゃったら今後の立ち位置に影響するどころじゃなくて、最悪王権にまで干渉して猛烈にマズイことに……!!

制止しようと口を開いた私を、ルカスは軽快な声音で遮った。

「俺、ツェツィに関することだと自制利かないだろ？」

恐らくは、敢《あ》えて選んだだろうその言葉のあまりの不穏さに「そうですね、わかってるなら直してくださいっ」とは当然返せず……その先はあんまり聞きたくないなぁ……と小さく首を振るしかできないへたれな私に、彼は笑みを深めて言葉を紡いだ。

「ねぇツェツィーリア、俺はね、あなたさえいればいいんだよ。だからそれ以外に煩わされるのはクソ面倒だと思ってるし、あなたとの間を邪魔するモノはなんであっても消したくなる」

まぁ極論だけど、ほぼ真実だよ、とサラーリと恐ろしいことを伝えられて何故か頬が染まったんですけど、私のボディさん仕事ミスってますよ……っ。

「でもツェツィは俺と第二王子夫妻としてきちんと立ちたいって思ってくれてるから……だから俺は何よりも大切にしているあなたがそう望むならってやってるだけなんです」

衝撃的すぎて無駄にきらびやかに微笑む美貌を呆然と見つめながら、え、マジか……と令嬢らしくないツッコミを心の中でポツリとしてしまったわ。

　まさか完璧超人がそんな私情で作り上げられたなんて思ってなかったんですけど、じゃあ私がもうやーめたって言ったらこのヒトどうなっちゃうの……？　言わなければいいのだろうけど、それとは別に私の責任、重大になりつつない……!?

　こくりと喉を動かした私を見て、ルカスはふっと吐息のような苦笑を零した。

「安心して、あなたが王子妃としての仕事を楽しそうにやってるから、俺もちゃんとやろうと思ってる。だからツェツィは好きなように、自分の思う通りにやってくれればいいんだ」

「あ、はい……」

　あ、優しい終わり方――そう安心しかけた私は、直後に凍りつく羽目になりました……。

「――それ以外の、あなたを煩わせる事柄は、全て俺が処理をする」

　そう言って口角を上げる美しい相貌に浮かぶ美しく輝く目が笑っていなくて、ひりついた喉から空気を出すように口を動かす。

「る、るき、だ、だめ、よ」

「どうして？　俺のツェツィーリアが泣いたんだ……要らなくない？」

「――ッい、らなく、は、ない、かと……っ」

　アぁあああどうしようやっぱり責任重大ぃぃ……ッ！

「大丈夫、灰すら残さないよ」ってどこにも大丈夫な部分ないし、そんな簡単に消し去ろうとしないで！　大体、人一人を一切の痕跡を残さず消すことが可能な人物は限られてるはずだもの、前とは比べ物にならない力でそんなことされたら、むしろ犯人丸わかり……！

「や、やめて……！　駄目よルキッ、わ、私平気だから、そんなこと、しなくていいから……っ」

「平気だったら泣くはずがない。あんな涙赦せるはずがない……エロいことしてるときの涙は凄い好ぶふっ……ふごぐごご《好きだけど》」

びたんっ！　と綺麗な口元を手で覆ってやったわ……っどうしていつもいつも余計な一言をぉぉ！　心配してくれて嬉《うれ》しくてキュンてした私の気持ちを――って何をときめいてるのよ私ぃー！　今のキュンはなしで！

「と、とにかくっ！　そんな簡単にそういうことをしては駄目です……！　それに先程も言いましたがこれは私の問題なので、私自身の力であなたに手を出してくるヒトを蹴散らしてみせます……！」

半ば叫ぶように伝えるとルカスはほんのりと頬を染め、それから私の頬にある涙の跡を指でなぞり少し考えるような顔をした。……あれ、終わらない感じです……っ？

「それは、お願い？」

「えッ？　それ、は、お願い、ですね……」

お願いなのかしら……？　でもお願いしないと灰すら残らない、まさに神隠しな行方不明者が出てしまうわけで……その神隠し予定者は自分の婚約者に手を出そうとしている人達なのでできれば手を出すのはやめてほしいのだけれど、でも流石に消えてほしいなんて考えてないしそんなことになっちゃったら生涯後悔しそうだし……。

やっぱりここはお願いをするべき、よね？　……なんか理不尽な気がする……。

そんなことを思いながらお願いです、と頷いた私に、彼は含むような声音で返答した。

「そう、じゃあとりあえず保留にしておこうか」

「ほりゅう……」

な……っニューステータスが安心できないままだと……!?

お願いどこ行った!?　と驚きで見つめる私に、ルカスは「もう一つ確認したいことがあるんだよ」と恐ろしくにこやかに嗤い、瞳孔を開いて私を見下ろした。

「どういうこと?」

「――ッ」

取り出したデザイン画を眼前に掲げられ、ザァッと血の気を引かせて固まりましたっ。

わざわざ一番下に入れて、しかもあとで確認してって言ったのにどうして真っ先に確認してるのよ……!　やっぱり途中に入れとくべきだった?　でもそんな書類の渡し方あり得ない……って今そんな後悔しても意味ないわ、どうしよう……!

ここで返答を間違えたら、恐らくは保留状態のビビアナ様が行方不明第一号に確定……本当理不尽な気がするんだけど、でも彼がそんなことをするのは是非とも回避したいっ。

眼前でひらひら舞うデザイン画からそっと視線を外し、両手を胸の前で捏《こ》ねくり回してどう言い繕おうかと必死で考えていると、ひっくーい声で呼ばれて慌てて返答してしまいました!

「ツェツィーリア?」

「はい!　それはそのっ、やっぱりそっちのドレスが私としてはいいなって思いまして……っ」

今すぐ埋まりたいわ……言い訳が正直すぎて馬鹿丸出しだし、「ふぅん?」が猛烈に恐い……!

「俺が絶対にコレは着ないでほしいって言ったとき、あなたは着ないと答えてくれたよね?」

「そ、そうなんですけど、でも、似合ってるって、ルキも言ってくれたでしょう……っ?」

「それでコレに変えたって言うんだ？　ねぇ俺のツェツィーリア……その返答で、いい？」

ヒィッ、「変えるなら今のうちだよ」って明らかにドレスが変わった理由をご存じでいらっしゃる……おねだり作戦をする気はなかったですけども、本当にしないと駄目かも……っ。とりあえずバレてるからここは正直に述べるのが吉……と信じる……！

祈るように手を組んで、お怒りを示す開き切った瞳孔を見ないように視線をずらし口を開く。

「……ッ、あ、の、ドレスが、ですね」

「うん」

「か……かぶり、まして、ですね……っ」

「要らないね」

「駄目ッ……あの、本当に私はこっちのドレスが好みなの……！」

「――……なんで」

うわぁ凄い嫌そうな顔して盛大に溜息ついた、けどっ、聞いてくれる気になった！　優しい！　そういうところホント好き！　って馬鹿ツェツィーリア煩悩たいさーんっ！

「だって誓い合ったときと同じ型で……その、全部ルキの色、だから……」

「……」

は……恥ずかしくて死にそうぅぅ……そして私ったら煩悩塗《まみ》れ……。反応しないの相変わらずですね……っお願い羞恥と煩悩に押し潰されそうだから反応して……！

涙目も染まってしまった頬も今だけはお空の彼方《かなた》に放り投げ、エイヤッと見上げると、視線が合ったルカスさんが染まった目元を悔しげに細めて顔を俯《うつむ》け、「クソ可愛いんだよチクショウ……負けんな俺……っ」とかなんとか呟《つぶや》いた。オッケー出してくれないかな……。

「……あのツェツィを他の男が見るわけだろ？　あのアマ、ふざけてやがんな……」

恐い雰囲気でゴニョゴニョ呟く彼を大人しく待つと、ルカスはハァ――と息を吐き出して――

「……うん、今回はやっぱり駄目だな」

「え……？」

お願いを断られたわどうしよう……!?

ワタワタと慌てふためいて顔色を悪くした私に、彼はにっこり、それはもう綺麗に綺麗に微笑んだ。

「俺もね、ツェツィーリア、あのドレスは本当にあなたに似合ってると思ってる。着飾ったあなたは本当に美しいだろうなと思ってるし、見たいとも思ってる」

「あ、あの、それじゃあ」

「だからだよ、俺の愛しいツェツィーリア……俺、だけの、ツェツィーリア」

「……ッ」

「……ここまで言えばわかるだろ？」

眼前で見開かれた金色に浮かぶドロついた狂気に、ブンブン高速で首肯してしまったわ。

わかるけど、ドレス姿さえも他の男性に見せたくなくて目に殺意浮かべるとか、私の嫉妬が可愛いレベルな気がしてならないわ……重くて恐い……っ。でもここで諦めたらドレスが困ったことになるし、というかビビアナ様がどうなることやらに……!?

わぁ本当理不尽っ！　でも頑張らないと賓客が灰すら残らない状態にぃ……！

「で、でもっ、私はアレを着たい――キャア……ッ!?」

そう思って必死に声を出した瞬間、パパっとホックが外され、身ごろごと下着がいきなり引き下ろされぷるんと胸が露《あら》わになって、ビックリして上げてしまった悲鳴が天井に響いて慌てて口と胸を押さえる。

ナニするのヤメてくださいここをどこだと思うてか――！　とブンブン首を振って制止した私に、鬼畜が譲らないと伝えるように重く囁いてきて背筋が凍りました……っ。

「着ません、だろう？　ツェツィ」

「――ッ!?」

クラバットをシュルリと緩めて、行動からは考えられない程穏やかに微笑みながら、ドレスの裾から手を差し込んでくるドＳにアワワワワと目を潤ませ、強張《こわば》った身体をカーテンに逃げ込むように押し当て後退《あとずさ》る。

う……嘘《うそ》でしょ、ここ書庫室でしかも窓際とかあり得ません……！

「大丈夫、俺がどうとでもしてあげるから、ね、ツェツィーリア」

優しい笑顔で、優しい声音で、優しい言葉で、けれど狂気を浮かべた金色でにこやかに「バレずに殺《ヤ》るのは得意だから心配しないで平気だよ」と言われて、心配しない人間はいない……！　というかあなたを心配してるんじゃないんですそんなこと絶対に言えませんけども……ッ。

「る、ルキ……っだ、駄目ヤメてっ、ねぇ待って……っ」

「着ません、だ。簡単だろう？」

「っだ、だってそんなっ、私の着たいドレス着たっていいじゃな――ひぁッ……！」

下着のクロッチを辿《たど》られたかと思うと、隙間からいきなり指を入れて花芯の上をクリクリと押されて背中を反らせてしまった。

揺れた胸に唇を落とされ、そのまま舌を下着と肌の間に差し込まれ舐《な》められて、ゾワゾワと肌を刺激が走ってツンと頂が立ち上がり始める。

その固くなった片側を指で優しく刺激され、もう片側をいやらしく舌で舐め上げられて太ももに力が入ってルカスの腕を挟み込んでしまい、羞恥でいっぱいになってヤダヤダと首を必死で振る。

「る、ルキっ、ここ書庫室よ……ッやめてってば……！」

「誰も来ないのを知っててこの書庫室に来たんだろ？　それに外じゃないから約束は破ってないし、ちゃんと防御壁で隠してる。廊下からは開かないようにもしてる」

わぁ手際がいいですねっ！

「……ッ、でも待ってお願いっ、ヒッやぁ……！」

「駄目、俺も今回は譲れない。あのドレス姿のあなたを他の男に見せるなんて以《もっ》ての外だ……着ないって言って」

「そんな……っだってあのドレス以外ない、の、アッ指ぃ……ふ、う……ッ」

入れられた指を自分のお腹が締めつけるのを自覚して、ぶるりと身体が震えて必死で口元を手で押さえる。するとルカスは私の手を引き剥がしキスしてきて、ぴちゅと絡めた舌を外しながら言い聞かせるような声音で恐ろしい台詞を吐いた……っ。

「濡《ぬ》れてるから問題なく入るな……言わないと、このまま挿《い》れて中に出すよ？　……何度も」

「な、か……？」

言われた言葉がすぐに理解できず、窺うようにわざとらしく弧を描く金色を呆然と見つめてしまう。

するとルカスが前を寛《くつろ》げたから、心臓が忙《せわ》しなく動きだし、足先から頭の天辺《てっぺん》まで余すところなく熱を帯びたわ……ッ。

なん……っなんて恐ろしいこと考えるのこのヒト、ホントど変態でド鬼畜……!!

「……いいのか？　そんな状態で歩ける？」

吐かれた言葉を、その状態の自分が必死で歩く姿を想像して、恐怖で泣きそうになる。

……なのに、膝裏を抱えられてより深く指を入れられると私の身体は悦《よろこ》ぶようにトロリトロリと愛液を零してルカスを受け入れる態勢を取るから、羞恥でいっぱいになったわ……っ。

怖くて恐くて涙目になりながらも頬を染めてしまった私を愛おしそうに見つめると、彼は「いいんだな？」と忠告するように囁いたから、慌ててブンブン首を振らせていただきましたっ。

「い、いやっ、お願い……ルキお願いだから……っあのドレスが着たいの、ねっ、ルキ、ルカス、今回だけっ！　お願い、いいって言って……っ？」

縋りついて必死に言い募ると、彼は目を細めて……拗《す》ねたような不機嫌な顔になった。

「……俺がそれに弱いの知ってて……」

ごめんなさいっ、でも我が身が可愛いし賓客を灰にされるのは回避したいし、何よりあなたにそんなことさせたくないのでっ！

そうして恥を忍んで乱れた格好のまま懇願した結果——鬼畜が優しいのか優しくないのかよくわからない提案をしてきて、私は何度目かの衝撃で固まることになりました。

「そこまであの女に守る価値ないけど、いい機会か……」と呟くと、ルカスは私の顎を掴んで……ド甘い声音で脅してきた。

「残念ながら今現在喘《あえ》いでて可愛いあなたが見られてるから、お願いって言うだけじゃ足りないな」

「――……は……ぃ？」

はいぃぃいッ!?　ナニ言って……おねだりはこれからする予定だったんですよ、予定は未定でしたけれどねっ！

衝撃で口をパクパクさせた私に、目の前の鬼畜騎士はニィと口角を上げ、獰猛《どうもう》さを隠しもせずにひっくーい声で私を脅し続ける。

「俺はどうしてもツェツィのドレス姿を見せたくないから、あなたが着ないって言わない限りこのままここで抱こうと思ってるし、そうなれば当然中に出して穢《けが》し尽くす。……ツェツィには、ちょっとした覚悟が必要だね？」

「……ッ」

ホントこのヒト恐いときも格好良くて腹立つぅ……っ。

色っぽく小首を傾げて伝えられ、震えながらもキッと見つめて拒否を示すと、彼はフッと吐息のような笑いを零してドロついた金の瞳を甘いモノに変えた。

「……だからね、俺の気が変わるくらいのお願い《おねだり》が必要だと思わない？」

「――へ？」

呆然としていると、ちょいちょいと唇を指で刺激され、ハッと窺ってくるその金色を見つめ返す。

これは……もしかして、おねだりしろコール……ッ？

「……お、お願い、を、頑張ったら……しないで、くれるの……？」

声を震わせて問いかけ返すと、彼は肯定を示すように瞳をゆるりと細めた。

まさかのご本人様からのコールとか……ッいえでもこれは渡りに船っ！　と信じるしかない……！

女は度胸……って毎回コレ言ってる気がするわ度胸が必要すぎる人生な気がする……！　と胸中で嘆きながら、ほとんど喧嘩腰で口を開いたわ……！

「──わ、わかりました……！　へや、部屋でなら……っ渾身《こんしん》のお願い《おねだり》を見せてあげるわよっ！　覚悟しなさい……！」

「──渾身？」

「そ、そうよっ」

「それは、どういった系でどれくらい？」

えっ⁉　どういった系はそういった系なのはわかるけど、どれくらいって何……⁉

言い淀んでいると、ルカスが圧のある笑顔で逃げられない提案をしてきたわ……。

「随分前にツェツィが自分で弄《いじ》って見せてくれたけど、当然アレ以上だよね？」

「い、じ……──ッ⁉」

あれを……っ、こ、超えろと……⁉　ハードル上がりすぎなんですけど……！

あれは私の前世今世合わせた人生の中でも渾身のおねだりですよっ？　栄えあるトップ！　そんなおねだりを超えるとか無茶振りもいいところなので、ご提案はお断りしたいなぁ……！

そう考えたのを見透かすように濡れた指で胸の先を弄られ、思考力が奪われた。

「んぁ……ッ、やっ、る、ルキぃ……っ」

「甘い声出しちゃって……できないなら、今ここで抱くよ？　部屋でもどっちでも俺はいいんだ」

身体《からだ》を差し出すように波立たせると揺れた乳房に愛しげに痕をつけられ、揶揄《からか》う言葉を口角を上げて紡がれて、湧き上がった羞恥心に悔しさを覚え、ついその挑発に乗ってしまった。

「――できますっ！」

書庫内に響いた自分の言葉に我に返った瞬間、それはそれは淫靡《いんび》に微笑まれ泣きそうになったわ……。やってしまった……喧嘩購買性質を逆手に取られたぁ……っ。

「ハハッ、それは楽しみだ。じゃあまた……寝室でね」

そうして明らかにウキウキしたルカスと第二王子宮前で別れ、私はすごすごと部屋に戻ることになりました……。


私、自分で言うのもなんですが、お勉強はそれなりに頑張れる方です。なんせフェリクス様のできないことを全て私がやらなければいけなかったので、第二王子の執務内容も教育に追加されちゃったこともございます。……本当、血反吐《ちへど》を吐く思いでやり遂げた第二王子妃教育……思い出すとなんか胃の辺りが重くなるわ……。

とにかく、勉強に関しては飲み込みは悪くない方だと思うので、取り急ぎ読んでみればなんとかなるんじゃないかな～と思い……ツェツィーリア・クライン、王子妃教育七年目にして、初めて房事の教本を手に取りました。そして項垂れています……っ。

目の前に広げた本を持つ手が震えるのを止められず、用意を整えてくれる侍女ズがニヨニヨしてこっちを見てきてるのがわかるけれど、叱りつける余力さえない。

――こんな高等技術絶対に無理！　く、口、でとか……っ恥ずかしい以前に、こう言っては身も蓋もないんですが！　まず物理的に口に入らないと思いますーっ！

あのヒト身体が大きいせいか、あ……アソコも、その、おっきいわけでして……っ、こっちは流石に無理だから第二案になるわけだけど、結局高等技術と鋼の心が必要じゃないのぉ……っ。

しかもシてる自分を見られるのとか、まさに習うより慣れろ!!　でも永遠に慣れる気がしません!!

そんなことを思いながら緩んだガウンの胸元から見える、どこも隠す気のないすっけすけの黒い夜着を目にして、もう一度項垂れる。

これを見せて、それであれこれするとか貴族令嬢として終わってるんですが、私は一応指輪を嵌《は》めてるので令嬢ではないと思っていいですか……。お相手も愛しい旦那様ですしっ、『閨《ねや》における妻の作法その二』って書いてあるし！　房事の教本に載ってるってことは問題ないはず——そこまで考えて、ハッとなった。

……なんで『その二』？　どうして『その一』じゃないの!?

衝撃で表紙を見直して、それからアナとケイトをバッと見る。すると二人は物凄い速さで私から目を逸《そ》らしたわ……！

「ケイト、やっぱりダミー的な感じで『その一』も必要だったんじゃないっ？」

「でもルカス様をやり込めないといけないんだから『その二』からじゃないと使い物にならなそうだったのよ。ちなみに『その三』もあったけど、流石にツェツィーリア様からするには厳しいかなって内容だったわ。かなりマニアックで激しい感じで……」

ゴショゴショ言ってるの丸聞こえだし、『その三』は絶対に必要ございません……！　そしてエルサはどこ行った!?　と見回すと、黒竜様の小脇に捕獲されていた。どうしてそうなったのっ？

「ば、バルナバーシュ様っ？　あの、エルサをどちらに……っ」

「番《つがい》ちゃん、今夜から明後日《あさって》の朝まで寝室住まいでしょ？　だからデートに行こっかなってクソご主人様に許可取ったのよ。ねっエルサちゅわぁーんっ、焼きガチョウ食べたくないっ？」

「離せっ！　はーなー……焼きガチョウだと……っ？」

あ、食いついた。

「ふふふ、こう見えてアタシ焼きガチョウの美味《おい》しい国知ってるのよ！　どう？　行きたくない？」

ひとっ飛びよ～との黒竜様の誘惑に、エルサは涎《よだれ》を垂らして「く……じゃあ、ちょ、ちょっと、だけ……っ」と簡単に屈して連れて行かれました……。焼きガチョウの魅力が凄い。

遠ざかる影を見送りながら、どうしても流せなかった言葉に、背中を冷や汗が流れる。

確かに私はルカスの居室にこっそり住んでますけど、バルナバーシュ様、明後日の朝までって言ってなかった……!?　寝室にいる期間長すぎ！　マズイわ、真剣にルカスをやり込めないと夜会前に寝込んじゃう――……そこまで考えて、違うな、と気づいてしまってさらに項垂れたわ。

……真剣にやり込めないと、灰すら残らない死人が出るんだった……。

なんだか私の立ち位置おかしくないかしら……娼婦《しょうふ》を経て――娼婦職全然してないけど――第二王子妃候補に返り咲いてから、お色気担当ばかりやらされてる気がする。しかも結構な命懸け、ならぬ身体懸け。そして人質取られまくり。

……ちょっと腹が立ってきたわ……！

それもこれもビビアナ様も悪いけどっ、半分くらいはルカスさんの性格が悪いのがいけない気がする！　大体、ドレスくらい私が着たいのを着たっていいじゃない！　……嫉妬されたのを喜んじゃったけどさぁ！　煩悩たいさ、……いえ、退散しない方向でっ。むしろ煩悩を有効活用する方向でいきましょうっ。

教本を閉じてベッドサイドの引き出しに入れ、そしてアレコレ考えて、そっと居住まいを正したわ。

ふふ……見てなさい、ルカス・テオドリクス……！　六年も辛い王子妃教育をやり遂げた私を舐めてかかると痛い目見るってことを、思い知らせてあげるわ……！

ふんっと拳を握ると、アナとケイトも拳を握って興奮を口にした。

「いやん女神が好戦的になったわ素敵すぎるぅ！　苦しませて殺《け》そうと思ったけど、クソアマも極稀《まれ》に役に立つのね！　生かしといて良かったっ」

「これは凄いことが起こりそうな予感……！　はっちゃけすぎて夜会に出席できなくなったらとか思ってたけど、もう最悪あの女をバラせばそれで済むことだしねっ」

……なんでも血みどろで解決しようとするのホントやめてほしい……私のこれからの努力が意味を成さなくなるじゃない……と上げた拳を下ろしてしまったわ……。

静かに寝台で待っていると、ルカスが扉を開けて入ってきた。

目が合った瞬間楽しげに微笑まれて、はぁ～ん？　と思ってしまったわっ。

今に見てなさい……呼び捨てしたときの可愛いあなたに戻してあげるわ！　とちょっとおかしな方向に振り切れた自分を自覚しつつ微笑み返すと、ルカスは少し驚いた顔をしてベッドに腰掛け手を伸ばしてきたから、サクッと制止する。

「ルキ様、触らないでくださいませ」

「……どういうこと？」

ヒッ……笑ってるけど、目の光が消えた……っ。このヒトこういう言い方をするとすぐに監禁系の思考になっちゃうから早いところ説明しないと……っと焦り気味にもう一度口を開く。

「約束事の確認がありますっ」

「そういうことか、ドレスの許可と手を出さないってことだろう？　悪いけどそれはこれからの内容に因るから、今は返事できないよ。ツェツィが泣いたんだ、俺だってそれなりに腹が立ってる」

サラっと返された最後の言葉に頬が染まって、ぐっと詰まってしまったわっ。

言動は我儘を極めてるのにそうやって簡単に私を喜ばせて！　見てなさい、私だってあなたを喜ばせて――間違えたっ、やり込めてみせるわコンチクショー！

「～そっ、その内容についてもお願いがあります！」

「……何？」

「私が何をしてもっ、ルキ様からは絶対に、ぜーったいに触れないでくださいませ！」

「何をしても？　……」

あ、考え込むなんてずっこいですよルカスさん。そこは紳士的に了承するところ――……この鬼畜紳士が素直に了承してたら、こんなことになってなかったわね。どうして閨事でこんな交渉してるのかしら、意味不明でいっそ笑えるっ。

そんなことを考えながら待っていると、ルカスが口を開いた。

「終わりはどこ？」

言葉の意味がわからず、首を傾げてしまう。

「終わり？」

「そう、俺から触れたら駄目で、ツェツィは俺に何をしてもいいんだろう？　それだと俺は、焦《じ》らされるだけ焦らされて苦しいだけかもしれない」

「……え」

「俺を喜ばせてくれないとこのお願いは成り立たないだろ？　ねぇツェツィ、ベッドの上で待ってるってことは、そういう内容だと思っていいんだろう？　そしたら終わりは当然……わかるよね？」

可愛らしく小首を傾げて微笑む麗しい顔から吐かれた、欲望に忠実なお願いに真っ赤になりつつ愕《がく》然《ぜん》としてしまったわ……。

なんか今、イヤな条件をつけられかけてる気がする……。でも言ってることは至極正論なだけに、言い返す言葉が思いつきません……っ。

「あ、あの、つまり……る、ルキ様、を、……っ」

い、イカせるのがお終《しま》い……ってこと、よね……？

最後までは声に出せず窺うようにルカスを見つめると、金の瞳と美貌を甘く、色っぽく緩めたから、ガウンの胸元とシーツをきゅっと握って深呼吸をする。

落ち着いてツェツィーリア、色気に勝とうとしちゃ駄目……そんな無謀な行為は必要ない。

……今必要なのは、知識を行使する度胸のみ……！

己を鼓舞して、キッとルカスを睨みつける。

「わかりました……！　頑張りますから、その代わりルキ様は私に触れないでくださいませ！」

「わかった、ちゃんと拘束するから安心して」

「こっ——……？」

なぁに、拘束って……？　と思っていると、若干ウキウキした様子で例の鎖を見せられて、ちょっと死んだ魚の目になってしまったわ……。

「見た目が良くないから鎖っぽく見えないよう細めにしたんだ。でもこう見えて強度は前より上がってるんだよ、結構大変だった。……肌に映えるように、色を赤くしてみようかな」

……相変わらず努力家ですね。以前の物で黒竜様を十分拘束可能だったのに、さらに強度を上げたソレ、誰向けに頑張った物なの？　見た目を気にするって、確か随分前に「俺に繋《つな》ぎたい」って言ってたけど、まさか……まさか、私じゃないわよね……っ？

見せられた変態度合いに、コレは今ツッコんだら駄目な内容！　と流させていただきましたっ。

「そ、そうですか、では決してここから動かないでくださいねっ」

そう言って枕の並んだヘッドボードに背をつけて座ってもらうと、ルカスが私への視線を強めた。

「わかってる。ツェツィこそ、どうぞ？」

どうぞですって……⁉　凝視されながらガウンを脱ぐとかとんだ辱めですよ！　女は度胸ー！

震える手でガウンを脱ぎ去り、恥ずかしさで俯きながら丈が短くて乱れた裾を直すこと数瞬。

予想外すぎる静寂と無反応に、もしかしてはしたなさすぎた……っ？　と恐々顔を上げ——目を見開いて固まっているルカスに、私もびっくりして固まってしまったわ。

暫《しば》く見つめ合っていると、ルカスがその白磁の顔を真っ赤に染め上げた……——！

「は……ちょ……ッ予想を超えてきた……！　ふざけんなよこれで手を出すなとかどんな拷問だっ、

マジ最高……！　クッソ、それであの約束事項か……ッ！」

顔を覆って項垂れたルカスの頭頂部を、呆然と眺めてしまったわ。思っていた以上の効果……夜着すごぉい、と馬鹿みたいな感想を抱いてしまいました。

これは、初の勝利を獲得できるんじゃないでしょうかっ？

浮き立った私は羞恥心をポイしてその気持ちに乗っかることにして、耳まで赤くしてまだ小さくなっているルカスに近寄ってその膝に手を添えた。

「ルキ様」

「は、い……ッ」

ビクリと盛大に反応し、恐る恐る顔を上げる子供のような仕草に優越感が止まりませんっ。

「これ、駄目ですか……？」

裾を小さく摘まんでみせると、ルカスは金色を可愛らしく潤ませてコショコショ呟いた。

「あの、ホント、最高、デス……、く、黒とか……まさかの黒……清楚《せいそ》が淫靡で予想外……」

夜着と侍女ズ、ありがとう！　可愛いヒトが出てきましたよー！

よしっ、都合よく人誑しモードが終わったから、この勢いに乗ってちゃちゃっと任務遂行よっ。

心の中でふんっと拳を握りながら膝立ちになり、赤く染まった首へ指を這《は》わす。そして頬へそっとキスを落とすとルカスが手を宙に彷徨わせたから、にっこり微笑んで言ってやったわ！

「ルキ様、触っちゃ駄目ですよ？」

すると彼は頬を染めながら悔しげに唇を噛み締め、魔力で作った鎖を自らの腕に巻きつけた。

「ッ、マジ俺馬鹿……っわかりましたよ！　ちくしょう……ッ」

そう言って溜息をついた、乱れたシーツの上の鎖で縛られた人外美形に手が止まりかけた。

……なんてこと……とてつもない絵面力だわ、マズイことしでかしてる気がしてきた……ッ。

予想外に起こってしまった卑猥プレイに慄《おのの》きながら、でももうこのまま進めるしかない……！　と自分を叱咤して、緊張で喉を鳴らしながらそっと彼の夜着のボタンを外す。

現れた身体を震える指先で撫で、情欲の焔を灯《とも》して見つめてくる金色に近づいて、顔を傾けた。

チュ、チュと啄《ついば》んでいると、ルカスが小さく私を呼んで口を開けた。意図に気づいて、羞恥を覚えながら目を伏せ、その口へ舌をおずおずと差し入れると、すぐさま搦《から》め捕られる。

静かな室内に息遣いが満ちて、どんどん天蓋の中の湿度が上がる。

肌が敏感になったのか夜着が張りついた気がしてもじもじしそうになるのを耐えていると、腕を拘束しているせいで思うようにキスができなくて焦れたのか、ルカスに熱い息を口の中に吐かれた。

その熱に、身体の奥の欲を燃え上がらせられた感覚がして、衝動的に顔を離してしまった。

「ツェツィ、ツェツィーリア、もっと……」

ハッ……という呼吸音、美貌を歪めた耐えるような表情にドクドクと心臓がうるさくなる。

じっとりとした金色に見つめられ、私を欲しがる声に心を捕らえられ、世界がルカスで埋め尽くされた私の中に、ただ一つの欲が湧き上がった。

今だけは……今このときだけは、ルカスは私のモノ……私だけのこのヒトを、もっと、もっと愛したい——突き動かされるまま手を胸板からお臍《へそ》へ這わせて、息を呑んでより割れた腹筋をゆっくりと撫で擦《さす》る。

そのままそっと指先を夜着の中に差し入れ、足の付け根の筋を辿って固くなり始めた彼のモノに触れながら首筋にキスをすると、ルカスが盛大に慌てた声を零した。

「——ッう、そだろ……っちょ、ツェツィーリアッ、待っ」

「ルキ様、……ルキ、いや……？」

不安が心の片隅に湧いて、見つめる瞳に拒否をしないでほしいと懇願を乗せてしまう。

するとルカスはぐぅと唸《うな》って少し視線を逸らすと、小さく「なんでそんな……」と呟き——何故か金色を濃く染め上げた。……あれ、おかしいっ、なんか不機嫌になった……っ？

どことなく恐い雰囲気を漂わせるルカスに飲まれそうになり軽く身を引くと、彼は一瞬見せた不機嫌さが嘘のような可愛らしい笑みを浮かべて、……謎な交渉をしてきた。

「ツェツィ、俺からも一つ提案があります」

「な、なんでしょう……？」

突然すぎてその提案聞くの恐い……っと思いつつ問い返して、彼の返答に開いた口が塞がらなくなりました……。

「ここまでやってくれるんだ、あなたのお願いはきく。……だからね、俺がイク前にあなたが俺を呼んだら、腕の拘束を解いてあなたに触れてもいい？」

——……そうだった！ コレそういう始まりでしたねっ。やだ私ったら忘れてた、恥ずかしくて埋まりたいぃ……っ。でもどう考えても私が有利な、その不思議な条件は一体ナニ……？ しかもお願いをきいてくれるって言った？ そしたらもう終わりで良くない？

そう思った瞬間、金色が鈍い輝きを放って背筋が凍った。

「ツェツィ、今考えてる言葉は言わないことをお勧めするよ。……俺はどっちでもいいんだ」

「ツ、は、はい……っ」

……どっちでもって、私がお終いって言っちゃったら行方知れずにするよってコトだから、これ交渉じゃなくてほぼ脅しだ……！

飲まざるを得ない提案に動揺していると、どうする？　と腹黒が首を傾げて窺ってきたから、痺《しび》れたように動かしにくくなった舌を無理矢理動かして確認する。

「ルキ、を、呼ばなければ、いいの……？」

「そう、簡単だろう？」

むしろ簡単すぎて怪しさ満点なんですよ！　なのに受け入れるしかないのが悔しい……っ。

「……わ、わかりました」

「ん、良かった。じゃあどうぞ？」

……全然良くないし、もう一度やり直すの恥ずぅ……と、顔を両手で覆いたくなるのを堪《こら》えて、己を鼓舞する。

落ち着いてツェツィーリア、この条件だったらちょっと頑張るだけで私の勝利はもうすぐそこ。このヒトを呼ばなければいいんだから――そう意気込んで再開した私は、自身がどれだけルカスに対してポンコツかを思い知ることになった。

既に固く張り詰めた彼のモノを、震える手で包み込む。

窺いながらそっと力を込めるとピクリと蠢《うごめ》いたから、奇妙さと怖さを感じて、慌てて手の力を抜いてルカスへ縋る視線を向けてしまった。

すると彼は熱っぽい吐息を吐き出して、私を追い詰める言葉を紡いだ。

「ツェツィ、悪いけどそのままされると痛いから、涎垂らして」

「へ……?」

どう聞いても助けではない言葉に目を見開いて疑問を零すと、彼は拘束している手をわざとらしく振った。

「俺はこの通りだから自分じゃ無理だ。その感じだと潤滑剤は用意してないんだろう?　滑りを良くするために涎を垂らして?　あと下の方はもう少し強く握っても平気」

サラっと言われた言葉から逃げるように視線を下げ、手元のガッチガチな棒を涙目で見つめる。

……よ、涎……っ?　こんな状態になってるのにそんなことが必要なのっ?　だってそんなの教本に——……まさか、口の中に入れるの、それが理由……っ?　濡れてないと痛いって、一緒なんですか……!?

手の中のグロテスクな物体の見た目にそぐわない繊細さに動揺していると、頭上でフッと笑った気配がして唇を噛み締めたわ……ナニ笑ってるのよ、腹立つわねっ。見てなさい、私だってやるときはやるのよ……!

そっと舌先を出して、エイヤッと顔を寄せる。

自分の口端から涎が零れ落ちるのを無視して根元から舐め上げるのを繰り返し、なんとか濡らして、ついでに自分の湿った胸元を確認する。

……うん、恥ずかしくて死にそう。でもこれだけ濡れてたら、第二案ができそう……っ?

ハッと息を整えながら、そっと視線を上げる。そして目元を染め、珍しく私と同じように小刻みに呼吸をする彼の様子に、勇気を奮い起こす。

　初めは正直、できると思えなかった。

　愛し合う行為とは心身で繋がるモノであって、この只々《ただただ》恥ずかしくはしたない行為が何故愛し合う行為に入っているのか、意味がわからないとさえ思った。

　けれど今、自分の行為で愛しいヒトが感じている事実に、興奮を顔に出して私だけを見つめてくれていることに胸が満たされていることを自覚して、心の中で笑ってしまった。

　……恥ずかしいことに変わりはないけれど、私でも愛し返すことができると思うと、なんでも頑張れるものなのね。

　顔を傾けて固く出っ張った部分を唇で刺激しながら、そっと夜着の肩紐《かたひも》を下ろす。震える手で露わになった胸を抱えて滑った谷間で反り立つ陰茎を挟み込み、切っ先にちゅうっと吸いついた。

「――ツェ、ツェツィっ……う、ちっくしょ……ッ」

　途端、切羽詰まった声が上から降り注ぎ、焦って下から見つめると、ルカスは奥歯をギリギリ言わせて口端から血を出してたわ……。えっそんなになる程!?

「ふ、ざけ……ックッソこれだけでもすげぇ視界の暴力だってのに……っ」

「あ、あの、ごめんなさいっ、痛かった……？」

「ッ、全然なんでっ是非どうぞ！」

　どことなく悔しそうな返答に、ツンデレまでこなすとか、最近ときめかせ力が高いですね旦那様……と妙な敗北感を覚えつつ、それじゃあ、ともう一度胸を抱え直し、灼熱《しゃくねつ》の塊に顔を寄せた。

　――疲れ切った顎を下げ、ハァハァと息をつく。

　胸で挟みながら限界まで口に含み、なんとか舐めたり吸いついたりして必死で愛撫したのに、ピクピク動くけれどそれ以上の反応を示さない熱棒に、戸惑いと動揺が溢《あふ》れ始めてしまった。

これ、どうすればイクの……？　舐めたり挟んだりすればいいって……でも、そういえば愛し尽くしましょうとしか教本には書いてなかった!!　えっ、これ以上とかどうすれば……!?

恐ろしい事実に気づき、うっかり状況を忘れてワタワタしていると、荒い呼吸のルカスが私を呼んできた——

「ツく、ツエツィ、ツエツィーリア……ッ、ハッ」

無意識に顔を上げて、歪んで欲望に塗れた美貌とそれを伝えてくる喘ぎに、脳を、身体中の血を燃やされた感覚がした。ぎゅっと太ももに力を込め、湧き上がった痴情をあり得ないと否定する。

ま、待って、ちょっと、喘ぎ声が……っい、色っぽすぎて、駄目、なんか変な気分に……っち、違う、もっとなんて、そんな……！

危険を知らせる何かが過《よ》ぎった瞬間、ルカスがハァ——と長く熱い深呼吸をした。

微《かす》かに動いた空気が肌に纏わりつき、ゾクゾクした感覚に身体から力が抜けてペタリと両手をついてしまう。吐息に誘われるように見上げた先の、汗で張りついた前髪の隙間からドロついた金色に射貫かれ、心臓が大きく高鳴った。

「ツエツィ、もう少しこっち来て、……キス、しよう、な……？」

「……キ、ス……っ」

囁く声に操られるように口が勝手に言葉を繰り返すと、ルカスが誘うように口角を舐め上げた。

「そう、キス、したい……もうイキそうで、ツエツィに触れたくて堪んないんだ……駄目？」

首筋に汗を流し強請《ねだ》るような視線を向けてくる人外に、コキュンと唾を飲み込んでしまう。

けられた。

「……わ、わかり、ました……」

妙に落ち着かない気持ちで彼の胸元に手を置き、おずおずと唇を合わせると、途端強く顔を押しつ
「んッ！　ン、ふ……っ」

「……愛してるツェツィーリア……っ」

驚いて顔を引こうとすると懇願するように愛を告げられて、身動きさえ取れなくなる。

疲れた舌を容赦なく絡められ、殺意かと思う程の熱量で独占欲を吐き出され、激情そのものの口づけに脳がじんと痺れてどんどん思考が霞み……その呼び声に、どろりと蕩《とろ》けた感情が応えてしまった——

「ハッ……ツェツィ、俺のツェツィーリア、俺の……俺だけのモノだ……!!」

「——あ、ン、る、ルキ、ルカス……——ッ!?」

その瞬間、愛しさから零してしまった名に歓喜するように、鎖状の防御魔法がキラキラとイルミネーションのように輝きながら宙を舞った。

舞い散る輝きに目を見開き小さく小さく喉を鳴らすと、絡めていた舌を甘噛みされて、触れ合う唇がフッと吐息のような嗤いを吹きかけてきたから、唇が戦慄き始めるのを自覚する。

眼前の金色がきゅうっと三日月のように細まり、苦しげに歪んでいた美貌が恍惚《こうこつ》とした笑みを浮かべて楽しそうに嗤う声を聞いて、身体が小刻みに震え始めたわ……っ。

「……く、くくっ、ハハッあははは——……はぁ～やっとか……」

疲れたように手をつき、俯きながら汗の滲《にじ》んだ前髪をかき上げる姿に、そしてゆっくりと持ち上がる顔に……その蕩けきって危険すぎる光を浮かべる金色に本能が逃げろと告げてきて。

力の入らない身体を叱咤してジリジリと後退しようとして――ガッと足首を掴まれて「ヒッ!」と小さく恐怖を零した私に、鬼畜はサァ……と風を起こしてチラチラと光る破片を回収すると、細い鎖を手の上に浮かべて甘く獰猛に微笑んだ。

「何、逃げてるんだ? まだ終わってないよ」

「あ、あ……っ」

「終わりを決めただろう? ねぇ、ツェツィーリア……俺を喜ばせたらって、言っただろ?」

優しく穏やかな声で告げられて、背中を冷や汗が流れたわ……っ。

これ、絶対マズイ……終わりの認識が違う……!! 嘘でしょっ、確かに私も確認しなかったけど――っいやぁバカ馬鹿変態根性悪の意地悪ルカスぅ……! ホント私ポンコツで馬鹿ぁ……!

胸中でこれでもかと自分とルカスを詰っていると、シュルシュルと赤い鎖が蛇のように腕を這い上がり、両腕に巻きついてきた。じわりじわりと拘束を強める鎖に抵抗もできず後ろ手に縛られてしまい、バランスを崩してベッドに横たわってしまう。

「きゃ……っる、ルキッ、外して……!」

「ふふ、やっぱり白い肌に緋色《ひいろ》が似合うね、ツェツィ」

ここで紳士的に褒めてきただと……!? 流石にこれは全然嬉しくないっ、ので……っ必要以上に身体中に巻きつけて、特に胸を強調するのやめてくださいませんかぁ……っ。

「やっ……ルキッ、待ってこんなの聞いてな――……え?」

クスクスと嗤う顔を睨みつけようとして、ギクリと顔を強張らせて彼の手元を凝視する。

「いい眺め。……その瞳に煽《あお》られすぎて壊さないように、これもつけとこうかな」

「まっ、待って……っ、ねぇ、それガウンの紐よ……っ？　つける、って…………！」

ゆっくりと腰紐に口づけるさまを見せられ、逃げよう！　と身を起こしかけた私の目をガウンと同じ色合いが覆ったかと思うと、視界が閉ざされた。

身体を縛り上げられ、布地の隙間から漏れる光以外は一切見えない世界に怯《おび》えて震えだした唇から必死で息をする。シーツに横たわったまま助けを求めて小さく彼を呼ぶと、ルカスはゆっくりと私を抱き締めながら耳元にキスを落として、低く甘く囁いてきた。

「ねぇ俺の愛しい奥さん、ちょっと訊きたいことがある」

そう言いながら喉元を手のザラッとした部分――恐らくは剣ダコ――で掻《か》き切るように撫でられ、耳朶《じだ》をカリッと噛まれ、見えないせいで鋭敏になった私の身体が盛大に震える。

「ひ、あ……っ」

すると宥めるように肩から腕を撫でられ……そのまま脇腹から足へと手を伸ばされたかと思うと、夜着の裾ごともう一度上へと戻ってきた。

腰回りに集められた布地の感触に、捲《まく》り上げられお尻が丸見えになった自分を想像してしまいシーツへ顔を押しつけた私の耳元で、ルカスはわざとらしく声を出す。

「穿いてないとか……俺のツェツィはイヤらしいな。太ももを擦り合わせて何を期待してるんだ？」

「してな、ぃ……っ」

はしたない格好を言葉にされて否定の声が小さくなった私に、彼はクスクス笑いながら「ねぇ、俺の、俺だけのツェツィーリア」と甘く呼びかけ、……氷のように冷たい声を出した。

「あなたは、俺が嫉妬深いのを知ってるだろう？　あなたのことになると自制が利かず、常に閉じ込めてその心ごと俺に縛りつけたいと思ってることも……知ってるはずだ」

そう言って指輪に触れてこられて、震えながら小さく頷く。

「ツ、は、い」

「なのに、俺以外のことを気にかけて頑張られたら、腹が立つと思わない？」

告げられた内容がわからず浅い呼吸を吐き続けていると、声が一段と低くなり鎖の力が強くなった。

「……無自覚は、尚更悪いよ、ツェツィ」

「ヒッ……!?　る、ルキっ、やだッ何……っ」

浮遊感と共に身体が起こされたかと思うと、ベッドに膝をついて立たされ、ゆっくりと恥部を撫でられて、不安定な状態での見えない恐怖で首を必死に振る。

「っ、だってあなたが……っあなたが望んだのに……！　あ、やめッ……やぁ……っ」

徐々に撫でる指先に力が籠もり割れ目の中に入り込まれ、潤んだ内壁を確認するようにヌチヌチとあやされ、恥ずかしさからもう一度首を振ると、背中に体温を感じて柔らかな髪が私の肩に乗った。

「そうだね、確かにこれは俺があなたに甘えてほしくて望んだ行為だ。だからこそ、嬉しさと同時に腹が立ったよ。あの女のために、あんな風に俺のを弄ろうと思われるなんてな……そんなにあの女を助けたいのか？　手が震えるくらい緊張してたくせに、突然やる気になったのはなんでだよ……」

「んンッ……ふ、ッ？」

悔しさを滲ませた声に疑問を覚えると、秘部から指を抜かれたから、慌てて止まっていた思考を動かす。

すぐに思いついたのは、「なんでそんな……」というルカスの呟きと不機嫌さを湛《たた》えた顔。

あのとき私、どうだった……っ？

必死で思い出していると、おもむろに四つん這いにされ、つるりとした何かを秘唇に当てられた。

「物欲しそうにヒクつかせて、指じゃ足りないもんな」と囁かれ、顔を真っ赤にして思い出した感情をそのまま叫んだ。

「っち、違うっ、あれは、ルキっ、ルキが私を呼んだから……！」

「――呼んだ……？」

けれど、問い返しながらも私の足がぴったり閉じるように抱え込むと遠慮なく入れ込んできて。いつもよりも大きく感じるソレに下腹部全体を隙間なく満たされ、震えながら彼に懇願する。

「ひっ、おっきぃ……っ、る、ルキ、駄目……ねぇやめてこの体勢すぐっ……やっ、――っ！」

閉じた視界のせいでより敏感になっているのか、普段以上に快感を拾う身体はすぐさま上り詰めた。ピンッと身体が張り詰めるのに、縛られているせいで弾《はじ》けた快感をうまく発散させられず、次を求めてお腹の中がトロトロに蕩けていくのが自分でもわかる。

「……ハッ、ハッ……や、やだヤダ動かないで……！　やっルキッ……あっあっ、あぁ……！」

「……ッホントすぐだね、クッソ、こんなに身体は俺に応えてくれるのに……っ」

じゅぷ、ずずず、と充血した中を反り立った段差で削るようにゆっくりと出し入れされ、それだけで足まで愛液を垂らしながら果ててしまって、シーツを噛み締めることさえできない。

「ふっ……ふぅ、ふぅぅ……ッう、あっもうぅッ……る、ルキ赦してっ……またイッちゃ……！」

みっともない喘ぎを止めたくて口元をシーツに押しつけても、腰を軽く揺すられただけで恥ずかしいくらい反応する身体に涙が零れてしまう。するとルカスが唐突に腰を引いた。

「──あ、やッ、嘘、ひど、い……っ」

果てる直前に消えた喪失感につい口から詰りを零すと、彼が苦しげに息を吐き出す音がした。

「……ホントどこまでも夢中にさせやがって、好きすぎて腹が立つよツェツィーリア……俺があなただけなように、あなたも俺だけのモノだろう？　頼むから答えて……な？」

そう言いながら啄むように顔にキスをされ、強請るように指を絡められ、割れ目を開くように竿の先を押し当てられ、その愛に満ちた仕草に口を開きかけ──敏感な花芯の上を指ではない何かで覆われて、ぞわっと背筋が粟立った。

手の数が、おかしい……まさか、コレ、防御壁……!?

「ま、って、待ってルキッ、何、なんか……っ」

「何って、俺があなたの要望に応えるのが好きなのを知ってるだろう？　なかなか答えないってことは、この先を望んでるのかと思って。大丈夫、あなたがしてくれたようにちゃんと気持ちいい力加減にするから、安心して？　……内壁《ナカ》の弱いところと可愛らしい粒を同時に虐《いじ》め倒して、もっとって泣き喘がせてあげる」

……虐め倒すって言った……！　それのどこに安心要素があるのかわからないし、都合よく調教しようとしてる気がする！　というか、これ多分……防御壁内で例の雷魔法をする気だぁ……っ！

「や、やめて……!!　あ……あれをずっと、同時、なんて、おかしくなる、から……っ」

本当にやめてください……っ、あなたに躾《しつ》けられた身体にそんなことされたら、本気でもっとって懇願しちゃう気がするので……!!　わぁんノーマルだった私は綺麗さっぱりいないとか悲しすぎる！

過ぎった想像に身体が色を変えた気がした。せめて熟れてはしたない顔だけは見られないようにと伏せて首を振ると、ルカスは楽しげに嗤って――何故か、もう一つ固いモノを後ろの孔に当てた。

……え、嘘、なんで増え……――⁉

「粒への魔法に弱いもんな……都合よく力が抜けて挿れやすそうだ。ツェツィ、深呼吸して？」

――ひぃやぁああ鬼畜の意地悪が想像以上にサディスティーック！　それはダメ絶対駄目戻れなくなるし意地悪における目的が完璧に変わっちゃってまーす！　と涙声を張り上げましたっ。

「っ……だって！　ルキが私のことを欲しがるみたいに呼んだのよッ‼　あなたが……だから、よ、喜んでくれたのかと思ってて、もっと喜んでほしいなって思っ……ッ」

「――……俺の、ため？」

すみませんね、主目的忘れる程あなたのことが好きでっ……でも流石に三か所同時な上に指じゃなくて鎖とかそんなハイプレイ無理っ、と言えないポテンシャルを発揮して私が羞恥で死ぬかもしれないからヤメて……っとポロポロ泣きながらコクコク頷く。

すると掻き抱く腕に力が籠もり、感激するような声音で謝罪を紡がれた。

「か、勘違い……っごめ、軽く嫉妬しましたっ！　ヤバい最高に嬉しい本当にごめんねツェツィーリア……！」

……正直あなたの嫉妬めちゃくちゃすぎます……っとしゃくり上げちゃったわ……。

縛り上げて虐め倒そうとする行為が軽い嫉妬だなんて、変態を通り越した真性の鬼畜……。

このヒトの嫉妬の範囲《ピンキリ》を知るの恐すぎる……のにっ、乙女心が嫉妬をし返された喜びに歓喜してるんですけど！　よくもこんなに好きにさせてくれたわね、ホント腹立つ……！

しかもウキウキした声で最高に嬉しいって言ってましたよね？　謝罪相手に謝罪の途中で喜びを伝

えちゃ駄目でしょう、あとで話し合いますからねっ。

憮然としつつ、じゃあお終いということで紐と鎖を外してくださいな、と呼びかける。

「ルキ、あの、これ……」

「ん、本当ごめんね、……でも似合ってるからソレは取りません。あとまだ終わりじゃないよ」

「似――……」

……はぁア⁉　そこの褒めは要らないんですけど⁉　しかも終わりじゃないって、終わりの定義同じだったってこと……⁉

これは確認しなくちゃ……！　と振り返ろうとしていきなり後ろから膝裏に腕を通しながら抱え上げられ、指で襞《ひだ》を割り開かれてずぷんと熱を挿れ込まれた。

「ひゃっ……⁉　あっ、イヤぁ……ッ」

それだけであっという間に快感に浸された身体が悔しくて、それ以上入ってこられないように前屈《まえかが》みになると、ルカスが背中に口づけてきた。

「俺があなたに溺れてるように、俺はいつだってあなたを溺れさせたいんだよ、ツェツィーリア」

言葉と共にゆさゆさと揺さぶられ、浅い部分を切っ先で押すように撫でられて、優しい責めに物足りない絶頂が何度も湧き上がる。

胸の先を捏ねられ、肌に幾度も痕をつけられ。耐えるには刺激が強く、かと言って満たされる程ではない快感に堪らず彼を詰ってしまった。

「……ッも、やだぁっ……こんな、風にしてッ！　ルキの意地悪……変態っ、ちゃんとシて……！」

すると彼は幸せそうに笑って、またも私に答えの決まっている提案をしてきた。

「ハハッ、違うよ、別にわざとじゃない。ツェツィが前屈みになるから、気持ちいいんだけど浅すぎてなかなかイケないだけ。ちゃんと胎《はら》の奥まで俺で満たして、俺のモノで穢し尽くして、俺だけのモノにしたいって思ってるよ、愛しいヒト。……なぁ、ツェツィは俺を、どこまで欲しい？」

「どこ、までって……っ」

甘えてほしいと言いながら甘えてくるとか、恐ろしい技使ってきて……っ言えばいいんでしょコンチクショー！

「あ、あなたにしか、赦してない場所、までっ、ど……どうぞ、愛して……」

羞恥で最後は尻すぼみになりながらなんとか伝えるといきなり伸しかかられ、頬にシーツの感触を感じた瞬間ばちゅんッという強い音と共に身体が衝撃に揺れた。

「きゃッ！　あ、ッ────……ッ」

ジン……と肌が、そしてその肌の奥の奥が痺れる感覚が上半身を這い上り、脳を焼く。

喉を開いて大きすぎる波に打ち震えていると、容赦なく腰を動かされて涙が盛り上がった。

「──ッひ、はッ、やっ今イッ……！　キちゃ、いやぁっルキやだ待って……あっあっ凄、いの、キちゃうぅ……やぁ──ッ！」

「ツく、ハッ、いやらしく俺を扱《しご》いてきて……ッ愛してるよツェツィーリア、もっと乱れて、とことん堕《お》ちて……俺にとってのツェツィのように、俺なしじゃ生きていけない身体になればいいのに」

一度浸ってしまえば二度と戻れなくなる劇薬のような言葉を体内に染み込ませられて、まるでそうしてと強請るように痙攣《けいれん》しながら彼に縋る。

「んっんっ……！　あ、ルキ、奥ばっかり……っ！　あっあッまたッ……ルキッ、るきぃ……！」

「うん、俺の殺したい程愛しくて大事なツェツィーリア……もっと俺を呼んで？」

耳の後ろをチロチロと舐められながら強請られて、……いきなり腰を押しつけられて奥の奥を強めに押し潰されて、震えの止まらなくなった身体で助けを乞うように彼の名を連呼した。

「ヒッ、ルキッるきルキぃ……っる、ルカス……あぁ……ッ」

「そう……そうやってちゃんと俺を呼ぶんだよ。俺はあなた以外愛さない、あなた以外は必要ないんだ。だからね、ツェツィーリア」

——壊れた俺を止めたかったら、あなたは俺に甘えて俺を呼ぶべきだ——

忘れるなと刻み込むように何度も何度も愛を注がれ、何度も何度も愛を返しながら果てて、彼の腕にぐったりと倒れ込むとようやく鎖と目元の布を取り去られ、ぼやけた視界で夜明け色を探す。

「……っる、き、どこ……？」

「いるよ、……そんな不安げにしなくても、今回に限り、約束は守るから安心して」

……凄い不承不承感……そして今回に限ってって、次やらかしちゃったらどうやってお願いしたらいいかしら……とポヤポヤした思考で思いつつも、口から出たのは全く違う言葉だった。

「見えない、の、や……るき、見て、し、たい」

「——あ、ハイ、あの、ごめん、ね」

ぼんやり揺蕩《たゆた》う金色の周りが朱色に染まった気がした。

ふわりと治癒を施され、指先までぴくりとも動かない身体に優しくガウンを着せられ、愛おしむように額に落とされたキスに、終わりのない愛を感じて涙が盛り上がる。

疲れて声さえ出せなくなった私の唇の動きをきちんと読むと、ルカスは苦しげに呟いた。

「ホント可愛すぎて辛い……際限なく抱きたくなるからもう寝て……」

最高に嬉しくて気持ちよかったです、我慢さえも天国だったからまたお願いします……とぽつぽつ言いながら、優しく優しく挨拶《おやすみ》のキスをしてくれたから、頑張って良かったです、とふわふわした心地で眠りについた――

【4】

ジュウッと結構な力で吸いつかれ、夜会会場近くの控え室でこんな行為をしているなんてと、ほんの少し身体《からだ》を揺らしてしまった。

すると首筋に口づけたままふわっと治癒魔法を施され、離れた唇の代わりにネックレスが肌に当たる感覚がして息を吐く。温かな魔力が肌の内側を伝う感覚に安心感を覚えながら、またも近づく美麗な顔を睨《にら》みつけたわ。

「もう駄目ですっ」

「まだイヤリング分が残ってる」

そう言って不機嫌な顔をしながらイヤリングを人質のように掲げるルカスに、何を言ってるんですかねぇ!?　と手を伸ばしながら言い返す。

「いくら他の人には見えないからってつけすぎですしっ、て、手直しをする時間も必要なんですからね……っ」

ハンカチで彼の赤く色づいた唇を拭ってあげると、同じように手を伸ばされ優しくイヤリングをつけられた。パチリと鳴った音になんとなく瞬《まばた》きをすると、ルカスがあやすように私の顎を取りながら盛大に溜息《ためいき》をついてきて、ムキィッとしてしまったわ。

「まだ大丈夫だよ。それにツェツィがつけてほぶっ……ふんふ《ごめん》、ふんふぅふん《調子に乗りました》」

ぐいーっとハンカチを押し当てて、なんですって？　と睨みつけると、ルカスは即座に謝罪した。

ですよね、私が夜会を頑張るためのお守りが欲しいですってお願いしたのは、一か所だけです……！

なのにあれよあれよとキスまで加わって、さらに装飾品を人質にして首回りを酷《ひど》い見た目にしてきたじゃないいっ、もう十分つけたんだからそろそろ納得してよね！

「とにかく、イヤリングをつけてください」

お願いしますねっと片側の耳を見せると、渋々感満載でつけてくれたわ……どれだけ嫌なの……。

「つけ終わったよ。予想以上に綺麗《きれい》。本当に、うっかり幻影魔法を解除したくなるくらい綺麗だよ」

「……ありがとうございます……」

嬉《うれ》しいけど、指輪を弄《いじ》りながらの本気の声が本当に恐いんですが……っ。

そんなことされたら圧倒的に夜会向きじゃない、『家族に悲しいことがありました』みたいな全身を覆うドレスを着て出席することになるので、やめてくださいねっ。なんせ今日の私は、いつビビアナ様に喧嘩《けんか》を売られてもいいように気合入れてるので、戦闘服は必須なのよ！

心の中で拳を握っていると、とんと肩に頭を置きながら抱き締められた。

「綺麗……ホント綺麗……最高に綺麗なのに、俺だけのために着飾ってるわけじゃない上に、またあの女思い出しててホントあの女死《アマ》――……我慢するから、もう一回だけお願いします」

……褒められてるはずなのに連呼されすぎてて大分不気味。しかも「あの女《アマ》し」の「し」がかなり気になった……。そして我慢の方向性がなんか釈然としないっ。

「もう時間が本当にありませんから駄目ですっ」

「……てことは、時間があったらキスさせてくれるのか」

「……──!? な、にを仰《おっしゃ》ってるのかわかりかねます……っ」

違う、違うよっ、そういうことではないんです……！　と首を振ったのに顎と腰を掴《つか》まれて身動きが取れなくなる。

「フィン！　侍従長が入れないようもう少し扉前で立ってろ」

「……はいはい、さっきからずーっと立ってますから、お早く願いますよ、クソ主《あるじ》」

そんな無理矢理時間を作ってまですることでは──って、ちょおっとフィンさん!?　さっきからいないなと思ってたら、そんなことしてたんですか!?　まさか侍従長が知らせに入ってこられないなんてこと──フィンさんだからあり得そう……！

焦った瞬間、視界の隅で時計と化粧箱を掲げたのが見えた。流石《さすが》有能侍女ズ、言ってやってください……！　と視線を向けると、キリッと有能ぶりながらキスの催促をしてきて、泣けたわ……。

「暴力的な美から繰り出される甘い仕草が最高にエモーショナル！　手直しに必要な時間は十秒程ですので、移動時間を考えれば猶予は最大で三分です、ツェツィーリア様」

「同じ色の唇とか最高にエモーショナル！　それ程ゆっくりできるわけではございませんので、できるだけお急ぎください、ツェツィーリア様」

「血色が良くなる程ドレスの威力が本領発揮しますよっ、ツェツィーリア様！　焼きガチョウが食べたいです！」

え、三分もあるの……!?　それこのヒトの前で言っちゃ駄目な情報！　と慄《おのの》いていると、抱え直しながら耳元で甘く囁《ささや》かれ、肩が震えてしまった。

「一分でいいから、俺にもお守りを頂戴、ツェツィーリア」

その言い方は狡《ずる》いわよ……っ。

「……っ、い、一分だけ、ですよ……？」

何故《なぜ》か少なめになった時間に疑問を覚えながら、そっと肩に手を回す。向き合って、蜂蜜《はちみつ》みたいな瞳に促されて受け入れようと目を伏せる直前——

「わかってる。……残り時間は、あなたが息を整える必要があるからね」

そう幸せそうに囁かれた言葉につい、ちょっと待ったぁ！ と口を開いてしまい、微《かす》かな笑いごと舌に入り込まれて拒否の言葉を飲み込む羽目になりました……。

「——ッ待って舌——ンぅッ！ んっンッ……ん、んぅっ、……んー！」

なんてことかしら、これ一分でも長いわよ……！ しかも大分ねちっこい上に、抱え込みながらぐぐって伸しかかってきて顔を全く動かせないようにしてきてる！ 酷い！

「ん……ッん……！ ……っ、ハっ……」

ゆっくりと離れた、私の口紅がついた唇を目で追って、こんにゃろう……！ と荒い息のままルカスを睨みつけると、何故か彼は目元を染めて熱っぽく言葉を吐いた。

「そんな赤くなって……ツェツィ、今日のあなたは本当に美しすぎて部屋から出したくないよ。……繋《つな》いでしまおうか」

危ないこと言い出した！ 最近あの鎖が殊の外お気に入りですものねっ、太さも見た目も自由自在とか一体なんの制御練習してるのよ、ホントこれ以上私に使うのヤメて……っ。

「ルキ様ッ、今日は絶対に出席するって何度も伝えているではないですかっ」

どうしてそんなに私の出席を嫌がるのっとルカスを窺《うかが》うと、彼は諦めたように息を吐き出した。

「あの女に意識向けすぎてて腹が立つんだよ。近衛騎士も動員したし、アニカ達だって来る。あの女が来たって適当にあしらってもらえばいいから、ツェツィが気にすることじゃない」

あなたは俺だけを見てればいいのに……と不満げに話すルカスにムカッとしてしまったわ！

「ルキ様っ」

「なに？」

「私はあなたの婚約者でしょうっ？」

「愛する妻です」

「つっ……あ、そっそうですねっ、妻っ、妻ですからっ、ルキ様にエスコートされてダンスを踊る権利を有しているのは私だけでありたいんですっ。なので！　ちょっかいかけてくる女性を払いのけるのはあなたの隣に立つことが許されている私の役目なんです！　わかります⁉」

婚約者ではなくさっくり妻と言われて、嬉しさから無駄にボルテージを上げて伝えると、ルカスはキョトンと私を見て、そして花が飛び散って見えるくらいパァアアッと破顔した。

「独占してくれるんだ？」

「ツ、そうでしゅねっ！　ど、独占しますっ！」

破顔の威力が凄《すご》くて噛《か》んだけど恥ずかしいから流すわ！　いっそ勢いに乗れぇっわたしぃー！

「俺もあなたを独占していい？」

「そうですねっ！　あっ、ど、どうぞ……」

勢いに乗りすぎたわ、恥ずかしい……っ。まぁ誓紋があるので、あなた以外とダンスとかほぼ無理ですけど。

「あなたを見る男も払いのけていい？」

「そうでっ――……だっ駄目っ、です……っ」

あ、ぶなぁ……！　危うく勢いのまま頷《うなず》きそうになったわ……っ。

あれ、なんか今、笑顔のままチッとかすごーく小さく舌打ちしてなかった？　気のせい？

大体、見るだけで払いのけるとか意味わからないわ。私達今日、大扉から入場するわけですが、その場合どうなりますか？

そこまで考えて、このヒトに視線が集中するだろうから意外に大丈夫そうだな、とちょっと悲しい気持ちになっちゃったわ……。

英雄は白の騎士服にしようって決めたの、誰なのかしら。

勿論《もちろん》グッジョブなんですけど、白のセットアップが映えまくる、何等身ですか？　と聞きたくなるスタイルの良さもさることながら、見上げた先のご尊顔に目が潰れそう……。しかも今日は少し伸びた髪の毛を後ろに流して整えてるから、正直、人外です。

隣に立つ私は、いつにも増して気合が必要な一晩……。

でも侍女魂を燃え上がらせたアナ達が完璧って言ってくれたし、自分でも似合ってる方だと思うし、ルカスだって綺麗って言ってくれたから結構美人に仕上がってるはずっ。

……そうでないと困る……っ。

なんせ相手《てき》は同じような髪色、同じような体型で煌《きら》びやかなシャンパンゴールドドレス。

対して私は真逆の暗めな紫紺色ドレス。絶対に比較される――……意図せずして、私から喧嘩を売り返した感じになったわね……。

まぁ、ワタクシ一応元悪役令嬢ですし、そうでなくても侯爵令嬢。そして第二王子妃候補！　売られた喧嘩は基本買うし、今回はルカスの隣がかかった絶対に負けられない戦い！　これ以上問題行動をされて旦那様が参戦してくる前にさっさとケリをつけないと、彼女の身も私の身も危ない……！

夜会会場《せんじょう》へ思いを馳《は》せていると、ルカスがアナ達を呼んだ。

流石有能侍女ズ、いつの間にいなくなってたのかしら……羞恥で死なずに済んで、大変ありがたいです。

パパーッと化粧を直されて、ルカスの膝から立ち上がると三人に頭を下げられた。

「お綺麗です。それではお時間ですので、会場へご移動くださいませ」

いつも本当にありがとう、と微笑《ほほえ》んでルカスへ視線を向けると、彼は手袋を直しながら金色に鈍い光を灯《とも》した。

「……ツェツィ、必ず守るから、あなたもさっき伝えたことを必ず守って」

その力強く迷いのない声に、前を見据える瞳に胸の不安を拭われて、はっきりと頷いてみせる。

「はい、必ず近衛騎士をつけて移動しますすし、アナ達から勝手に離れたりもしません」

あなたを信じてると見つめ返すと、ルカスは眉間に皺《しわ》を寄せて、駄々っ子になったわ。

騎士様、空気読んでっ。

「……あぁクッソ……ホント部屋から出したくない……やっぱり欠席しない？」

「ルカス様？」

「……はい」

そろそろ切り替えて、と正式な呼び方に変えてにっこり微笑むと、盛大に溜息をつきながら手を差し出してくれたから、その手へ迷いなく指先を伸ばし、並んで会場へと足を向けた。

顔に、身体に、視線が突き刺さる。

向けられる様々な感情を全て微笑みで受け流し、握ってくれる手を信じて足を前に出す。

陛下と王妃殿下に膝を折り、陛下の労《いたわ》りと言祝《ことほ》ぎの言葉と共に、初めて、最初から最後までルカスの隣に立つ夜会が始まった。

陛下と王妃様と一緒にルカスと私もホール中心で踊り、拍手を受けながら王族用の席の横に作られた場所へ移動して、笑顔に力を入れてしまったわ。

……流石英雄、王と同じ高さの壇に席が設けられてる。準王族として出席し慣れている私でも、この位置は緊張します……。

チラッと隣へ視線を向けると、冷静を絵に描いたような彼がマントを払いながら会場へと向きを変えた。……その、裾のはためきからどす黒く重々しい魔力が一気に広がって会場内を満たし、場が凍りついた。

近衛騎士の職務で謙虚な佇《たたず》まいを見せていた彼からは想像もつかない威圧感に、誰も彼もが震え上がって視線を下げ、夜会どころの雰囲気ではなくなってしまった。

ルカスの突然の暴挙に、ドクドクと忙《せわ》しなく血が巡って冷汗が噴き出る。どうしてこんなことをするのか必死で考えながら冷たい横顔になんとか声をかけようとすると、ルカスが小さく呟《つぶや》いた。

「ドレスの裾を見るくらいならギリギリ我慢できるな。……ここまでやっても理解しない奴もいるみたいだが、まぁ追々でいいか」

――……私のドレスのせいだった……っと跪《ひざまず》いて顔を覆いたくなったわ……。

我慢できる範囲が裾だけって、視線の先ほぼ床のみ……挨拶も会話も全くできません……っ。

ルカスの超狭量っぷりに慄いていると、クンッと引き寄せられて、ド甘く微笑まれる。

「る、ルカス様……っ？」

え、もうホント意味がわかりませんっ。足元の魔力と笑顔の差が凄すぎるし、私の椅子はそっちじゃないし……。しかも、いくら距離感はセーフでも顔が近かったら意味があまりないような……何コレ、文句を言いにくいギリギリのラインを狙ってきてる気がするっ。やり口が巧妙ですね！

不可解すぎる状況に混乱を来してうっかり感心していると、ルカスがいきなり私の手をひっくり返し、掌《てのひら》へキスを落とした。ちょっ……何して……!?

「俺の美しいヒト、あなたに傅《かしず》く許可をください」

……――感心してる場合じゃなかった気張ってわたしぃ――!!

掌にキスして何を懇願してきてるの……っちゃんとするって約束したじゃな――距離感はこれですかっ！　確かに距離感はギリギリちゃんとしてるけど、外見《そとみ》だけちゃんとしてても駄目です！

その麗しい顔に浮かぶ無駄にきらびやかな笑顔で大抵のことは誤魔化せるだろうけど、流石にこれは無理よッ……だって膝の上に乗せようとしてるでしょ……!?

「……ッ、まぁルカス様ったら、冗談がお上手ね……」

なんとか返し、震える足を一歩引いてざわめく会場へそっと視線を向けると、私達の親密を通り越した言動を見せないようにと、妙齢のご令嬢が紳士の背中に軒並み隠されていた。

……ナニこの卑猥《ひわい》なパンダ状態……っ。

「ツレナイですね、ツェツィーリア」

ツレナクない！　これが一般常識で、私は至って普通の貴族令嬢ですのでーっ！

「ルカス様、皆様がお待ちですから座りましょう？」

お願い自分の席に一人で座って！

……腰にある手でこっそりドレスの縁をイヤラシく撫《な》でてきても、噛み痕をトントン叩《たた》いてきてもっ、可愛《かわい》く首傾《かし》げて強請《ねだ》ってきても絶対に、ぜーったいに愛称《ルキ》呼びなんてしないわよっ。人前で愛称を呼び合うのはせめて婚約式を終えてからって何度も言ったでしょう！

だから諦めていい加減大人しく座りなさーい!!

視線に怒りを乗せて笑みを強めると、彼も笑みを強めて手の甲へキスを落とした。

「ツレナイところも素敵ですよ、俺の女神……俺を動かせるのはあなただけだ。あなたのお願いなら喜んできましょう」

そのまま指先へと移動した唇が飄々《ひょうひょう》と隣席の王を蔑ろにする発言をして、血の気が引いた。

ベルンにおける英雄の地位は高い。それは王と同じ高さに作られた席を見れば明らかだ。けれど、たとえ同等の地位であっても決して王の命令をきかなくていいわけではない。

それを、さも婚約者に愛を囁くように言ってるにしても、英雄《ルカス》を動かせるのは私だけだと王の目の前で口にするなんて……！　彼のことだから恐らくは何かしらの牽制《けんせい》なんだろうけれど、いくら竜を従える英雄だからって、なんて暴言を吐くの……っ。

凝視する先の金色が、私へ返事を促すように細まった。その瞳に浮かぶ冷静な色に小さく息を吐き出す。そして婚約者の言葉に恥ずかしがる顔を作りながら楚々《そそ》と見上げて、言い返してやったわっ。

「――とても嬉しいです。ですがお戯れも程々にしませんと……」

本気で怒りますけど、いいですか？　当分口もききませんし、ベッドの真ん中にこれでもかと枕を並べますけど、いいですか……っ？

「ふふ、冗談ですよ、ツェツィーリア」

「……ふふふ、ルカス様ったら……」

その恐ろしい程に本気っぽい冗談をもう一度でも言ったら、第二王子妃の間を終生の住処《すみか》とさせていただきます!!　さぁ座りなさい!!

湧き上がる怒りの感情を視線に込めてルカスを見つめると、彼は何故か楽しそうに微笑んだ。

わぁっ意味深で腹立つぅ――ッ！

ようやく場を収め、礼法に則り英雄であるルカスへ膝をつく。差し出された手へ忠誠の口づけを落とし、それから陛下へと礼をして自席へ腰を下ろし、背筋を伸ばして会場へと視線を向けた。

……疲れたなぁ……。このヒトの隣は、フェリクス様とはまた違った意味で大変な気がする……。

とりあえず先程の発言の真意は後で確認するとして、明日以降、〈英雄〉について調べ直した方がいいかもしれない。あの暴言を王が苦笑いで流すなどあり得ない、……から、つまり、王と神器を宿した英雄は、同等では、ない……っ。

婚約者様の立ち位置の凄さに内心で怯《おび》え慄いていると、近くに座っていたレオン殿下が私へと視線を向けて小さくお礼を言ってきた。

「よくやってくれた、助かった。これからも頼む。……俺には無理だ」

「……とんでもございません」

……本当に、とんでもないことですよレオン殿下……！　俺には無理って、あなた様の治世の間、この非常識な英雄もずっとお供しますので諦めず是非とも頑張っていただきたい……！

「……いや、色々と迷惑をかけてすまないと思ってる。本当にすまない。……だが、アレよりそちらのドレスの方が良かったと思うぞ――待てルカスッ、お前の色が似合ってると褒めただけだ……ッ」

ルカスに睨まれ血の気を引かしたレオン殿下から視線を移動させて、貴賓席のビビアナ様を窺い見ると、彼女は「どういうこと!?」とお付きの人に怒鳴っていた。

シャンパンゴールドのドレスがお気に召さなかったのかしら。私、頑張ったのになぁ……翌日もずーっと例の赤い鎖でお互いの手首やら足首やらを繋がれて、さらにはキスイキ地獄巡りまでさせられて、終日恥ずかしい目に遭ったんですよ。なので、何卒《なにとぞ》そこを慮《おもんぱか》って今宵の夜会では是非とも大人しくしていていただきたい。そしてもうドレスを被《かぶ》らせてくるのはヤメてくださいね。

そんなことを思っていると偶然ビビアナ様とパチリと目が合ったから、扇でドレスの胸元を指し示し、にっこり笑いかける。するとビビアナ様は真っ赤になって悔しげに私を睨んだ。

まさかの対比色！　そしてルカスのお色！　ホホホ私こそが彼の婚約者ですので、隣になんて立たせませんわよ〜……馬鹿みたいだわ。世の悪役令嬢さん達は随分な仕事をさせられてるのね……。

ちょっと落ち着こう……と扇の端で口元を隠して息を吐くと、にゅっと白い手袋が差し出されたから、その手袋の主へ視線を向ける。

「ツェツィーリア、是非もう一度あなたを独占する機会を俺に」

ルカスはフィンさんに何事か耳打ちされているにも拘《かかわ》らず甘い微笑みを浮かべていて。シャンデリアの光を受けてキラリと輝いた耳環に、奥歯を噛み締めて微笑み返す。

「喜んで、ルカス様」

……ぁあホントコンチクショーなんですけどっ。やりたい放題されて腹を立ててなお、胸を占めるのが愛《いと》おしむ感情だけとか、凄く悔しい……！　くそぅ、今こそ本領発揮するのよ、王子妃教育！

そうして無駄に密着するダンスを二度程踊ってから、アニカ様のところへ移動する。

王家主催の祝いの夜会で醜聞を望むような愚かな高位貴族は、そういない。

だからこの場で気をつける べき相手は、立ち居振る舞いを弁《わきま》えることができない程に状況が逼迫《ひっぱく》している低位貴族だ。けれど低位貴族は、紹介がなければ身分が上の人間に話しかけることは難しい。

だからアニカ様やアルフォンス様が視線を向けていないのに私達の方へ足を向けようとすると、護衛として動員された近衛騎士が牽制するように身体を向け、……ついでに剣の柄にまで手をかけます。

あの物騒すぎる指示は誰が出したものなのかしら……まさかと思いますが、副団長様の指示でしょうか……ッ？

そんな感じで、有力で手堅い貴族以外には話しかける隙さえ与えず、ビビアナ様が近寄ろうとすると、何やら交渉したらしいレオン殿下を文字通り顎で使ってダンスに誘わせたりして、完璧な警備態勢でつつがなく夜会が進んでおります。ですので、私の払いのけの出番がありませんっ。

無駄に戦意上げたから、ちょっぴり切ない気分だわ……やり合わずに済むならそれに越したことはないんですけれども。

ホールで踊るレオン殿下へ労りの視線を向けていると、大きな身体で視界を遮られた。

腰を引き寄せてグラスを手渡してくるルカスに、少しジトッとした視線を向けながらお礼を言うとアニカ様がコロコロと楽しそうな声を出した。

「ふふっ、前と変わらない様子で安心しましたわ。ねぇツェツィーリア様、この不肖の弟はいつあなたに会いに行ったのかしら?」

「――あ、その……っ」

その全てお見通しと言わんばかりの言葉に羞恥を覚えて逡巡《しゅんじゅん》していると、ルカスがサラッと答えてしまいました……羞恥って言葉、ご存じですか……っ?

「討伐から戻って結構すぐです」

「待ってくださいい殿下、公式の挨拶は第二王子宮だったと聞いています。それだとその……話が噛み合わないと思うのですが」

記憶喪失はどうしたんだと暗に問いかけたアルフォンス様の言葉に、アニカ様も頷いてルカスを見つめたから、顔を覆いたくなったわ。あぁこの流れ、絶対に恥ずかしい目に遭う……っ。

「助けた際に一目《ひとめ》惚《ぼ》れしました。ツェツィーリアに惚れ直さないはずがないので、当然の結果です」

「……我が弟ながら、なんと言うか……」

「……ここまで一貫しているといっそ感心しますね……」

いやぁッ、埋まりたい……っ。

こういう話はこんな夜会の場でお姉様とその旦那様相手に無表情でサラーッと言うものではないし、「前も今も、俺はあなたしか目に入らないからね」って指輪にキスしながら言うものでもないと思うのよ……!

もう私の血流コントロールも限界なんだけれど、夜会の間中これなのかしら……っ。

胸中で嘆いているとアニカ様が思わぬ発言をして、目を見開いてしまった。

「ふふっ、それでルカスったら夜会開始時にあんな威圧したり冗談を言ったりしたのね。アレでもうほとんど全てのご令嬢がルカスに近寄ろうだなんて思わなくなっただろうし、ツェツィーリア様にも何かしようだなんて思わなくなったんじゃない？　ねぇ、アナ、ケイト」

「英雄が自分を椅子代わりにしたがるくらい溺愛する方ですので」

「お二人の間に割り込もうものなら、恐ろしい目に遭うこと請け合いです」

その三人の言葉に「少しでも何かしようとしたら、家に黒竜飛ばされそうですね」と、のほほんと返すアルフォンス様の台詞《せりふ》が耳を素通り――はしなかったけど、でも流せるくらいの衝撃を受けた。

まさか、あの睥睨《へいげい》と卑猥パンダ問答にそんな理由があったなんて。

まさか本当に、私の馬鹿であり得ない願望を叶《かな》えてくれるなんて――……もう少しやり方は考えてほしかったけど。睥睨と魔力による威圧に倒れてしまったご令嬢やご婦人もいたし、見える範囲まで軒並み涙目でガクブルしてた……。

完全に畏怖の対象となってしまった彼と私のこの先に少しの不安を覚えつつも、喜ぶ心から目を背けることはできなくて。痛みを感じる程の胸の苦しみに涙が滲《にじ》みそうになるのを必死で耐えて、愛しい存在を振り仰ぐ。

喉が熱くて小さくしかお礼を言えなかった私に、彼は嬉しそうに笑い返してくれた。

「カーテンにくるまるあなたは凄く可愛かったけど、あんな風に泣かれるのは辛《つら》いからね」

「ツ、一言、余計……っ」

わざとなのだろう、少し意地悪げに言われた言葉に、彼の胸元を叩く手がペチンと甘えるような音を出した。好きだと伝える弱々しさに頬が染まってしまうと、より引き寄せられて。

立て直す時間をくれた優しさが嬉しくて素直にその身体の陰に収まって見つめると、溜息をつかれたわ。え、何故ですかっ？

「我慢も限界に近いんだけど……もう部屋に戻らない？」

「我ま――ッ、も、どりませんっ。大体コレはあなたのせい……っ」

慌ててルカスの胸元を押して距離を取ろうとすると、腰に回る彼の腕が強まって顔同士が近づく。

「俺のせいだから全部俺のだろう。戻らないなら、せめて俺だけを見て」

不機嫌そのものの顔で吐かれた独占欲に塗《まみ》れた台詞に、あなただけしか目に入らないのでご安心ください!!　と脳内の分身がはしゃぎ回るのを止められなかったわ……ッ。

言い返せず、羞恥から睨んでしまうと、ルカスさんは何故か嬉しそうに笑いました。

私睨んだのに、何故そうなったの？　ホント解せぬ……。

そんな感じでご機嫌なのか不機嫌なのか微妙な彼と話していると、アニカ様がわざとらしく扇で私達をあおいできた。えっ、なんですかっ？

「はいはいイチャイチャしすぎないで、見てるこちらまで熱くなってきたわ。ねぇ、前より親密になってる気がするのだけれど、もう少し詳しく訊《き》いてもいいかしら？」

「そうですね、前はもう少し他人行儀だった気がしますが……」

首を傾げるアニカ様の楽しそうな口角とアルフォンス様の追撃にヒッと顔を強張《こわば》らせると、アナとケイトまでニヨニヨ笑いながら、扇で私達をあおぎだした。

「呼び捨てとかぁ～ゲッフゲフッ」

「痴話喧嘩とかぁ～ゴッフゴフッ」

わぁぁあっ余計なことをぉ……ッ！

ゲッフゴッフ言ってるけど、それ逆にアニカ様の関心を引いちゃってます！　わざとね!?

「呼び捨て？　痴話喧嘩っ？　あらあらぁ……ふぅん？　次のお茶会はいつ頃がいいかしらね……」

あぁぁお茶会と称した羞恥心を鍛える修行の場をセッティングされてしまうっ、なんとかお断りしたいぃ……！

ぐるぐる動揺しているとルカスが顎をチョイッと触ってきたから、助けて！　と顔を向ける。すると彼は不機嫌そうに呟いた。

「……もう正式に結婚したい」

「……婚約を飛び越さないでくださいませ」

なんか我儘《わがまま》言い出した……と頬を染めつつジト目を向けると、アニカ様が堪《たま》らずという風に笑い声を上げたわ。ホント楽しそうですね、アニカ様……。

「ふふっ、ルカスったら、結婚したってツェツィーリア様を隠してはおけないわよ？　こんなに美しい花、見て楽しむくらいいいじゃない」

「見せたくないんです」

「独占欲の塊ねぇ。少しは年上らしく余裕を見せないと駄目よ？」

「放っといてください」

そのアニカ様の一言に、はたと気づいてしまったわ。

そう言えばルカスさん、二つ年上でしたっ。でも、安心感は凄くあるのに年上ぶってるところがない気がする……むしろたまに子供っぽいし。婚約者になってから一緒にいることが自然で当たり前すぎて、年の差を感じたことがなかったわ。

それにもしルカスが年下でも、必ず彼を好きになってずっと一緒にいるところが想像できる――

「ツェツィーリア様だってもっと年上らしい態度を……って、あら」

「アニカ、あまり野暮なことは……おや」

「ツェツィ？」

「――あ、私はルキ様であれば年の差、は……っ！　あ……ッあの、年上らしい態度はその、どちらでも……ッ」

私と同じくらいの身長のルカスから愛を告げられる想像をした瞬間、同じ声で名を呼ばれ、ついうっかり心の声が表に出てしまった。せめてこれ以上の追及を避けようと必死で口角を上げると、アニカ様が「これは想像以上だわぁ……うふふ」と小さく笑い声を上げたから、奥歯を噛み締めたわ……今こそ血流コントロールのときぃ……っ！

すると味方のはずの後ろのニセ女官が「年の差なんて～むふんっ」「上でも～下でも～いやんっ」と追い打ちをかけてきたから、首筋が熱を持ってしまって汗が噴き出そうになり、ご本人様に「放っといてください」ともう一度言ってと懇願の視線を向けた、のに……っどうしてご本人様まで追い込んでくるのかしらねっ！

「何を想像してたんだ、俺のツェツィーリア？」

「べ、つに、何も……っ」

想像して……っましたけど！　年下とかちょっといいなと思っちゃいましたっ、すみません！

「我が弟ながらヤラしい性格してるわ……これはお兄様のせいかしらね」

「いや、これはディルク殿ではなくて……なんでもないよ」

なんでもなくないですアルフォンス様……！　奥様《アニカ》を甘やかに見つめてますが、まさかこのねちっこさは、まさかまさかのお姉様の教育に因るモノでしょうか……!?

「ツェツィ？」

じわじわと近づいてくる金色に私の頬までじわじわと染まり始めてしまい、どうして追い込んでくるの！　と腹が立ってつい言い返してしまった。

「ツ、二つ年上だということを思い出していただけです！」

するとルカスはビタッと止まって、目元を染めながら眉間に皺を寄せた。

「それは、二つ上だけど……何か問題でもっ？」

いえ全然問題ないんですけどその反応はもしかして、気にしてる……？　そう言えば、頑張るって言ってた！　と覚えのある顔に記憶を蘇《よみがえ》らせていると、モンターク夫妻が何やらゴソゴソやっていた。

「凄いわ、ルキが照れて不貞腐《ふてくさ》れるなんて……っ、記録水晶、記録水晶用意しなくちゃ」

「大丈夫ですよアニカ、私が持ってます」

……何をしてらっしゃるのかしら……そういう役割はてっきり後ろの女官二人だけだと思っていたのだけれど……。

そんなことを考えながら、強いのに可愛いヒトについ顔が綻んでしまう。

あなたでなければこんなに好きにならなかったし、人外美形の子供怒り照れは最高にきゃんわいぃ！　って心の中の分身さんも悶《もだ》えてるから安心してくださいなっ。むしろ是非見せてって思うのだけれど、ここは素直に終わらせるべきよね。

「……いいえ、問題なんてありませんわ。本当にただ、年上だったなぁと思っただけです」

ありのままのあなたが好きって言ったでしょう？　と伝えるように見つめると、ルカスはとうとう悔しげな顔で頬を染めた。解せぬっ。でも可愛いっ。

「～ッ年上っぽくなくてすみませんねっ。大体、何を想像してたんだっ？」

「ルキ様が年下だったらどうだったかな、と」

「……。……どうだった？」

想像していた内容を伝えると、ムッとしながらも訊かれたから笑ってしまったわっ。

「訊くのね」「本当に一貫してますね」「初志貫徹」「初恋貫徹」というアニカ様たちの言葉を聞き流しながら、どこまでも愛してくれる彼に心が甘く震えるのを自覚する。

「知りたいですか？」

問いかけ返した声が弾んでしまって恥ずかしくなり目を伏せると、ルカスが私の手を持ち上げた。

「是非知りたいので、ダンスでもどうですか、俺の愛しいヒト」

「……えぇ、喜んで」

これ以上は二人きりで話そうと気恥ずかしげな表情で提案してくれたから、賛成です！　と彼の腕に手を添えた。

——クルリとターンして支えてもらうと、ルカスが甘く見つめながら口を開いた。

「ツェツィ、悪いんだけど俺ちょっと抜けます」

「夜会の進行に何か問題でも？」

「いや、大した用じゃないからすぐ戻るよ。……絶対にアナ達から離れないでね」

何かしら？　表情も瞳も甘やかなんだけど、なんだか少しだけ雰囲気が怖いような……。

「わかっております、ちゃんと約束通りお待ちしておりますから」

何方《どなた》かじゃあるまいし、私は常識的ないい子ですよ、とちょっと失礼なことを思いながら言葉を返すと、ルカスは微笑みながら、まるで私の心を守る呪いをかけるように囁いた。

「愛してるよ、ツェツィーリア」

「っ、あの、私も愛して、ます……なんですかっ？」

いきなりはやめてよ！　と少し恥ずかしくなりつつ返事をすると、彼は答えず、ただ金色を嬉しそうにとろりと緩めた。

そこでちょうど曲が終わり、アニカ様達がいる場所へ戻る。一言二言言葉を発して私をアナ達へ預けたルカスは身を翻す直前、私の耳元に恐ろしく甘い声で脅し文句を吐いた……ッ。

「……約束、破ったらお仕置きだよ、ツェツィ」

「――ッ」

覚えていたくなかった覚えのある単語に、背筋が粟立《あわだ》って冷や汗が噴き出たわ……っ。

彼は笑顔のまま固まった私を見つめると、目を眇《すが》めて革の手袋で耳から顎に触れてきて。少しキュッとする感触に私が唇を震わせると小さく笑い、マントを翻して王族用の奥扉へ去っていった。

その背を凝視しているとグラスを準備してくれたケイトに声をかけられ、身体がようやく動きだす。止めていたらしい息をそっと吐き出し、差し出されたグラスを慌てて受け取って取り繕うように口をつけた。

……脳裏に蘇るのは、ベッドの脇机に入れてたはずの『閨における妻の作法その二』を私に見せてきたルカスの恐ろしい程にドロついた笑顔……っ。

「誰に教わったのか気が気じゃなかったけど……勉強熱心だね、俺の奥さんは」

も……っ戻すの忘れてた――！　でも教材だから、誰の命も取られないはず……っ。

行いを思い出して真っ赤になりながら「返してください」と小さく言うと、彼は嬉しそうに声を上げて笑いながらあっさりと手渡してくれて、別の本を――『妻を悦《よろこ》ばせる夫の作法〇〇編〇の一』と題された本を見せびらかすように掲げた。

「ねぇツェツィーリア、俺も、あなたを悦ばせたいから勉強したんだ。夫として頑張らないとって思って」

そう言いながら指で隠していた〇〇の部分をわざとらしくずらして見せてくれて、血が沸騰したかと感じるくらい脳が熱を持って身体が動かなくなったわ……っ。

「え……――ッ！」

それ、は、あなた様には全く以《もっ》て必要ないお勉強ではないでしょうか……ッ。だ、だって、その手に持ってる本……、ば……番外編って書いてある……!!

どうして初手で番外編を読むの!?　ていうか番外編てナニ!?　絶対に碌《ろく》でもない内容だし、そこは『妻を悦ばせる夫の作法その二』が正しいと思うのだけれど、どうして『妻を悦ばせる夫の作法番外編その一』なの……!?　その一は正しいけど全体で見ると猛烈におかしい……！

何からツッコむべきなのか、むしろツッコんでいいのかそれさえもわからず、ただ、今逃げたら間違いなく危険なことだけは理解していた私は、ドロついた瞳にごくりと喉を鳴らして凝視する。

「ツェツィ……ねぇ、俺の可愛い奥さん」

「ッ、あ、の、……っ」

鬼畜は、甘く甘く蕩《とろ》かすように名を呼んで私をその声だけで雁字搦《がんじがら》めにすると、バサッと音を立てて本を開き私の前に掲げた。

「ただね、少し……すこーしだけ激しめなんだけど……できそう？」

……いや、ホントもう……このヒト意味不明で摩訶不思議《まかふしぎ》生物……。

なんでしょうか、その問いかけ……絶対に、誰であっても、そんな恐ろしい絵を見せられて「いやん旦那様のためならできますよばっちこーいっ」とか言わないと思うんですけど……。

それとも世の妻は皆そうやって旦那様のご要望にお応えしているの？　私も妻として頑張るべき？

……というか、私は頑張れるの……？

そう、愚かにも自分に問いかけると、心の深い、ふかぁーいところからとぷんと顔を出した分身が「できるよ～だって監禁されても、殺されてもいいって思うくらい愛してる……搦め捕られて繋がれたいって望んでるじゃない。楽勝でしょっ」と呟いた。

――……あぁ、なんか納得……。

できちゃうのかぁ……もうそこまでね。そっかそっか、じゃあ妻として根性を見せるべき――

……ッて何考えてるの、できませんよっ!!　でーきーまーせーんぅーっ!!

今のは気のせい、疲れからくる幻聴よツェツィーリア……っ！　だってこんなのもう、溺れるくらいっていう詩的な表現を通り越してるもの……っ。絶対駄目！　絶対にそこまで行ったら駄目……！

だから……っなんでもいいからとにかく拒否するのよわたしぃぃ――――！

あまりに卑猥でマニアックな絵と、チラッと見ただけで絵を簡単に上回った恐ろしい文章に、身体中を真っ赤にして涙目でガクガクブルブル震えた私に、ルカスは小首を傾げて「無理そう？」と訊いてきたから、当然一も二もなく飛びついて高速首振りをさせていただきましたっ！　当然！　ええそりゃあもう首の筋痛めるかと思うくらい、頑張って振らせていただきました！

すると彼は「ふぅん？」と私を窺うように見つめると、小さく小さく、「じゃあこれはお仕置き用かな」と宣《のたま》ったのである。

――嘘《うそ》でしょ、お仕置き用を登場させるのが早すぎる……ッ。

というかあのとき、お仕置き用ってなんじゃいこちとら六年も地獄の教育受けてきた淑女ですよお仕置きされる謂《いわ》れはございません！　と思ったのだけれど、ヘタレなもんで言えませんでした……。

だって下手に言い返して、その場であの本をお試しされたら……!!　ホント、アレ、ダメ。

……落ち着くのよツェツィーリア。大丈夫、約束を守ればいいだけよ。とにかくアナ達から離れず近衛騎士を伴って行動すればいいのよ、簡単じゃないっ。六年も王子妃教育を受けた私にかかればお手の物ですよオホホホ、ホ……。

……怖いよぅ……っ。

あのヒト最近、俺なしでいられない身体になればいいのにって何度も言ってくるから、変だなって思ってたけど……まさかディープな知識をつけてくるなんて……！　魔力で練られた紐《ひも》だから身体に痕もつかないし痛みもないし、便利だなコレとか呟いてたけど、俺に縛りつけたいとのお言葉を本気の現実にしようとしてこられるなんて……ッ。ホント、ご自分の性癖をよくご存じで！

「ツェツィーリア様？　どうされました？」

「つ、あの、踊って少し暑くなってしまったから、テラスに行きたいのだけれど……」

うるさく鳴る心臓を持て余して動揺していると、アナが声をかけてくれた。

ありがとう有能侍女……！　今すぐ心を落ち着かせたいので、是非ともついてきてくれませんかむしろ離れないで……！

「畏《かしこ》まりました、お飲み物は？」

「もう一杯だけいただくわ」

平常心平常心……っと心の中で呪文のように唱えながら、アニカ様とアルフォンス様にテラスへ行く旨を伝え、近衛騎士を伴って足を向けた。

その途中できらびやかな貴族子弟とこれまた無駄にきらびやかな護衛騎士に囲まれたシャンパンゴールドのドレスが移動しているのが目に入り、げんなりしてしまったわ。

ちょっと今はよしてくれませんか……精神疲労が凄くて喧嘩ドコロじゃないんです……。

「……まさか、あの人数でこちらへ来るなんてないわよね」

「近衛騎士を増やしましょう……ツェツィーリア様、騎士が交代するようです」

ケイトの密《ひそ》やかな声に疑問を覚え、近くに寄ってきた騎士をチラッと見て――顔が強張りそうになるのを必死で堪《こら》えた。

慌てて、許されるギリギリの作法で顔を動かし会場を見回し、夜明け色を探す。そして移動してくる集団の中にその色を見つけてしまい、心臓がどくりと跳ねた。

どういうことだと目を見開き、もう一度、近くまで来て私へ手を差し出す騎士へ視線を戻して、説明を求めるように震える指先をその手へそっと乗せた。

「……お久しぶり、でしょうか」

夜の庭園に映えるように設置された噴水の水音を聞きながら薄明かりの灯ったテラスで向かい合い、臙脂《えんじ》色の騎士服を凝視する。見つめてくる視線を意図的に無視して声を絞り出すと、その人は吐息のような笑いを零して口を開いた。

「あぁ、まぁそうですね。グラスを交換しますか？」

……その、間違えようもない程に耳に馴染《なじ》んでいる声に、ドレスの中の足が震える。

あまりの暴挙に動揺したせいか、目の前の人物に声を荒らげてしまった。

「いいえ、結構です。……――っこんなところで何をしてらっしゃるの……!!」

「護衛ですが」

「そういうことを訊いているのではないとわかっているでしょう――ッ」

冷静そのものといった声で返され、カッとなって言い返すと、彼は私を宥《なだ》めるようにそっと引き寄せて、冷たい声で囁いた。

「……多大な犠牲が出るのは、あなたはイヤでしょう？」

示された意図にヒュッと息を呑《の》み込んだ瞬間――声をかけられ、タイミングの悪さに持っていた扇を力いっぱい握り締めてしまう。食い込んだ爪で動揺を押し殺し、吸い込んだ息を精一杯静かに吐き出して血が上った頭を無理矢理冷ます。

その私の様子を窺ってくる騎士を睨みつけてから、エスコートしてくれていた手を離してゆっくりと振り返った。

「ごきげんよう、ツェツィーリア様」

「……ごきげんよう、夜会は楽しんでらして？　ビビアナ様」

現れたビビアナ様に顔を向けると、彼女は華やかな、そして嘲笑うような笑みを浮かべた。

……落ち着くのよ、まだ大丈夫……むしろテラスで良かったわ。会場内で話しかけられていたら、目も当てられないことになってたもの……っ。だから大丈夫、落ち着いて対応をするの——必死に自身を宥める私を無視して、ビビアナ様は甲高い声を出した。

「ところで、ツェツィーリア様はこんなところで騎士と二人きりで何を親密そうに話してらっしゃるのですか？　ルカス様はご存じなの？」

……なんの真似《まね》……っなんてことを——!!

「勿論、ご存じですわ……」

想定していなかった、想像もしていなかった事態に口紅の下が青褪《あおざ》め、声が震えてしまった。

バレたら間違いなく外交問題に……最悪戦争に発展する。

それ程、現在のベルン王国において、恐らくは代わりがきかないという点においてなら王よりも重要度の高い人物を、そして神器である宝剣を貶《おとし》める行為に身体から冷や汗が噴き出た。

宝剣《エッケザックス》に意思があるということは、己の居場所を決められるということだ。もしもこの侮辱行為により宝剣がベルンから消えたら、たとえ王妃殿下の生国の出であっても赦《ゆる》されない……赦されるはずがない。

彼女は貴族令嬢とは扱ってもらえず、簡単には楽にしてもらえない程重い刑罰となる。さらには、彼女を呼んだ王妃様は良くて毒杯、最悪身分剥奪で市中引き回しの上公開処刑もあり得る。

そして陛下も退位を余儀なくされ、王妃殿下の血を引くレオン様の治世も輝きを失うことになるだろう。

……何より、境の森に隣接しているベルンは魔獣を討伐できなくなり遠からず滅びる――

彼女の欲望を成就させようとする行いで、どれだけの人間が傷を負うことになるのか。

どんな手を使ったかなど、もう問題ではない。

その身にどれ程尊い血が流れていようと、ベルンでは意味も価値も持たなくなった。それを、この女性はまるでわかっていない……ッ。

そう、心の半分は目の前の問題を冷静に分析するけれど、もう半分は激情に埋め尽くされていた。

その姿を、夜明け色の髪を、白磁の美貌を怒りを込めて凝視する。

そんな私に、腰にそっと置かれた手が落ち着かせるようにトントンと叩いてくるから、その感触にむしろどんどん心が熱を持ってしまう。

――私ノるかす。

ビビアナ様が差し出した手をさも大切そうに取り、ゆっくりと前へ出てくるその姿を、白の騎士服を燃やそうとするように苛烈に見つめる自分を自覚する。

――私ノるきニ。

「まぁっ、そうなんですか？　ルカス様？」

愉悦を堪えきれていないビビアナ様ではなく、霞《かす》んだような淡い金の瞳を見つめ返し、その口が開くのを待って。

「――知らないな、どういうことだ？　不貞を働いていたのか、ツェツィーリア」

大好きな声で、傲慢さを隠しもせずに吐かれた言葉と共に親しげに名を呼ばれ、心に浮き上がっていた様々な問題は、吹き荒れる感情と覚えのある光景で塗り潰された。

瞼《まぶた》の奥に、冤罪《えんざい》をかけて力業で私を跪かせ、厚顔無恥にも婚約破棄を高々と宣言した元婚約者とその恋人の姿が蘇る。

一つ、瞬きをして現実に戻ると。

目の前にはビビアナ様とその手を握る、ついさっきまで私の隣にいた彼と全く同じ顔をした男性。

まさしく同じように繰り返されようとしている光景に、手の中で扇がギシリと音を立て、その音で心の引き金が軋《きし》んで弾《はじ》けた。

――私ノるきニナンテ侮辱ヲ――！

「……ビビアナ様、冗談も程々にしてくださいませ」

十七年生きてきて初めて目の前が怒りで紅く染まり、自分から出てるとは思えない程の冷淡な声が出た。

口元だけを上げて見据えると、彼女は自分の行いを自慢するように囀《さえず》った。

「ツェツィーリア様こそ程々になさってくださる？　まぁ、冗談と受け止めたい気持ちはわかりますけれどっ」

「では、冗談ではないと？」

小さく首を傾げて問いかけると、ビビアナ様がわざとらしく申し訳なさそうな顔をした。

「わたくしだってツェツィーリア様に申し訳ないと考えて身を引こうかと思ったのです。けれど、ルカス様が」

「誰、と？」

言葉を遮り問いかけ直す。……これが、最後だと思いながら。

すると彼女はカチンときたのか、即座にむくれて甘ったれた声を出した。

「現実をきちんと見ていただきませんとっ。わたくしの隣に立っていらっしゃるでしょう！　ルカス様ですわっ、ルカス・テオ――」

「ビビアナ・ベッローニ」

なんて愚かな。

なんて傲慢な。

なんて、なんて腹立たしい……！

私の愛するこの世で唯一無二の存在を、ただ私を貶めて堕《お》とすためだけに使うなんて……!!

もう笑みさえも浮かべられなくなったのを自覚しながら、ビビアナ様を、そしてその横の女神のような男性を射殺すように見つめた。

「なっ……失礼ですわよ！」

「黙りなさい、ビビアナ・ベッローニ。今、すぐ、その愚かしい言葉しか吐き出さない口を閉じなさい」

「はぁっ!?　ちょっと！　私は王家の血を引いているのよ!?　それをいくらまだ英雄の婚約者だからと言って！　たかだか侯爵令嬢如《ごと》きがそんな口をきいていいと思っているの!?」

プライドばかり高いのが窺える言葉に、笑うように声が出てしまった。

「隣国の王家の血を引いただけの侯爵令嬢如きが、我が国の英雄の御名を許しもなく使い、軽々しく口にするなど、そちらこそ身の程を弁えなさい。まして彼《か》の方は宝剣《エッケザックス》を身に宿し竜を従える真実《まこと》の英雄です。その御身がどれ程尊いか……冗談では済まされないことをしていると自覚して、今すぐ迎賓館《へや》へ下がりなさい。これは命令です」

「なっ……なんですって……ッ!?」

名を軽々しく使うだけでも赦されないことなのだと伝えたけれど、ビビアナ様は理解しなかった。

顔を真っ赤にして怒り、そして助けを求めるように手を握るヒトへ顔を向けたから、より苛烈な視線を彼女が向けた先へ注ぐ。

よくも私の前に、と怒りを込めて。

「あなたも、何を思ってこのようなことをしたのかは存じませんが、これ以上の愚行は赦しません。今、すぐ、この場から、私の前から立ち去りなさい……！」

けれど私の怒りにそのヒトは堪らないとばかりに口角を上げて、まるで意味がわからないと言うように、無知で愚かしい内容を口にする。

「何故だ？　おかしいな、俺とお前はまだ婚約しているだろう？」

「まだ……？」

言われた言葉に、ハッと息が漏れた。

私の様子に気を良くしたのか、そのヒトは美貌を歪《ゆが》めて笑い声を上げる。

「ク……ハハハハ！　そうだ、まだお前は婚約者だ！　そしてすぐに婚約を破棄される、憐《あわ》れな女になる……お前は、また捨てられるんだよ、ツェツィーリア……！」

「……」

吐かれた言葉に、ビビアナ様がフェリクス様に会いに行った理由はこれだったのか、と納得した。

婚約破棄事件を聞いて、同じ目に遭わせてやろうと思ったのだろう。

私を、指輪まで嵌《は》めて伴侶同然となった相手から公の場で二度目の婚約破棄を宣言され捨てられる、惨めな女に仕立てようとした。婚約破棄の宣言など有効性がないことを知っていて、なお、捨てられたという事実を作り上げ、私が自らルカスの元を離れるように。

その空いた席に、自分が入り込むために。

……それが、どれ程ルカスの名誉を傷つけるかも考えずに。

「……そんなこと、で」

「なんだ？　流石に今度こそ泣いて嫌だと縋《すが》りつきでもするか？」

「ふふっ、あぁ、痛ましくてお気の毒だわ、ツェツィーリア様。でも泣いたって駄目よ！　私達、真実の愛に気づいたのっ。だからこれ以上第二王子の婚約者の座に居座らないで、あなたこそさっさと消えてくださる？　あぁ、安心して？　捨てられたことなどない、瑕疵《きず》一つない私が、ルカス様の、最強の英雄の隣に立つから！」

「――ふ、ふふ、ふふふ」

またも同じ舞台に立たされた自分への呆《あき》れと、あまりにも馬鹿馬鹿しく身勝手な理由に……そしてそれを上回る怒りに、笑いが零《こぼ》れ落ちてしまった。

恋が恐ろしい力を発揮するのは知っている。

ミア様とフェリクス様がそうだったし、私自身だって、嫉妬の炎で身を焦がした――……その後羞恥心で結構な火傷《やけど》を負った上に、最終的にドSの嫉妬の業火で丸焼けにって思い出しちゃ駄目よツェツィーリアっ。忘れないと……っどうして私の乙女心ったらあんな恐ろしい嫉妬を思い出して、キュンてするのよぉ！

くそぅ乙女心のヤツ……、コヤツめがとにかく手に負えないのよっ。だから、馬鹿馬鹿しい理由で馬鹿みたいな行為に及んでしまうのもある程度はわかる――……いえ、わかりませんね。

コレはない。こんなのは迷惑行為を超えたご乱心です。

そしてたとえ恋心による乱心であっても到底赦されないし、赦すことはできません。

恋しい相手の隣に立つために、恋しい相手にあり得ない程の侮辱行為をして盛大に瑕疵をつけるなんて、あり得ません。なしです。

……ビビアナ様はプライドの高さもやり方も貴族そのものだから、ミア様とはまた違った花畑出身なのかしらね。

でもあのときはミア様が主体だったけれど、今回はどちらかと言えば、ビビアナ様というよりも隣の男性が主体で動いているような……？

常識があるならばこんなリスクの高い行為を手伝おうとは思わない。かと言って、好意なり忠誠なりで手伝ったという感じでもないのよね。別の目的を持って動いてるような……まさか、ね。

それにしても、恋人ごっこの舞台には悪役令嬢が必須とか誰が決めたのかしら、凄い迷惑……。

私、ミア様がヒロインのモノしか知らないんだけれど、まさかまさかの続編とかあったのかしら。知ったところでこの場所は絶対に譲らないし、ここまで彼を侮辱したのだから、後戻りもさせないけれど。

腰にある手に、一歩も動かず隣にあり続ける存在に自然と口角が上がる。

悪いけれど、悪役令嬢には鬼畜な騎士様がついてるの。

そちらだって護衛騎士を連れているし、そのルカスを連れてこられたということは、魔術が使える人間だって用意したのだろうし……私は立ち去れと忠告したのだから、文句は言わないわよね？

あなたも、あなたに手を貸した人間も、決して赦さないわ。

では、婚約破棄でもなんでもしてもらいましょうか……できるものならね、と気持ちを表すようにパシンと掌に扇を叩きつけ、にっこり笑いかける。すると考えていた通りの反応を見せなかった私に、ビビアナ様が苛立《いらだ》ちの声を上げた。

「なんで笑っているのよっ？　そうやってお高くとまっているから二度もこんな目に遭うのを理解したらどうっ？」

「こんな目に遭う、ですか？」

「そうよ！　あなたの婚約者は私を選んだの！　それがどういうことか、わかってるんでしょう!?」

私が悔しがるなり嘆くなりすると思っていたのだろうし、これがどういうことか理解はしているけれど、それ以上にルカスの何を見ていたのか疑問です。

確かに術は巧《うま》く組んでいるけれど、彼はもっと全体的に艶やかで色っぽいんです。女子として歯噛みする程にっ。ですので、そんな庶民的な雰囲気を出してるヒトはルカスとは認めません。

――何より、瞳が違う。

ルカスの金はもっと美しい。

何者も真似できない、純粋で狂気的な感情《いろ》が浮かぶ心を囚《とら》えて離さない深い金色……きっとあんな美しい金色《こんじき》は世界中探したってありはしない。

そんな薄っぺらい、紛《まが》い物の金であのヒトになろうなどと、本当に腹立たしいわっ。

「ふふ……本当に、細やかなところまで気が回りますこと。でもご心配には及びません、私のことはお気になさらず、どうぞ続けてくださる？　真実の愛に気づかれた、ということは、婚約破棄の宣言をなされるのでしょう？　……勿論、破棄も撤回もできないことをご存じだと思いますけれど」

だって既に比翼連理の誓いを結んでいるもの、と弧を描く口元を左手で隠し、わざとらしく指輪を見せつけると、ビビアナ様が声を張り上げた。

「指輪……！　それだって正式なものではないのでしょう!?　だったら外せばそれで済むはずよ！大体、記憶を失《な》くす前のルカス様との婚姻など無効よ!!」

無効、ね。

まぁ確かに正式ではないけれど、両家の両親、さらには王太子殿下立ち会いの元で行われた婚姻の誓いを無効だなどと、よく叫べるわね……不敬罪適用されてもおかしくないレベルなのだけれど。

そんな言葉をこうも堂々と口にする――これは、もしかして王妃様も後ろにいたりするのかしら。

……いたらマズイなぁ。

正直、今の王妃様の地位で英雄の婚姻契約に異を唱えるなんて無謀もいいところだ。彼女の価値はフェリクス様の婚約破棄を支持した時点で下がっている。しかもその後、ルカスに万一があったらフェリクス様とやり直してほしいとまで示唆してしまった。

ルカスが戻った今、英雄の目を恐れてほとんどの貴族が王妃様から距離を取っているから、ここでビビアナ様を黙らせたところで王妃様の永蟄居《えいちっきょ》は確実なのだけど……ほとんどの仕事を押しつけられているし、今後も会わずに済むならいっそ永蟄居していただいた方がお伺いを立てずに済んで、気が楽かもしれないわね……。

疲労のせいかブラック寄りの思考になっていると、淡い金の瞳が私の手元を憎々しげに見つめてきた。

「――そうだな、その指輪は外すべきだ」

そう言い放たれた言葉にまで何故か憎悪が籠もっていて、背筋がヒヤリとする。

指輪が外れないことは知らないのか、と思いながら無意識に扇を握り締めると、腰にある手がまたも落ち着かせるようにトントンと叩いてくれて。

そしてほんの少し身体を寄せてくれたから、馴染んだ温かさに冷えた背筋が伸びるのを感じて、左手を前へ差し出して挑むような声を出した。

「では、外されたら如何《いかが》ですか？」

私の言葉に、目の前の男性は嬉しそうに、瞳に愉悦を映して嗤《わら》いながら近づいてきた。

無遠慮に伸びてきた手に少し肩を強張らせた瞬間――バチィッと紫電が走り、白い騎士服を焦がしながら吹っ飛ばして、小さく息を呑んでしまったわっ。

ちょ……ちょっと、どころではなく、誓紋の効力が強すぎる気が……っ。

しかも焦げたということは、あの英雄服は幻影ではなく本物。

流石にビビアナ様では国宝レベルで管理されている英雄服を入手することはできないだろうから、これは、この場を無事に済ませられても王妃様の責任は免れないなぁ……レオン殿下の結婚が早まりそう。

「――ッぐ、あ……ッ」

内心焦りつつも、テラスの床に尻餅をついて驚きと痛みの声を上げて顔を歪める人物へ、冷たい視線を向けた。

「まぁ……申し訳ございません。誓紋が弾いてしまったようですね」

そう言った瞬間隣の肩が揺れたのは、見ないフリをしたわ。

笑ってないでよ！　紫電って黒竜の技じゃない、やりすぎですっ！

胸中で叫びつつ、目を見開く二人へ誓った相手がいることを伝えると、怒りの形相で声を張り上げてきた。

「ふ……ざけるなよ……っ‼　ツェツィーリアッ、貴様、いつから他の男と密通していたッ⁉　誓紋は消えたはずだ！　相手はその横の騎士か⁉」

「騎士と浮気だなんて！　やっぱり記憶を失くされたルカス様とうまくいっていないのじゃやない！　あんなにルカス様に優しくされてるくせに最低ね……！　一度みっともなく捨てられた瑕疵《きず》持ちのあなたなんて、さっさとルカス様のお傍《そば》から消えなさいよ！」

誓紋が一度消えたことも知ってるのね……。

討伐から戻った直後に、ヴェーバー元帥閣下ご自身が英雄ではなくなったと声明を出され、さらに王家から今後決してルカス以外を〈英雄《テオドリクス》〉と呼ばないようにとの勅命が出されたから、これに関しては推測できる人間は多いかもしれない。でもビビアナ様はお花畑さんぽいから、入れ知恵をした人間は別にいるはず。探さないといけないわね。

それにしてもルカスのフリをした人の言いっぷりが腹立たしいわ。

そっちが浮気経由の愛を貫く設定なのに、どうして私まで浮気者扱いするのよっ。もしかして私が

「あなたこそ、いつからビビアナ様と恋仲になってらしたの……！」とか目指せ演技派女優な感じで叫び返すのを期待してるとか？

……無理です。好きでもなんでもない、しかも誰かすらもわからない人相手にそんなこと叫ぶとかやりたくない……以前に！　隣の反応が恐すぎる……っ。

ワタクシ我が身がとても可愛いので、そういった対応《アドリブ》はいたしません。

ついでにビビアナ様ご自身も、若干ずれた内容を叫んでることに気づいてほしい。

その言い方じゃ真実の愛には到底程遠い感じだし、隣のヒトをルカスとして扱っていない感が凄くあります。ヒトをこんな舞台に立たせた割に杜撰《ずさん》すぎるっ。

愛する人の目の前でしてもいない浮気を叫ばれ、やっちゃえー！　いてまえー！　間を置くとやり返されるぞ気をつけてー！　と脳内ではしゃぎ回る分身に、扇をぎゅっと握ることで答えながら二人を見据えて口を開いた。

「いい加減にしてくださる？　何を以て私がルカス様以外の方に気持ちを寄せたと仰るの？　何故刻まれた名がルカス様ではないと言い切れるのかしら？　一体根拠はなんなのでしょう？」

「根拠ですって？　そんなものっ、ルカス様がツェツィーリア様の記憶を失くされたからに決まってるじゃない！　だからあなただってなかなか宮に来なかったのでしょう!?」

またそれ……。記憶喪失は機密事項なのに、どうしてそんな堂々と言えるの。

「例えばルカス様が記憶を失くされていたとして、それがどうして私の不貞の根拠になり得るのですか？　王子宮は通常正妃にしか居住を許されていません。たとえ婚約者であっても、王家、貴族院諸々《もろもろ》の許可なくしておいそれと留まることができないのです。そんな場へ呼ぶだけでなく、傍に置いて、言葉でも行動でも変わらぬ愛を示してくださりました。それはビビアナ様もご覧になられましたでしょう？　そんな方を無視して、まして生涯を誓い合った方が無事に戻ってきてくださったのに、どうして他の方を愛せましょう？」

はぁ……と呆れを示す溜息をつくと、座り込んでいた男性が焦げたマントを引きちぎり床に叩きつけた。

「だが貴様は今俺を誓紋で弾いただろう……!!　俺を愛しているなら誓紋があるはずがない……討伐で名が変わり消滅したはずだッ!!　なのに何故ッ、俺はお前に触れることができない……!?」

そのがなり立てるように吐き出された自らの正体を示す言葉に、笑ってしまった。

「ふふっ、まぁ、ふふふっ……おかしなことを仰るのね、ルカス様を愛しているから誓紋があるのに」

「――――な、ん……？」

目を、口を開いて固まった顔の、淡い金色を見つめて、わざとらしく悲しい顔を作る。

「酷いわ、変わらぬ愛を告げてくださったではないですか。ですから私も変わらぬ愛を証明させていただきましたでしょう？　……あら、でもオカシイですね？　ルカス様でしたら誓紋で弾かれるはずもないですし、私の指輪を外す必要もございませんのに……」

含むように小首を傾げて目を細めると、目の前の男性は目に見えてその身を強張らせた。

もしもルカスが誓いを無効にしたいと思ったなら、彼が耳環を外すだけであっという間に、根回しも手続きも必要なく成立するだろう。なんせ英雄だ……たとえ指輪をしていようが私の身が未《いま》だ正式な伴侶ではない以上、そして彼に記憶がないという事実がある以上、恐らく私の意思が挟まれる余地は一切ない。私はまた、ただの婚約者に逆戻りすることになる。それが貴族社会だ。

わぁ、想像したら猛烈に悲惨で凹《へこ》める……っと項垂《うなだ》れそうになっていると、腰をトントンと安心させるように叩かれた。

……モールス信号みたいに叩いてきたけれど、まさか私の心を読めるの？　トントンで安心しちゃう自分がちょっと恥ずかしいのだけれどっ。

その手に感謝と信頼を込めて口角を上げ、私の言葉に固まり二の句が継げない二人を交互に見る。

なんだか本当に悪役な気分……と思いつつも、わなわなと肩を震わせるビビアナ様を見据えて言葉を続けた。

「――ビビアナ様、先程も言いましたが、私とルカス様の婚約の破棄はできませんし、私から婚約者を辞めるなど決していたしません。……それ以前に、『真実の愛』とやらが見当たりませんけれど、まだこのくだらない茶番を続けますか？」

静かな口調で告げると彼女は悔しげに表情を歪め、諦め悪く疑問を零した。

「ツ、どうして……っ」

その言葉に、胸を灼熱《しゃくねつ》の怒りが焼いた。

「――どうして？　どうして、などと……むしろ、私がお尋ねしたいことです。王妃様の縁者だから、隣国の王家の血縁にあるから何をしても赦されるとでもお思いですか？　そうであるならば、今すぐその考えを捨て去りなさい。あなた方の行いは外交問題を、最悪戦争さえ引き起こしてもおかしくない行為です。どうして……どうして誓紋の術を躱《かわ》せもしなければ弾けもしない人間が、どうしてっ、ベルンの英雄にのみ許されている白い騎士服を纏《まと》っているのですか……!!」

湧き上がる感情でキツイ口調になった私に、二人は再度目を見開いた。

驚愕《きょうがく》を浮かべる美貌へ扇を向け、苛立ちを乗せて「あなた」と刺すように声を出す。

「その服を纏う不敬については今は言及しません。ですが、今より決して、私を呼び捨てにしないでくださいませ。私を名で呼ぶことができる方は唯《ただ》一人、この身を捧げることを誓った方だけです」

「な、んだと……っ？」

「そしてビビアナ様、あなたには何から諭せばいいのか……そうですね、最も大事なコトからにしましょう」

「なっ、何よッ、最も大事なコトって……！」

言葉を脳内で整理する数瞬の間に、熱が身体中に広がり頭の天辺《てっぺん》から足先まで怒りで満たされたような感覚がした。

紛い物を作った挙げ句、その紛い物を何度も彼の名で呼んだ。

騎士としての九年を。

英雄としての命懸けの討伐を。……記憶を失くしたことまでも軽々しく扱った。

ルカスの人生を、彼の苦悩と苦労と努力の一切を無視するその侮辱行為を、赦すことは、決してできない――――！

「ビビアナ・ベッローニ、あなたにはベルンの英雄の名を呼ぶことも、御前に立つことも、関わりを持つこと全てを、今後の生涯において禁じます。我が国の英雄をもう一度でも侮辱してみなさい……どんな手を使ってでも明日の夕刻には王都をあとにするよう取り計らって、二度とベルン王国の地を踏むことをできなくしてさしあげるわ。……二度とこのようなことを引き起こせないよう、神の家から出られなくしてさしあげます」

「なっ……ふ、ふざけないでよ……！　修道院に閉じ込めるだなんて、そんな権限あなたにはないはずよ！」

「権限……？　こんな暴挙を黙っていろとでも仰りたいの……ッ？」

まだ自分が何をしでかしたのか理解していない態度に、残っていた理性までも赦すなと叫びを上げた。

「見なさい」と焦げついた騎士服の腕を押さえる男性へ手を向ける。

「そこにいるただ白い騎士服を着ているだけの人を、……たかだか誓紋の攻撃で騎士服を焦がす人を、治癒術さえも使えない人物をっ、ベルンの英雄だと何度嘯《うそぶ》く気なの……ッ彼の名で何度呼ぶ気なの……!?　私を馬鹿にするだけならまだしも、こんな愚かしい行為にあのヒトの姿を使って貶めて……ッ私の愛するルキ様をこれ以上侮辱するなと言っているのよ……!!」

私の叫びに、テラスの空気がシン……と凍りついた気がした。

凝視してくる視線を強く見据えてからほんの少し俯《うつむ》き、小さく息を吐き出す。そして蹲《うずくま》りたくなったわ……。

あぁ……ボルテージ上がりすぎて要らん言葉を吐いてしまった……っ恥ずかしくて消えたい……！

でもまだ気張らないと駄目な場面だから……っと近寄ってくる顔と視線を合わせないよう、真っ赤にならないよう必死でお腹《なか》に力を入れたけれど、容赦なく手を持ち上げられて、唇が戦慄《わなな》くのが止められない。

ねぇ本当お願い……っ、本当に恥ずかしいから、うっかり独占欲見せた上に愛称《ルキ》呼びしちゃったか

らって、抱き寄せて指輪にチュッチュするのヤメて……！

「……どういう、ことだ……」

「ちょっ……ちょっと……！　そんなこと言っておいて、やっぱりその騎士が浮気相手なんじゃないの……！」

私達のあまりの親密っぷりに、目の前の二人が愕然と騒ぎだす。私かっこ悪ぅ……っと思うのに、隣のマイワールドキングは全く空気を読まなかった。

「あぁ、凄い嬉しい……！　もう一回私のルキって言って？」

ここをどこだと思ってます……!?　呼ばないったらっ、少しでいいから空気読んでよ——……あぁ、これはもうバラしてもいいよってことですね。それにしたってチュッチュしすぎです。キリッとしにくいのでやめてください、と彼の唇から手を引き剥がしながら二人へ向き直る。

「何度言ったら理解してくださるのですか？　この指輪に誓って、生涯ルカス様以外にこの身を捧《ささ》げることはありません」

そのための誓紋で、そうでなくとも殺していいですよって伝えてしまったので、私の生涯はこのヒト以外とはあり得ないんです、と心の中で付け足すと、ビビアナ様が摩訶不思議生物になった。

「はぁ!?　じゃあ何よ、浮気は続けるけど結婚はルカス様としたいってこと!?」

……えぇえ……？

なんでそうなるの……今、凄くわかりやすく伝えたと思うのだけれど。

生涯ルカス以外には触れさせないって言ったのよ。しかも誓紋も刻まれているって今しがた実体験したじゃない。……流石に紫電となると、誓紋で弾いたわけではないかもしれないけれど。

でもとにかく、横の騎士様ったらあっさり誓紋を越えて、今現在も腰を引き寄せて手にチュッチュしてきてるわけですよ。

それで「怒ってるツェツィーリアは妙に色っぽくてホント綺麗……アイツラじゃなくて俺にその瞳を向けてほしい」とか名前呼び捨てにしてる――……待って。ちょっと、意味不明でなんだか腹が立つこと言ってる……！

まさか、あなたったら私が怒ると頬染めるの、それが理由なんじゃないでしょうね……!?　怒られてる自覚が薄すぎる気がするわっ、コレが終わったら話し合いを求めます！　ミニクッション両手に握り締めて問い詰めますが、その際も頬を染めたら許さなくってよ……裏技使ってでもご尊顔にクッション当ててやるわっ！

向けたら駄目だとわかっていても我慢できず怒りの視線を向けると、彼は金の瞳を蕩けさせてうっとりと愛を紡いだ。

「俺も生涯あなただけだ、ツェツィーリア」

ありがとうございますでも読み取り内容を間違えてます……ッわざわざ今それを返してくれなくていいのよぉ……！

未来の旦那様のあまりのマイワールドっぷりに怒りと動揺で軽く混乱していると、ビビアナ様が咬《か》みついてきて、つい、だからさっきから言ってるでしょー！　と叫び返してしまいました……。

「ツェツィーリア様、答えてよ！」

「――っえぇ結婚したいですわよ！　心に焼きつけてから一度だってルカス様以外に目を向けたことはありませんから!!」

……——ヒィィ！　私ったらポンコツすぎる……！

不必要な情報まで話してしまった羞恥で顔に熱が上りそうになる直前、ルカスの顔をした男性が瞳を淀ませて私を見据えてきた。

「……そこまでルカス《俺》と結婚したいのか……？」

淡い金色が執着を渦巻かせて吐き出した言葉にゾッとした。

聞いたことのある表現に背筋に悪寒が走り、まさか、と心の片隅にあった疑念が確信に変わる。

そのせいで、まだ続けるつもりかと吐き出そうとした言葉は、開けた口から異なる問いかけとなって出た。

「——ス様……？」

私が零した名に、同時に二人が反応した。

目の前の男性が、憎悪を滲ませてニィっと嗤いを浮かべる。そして隣の騎士が私を守るようにギュッと抱き寄せた。

その腕に囲われて自分が小刻みに震えていることに気づくと、低く深い声が私を包み込んだ。

「……息をして。大丈夫だ、一人じゃない……守るって言っただろう？　逃げたかったらそう言っていいんだ、俺がいる。大丈夫、決して、もう二度と傷つけさせない。だからツェツィ……俺のツェツィーリア、ゆっくり、息をするんだ」

カチカチと鳴る口の中に手袋を外した指をそっと差し入れながら囁きかけられ、まつ毛が濡《ぬ》れた。

噛み締めてしまう指が傷つくのも構わず、安心させるように、ずっと一緒だと伝えるように抱き締められ、その優しい力強さに強張っていた身体から、そして指を噛む顎から力が抜ける。

瞬きをして水滴を散らしながらそっと近くの顔へ視線を向けると、ゆらりと陽炎《かげろう》のようにその顔が揺らめき、愛するヒトが現れて。

声にならない声で助けを求めるように名を呼ぶと、「大丈夫、今度こそ俺が絶対に守る……俺はあなたと共にある、あなただけの騎士だ」と意思の篭もる声で答えてくれたから、無意識に手がその大きな存在へ縋りつく。

震える唇に宥めるようにキスを落とされ、強張る舌を癒やすように絡められ、ゆるゆると安堵《あんど》すると、縮こまった心臓が元に戻った感覚がした。

「……ツェツィーリア、息、吐いて」

「……ん、ハ……っ」

囁かれ、その言葉通りに息を吐き出して、もう一度スゥッと吸い込んで。

綺麗な金色が気遣うように細まったから、今度は大丈夫だと伝えるように名前を呼んだ。

「ルキ……」

「ツェツィ、無理しなくていいんだ。……ごめん、俺の判断ミスだ」

私の呼びかけに当たり前のように返してくれて、そして額に、涙の滲む目元にキスを落としながら謝られて、小さく首を振って否定を伝える。

同時にその臙脂色の騎士服を掴みながら理解した——だから彼はこんなことをしたのだ。

英雄が二人も会場に現れたら、もう騒動は避けられない。

恐らくフェリクス様もビビアナ様も、それがどれ程の惨事を引き起こすかなど考えてもいない。

彼らはただ欲望のままに行動するだけで、だからルカスは会場を抜けたのだ。

けれど隠れたままではなく、わざわざ〝ルキ〟として近衛騎士に扮《ふん》して戻ってきたのは、私がこの二度目の婚約破棄で傷つかないため。……私の身を、フェリクス様を怖がる私の心を、交わした約束通り守るため。

恐らくはあの脅し文句も、私をテラスへ誘導するためだった。

私が選んだ一番近くのテラスは、出入り口の扉が一か所しか開けられておらず、会場側からはテラスにいる人間は見えにくくなっている。

さらに付近に近衛騎士が配置されていて、普通に考えれば入りにくい、選びにくい場所になっていた。

だから私は休憩場所としてここを選んで……彼は、私がこのテラスを選ぶようにしておいたのだ。

近衛騎士と女官をつけて、さらには出入り口付近にまで近衛騎士が配置されているテラスで人目を避けるように休憩している英雄の婚約者の邪魔など、普通であればしようだなんて思わない。

二人がそれで諦めればよし。

そうでなくとも、私が可能な限り最小の被害で済むようにと願うだろうことを見越してくれた。

……謝罪は多分、私を退席させなかったこと。

でも夜会の主賓とその婚約者が同時に退席などできはしないし、あなたは、私がビビアナ様から逃げるような真似は絶対にしないと思ってくれたのでしょう？

あなたの考えた通り、私は間違いなくあなたを残して会場を退席なんてしなかったから、謝る必要なんてないのに……どこまでも私に優しいヒト。

……ただ、売られた喧嘩は立場上買う主義だけど、退席《ひけ》しろと言って素直に退席《ひく》するわけがないと思われたのは、その通りなだけに、恥ずかしくて悔しい……っ。

ついでに言えば全然わからないけれど、いつもの幻影魔法付きの万能防御壁もあると見ました。そうでないと、はたから見たら完全に私が近衛騎士と浮気してる図になるものね。

これだからチートは……とても助かりました、ありがとうございます、と伝えようと抱き締めてくれる腕の中で向かい合い、深呼吸をしたわ……。

……キスで呼吸が元に戻るとか、恥ずかしくて埋まりたい……ッ。私ったらどれだけルカスに依存してるの安心感凄くて完全に甘え切ってた……！　しっかりしなさいツェツィーリア・クライン！

「……ルキ、私の騎士様、あなたに感謝と、……愛を……」

羞恥から彼の胸元におでこをつけて、せめて言葉くらいはしっかりしようと、小さく伝えた。

それから真っ赤な顔でそっと見上げると、大好きな、誰よりも美しい金色がそれはそれは嬉しそうに細まったから、なんとなく悔しさを覚えてしまったわっ。

「……悪戯《いたずら》がすぎます、あんな風に脅かさないでくださいませ」

テラスに行ってほしいなら、もっと他に言いようがあったでしょっと伝えた私に、根性悪はこれでもかと幸せそうに笑って、……私の血の気を強制的に引かせた。

「ははっ、脅してない、本気だからね」

……マジか。脅しじゃなくてホンマモンだったとは……ッ。

ヤバいです、アナとケイトはどこに――あれっ？　さっきまで傍にいたのに、どうしていないの……っ？　ていうかあなたは近衛騎士に当たりますよねっ？

だって近衛騎士団副団長だしっ、そして今現在近衛の服着てる――……まさかこれ、ハイクオリティな幻影魔法で、だから近衛じゃないとか言ったり——!?

甘く幸福そうな笑顔に不似合いすぎる欲——番外編を是非やりたいな～という危険な愛欲が透けるどころではなくがっつりと見えてしまい、口を戦慄かせて決死の覚悟で問いかける……!

「ちゃ、ちゃんと、約束、は、守って、る」

よね……? と、ガクブルして口ごもりながら確認すると、ルカスは「そうだね、残念ながら」と肩を竦《すく》めてみせたから、ホッと安堵の息を吐き出すも、「でも」と続けられて開けた口がまた震えだしました……ッ。

「なんならご期待に応えようかと思うんだけど?」

そう言いながら楽しそうに、愛しそうに私を見つめて輝く金色に、心の中が喜ぶようにとぷんとぷんと波立ってる気がして、ぷるぷる小刻みに首を振ったわ……!

できないったら……っ、ダメ……ッあれは駄目よ……! あんな恥ずかしすぎる行為、羞恥でホントに死んじゃう……!

けれど彼はそんな私の心の中を見透かして、追い込む言葉を吐いた。

「安心して? もうわざと痛くはしない。ちゃんと初めは優しくするし、慣れるまで激しくしない。……あなたも望んでる通りに、俺に溺れさせたいだけ」

「——ッ」

その、初めてのときから今に繋がる台詞に、耐えきれずに首筋まで赤くなってしまった。

いやぁダメ駄目っ、何をときゅうんてしてるのよ乙女心ぉぉ——!

本当ズルいヒトね! あなたに触れられると抵抗できない私を知ってて……っ愛で搦め捕って、また私をいいようにする気でしょう!?　大体あなたの『優しい』と『激しい』の定義が私と違うんだから、まずそこについて断固抗議するわ！　初めてなのに気を失うまで抱かれたこと、私は忘れてませんん……あなたが恥ずかしい目に遭ったことを含めてね！

うっとりと微笑んでくるご尊顔を涙目で睨み、どうやって言い返し明日の我が身を守ろうかと考えていると、視界の隅でパチッと小さく火花のような魔力の残滓《ざんし》が散った。その光にようやく現実に立ち返る。

そして、魔力にものを言わせて出した術が私たちの手前で弾かれたのを目にして、鬼のような形相を浮かべるルカスのフリをした人に、……あぁ、やっぱり本人《ルカス》じゃないからそんなに怖くないな……とポンコツな感想を抱いてしまったのは仕方ないと思うのです……。

本物を知ってる私は、その程度の形相では慌てません。

鬼のような、と、文字通りの鬼は違うのです。超絶恐い。

本当に走馬灯が過《よ》ぎるし、風前の灯火《ともしび》ってこういうことかと自身の死を理解できますので、その程度では効き目はあまりないです。……むしろ偽ルカスの正体がフェリクス様だと気づいたときの方がよっぽど怖かったような、としょうもないことを考えつつ、その腕に縋りついて浮気浮気と叫び続けるビビアナ様にも目をやる。

どちらが持ちかけた計画だったのかしら。そしてお付きの人は何をしてるの。

というか隣国の教育がどうなってるのか、本気で知りたくなってきた。

型破《ファンキー》りすぎて国を揺るがすとかあり得ないから、もしかしてこれが隣国クオリティなのかしら？　皆さんこんな感じだったらどうしましょう。お付き合いをしたくない国だわ、隣国……。

そんな風に現実に立ち返りながら結構な現実逃避《ノリツッコミ》をして、ビビアナ様とフェリクス様の目の前でルカスとキスをしてしまった事実から目を逸《そ》らそうと頑張ったけれど、無理でした。

「お前……ツェツィーリア貴様ッ、何故騎士なんかに……!! ふざけるなよッ護衛騎士如きに縋りついてその唇を許すなど……っ！」

うぅ、ド直球……っ。もう本当、今日の自分のダメダメ具合が酷すぎて目も当てられないわ……。

あの六年の苦労と努力は一体どこに生かされてるのって王子妃教育がそっぽを向いている気がするもの……わぁめっちゃ凹みます……っ。

「浮気してる！ 間違いなくルカス様以外の男性と関係を持ってる証拠を、目の前で見せたわ……！ 自分から消えてくれなくても、今のを伝えればルカス様からツェツィーリア様を捨てさせることができる！ やったわっ、これで私がルカス様の妻よ!!」

……今、私、羞恥と反省で死にそうになってるので、もう少し言葉を選んで私の気持ちを慮ってくれたりとか……無理か、そんなことができるならこんなことしでかしてないわよね……と喚《わめ》く二人へ心の中で呟いていると、ブワッと風が舞い上がりビビアナ様が悲鳴を上げてその腕から離れた。

その声と同時に魔法が解け始めて、やっぱり……と溜息をつく。

「きゃぁあッ!? ちょ、ちょっとフェリクス……！ ナニするのよ……っ！」

「うるさいッ!! ツェツィーリアさえ誘い出せれば、お前などもう用済みだ！」

うわぁ、また私が目的だった……しつこすぎて正直本当に気持ち悪いっ、と失礼なことを考えつつ、腕を切り裂かれ、尻餅をついて泣き喚くビビアナ様に治癒をしようと指で陣を描く。

指先を向け発動しようとした瞬間、ビビアナ様が防御壁で囲われてしまい魔法が弾かれた。

ちょっと……！　と振り仰ぐと、何故か口端にキスを落とされて、驚愕でキスされた場所を慌てて隠して声を荒らげました！　ちょぉっと何してるんですかね、この空気クラッシャー!?

「るっ、ルキ様……っ!!」

「もう治癒した。これ以上あの女に意識を向けられるのは我慢ならない」

……だからってわざとキスして自分に意識を向けさせるとかおかしいし、嫉妬《それ》は私の役割です！　大体フェリクス様の暴走に近い魔法を、ただ立っているだけで弾くとか格好良すぎる――じゃないわ、物凄いミス！　今のナシッ！　この恋愛脳と煩悩コンビがもう本当憎い……っ。

けれど、ワッショイするな！　冷静になれ！　と叱咤《しった》した傍から、肩にマントをかけられながら「もう見せるのも終わり」と言われて、その独占欲にポポポと頬が染まるのですよ……。

私のボディさんも、もう少し空気読もう……？　そして旦那様の空気クラッシャーぶりが酷い……。

これはお怒りになる、と予想した通り、短気なフェリクス様が唸るように声を上げた。

「きっ……さまぁ――ッ！　どういうことだツェツィーリア!!　そんな顔をその男に見せるなど……っそいつが誓紋の相手だな……!?」

あれ、怒鳴る相手が私だった……理不尽。しかもルカスったらまだ幻影魔法使ってるのね。何重がけしてるのかしら、ホント理不尽なチート力。

でもフェリクス様ったら核心をついてきてるのに、まだルカスって気づいてないのかぁ……どうしてご自分も変身魔法使ってたのに、思いつかないのでしょう。

「アイツ、ホント馬鹿だな」と私の心の声まで代弁してくれたルカスの袖に手を置いて、臙脂色を確認しながら頼む。

「ルキ様、フェリクス様にわかるように幻影魔法を解いてくださいませ」

「……そうだな、ツェツィ、ちょっとこっち側来て」

フワッと空気が揺れ動いて、臙脂色の騎士服が白の英雄服に様変わりする光景を、やっぱり幻影魔法だった……っとちょっと引き気味に見ながら、大きな身体で私を隠すようにフェリクス様たちへ背中を向けるルカスに、首を傾げる。

「なんですか？」

……あれ？　顔まで寄ってきた――

「んぅ？　……ッ……ふぅ⁉」

な、に、考えてぇ……⁉　ちょっとヤメっ……いやぁ頭抱え込んで舌入れてきたぁ！

いきなり始まった口づけに拒否の行動を思いつけず、私を見つめる金色をただただ見つめ返して必死で受け止める。

宥めるようだった先程のキスとは打って変わった、感情の全てを刻み込むような強い口づけにキュウッとお腹付近に力が入り、騎士服に指先を埋めて助けを乞うと、カリッと舌に噛みつかれて、唇が離れた。

「――ッんぅ……っ、ふ、あ、……っルキ、様……なっ、なんで……！」

「もう少しかかりそうだから、お守り、必要かなと思って。それとも、コッチが良かった？」

そう言いながら首筋から胸元にかけてスルリと撫でられて、その手が触れた肌の部分が赤くなった気がした。

「……ッ、馬鹿、変態、意地悪……っ」

ちっさぁく罵倒するとフッと吐息で笑われたから、あまりの恥ずかしさにルカスの胸元に顔を埋めて視界も、ついでに聴覚の遮断も試みたわ。

……駄目、かな……あぁ、凄い騒いでる……っ。

「な、ん……っおま、え、ルカス……ッ!!　何故お前がっ……貴様、今、ツェツィーリアに何を、して……!?」

「え……っ、ど、どうしてルカス様がここに……!?　だってさっきちゃんと呼び出しに答えて会場を抜けてたし、大体ツェツィーリア様の記憶はないのでしょう!?　なんで、そんな本当の恋人みたいにするの……!?」

ぽろりと零されたビビアナ様の言葉に、一応会場に二人同時にはいないようにしようとは考えていたんですね、詰めは甘かったですけど……と思っていると、ルカスが口を開いた。

「……まさか王族教育を受けて、なお、こんなことをやらかすとは思っていなかったんだが……お前は思っていた以上の馬鹿だったんだな、フェリクス。まぁいい……まずはそちらからにしよう。ベッローニのご令嬢」

そのビビアナ様を呼んだルカスの声と表情があまりにも冷たくて。

彼女の顔色が悪くなるのを見て、あぁ、ちゃんと『恋』なんですね……と居た堪れなくなる。

好きなヒトにあんな冷たい表情であんな冷たい声を出されたら、当分立ち直れなくなりそう……と胸をヒヤリとさせながら、でも、罪を罪としてきちんと受け止めて彼に謝罪してほしいと思っていた私の想像を遥《はる》かに超えたことを、ルカスは口にした。

……忘れてました、このヒト鬼畜属性――ッ！

「今すぐそのからっぽの頭を下げて、ツェツィーリアに謝罪していただけますか。でなければ、あなたの国は明日には大陸から消える」

「は……？」

淡々とした声音で告げられたあまりの内容に、身体《からだ》が凍りつく。

恐ろしすぎて発した相手を見上げることさえできず、掠《かす》れた声を出したビビアナ様を見つめることしかできないでいると、彼女の後ろの護衛騎士が突然無言で倒れ込んだ。

小さく悲鳴を上げたビビアナ様の後ろに現れたアナが、静かな怒りを湛《たた》えた声を出す。

「庭先と迎賓館にいる者共、全て捕らえております。……庭先の虫は、触れればすぐに昏睡《こんすい》する薬を使おうとしておりました」

「な……っなん……っ」

状況を飲み込めないのだろう、ビビアナ様は味方を探すようにキョロキョロとした。

そしてテラスの出入り口へ顔を向けようとして、眼前を遮るように大剣が現れて悲鳴を上げた。

「――ヒッ!?　ひぃぃいいいい……ッ」

「汚らしい声で騒ぐ前に、我らが主に謝罪をするのが先だ」

「ツェツィーリア様を眠らせて汚そうと画策するなど、万死に値する。その脳みその入っていない愚かしい頭を床に擦りつけろ。それとも、今すぐ胴体と切り離して下げさせてやろうか？」

ケイトが顔をそれ以上会場側へ向けられないよう、大剣をビビアナ様の顔横にガァンッと突き立てて脅し、アナが剣先で床を指し示し、ビビアナ様を震え上がらせる。

怒気を撒《ま》き散らし、見たこともない程冷たい表情を浮かべる二人を見て、……そしてその服装を見て、目を覆いたくなったわ……っ。

……黒の戦闘服に、英雄紋付きの武具つけちゃってる……っ。

いくらなんでも隣国の王家所縁のご令嬢を、この場で殺す権限はレーベンクリンゲにはないから英雄紋とか、言わないわよね……!?

最強の紋章を持ち出されて顔を青褪めさせた私をさらに動揺させようとするかのように、ビビアナ様は震える声でヒステリックに叫んだ。

「フェ……ッフェリクス……!!　ちょっとアンタッ、お、王族、でしょッ、この不届き者達、どっかやって……！」

……あぁ、ビビアナ様がホントお馬鹿さんすぎて目も当てられない……っ。

そのヒト婚約破棄事件起こして、準王族に格下げされてるって知ってるはずじゃない……！　なのにルカスの言葉を無視した挙げ句、フェリクス様にそんなことを言ったらフェリクス様も絶対に碌でもない言葉吐いてマズイことになる……っほらぁもう一人出てきちゃった……！

「ヘアプストの、ルカスの子飼いが……！　ルカス同様身の程も弁えずに俺に盾突くな、ど……ッあがッ、――!?」

「……身の程知らずはお前だ、口を慎めクズが」

煙のようにフェリクス様の後ろに立ったフィンさんが、鳥肌が立つ程の冷気を漂わせてフェリクス様の背中に足で伸しかかると、喉笛を掻《か》き切ろうとするように両手に持つ剣を十字に当てた。

そしてそのままゆっくりと刃を滑らせ、ポタリ、ポタリと白い騎士服を赤く染めると、フェリクス様がぶるりと震えて口を戦慄かせ……テラスが静まり返った。

目の前の、穏便さの欠片《かけら》もなくなった光景に、騎士服を握る手の感覚がなくなった気がした。

最小の被害であっても、ビビアナ様は赦されないことをした。

恩赦が出る予定とはいえ、まだ離宮軟禁中の元第二王子を連れ出して、その人に英雄の姿を模した。

そしてその人を英雄《ルカス》の名で呼んだ――宝剣《エッケザックス》が英雄と認めていない人間を、勝手に英雄として祭り上げたのだ。侮辱以外の何物でもない。

意思ある宝剣がその行為を赦さず、ベルン王国から消えるという最悪が起こらなかったのは、ルカスが、本物の英雄がソレを知っていたからだ。目溢《めこぼ》しをしてもらったに過ぎない。

だからビビアナ様は当然赦されない――けれど、今、それ以上に問題なのが、私の身を、傷つけようとしていたこと……っ。できるできないで言えば、できなかった。でも、やろうとしたという言い逃れのできない事実が目の前にはっきりと示されてしまっている……！

呆れたように零されたルカスの吐息が耳をついて、震える手になんとか力を入れて彼の服をぎゅうっと握り締める。

お願いヤメて……っ、流石になんのやり取りもせずに来賓のご令嬢を夜会会場で血みどろにするのも、有無を言わさず一国を消し去るのも、何卒ご勘弁を……！

フェリクス様だって一応準王族だし、せめてちゃんと手続きを踏んでいただけませんか……っ何卒何卒お願いします……！　と伝えるように必死で見つめると、ルカスは小さく「仕方ない」と呟き、ビビアナ様に視線をやった。

「……ご令嬢、俺は面会の度にあなたに伝えました。討伐に行く前も今も、ツェツィーリアしか愛していない、このヒト以外を愛する気は一切ないと。ツェツィーリア以外と結婚する気も毛頭ないと、何度も伝えた。だからどれだけ乞われても決してあなたを名前で呼んだこともないし、呼ぶこともないとも伝えた。あなたはそれを、俺が第二王子であり英雄だから、これ以上の醜聞を避けるためでしょう、と言った。……フェリクスの二の舞を避けたがっていると思い込んで、それ以上話を聞かなかった」

そんなことまで言っちゃってたの、ビビアナ様ったら……。

私が邪魔することができない場所で何度もルカスを口説いてたなんて、お花が咲いてる方はそういうところが強《したた》かで恋愛偏差値が高い気がする。

「だ、だってそうでしょうっ？　ルカス様とツェツィーリア様の婚約は、王命だって聞いたわ！　第二王子となられたルカス様は、ツェツィーリア様以外選びようがなかったのでしょう⁉　一度フェリクスに捨てられたツェツィーリア様を気の毒に思われて、大切にされていらっしゃるのはわかりますけどっ、そのツェツィーリア様に関する記憶がないなら別に私でも問題ないはずじゃないっ！　第二王子妃としての地位にしがみついた挙げ句フェリクスに捨てられた彼女より、王家の血を引く私の方がツェツィーリア様よりよっぽど相応《ふさわ》しいし、私の方がルカス様のことを愛してますわ！」

……情報が偏ってる気がする。もしかしてフェリクス様が、ビビアナ様をたきつけた……？

そんなことを思っているとルカスが私を抱き締め、見せびらかすように指輪にキスを落とした。

「そもそも、婚約の始まりの認識が間違っています」

「え……？」

……え？　どうしてその認識が間違いなの？　王命だったわよね……っ？

ビビアナ様と同じく疑問を浮かべると、ルカスが懇願するような瞳で私を見つめた。

「俺が陛下に第二王子妃候補のままでと頼んだ。ツェツィーリアこそ、俺以外を選べなかった……俺以外を選べないように花を散らして逃げ道を塞いで、俺がツェツィーリアに愛を乞うたんです。さらに言えば、討伐後に会いに行って赦しを乞い、変わらぬ愛を誓ったのも俺からです」

……――ぁぁあ暴露しすぎです……ッ。

王命に公爵家《ヘアプスト》が干渉しまくってたなんて衝撃の事実をサラーッと言った上に、いくら公然だからって堂々と抱きました宣言しないでいただきたかった……！

そして今も夜ごと愛し合ってることを強調するように、ドレスの下腹部をわざとらしく撫でるのやめてー！　そういうところ性格悪すぎだし、私も痛手を負ってます……！

胸中で叫んで必死で表情を保っていると、ビビアナ様がルカスの言葉に口をハクハクしてフェリクス様を見た。

その動作にルカスも「やはりな」と呟き、ビビアナ様を見ようともせずにこちらを憎悪の眼差《まなざ》しで見つめてくるフェリクス様に瞳を細めてから、ビビアナ様に視線を戻した。

「……ですのでご令嬢、なんと言われようとあなたを必要とすることは決してない。ご理解いただけたのならばツェツィーリアに……俺の最愛に謝罪を。その後、あなたには我が国の騎士と迎賓館に戻っていただきます」

謝罪だけで済ませて、そして迎賓館へと言ってくれたルカスにホッと安堵し、私ではなくまずルカスに謝罪を、と口を開こうとした――けれど、私が思っていた以上にビビアナ様のおつむはよろしくなかった。

「わ……っ私は隣国の王家の血を引くのよ!?　そこの侯爵令嬢と同等ではないの！　その私を彼女よ

り下に見た挙げ句必要ないなんて言い方、侮辱だわ……！　いくらルカス様のお言葉でもツェツィーリア様に頭を下げるだなんて――」

な、んてことを……！　このヒトさっき恐ろしい言葉吐いてたじゃない……アレは脅しなんかじゃない……っ、本当に隣国が消え去ってしまう――！

しでかした行為の重大さも、そして己の状況すら理解せずに、プライドの高さだけは窺える言葉を吐き出され、ザァッと血の気が引いた。

ハッ……という小さな小さな嗤いに恐々と顔を上げ、感情の浮かばない金の瞳に息を呑む。

駄目……駄目……っと震えるようにしか首を振れない私に気づきながら、ルカスは静かに宣告した。

「エルサ、地下牢《ろう》へ連れて行け。バル、行け。隣国は大した武力を持たない、一刻で終わらせろ」

冷酷無比なルカスの態度に、ビビアナ様が歯をガチガチ言わせて涙目になった……のに、現れたエルサが容赦なくその腕を掴む。

そしてどこかにいたらしいバルナバーシュ様の「いやっほぉ～！　やぁっと竜っぽいお仕事ぉ～」という暢気《のんき》すぎる声が聞こえて、堪らずルカスを呼んだ。

「っ、ルキ様……！」

瞬時に変わった私へ向ける甘い表情の、美しい面にある美しい光を放つ瞳に、何故か今までにない恐怖を覚えながらお願いを試みる。

「ルキ様、お願いです、穏便に……っ」

「穏便に、か……まだそんな優しいことを言えるんだね、ツェツィ」

――これ……ッもしかして、想像以上に、怒ってる……!?

声は優しい。表情も穏やかなまま。目だって、瞳孔も開いていなければ凪《な》いだ光を浮かべている。

けれど、皮肉った言葉での拒絶に、ルカス自身が作った幻影を揺らめかせる程の濃密で底冷えするような魔力が足元から這《は》い出る様子に、ドレスの中が冷汗でじっとりと湿った。

少しでも動いたら即座に殺される——そんな恐怖の中、それでも必死に女神みたいな顔をガシッと掴んで自分に向けた。……ホントお願い……ッ!!

すると彼は不思議そうに小首を傾げた。

「どうしたの……あぁ、お願い、かな？」

「ッお願い、お願いですっ、ね、ルキ様、穏便に、済ませるために来てくれたのでしょうっ？　だから」

私の必死の言葉に、ルカスは仕方ないなぁと言うように苦笑し——安心させようと微笑んだ。

「穏便に済ませようとしたけれど、断ってきたのは向こうだ。……大丈夫、全て処理すれば何も問題はなくなる。安心して？」

「——ッ」

ど、どうし、よ……ッこれ、は、本当にマズイ……ッ、ずっと、本当に笑ってる……っ！

あり得ない、あり得るはずがないルカスの状態に、身体に震えが走った。

心臓が身体中に散らばったみたいに手足の先まで鼓動を打つ感覚がして、全て、という単語がぐるぐると目の前を駆け巡る。

全ての対象、は、人、家、家畜、畑——その土地に存在するモノ丸ごと。

最小の被害であれば、私が言った通りビビアナ様は二度とルカスの前に立つことができなくなり、そのまま強制送還されベルンの地を踏むことが不可能となる――恐らく、本当に修道院に送られる。

そして隣国は討伐や婚約の祝い金だのなんだのと名目をつけてちょっとした賠償金を払い、ベッローニ家は何かしらの理由をつけて侯爵から降格……多分、その程度で済んだ。

付随されても王妃様の永蟄居くらいだから、酷い損害はない。

ビビアナ様や王妃様にとってはプライドがいたく傷つくだろうけれど、しでかした内容を思えば償いは甘いと言えるレベルだと思う。

もしもこれが最小で済まない問題に発展すると、フェリクス様のことは隠されたまま、しでかした内容だけが大々的に隣国に伝えられ、向こうはあの手この手の謝罪以外の選択肢がなくなる。

ビビアナ様同様に、今回隣国から来た人間は全員が罪人として我が国で処刑、ベッローニ家も一族郎党末端に至るまで尽《ことごと》く処刑を要求。

フェリクス様も当然の如く秘密裏に刑を受けることになり、王妃様も恐らくは……の状態になり、陛下も退位されるかもしれない。

隣国は莫大な賠償金を払うことになり、困窮し、その負担は全て民草が被《こうむ》る……そうして起こる難民問題は、隣国だけでなくその周辺国をも巻き込むことになる。

当然ベルンにも、降りかかる。そして今度は周辺国とベルンの間に火種を生み出す。

……だから彼は、全て処理する、と言った。

全て処理すれば、問題はなくなる――つまり、隣国を丸ごと消す、と、そう言った……！

――き……鬼畜チートの激怒が、想像以上すぎる――!!

最小か最大かのどちらかしかないなんて……なんて極端なっ。

流石にここまでなんて想像してなかった……ディルク様のときが子犬のような可愛さだったわ。

地獄門さえも見えないとか、本人が地獄そのものってことじゃないの……現《うつ》し世《よ》に地獄が顕現とか、もしかしてベルン王国の英雄様は英雄じゃなくて悪魔とか鬼とかそっちなのかもなぁ～……なんか納得できるわね。解せぬ。

でもそんな存在、どうやって宥めたらいいの……またシースルーネグリジェでも着て、番外編を渡しながら「ちょっとだけよ……？」とか言ったら、元に戻ったりとかしないかなぁアハハ……。

……案外いけそうな気がして微妙な気持ちになりつつ、しょうもないことを考えてなんとか精神安定を図り、崩れそうになる足を叱咤する。

そして彼が広範囲に渡る迅雷を落とせる竜を使役できる英雄なのだと、改めて、身に沁《し》みる程実感する。

ただ一度、その口がやれと発するだけで王妃様とビビアナ様の生国は滅びるのだ。

そしてその滅亡には一夜もかからない。彼の言う通り、一刻あれば事足りる――！

恐ろしい想像が今まさに現実となろうとしていて、止める手立てを思案する。そして言われた言葉――壊れた俺を止めたければ呼ぶんだよ――をハッと思い出し、必死で名前を呼んで食らいついた。

「る、ルキ、ルキお願いよ……っだめ、いやなの、ルキにそんなことしてほしくない……ッ、だから、ルキ、ルカス、穏便に、ね……っ」

ルカスは、縋りつき言い募る私を無言で見つめると、本当に腹立たしいと言わんばかりに盛大に溜息をつき、怒りを緩めた。

「……ここで使ってくるとか、狡いねツェツィーリア」

その言葉にホッと安堵する――前に、色々ありすぎて疲れていたせいか、そして淑女教育がそっぽを向いていたせいか、はぁ～ん誰が狡いだとぉっ⁉　となってしまいましたっ。

「ず……っ狡いのはあなたでしょう……⁉」

何を言ってるんですかね⁉　と怒りを露《あら》わにすると、彼もムッとして言い返してきた。

「どうして俺なんだ。俺がツェツィのお願いに弱いのを知ってるだろっ」

「知ってますとも！　でもあなただって私があなたにそういうことをやってほしくないって知ってるはずでしょう⁉　どうして止めるとわかっててやろうとするの！」

「知ってるけど俺だって赦せないことはあるんだよ！　何よりも大事なツェツィが狙われたんだ‼　しかも謝罪すらせず、忠告も受け入れようとしない……！　二度と起こらないようにしたいって思うのは当然だろう⁉」

ルカスの叫びに、とぷんとぷんと心が喜びで波立つのがわかって拳を握り締めたわ……赦せないことが、多すぎるでしょうがこの狭量男子がーっ！　鬼畜のくせに可愛いとか属性つけすぎでときめくのよコンチクショーー！

「あなたが守ってくれたんだから何も問題はなかったじゃない！　大体指輪に色々つけてるくせに……！　どうせ誰にも破れない防御壁だってついてるんでしょう⁉　どうあったって私は絶対に無事でした‼」

わかってるんですからねっと伝えると、彼は焦ったように早口になったわ。怪しいっ！

「そっ、それとこれとは話が別だ！」

「別じゃありませんー！　じゃあ付与した魔法を言ってみなさいよ！　隠さず全部ですからね！」

「う……っ」

う……じゃないわよ。言えないとかナニつけてるのかしらねっ、このむっつり美形！　目元を赤くして拗《す》ねちゃってソウキュート！

だからこの際言わせていただきます、だってあなたは私の話をちゃんと聞いてくれるって知ってますから！　鬼畜だけど結局優しくて好き！　ってもぉぉお私ホント馬鹿ぁっ！

「ほら見なさい！　あなた以外の誰にも私に触れることはおろか危害だって加えられないんだから、少しは我慢を覚えて！」

顔を突き合わせて喧嘩腰に伝えると、ルカスは不貞腐れながら私の腰に両手を回した。

「……だから今だって我慢してる。それに触れるのは、やろうと思えばできる」

その諦めたと伝える言葉と優しい仕草、そして悔しげな拗ね顔に恋心《すき》が振り切れてポンコツになった私は、まだ言うのっ？　と言い返してしまい、勢いよく墓穴を掘りました……。

「そうかもしれないけどっ、誓紋云々《うんぬん》以前に私があなた以外はもう無理だって言ってる、の……」

……ッひぃぃぃい！　いくら疲れてるからって何を叫んでるの……淑女っていう定義を思い出しなさいよぉ……っ。

「……そ、そんなわけデス、ので、我慢して、くださいマセ……」

嘆きつつ、涙目と染まり切った頬を隠すように顔を俯け、心の中で拳を握り締めながらちっさぁく口にして終わりにしたわ。

くそぅ……夜会開始から好き放題してくれちゃって……っどうしてこのヒト相手だと感情が露わになるの……！　言い負かしたはずなのに敗北感が凄いんですけど！

どうあっても翻弄される悔しさにぷるぷる震える唇をきゅっとしていると、ルカスにクイッと顎を掴まれた。

そして美しい金色を蕩けさせながらゆっくりと口角を上げたから、絶対に言わせない……！　と急いで両手をその口元に持っていって——パシンと止められ、指先にキスを落とされ、さらに掌にまでキスを落とされ……舌でぺろりと舐《な》められて、ぃやぁあぁー！　と慌てて彼の手から引き抜いたわ。

するとルカスはぷはっと笑ったあと、口元を隠して肩を揺らした。

くっ、隠す気ないしめっちゃ笑ってる……！　舐めてこちらを退却させるとか信じられないっ、このヒト本当に根性悪でそんなときが超絶格好いいとか許せん……！

悔しさから顔を背けようとすると、指で愛おしむように顎と唇を撫でられ、身体がその感触を堪能しようと動かなくった。そのままチョイッと親指で唇を刺激されて、いうことをきくように口が小さく開いてしまう。

キスを望むような仕草を見せてしまい顔を真っ赤にした私に、彼はうっとりと色っぽく囁いた。

「俺以外、無理なんだ？」

「～ッそ、れは、その……ッ」

こんのぉ……ッそう、ですけど……っ！

今かなり緊迫して真面目な場面だったはずなのに、腰に響く甘い声でわざわざ私を追い詰めて聞こうとするのやめてよ……ホント自由人で空気読まないヒトねあなたって——！

そう胸中で叫びつつも、耳に入るアナ達のコショコショ話に涙目になってしまう。

「容赦なく溺愛タイムが始まっちゃったわ、なんて眼福なのかしら。どれくらいかかると思う？」

「最高ですな。絵面の凄さに目が潰れそう。この後キスとか入ってきそうだったら、邪魔になるからとりあえず連れてっちゃっていいんじゃない？」

「ふわぁあん！　テラスで痴話喧嘩からの仲直りキッスとかご馳走《ちそう》様ですありがとうございますガチョウ様ぁ！　これは撮らねばダぁあああッ⁉　バルお前なんでって触んなゴラァッ！」

「ロマンチックランデブー！　エルサちゅぁんアタシとブッチュウしーまーしょー！」

……一部コショコショしてないけど、戻ってきてくださったのでツッコみません、あしからず。

ついでにいくらロマンチックでもキスはもうさせないし、フィンさんの「マジ俺の主が壊れ気味で酷い……」という呟きにはとてつもなく同意します！　と思いながら、歯を食いしばる。

「俺も、あなた以外無理だよ、ツェツィーリア」

「ッ、そ、そう、です、か」

それは、お揃《そろ》いですね良かったです……と口の中でモゴモゴ言って、ここまで言ったんだからもう終わりにして！　と涙目で訴えかけたのに……訴えかけたのをわかってるくせに……！

美しすぎる程美しい顔をふんわりと緩めて、蜂蜜《はちみつ》の海で溺れろと言わんばかりに甘く囁かれて、顔から火を噴くかと思いましたっ。

「愛してるよ俺のツェツィ、本当に愛しくて堪らない……我慢するから、部屋に戻ったら我慢しなくてもいい？」

「……～～ッ」

色っぽく首を傾げて、今夜も愛していいかと問いかけてくる人外美形に今度こそ口を戦慄かせたわ……っナニ言っちゃって、ナニを訊いてきてるの本当にぃ……！

場所を考えて――いえ、場所だけを見ればありか……テラスだものね、むしろ夜会の最中にテラスでこんな美形に口説かれるとか、シチュエーション的にはかなりロマンチックです。そこは認めましょうっ。

……でも思い出してほしいの。

あなたの後ろのちょっと先に、顔の間近に剣当てられてガタガタ震えているご令嬢と、喉元を今にも切り裂かれそうになって顔真っ白にしてる元第二王子様がいらっしゃるのですよ……。

なので絶対に答えません！　むしろ我慢するのは当たり前です！　両方我慢するのを覚えることこそが当然となるべき事項ですのであしからずー！

なので勘弁してください、と見つめると、寂しげな表情で見つめ返されドキッと焦ってしまう。

この顔に騙《だま》されては駄目だと顔を背けようとするも、顎を掴む力が強くて動かせず。さらには腰を引き寄せながらドレスの縁と肌の境目をゆっくりと撫でられ、返答を促されたわ。

顔と行動の落差が酷いでーす！

「ツェツィ？」

「……ッ、へ、やに、戻ったら、答えます……っ」

くっ……背に腹は代えられませんからね、我が身が可愛いもんで……っ。

だからお願い、さっきみたいなキスをするのも、腰の噛み跡をスリスリ触るのも、身体が反応しちゃうのでヤメてください……っ。

小さく首を振りながら妥協案を提案すると、ルカスはちょっと眉毛を上げて、そしてクツッと楽しそうに笑い、するりと縁から指先を入れ込んできて。思わずびくぅっと背中を仰《の》け反《ぞ》らせてしまった。

「戻ったら、ね」

「ッ……ルキさ、やめ、て……っ」

微かなのにどこか淫靡《いんび》な動きに呼吸が浅くなり、仰け反ったせいで近づいた唇を、これ以上を期待しているように注視してしまう。

唇を震わせ、声にならない声でここではもうイヤだと拒否を伝えた私を見て、ルカスはとろりと甘く苦笑した。

「それは楽しみだ」

私は全然楽しみじゃありませんし！　お答えする言葉は『だが断る』の一択ですからねー!!

悔し紛れの絶叫を胸中で上げながらも、指輪に愛おしむようにキスを落とされ、それはそれは幸せそうに微笑まれて胸が甘く痛むのを自覚する。

恋しい相手にやり込められて何故か喜びに騒ぎまくる己の心に歯噛みして、羞恥と悔しさから「では手を離してくださいませっ」と返した瞬間、フェリクス様が声を上げた。

「ふざける、なよルカス……ッ!!　愛だと……!?　お前にそんな高尚なものがわかるのか……!?　最強の王家の盾などと言われているようだが、俺は知っているんだぞ……っお前が狂った欠陥品だとっグァ……ッ」

「主を冒涜《ぼうとく》するなよクズ野郎が……！　今すぐその首切り落としてやる――」

「フィン、やめろ」

その欠陥品という言葉に驚いて、そしてカッとなってフェリクス様へ視線を向けて――けれどフィンさんを止めるルカスの声にもう一度彼に顔を戻す。

傷ついているのではと彼を見上げ視線が合った瞬間、困ったように眉毛を下げながら微笑まれた。

――これは、駄目。こんな瞳をするなんて……っこんな場でする話ではない……！

瞳に浮かんだ複雑な色を見て取って、きっと聞いてほしくない、言いたくない話なのだと瞬時に悟ってしまい、喉から胸に熱のような怒りが湧き上がって、手をギュッと握り締めた。

「ですがッ！　あれはアニカ様のためにルカス様が代わりとなっただけで……！　大体王家の命令なのだから、このクズにそんな言葉をかけられる謂れはない……！」

私の気持ちを表すように声を荒らげて言い返したフィンさんに、ルカスは淡々と「言わせてやれ」と返すだけで。

聞かれたくないのなら聞かないから、と手を伸ばして伝えようとした私をフェリクス様の大声が遮って……その言葉に、身体が凍りついた。

「ハッ！　自覚はしているんだな……このヘアプストの狂人がッ！　お前などっ、お前こそさっさと処理されればよかったんだ……!!」

「――しょ、り……？」

衝撃的な言葉に耐えきれず、ぽつりと零してしまった私に、ルカスはやっぱり困ったように微笑んで、なんでもないことのように「運が良かったんだ」と口を開いた。

「公爵家には稀《まれ》に、俺のような戦闘に特化した人間が生まれる。そしてその特殊性のせいか、大体が感情面に欠陥を抱えているんだ。……壊すことに、忌避を覚えない」

「そうだっ！　ソイツは十を過ぎた頃には、暗部に混じってその手を血に染めていた……！　忠実に動く殺戮《さつりく》人形として便利で使い勝手は良かったようだがな！　だが何人殺しても、どれだけ血に塗れてもっ、自分が傷を負ってさえ顔色一つ変えない人間など……どう考えてもソイツは狂ってる……!! いくら強くともそんな人間を始末せず、挙げ句騎士として取り立てるなど、父上も公爵も何を考えていたのか！」

ルカスの淡々とした声と、フェリクス様のがなり立てる声が耳奥をガンガンさせてうまく思考が巡らない。

処理。始末？　運が良かったって……処理を、されずに済んだことが……？　始末なんて、どうして……子供の頃から、そんなことを、やらされて……？

そう呆然《ぼうぜん》と思いながら、記憶の片隅にあった、ずっと気になっていた言葉の真実に思い至り、見開いた先の優しい金色が歪んでしまった。

――『俺に、強くなる意味を、……未来を与えてくれてありがとう』――婚約後、初めてのデートへ行く直前に伝えられたあの言葉……、あれは、あれはそういう意味……!!

そして、これは彼が望んだ私への意思表示なのだと直感で悟った。

戦慄く唇を必死で動かして、掠れた声を出す。

「どうして……？」

沢山の意味を込めた疑問に、ルカスは静かに答えてくれた。

「公爵家《ヘアブスト》は王家の盾として暗部と連携も取る。公にできないような悪事を働いた貴族を王家の影として粛清するのがメインだから、当然、血に慣れる必要がある……だけど姉さん《アニカ》は優しい人で、それにアルフォンスとの結婚も決まっていたから、別に俺がやればいいと思ったんだ。俺には忌避感がまるでないからね。まぁ、今では強さがもたらすモノを考えられるようになったけど……実際俺がオカシイことを、あなたは知っているだろう？　本当に運が良かったんだ。特に、あなたに会えたことがね」

そうでなければここにはいない、となんでもないことのように吐き出され、手が、唇が震えるのを自覚する。

……もし、もしも、十一のときに会えていなかったら。

もしも約束を交わしていなくて、あなたが私を好きになってくれなかったら、あなたは――――！

「ハッ、ヴェーバーに預けられたのも、何か起こしたときにお前をいつでも殺せるようにだと聞いたぞっ！　そんな狂人が愛などと――」

「――フェリクス様うるさい!!　黙ってください!!」

聞こえよがしなフェリクス様のあまりの言い様にはしたなくも叫んでしまったけれど、それすら気にする余裕がなかった。

そんな私を目を丸くして見つめてくるルカスの服を掴んで、グイグイ引っ張って必死で問いかけてしまう。

「ルキッ、もう、処理なんてっ……されることないでしょう!?　ないわよね!?　だってあなた英雄じゃない！」

冗談じゃないわ私の旦那様を処理だなんて……！

確かに鬼畜でドSで変態だけど――……あ、あれ？　ちょっと良くない部分あるわね……でもそれも大体夜のアレ的なアレだし……。そ、それに関しましては私が、頑張って受け止めてみせますんで……ッ！

オカシイことを知っていて、きっと努力した。

その力がもたらすモノを自覚して、その力を守るために使ってくれた……っ。欠陥品なんかじゃないっ、優しいヒトなの……！　国を、民を命懸けで守った英雄なのよ……!!

その英雄を……私のルキを処理だなんて絶対に認めない――！

お高そうな騎士服の生地が痛むのも無視して、ちょっと答えてよっとグイグイ引っ張ると、キョトンとしたルカスがプハッと笑った――……え、どうしてそこで笑うのよっ。人外美形の子供笑いは超絶可愛くてトキューンてするからヤメてくれない？　私今すっごく真剣なんですよっ！　知っておかないと守る手段が講じられないいじゃない！

「落ち着いてツェツィ、英雄《おれ》を始末できる人間なんていないよ――……いや、いるな」

そうよね、だって大陸最強って噂《うわさ》ですもの、守る手段もあまり必要ないくらいは強い――……

「えっ!?」

嘘でしょいるの!?　と焦って服を握り締めた私の手を、ルカスはベリッと引き剥がすと、その握り拳にチュッとキスを落としながら「ツェツィだよ」とサクッと意味不明の言葉を吐いた。

「ツェツィっ？　ツェツィーリア？　女性の名前――……って、私……ッ？」

「そう、俺を殺せるのはあなたくらいだって前も言っただろ？」

「は……」

はぁぁあ!?　あなたの鎖をぜんっぜん解くことができない私にあなたを殺せるはずないし、どうして私が生涯を誓い合った想い人《おもいびと》を殺さないといけないの!?　意味がわからないわどうしてそうなったっ！

冗談でも許さないわよ！　と怒りのままに睨みつけると、ルカスは内緒話をするように顔を近づけて、色っぽく微笑んできた。あっれー、この流れ嫌なパターン……っ。

「俺ね、特殊なせいか警戒心も強いんだよ。でもあなたを抱いてると、夢中になりすぎて無意識下の警戒心さえも薄まる。防御壁があるから外からの攻撃は対応できるけど、ツェツィに寝首を掻かれたら何度か死んでたよ」

密《ひそ》やかに告げられた夜の話の血みどろバージョンに、そんなこと決してしません……と首を振れた私はとても偉いと思います。

「……寝首、なんて、掻きません……」

……なんか、もう……ナニ言ってるのかしらね、このヒト……。

「気持ち良すぎるし、誘うように泣き喘《あえ》ぐツェツィの媚態《びたい》に意識が向きすぎて無防備になりがちです」って、私は房中術を使うくノ一か……っ！

あんまりの内容に真っ赤になってぷるぷる震えだした私を見て、愛を伝えるように微笑む変態性悪美形にせめて一矢報いようと口を開いた。

「……っば、か、ルキ……っ」

そんなこと言わないで！　と睨んだのに、またも甘く苦笑されやり込められてしまう。

「その馬鹿も、堪らなく可愛いよ、ツェツィーリア」

「〜〜ッ！」

ぐぎぎぎぃ……！　罵声を可愛いとか言われたら、もうどうしたらいいんでしょうかねっ！

あまりの手強さと色を滲ませた顎を掴む手つきに、こなクソぉっ！　と顔を背け——その先のこれでもかと見開いた目と愕然として青褪めた顔に、ひょえ……っと背けた顔をルカスの胸元に戻してしまったわ。

くっ……戻ってきちゃったわ……フェリクス様がいるの綺麗さっぱり忘れてた……!!

私ったら黙らせておいてうっかりすっかり忘れ去るとか、最低な上にポンコツ具合が酷くて泣ける……! 閨の話を目の前でするなんて、本当に何をしてるのかしら……それもこれもルカスのせいよぉ……っ!

羞恥から今度こそ泣きそうになって彼を睨むと「ホント堪んないだけど……大丈夫、今の話は聞こえてないよ」と緩んだ口元を押さえて肩を揺らしてきたから、こんのぉ……! とその肩を叩いて怒ろうとして――

「……おまえ、お前……本当に、ツェツィーリアか……?」

「……。……ええ、そうです、けど」

フェリクス様が呆然と呟いた言葉に、目を丸くしてしまったわ。

まさか、六年も婚約してたのに疑問を呈するくらい顔の印象がないって言いたいの?

流石に失礼すぎるし、いい加減婚約者でもないのに名前を呼び捨てにするのヤメてほしい……。

全然親しくなかったのに婚約関係が終わっても呼び捨てされるとか、身勝手な馴れ馴れしさが猛烈に恐くて気持ち悪い……と失礼ながら思っていると、フェリクス様が唇を震わせた。

「嘘、だ。俺の知ってるお前は、そんな……顔に、感情を出さない。そんな風に声を荒らげたりも、恥ずかしがったりもしない……そんな風に当たり前のように身体を、顔を寄せて見つめ合って笑い合ったりなんて、しない――」

……ッいやぁあ淑女教育様までポンコツにぃぃー！　どうして今日はこんなに駄目なの……あの無駄な戦意上げが良くなかったのかしら……っ。明日以降、再教育を願い出よう……と決意を固めつつ、

「……それは、お見苦しいところをお見せしまして、大変失礼いたしました……」と一応の謝罪を試みた私に、フェリクス様は小さく嗤いだした。怖ぁっ！

「ふ、ハハ……ハハッハハハハ……!!　なぁツェツィーリア……何故、俺にそれをしなかった？　貴様は俺の婚約者だっただろう……？　何故俺にその顔を見せなかった……見せろよ。ここに来て、俺に跪いて笑いかけろ……なぁ」

淀みきった瞳で夢を見るように言われ強張った私をルカスが隠すように抱き直し、その腕に収まった私を見て、フェリクス様が激高した。

「ふざけるなよツェツィーリア……ッ!!　何故俺を愛さなかった!?　何故ソイツなんかを愛した!!　今すぐその狂人を捨ててここにッ、俺の傍に来い……！　そして跪いて俺に愛を乞え!!　貴様が愛するべき男はその狂った欠陥品じゃないっ！　俺だ……!!」

激情の籠もった叫びに、頭が、喉が、胸が……心臓が熱を持った。血管を何かが物凄い勢いで駆け巡り、目の前がチラチラと輝いて瞼《まぶた》の裏にこの六年を思い出す。

会えば貶められた。

会っていないときすらフォローし支え続け、たった一人で立ち続けなくてはいけなかった。

会話も手紙さえも嫌がられ、まともなエスコートもされず……フェリクス様が手を出した女性たちからは馬鹿にされ、最後は恐怖を刻まれて呆気《あっけ》なく捨てられた――その、苦労と苦悩と腹立たしさに塗れた六年を、どうでもいいと思える程の怒りが肌からジワリと滲み出る感覚がした。

身の内を吹き荒れる感情に突き動かされ、隠してくれていたルカスから一歩出て、目の前の男性を燃やすように見つめる。

「――何度、言うの……黙ってください」

「そんな欠陥品の言う愛なんてものは紛い物だ!! 貴様は勘違いして――」

「黙りなさいッ!!」

思っていた以上の強い声が自分から出たのをどこか冷静に受け止めながら、渦巻く感情を止める気さえも起きず、フェリクス様に叩きつける。

「いい加減にしてください……! この愛が勘違いっ？ それになんの問題があるんです!? 生涯勘違いを貫き通したら愛と認めてくれるとでも!? それこそ余計なお世話です！ これが愛かどうかなんて私達が決めることでっ、あなたになんと言われようと私はルキを愛してます！ ルキ以外は要らないわ……！ 彼の努力を知ろうともせず、守ってもらっていながら欠陥品だの言うなんて何様のつもりなの……ッたとえルキがそう呼ぶことを赦しても、私は絶対に赦さない……!! もう二度と彼を侮辱しないでッ!!」

どれ程吐き出しても感情が収まらず「今すぐ侮辱したことを謝罪してください！ さぁ！」と言い募ると、ルカスが囁いてきた。

「ツェツィ、落ち着いて」

私を気遣う優しい口調に心が悔しさでいっぱいになって、みっともないとわかっていても駄々をこねるように拒否をしてしまう。

「ッ、落ち着けだなんてっ、だって……ッ、あんまりだわ……！」

「うん、ありがとう。でも気にしないでいいから、一旦落ち着いて」

するとと彼は私の頬を包んで視線を合わせてきた。

あんなのはどうでもいい、と伝えてくる仕草に言われ慣れていることがわかってしまい、カァッと胸がより熱くなる。

よくない！　と口を開こうとすると、ルカスにどことなく焦った心配げな表情を浮かべられ、きゅっと唇を噛み締めた。

納得はできない……でも、あなたを困らせたいわけじゃない。

小さく深呼吸をして、拳を握る。そしてひたすら呆然とした表情を浮かべるフェリクス様を睨みつけてから、これ以上あんなヒトにルカスを傷つけられたくなくて、彼の手を引こうとした――

「……わかりました、もう会場に戻りましょう――……ッ？」

「――ツェツィ……っ!!」

途端、グラリと視界が揺らいで焦った声と共に固い腕に抱きとめられた。

アナ達の慌てた声を聞きながら、抱きかかえおでこ同士を合わせて熱を測り何かを確認する、少し顔色の悪いルカスを潤む視界で見上げると、彼が盛大に息を吐いた。

「……疲れもあるだろうけど、魔力切れだ」

「まりょく、ぎれ？」

わけがわからないまま動かなくなり、どんどん寒く感じ始める身体をルカスがマントでくるみ直しながら額や頬に安心させるように口づけてくれて。

その唇の温かさに縋りつきたくなって、震える腕を彼の首に回した。

するとと掻き抱くようにぎゅうっと一度抱き締めてから、ルカスはキラキラした虹色の小さな飴玉《あめだま》を掌に作りながら説明してくれた。

「気づいてなかったみたいだけど、ツェツィ、魔力を一気に出してたんだよ。多分感情が昂《たか》ぶったせいだと思う。今戻すから」

「魔力……ルキ、寒い……怖い……」

「大丈夫だ、本当にただの魔力切れだから俺が治せる。安心して。ほらツェツィ、口開けて」

そう言いながら飴を口移しされ、舌を絡めながらゆっくりと固めた魔力を溶かされ唾液として飲み込むと、その度に寒さが薄まり身体の強張りが取れる。

魔力切れをその場で治せるとか聞いたことないわ、他人の魔力を集められるなんて凄すぎですね、ルカスさん……とぼやっと思いつつ、癒やすような優しい口づけに、抱え上げてくれる力強い腕に、彼の全てに安心してしまい完全に身を委ねた。

……すると、既にポンコツを極めかけ、ぽやや〜んとしていた思考がその大きな存在にもっと甘えちゃえ〜と囁いた。

完全に私の味方ではなくなった分身《アクマ》の囁きに、かつてない程怒りすぎて本当に精神的に疲弊していたのだろう――……いたと、思いたい……っ。

とにかく、疲れ切って様々なことをポーンとお空の彼方《かなた》に放ってしまった私は、うっかりドドドーッと流され、状況を忘れてルカスに甘えてしまった――

「ン……る、き、ルキ……部屋に、戻りたい……」

寒いのも怖いのも、嫌な言葉ももう十分。あなたさえいればいい、あなただけを感じたいと不安がる子供のように縋ると、ルカスはパッと立ち上がった。

「――すぐ戻ろう。アナ」

「先に部屋を整えておきます、御前失礼いたします」

「フィン、エルサ、ソイツらとりあえずぶち込んでおけ。ケイトはレオンに連絡を」

「「畏まりました」」

ルカスはパパっと指示を出し、顔を青褪めさせ座り込んだまま震えるフェリクス様を、フィンさんが首から血が出ているにも拘らず首根っこ掴んで庭側から連れ出す様子も、随分前から放心状態の銅像となっていたビビアナ様を、エルサがガシーンと腕を鷲掴《わしづか》みにして無理矢理立たせ、近衛騎士と共に引っ立てるように連れて行く様も目の端に入れることすらせず。

私を大事そうに抱え上げると人目も憚《はばか》らずに夜会会場に戻り、ざわめきを無視して王族用の奥扉から退出した。

……やっちゃったな～……と気づいたときは既に奥扉前まで来ていて、見て見ぬフリを決め込むことを決意しました。

大丈夫、ワタシ、具合、ワルイ……仕方ナイ、コレ人命救助……！　とわけのわからない言い訳を自分の中でさせていただきました……。

あぁ……悪役令嬢なんてやるもんじゃない……ッ。

【5】


色のない世界を輝かせる光は強い感情を浮かべる若草色。

心を捉える音を奏でるのは意思を紡ぐ薄紅色。

伸ばされた手に嵌《は》まる指輪を見て絶望しながらも、その存在に、俺を構成する全てが喝采をあげた。

そして同時に心の中で何かが蠢《うごめ》き、食い破り這《は》い出ようと藻掻《もが》く感覚がした。

渡さない、離さない……必ず、守る。

俺の、俺のツーーィーリア――


足早に戻った第二王子宮の俺専用の寝室。そのベッドに横たわるツェツィに治癒を施しながら、絡めた舌を強めに吸って、ヒクンと震えた肢体がベッドに沈むのを確認して、もう一度だけ唇を押しつける。

温《ぬく》もりを与えるようにほんの少し体重をかけたまま様子を窺《うかが》っていると、触れ合う唇からゆるりと力が抜けた感触がして、名残惜しく思いながらそっと顔を離した。

「……キ……」

「安心して、あとのことは俺がやる。だから今は眠るんだ」

シャツのボタンを留めて前髪を払い、親指で色の悪い下唇を撫《な》でる。そして俺を探すように小さく動いた指を絡めて手の甲にキスを落とすと、ツェツィは安堵《あんど》したように眠りについた。

「……だ……す、き……」

「あぁ、俺も愛してる。……おやすみ、ツェツィ」

青白い顔の、小さく開いた口がスゥと音を立て始めるのを聞いて、ブカブカのシャツが上下する様を見て、肩から力が抜けた。

震えだした手で顔を覆って盛大に息を吐き出し、自分の情けなさに嗤《わら》いが零《こぼ》れてしまった。

会場へ戻ろうと俺の手を引く華奢《きゃしゃ》な身体《からだ》が揺らいだ瞬間を思い出すだけで血の気が引く。

失ったら俺はきっと壊れる。この世界なんかどうでも良くなって、間違いなく追いかけることを選ぶ――そこまで考えて、ぐしゃりと前髪を掴《つか》んで小さく深呼吸をした。

それでは、駄目だ。

今のままでは、ツェツィが本当の意味で俺を頼ることができない。記憶のなかった俺の気持ちを疑うことなく受け入れ、変わらぬ愛をくれる彼女を幸せにしたいのなら、俺は、どれ程俺の感情が拒否しようとも、もう少し先に訪れるだろう彼女の願いを受け入れる必要があるのだから。

ハァ――……ともう一度盛大に息を吐き出し、眠るツェツィーリアの顔を見つめる。

きっと、何度忘れても会えば必ず恋に落ちる。そして何度となく恋《こ》い焦がれ、何度となく絶望し、何度となく死にたくなり。

けれど欲しくて欲しくて堪《たま》らなくてまた何度でも、どれ程苦しもうとも彼女へ手を伸ばし続けるんだろう。

俺のツェツィーリア。

俺の唯一……俺の命。

帰ると、必ず戻ると言った俺を信じて、変わらぬ気持ちのまま待っててくれて本当にありがとう。

……泣かせてごめん。あなたのあの慟哭《どうこく》を、申し訳なく思いながらも喜んでしまって本当にごめん。

もう二度と、決してあんな泣かせ方はしないと誓う。

……あなたはいつも俺があなたを翻弄してるって怒るけど、俺の方こそあなたに翻弄されっぱなしなんだよ、ツェツィ。

脳裏に鮮やかに蘇《よみがえ》る、淑《しと》やかな姿からは想像もつかない程苛烈な感情を露《あら》わにしたツェツィーリア。

キラキラと魔力を纏《まと》わせてフェリクスに食ってかかる姿が、堪らなく美しかった。

俺が守ろうとしてたのに、俺を守ろうと俺の前に立つなんて思わなくて……格好良くてなんか悔しかったよ。見た目は淑やかなのに妙に行動力があって勝ち気で負けず嫌いとか、魅力的にも程がある。

もうホント監禁したい……。

そんなことを考えながらまだ微《かす》かに震える手で息をしていることを確かめて、その寝顔を眺めて、でも、と少し考えてしまった。

やっぱり翻弄の仕方については、話し合いが必要だな。今は指輪に守護系統の魔法を施していても、ツェツィにも少しは自衛を覚えてもらわないと……と溜息《ためいき》をついてしまう。

俺の可愛いヒト、色んな意味で魅力的なのをあんまり自覚してないんだよなぁ。

あれだけ人数がいて、しかも魔力量だけならツェツィより多いのだっていたのに真っ先に狙われるとか、普通じゃ考えられない……あ、思い出したらまたブチ殺したくなってきた。あんのクソ駄犬《フェンリル》……もっと嬲《なぶ》れば良かった。

彼女が時間を稼いだから俺が間に合ったのはわかってる。その決死の選択と様々な偶然が重なって、奇跡的に助けることができたのは本当に僥倖《ぎょうこう》だった。

でも、それでも……あの行為を、あんな別れ方を赦《ゆる》すことはできないよ、ツェツィーリア。守るために断腸の思いで離れたのに、俺以外のことで籠から出て、本意でなくても死を選ばれるなんて……もしも失っていたら、あなたが守ろうとしたものを俺が壊すことになった。

俺がツェツィを犠牲にして成り立った世界を赦すはずないと、あなただってわかってるはずだ。だってあなたは俺の狂った執着《おもい》に気づいた。

俺以外の誰にも目を向けることがないように、俺以外の誰一人としてその心の中に入り込めないようにしたと、気づいたのだから。

気づいて、泣いて怒って……凄《すご》い罵声浴びせかけてたな……。

馬鹿バカ意地悪の根性悪、の定番から始まり、これでもかってくらい言ってましたねっ。

ヤバい……アレ俺のことだったら赦してくれない気がする……！　謝罪しても、離縁したいって、顔も見たくないって言われたら間違いなく魔力噴き出してこの辺一体荒野にする自信がある。

ついでにツェツィを無理矢理連れ出して、監禁した挙げ句抱き壊すかも……って血の気引かせて、緊張しまくってたな、あんとき……。

でも、それ程に俺が彼女の心を占めていることに、そしてそれ程の感情を俺に向けてくれていることに喜んでいる自分もいて。

時折指輪に愛《いと》しげに口づけながら泣き濡《ぬ》れる彼女を、そっと見守るしかできなかった。

そうして不安しかないままツェツィの前に立って、名を呼んでいいかと問いかけた俺に、彼女は真珠のような涙を流した。

「はい、是非呼んでくださいませ、ルキ様」

そう言ったツェツィーリアの若草色の瞳に浮かぶ深い愛に、後悔で膝から崩れ落ちそうになった。

何故《なぜ》こんなにも愛しているのに、記憶がないんだ……何故あれ程の愛を返されているのに、俺はこのヒトのことを何一つ覚えていないんだ……っ。

赦されない。

目の前に立っていいはずがない……でも奪われたくない、決して手放せない……！

だから、ごめん……本当にごめんねツェツィーリア。

申し訳ないと思ってる。赦してもらえるまで何度だって謝罪する。信じてもらえるまで、死ぬまで何度でも愛を伝えるから。

もう一度俺を見て（オレヲミツケテ）。

もう一度俺を呼んで（ココニイル）。

もう一度俺を、受ケ入レテ。

何度でもオレヲ、欲シガッテ——

心が叫ぶままに跪《ひざまず》き、浅ましくも記憶のないまま赦しと愛を乞うた俺の腕に、ツェツィは泣きながら飛び込んでくれて、受け止めた細く軽いその身体に胸が裂けるかと思う程痛んだ。

……そしてあまりの柔らかさといい匂いに、涙を零す潤んだ瞳と甘く縋《すが》りつく声に、幸せすぎて一瞬死んだかもって思った。

結婚まで漕《こ》ぎ着けるとか、よくやった前の俺……っ！　ホント偉いよ、でも触りたい放題だったとかクソずりぃな前の俺……っ。

まさか、以前の自分に殺意を覚えることになるとは思わなかった。

やり直しを懇願しに来ておいて、抱き締めたいのに力が制御できてないとか男としてどうなんだよ。申し訳ない上に恥ずかしくてやり直しをやり直したいよド畜生……っ。

猛烈に悔しい目に遭いながら必死で我慢に我慢を重ねて耐えていた俺にツェツィは容赦なく、猛烈に可愛《かわい》かった。

薄手の夜着で密着され、下から少し悪戯《いたずら》っぽく窺われるという強烈な誘惑に、目の前がグラグラして魔力が噴き出るかと思ったよ……。

え、何このヒトこんなに見た目清楚《せいそ》なのに意外に感情表現豊かで積極的《アグレッシブ》とかどれだけ夢中にさせるんだよ!?　すみませんが慣れてないので少し時間をくださいませんか、俺初恋……初恋って言ってないよな？　同じヒトを好きになってるんだし。とにかくそんなわけなんで、我慢とか超絶辛《つら》くて動揺が格好悪くてすみません……！

……幸せすぎていっそ拷問かと思うくらい我慢した。お陰《かげ》ですぐに力を制御できるようになったけど。

そんな風に何度でも俺を捕らえるツェツィは、藻掻き足掻いていた俺をあっという間に引き上げた。

初めて記憶が蘇った瞬間は、きっと生涯忘れない。

俺の存在を確認するように呼ぶ彼女とキスをして、そして愛しげにバカと言われ、心のど真ん中に鮮やかに浮かび上がったのは白いドレスの美しい美しいヒト……俺への愛を瞳から零して、苦しげに、けれどこれ以上ない程の喜びを湛《たた》えて返事をしてくれたツェツィーリア。

――あぁ、あなたさえいれば、俺は必ず戻る――そう確信した瞬間だった。

そして同時に、恐ろしい思いを抱いた瞬間でもあった。

これ程愛する存在が他の男の隣に立っていた……その事実を想像するだけで身の内から殺意が溢《あふ》れるくらいだ。俺の、予想通りなら――

その嫌な予想は当たってしまった。

会えば会う程、幸せな記憶が蘇る。

笑うツェツィ。怒るツェツィ。泣くツェツィ。恥ずかしがるツェツィ。

手に入れてから見ることができた表情を、記憶がない俺に惜しげもなく見せてくれる彼女に重なるように記憶が蘇った。

親しくなる程に素の彼女を見せてくれるようになり、想《おも》いは深まるばかりで。

俺を見つめる、会える喜びともっと傍《そば》にいたいと懇願を乗せる瞳、躊躇《ためら》いなく寄せられる柔らかな身体に、前の俺はどこまで許されていたのか、今の俺はどれくらい彼女に心を委ねてもらえているのか、確認したくなったのは仕方ないと思う。

……そして盛大に後悔した。

穢《けが》れのない白さで淫靡《いんび》に痙攣《けいれん》する身体、熱い息を吐き出して俺を呼び嬌声《きょうせい》を上げる濡れた唇。

イヤだと零される声は多大な甘さを含み、拒否の言葉とは裏腹にその手は離さないでと伝えるように縋りついてくる。

前の俺も相当煽《あお》られたな……このヒトを前にして我慢できなかった気持ちがわかりすぎる。どんだけ貪ってたんだよ、どこ触っても嫌がらないとかホント幸せすぎる。そしてクソ腹立つ。

……よし、唯一、前の俺が攻略してないところ、絶対に貰《もら》おう。

そんなことを思いながら蕩《とろ》けた顔で涙を零し、俺を幸せそうに詰る彼女にキスを落とす。

逢瀬《おうせ》がバレたら今後に影響するからと死ぬ気で我慢して、噛《か》み締めた口内に溢れた血を飲み下しながら戻った記憶の通りに言葉を返すと、ツェツィは小さく、幸福そうに微笑《ほほえ》んだ。

その微笑みを見て、もう無理だな、と覚悟を決めた。

贖罪《しょくざい》は済んでない。

まだ断片的な状態で、彼女を苦しませているのは変わらないけれど、離れていることが苦痛だった。

どれ程貪ってても満足なんてするはずがない……夢にまで見た肢体を惜しげもなく俺に預けてくれるから、また夢に見てしまって項垂《うなだ》れる朝を何度迎えたかしれない。

何より毎晩ノックをするとき、別れるときに恐怖に襲われる……この少しの距離のせいで守れず、知らない間に失っていたら——！

権力はある。婚姻の事実を示す指輪もある。……黙らせる相手は唯《ただ》一人。

頷《うなず》かせ、彼女を連れてこさせるには、隣国から来た煩わしいカスに役に立ってもらえばいい。

「——今、なんと？」

人払いをした執務室で膝をつき、怒りを声に乗せるクライン侯爵に再度願う。

「ご息女をください、と言いました」

「……娘は療養中です。どこぞかの愚か者に傷つけられまして」

愚か者と吐き出したあまりに冷たい声に、その中には俺以外にも、恐らくはフェンリルを喚《よ》んだフェリクスも入ってるんだろうなと気づき、なお頭を下げる。

「その点に関しては申し訳ないと思っております。今後、二度とこのようなことが起こらないように対処いたします。ですが、彼女が俺にとって唯一無二の存在であることは、前も今も変わりません」

頭を下げたまま伝えた言葉に、侯爵は窺うような声を出した。

「……ルカス殿下、あなたは、いつ娘に？」

「助けた際に一目で囚《とら》われました。……あれ程の目に遭いながら、諦めずに周囲を守ろうとしていた。あの芯の強さと美しさに惹《ひ》かれない男はいないでしょう。お願いします侯爵、このままでは良くない噂《うわさ》も立つ。彼女以外を隣に立たせるなど決して許せることじゃない。全身全霊で、生涯守ると誓います。どうか彼女を、ツェツィーリア嬢を俺の元に連れてきていただきたい」

俺の言葉に、侯爵は苛立《いらだ》たしげに溜息を吐き出した。

「……情勢的にも、これ以上娘を隠しておくのは無理だと私も思っていました。殿下のことだ、もうほぼ根回し済みなのでしょう？」

凄いな侯爵、なんでわかったんだ？

「はい、あとは侯爵のサインさえいただければ」

頷きながら書類を差し出すと、侯爵は眉間に盛大に皺《しわ》を寄せた。すみません、でも譲りません。

「またか……っ如才ない小僧め……！」

なんとでも、と小さく肩を竦《すく》めると、侯爵は書類に乱暴にサインをして、そしてそれを人質のように掲げた。

「挨拶はさせましょう。だがそれ以上は娘の様子で決めます」

「……様子、ですか」

「私だって鬼じゃない、娘が今のあなたとやっていきたいと思っているようなら認めましょう」

いいな？　と眼光鋭く俺を睨《にら》みつける侯爵に、会ったその日に愛を誓い合い次の日には誓紋を刻ませていただきましたのでもう俺のです、と胸中で返してしまった。

言ったら書類を破かれそうな予感がしたから、当然口に出さなかったが。

許可は下りた。あとは、愛しい存在を俺に縛るだけ――

そうして手に入れ直した彼女に日毎《ひごと》記憶が増え続け……恐怖を覚えるのに、そう時間はかからなかった。

手放せないなら、どれ程思い出したくなくても待ってくれている彼女のためにも受け入れるしかない。

わかってはいても、幸せな今を壊すような記憶など要らないと心が拒否をする。

このまま、どうかこれ以上彼女を傷つけないように、このまま――けれど、それこそが彼女を苦しめた俺に対する罰だったのかもしれない。

願いは、届かなかった。

迎賓館から馬鹿がいなくなったと報《しら》せを受けて、すぐにツェツィーリアのところへ向かった。

きっと会ったら傷つけようとして、碌《ろく》なことを言わない。何度も面会を申し込んできては、俺を好きだと言う割に話を一切聞かない馬鹿だ。

しかもツェツィーリアがフェリクスと関係を持っていたかのようにさえ口にした……まるで淫売のように貶《おとし》める発言に、何度消しかけたかわからない。

それでも我慢したのは、ツェツィが馬鹿を来賓として扱い夜会の準備をしていたからだ。行方不明なんかにして、彼女の努力を俺が壊すわけにはいかない。

……傷つけたら、見えない場所に一生残る傷くらいはつけ返してやろうと考えながらツェツィのすぐ近くに降り立って、耳をついた愛しいヒトの言葉に、目の前が憎悪で塗り潰された。

――「確かに六年という長いときを過ごしてなお、悲しい結果にはなりましたけれど、私にとっては大切な六年でした。第二王子妃候補として在ろうとしていなければ、ルカス様と一緒にはなれなかったかもしれませんもの」

……六年も、虐げられていたらしいのに、その六年が、苦しみ抜いた六年が、大切……？

――駄目ダ。

そんなに、フェリクスが、大切だったのか？

――考エルナ。

だから……だから、アイツにだけ、微笑み続けたのか？

――思イ出スナッ。

だから、俺と約束して、あの男の、隣に、立ち続けた――？

――隠シ通セッ！　見セタラ、コノ幸セナ関係ハ、終ワル……！

湧き上がった殺意と覚えのある絶望、そして最後の一欠片《かけら》だった必要のなかった断片《ピース》に、どこか諦めて嗤う自分がいるのを感じた。

――……あぁ、壊したい、殺したいよ……俺の、愛しいツェツィーリア……――

こんな重く醜い感情を、愛しい相手にぶつけるだなんて正気の沙汰じゃないのはわかっていた。

けれどツェツィは泣きそうになりながらも真摯に向き合ってくれたから、彼女だけに狂ってる俺は、ただ彼女に縋りつくしかできなかった。

……まぁ、結局彼女のお蔭で世界一幸せな男に舞い戻ったわけで、ツェツィは見た目に反して中身が格好いいと思う……。何度惚《ほ》れ直させる気だろう、好きすぎて少し悔しいんだが。

アレがなければツェツィの心の中に、出会ってからずっと俺がいたことを知ることがなかったから、なんとか受け止められてるけど。

でも正直、みっともなさすぎて思い出すと死ねるな……。

我慢が利かなかった初めても思い出すと地面にめり込みそうになるけど、殺したいと言って怖がらせて、でも手放せないと縋りついて、嫌わないでほしいと頼み込んで……っ俺ホント全然年上っぽくねぇなコンチクショウ……っ。

いっそ年下に生まれてたら――いや、駄目だな。年の差に焦って奪いに行く気がする。

しかも年上じゃないとツェツィを守るのが間に合わなかったかもしれないから、それでいくと同い年も却下だ。むしろもう少し年上でも……ツェツィって何才まで許容範囲なんだろう？

……何考えてんだ俺、馬鹿だろ。

不甲斐《ふがい》ない自分から目を逸らすかのような現実逃避に、項垂れてしまった。

気持ちを切り替えようと眠るツェツィに布団をかけ直し、色の戻り始めた唇にキスを落としてもう一度愛を告げる。その俺の言葉を喜ぶようにふわっと緩んだ顔に、離れ難く思ってうっかり何度か啄《ついば》んでしまった。

……ついでに気づいたら留めたはずのボタンを外しかけていた。何してんだ俺、欲しがりすぎにも程があんだろ、寝かせてやれよ……。

馬鹿な自分に呆《あき》れつつ、後ろ髪を引かれる思いで彼女から離れる。

そして代わりのシャツを着直し、寝台と部屋を防御魔法で囲って――まるで檻《おり》のようなソレに自嘲気味に嗤ってしまった。

俺は狂ってる。

何度でも、いっそ殺してしまいたくなる程求め続けてしまうこの感情を、普通だったら愛とは呼ばないのだろう。

まして恋しい相手に死ぬときは一緒に死にたいと、それが無理なら狂った自分を殺してほしいと密《ひそ》かに願うなんて、醜悪にも程がある。

だから、俺のこの想いが愛じゃないと言われるのは理解できる。

――けれど、それならこの身を削る程に狂おしい情念を、愛でないならなんと呼べばいい？

自分の中の知識をさらっても、答えなんて見つからない。

当然だ――俺は、欠陥品なのだから。

いつかは話さないといけないとわかっていた。だから、討伐から無事に戻れたら婚約式の前に話そうと思っていた。

知られたい内容じゃないけれど、ヘアプストの血が入る子供は、俺のようになる可能性がある。

そしてディルクに子供ができない限り、姉さんのところか俺とツェツィーリアのどちらかの子が、次代の王家の盾《ヘアプスト》の粛清者として動くことになる。

傷つくだろうな、と思う。

慰問先の孤児院の子供たちへ見せる顔が穏やかだったから、多分ツェツィは子供が好きだ。……なのに、自分の子がそんな存在になるかもしれないのだ。

幸せにすると誓ったのに、幸せだけをあげられない自分に反吐《へど》が出る。

けれど、こればかりはどうにもできない。

俺が俺である限り避けられない問題で……だから、たとえ今死ぬ程苦しんだとしても、普通の男と添い遂げて、普通の幸せを得られるように手放してやるのが、〝真実の愛〟なのかもしれない。

でも壊れた俺からあげられるのは、傲慢で強欲な想いだけ。

どれ程傷つけようとも、俺だけを見つめて俺だけのモノであってほしいという、俺にとっての、唯一無二の感情だけ。

その想いを押しつけて、逃げられないように指輪を嵌めて雁字搦《がんじがら》めにする俺の理不尽で身勝手な感情は、普通だったら愛とは呼ばない。でもなんと呼べばいいかもわからない。

それ以上に、愛だと言わなかったばかりに彼女に去られたら――と思うと、恐怖から保身に走ってしまうのだから嗤うしかない。

欠陥品と呼ばれるのも納得だなと思っていた俺に、けれどツェツィはあっさりと救い《こたえ》をくれた。

――「これが愛かどうかなんて私達が決めることでっ、あなたになんと言われようと私はルキを愛してます！　ルキ以外は要らないわ……！」

……あぁ、本当に最高だよ、ツェツィーリア。何度でも、俺はあなたの全てに救われるんだ。

俺にとっての唯一の愛を、生涯あなただけに捧《ささ》げ続けると誓う。そしてあなたと、あなたが守りたいと思うもの全てを守り抜くと誓う。

……どれ程苦しい選択でも、決して投げ捨てたりしないと誓う。

だから、これからすることを赦してほしい。

ツェツィが怒ってくれたように、俺だってあなたを侮辱し傷つけ続けたモノに怒りを覚えないはずないだろう？

あなたの言う通り、俺の魔法でその身を守ることはできる。

でもツェツィーリア、魔法では、その柔らかな心までは守れないんだよ。

――「私たち、真実の愛に気づいたの」――

前も聞いた覚えのある台詞《せりふ》を、今度は目の前で聞くことになるとは思っていなかった。

しかも今回は、俺に愛しい愛しい婚約者を捨てて自分を婚約者にしてほしいと、頭の中に虫が湧いてるんじゃないだろうかと思うようなことを言ってきた馬鹿と、その馬鹿を大事そうにエスコートする自分だった。

真実の愛。

きっとこの上なく素晴らしい、強さを兼ね備えた言葉なのだろう。それさえ掲げれば、全て赦されるはずだと考えてしまうくらいには。

でも、たとえ神が赦したとしても、ツェツィを傷つけるモノなど俺は決して赦さないけどな、と考えつつ、……やっぱり女性としては真実の愛に憧れるものなのか？　と不安を感じて隣をチラリと窺い見て――その言葉を聞いた瞬間ツェツィーリアが傷ついたように僅かに瞳を揺らしたから、俺の中でソレは価値のない、この先決して使うことのない言葉になった。

前回も、そして今夜も、彼女の凛《りん》とした佇《たたず》まいは変わらなかった。心の強さが眩《まぶ》しいくらいで、彼女の努力の積み重ねがその強さを生み出しているのはわかっている。

けれど、どれ程強かろうが、傷つかないわけではない。

まだつけられた傷が癒えていないのは、わかっていた。だから無理矢理理由をつけて退席させようかとも思った。

……でも、守られるだけの女性じゃないあなたを知っているから。

俺を祝うための夜会を成功させようと、頑張っていたあなたを知っているから。

……独占したいと、強く輝く瞳で蹴散らしてみせると言われて、退席してほしいなんて言えなかったんです……。

その判断が、まさかツェツィーリアを倒れさせてしまうなんて思わなかった。

後悔してもしきれない。彼女の全部を望むのだから、彼女の全部を守れる男に。

どれ程苦しもうとも彼女を手放す以上の地獄などないのだから、俺は、もっとツェツィが頼れるような男にならないと、と拳を握り締め――……やっぱりあと二才くらい上に生まれたかった……と抱いてしまったしょうもない思いを溜息で吐き出し、気持ちを切り替えるように閉めた扉に背を向けた。


じっとりとした室内に女の叫びと男の怒号が響き、げんなりしていると、フィンが押し殺した声を出した。

「……殺《け》さないのですか」

「そうだ」

「何故ですか⁉　ツェツィーリア様のお気持ちは、どう考えてもあのクソカ……フェリクス様にはありませんっ。本当に欠片もなかったじゃないですか！　殺《け》したって彼《か》の方のお心に影響はありませんっ‼」

剣を握り締め、今にも飛びかからんばかりに室内の二人へ向けていた視線を俺へ移したフィンへ、口を開く。

「やっぱりそうだよな」

六年という長い年月ツェツィの隣に立ち続けたクソ野郎は、本当に殺したくて殺したくて仕方なかった。

彼女の身体を手に入れ、心を捧げてもらえて、これ以上ない幸福を与えられそれでも今まで我慢し続けたのは、ツェツィの心の中にフェリクスを欠片でも残したくなかったからだ。

あの男だけは、残滓《ざんし》であっても赦せない。

だが、下手に殺《け》して少しでもツェツィにフェリクスを気にかけられたら、嫉妬で自分が彼女に何をしでかすかわからない……。

だから愛を注いで彼女を俺で満たして、待って待って待ち続けて——ようやく先日、アイツが一切気にかけられていないこと、彼女が俺で占められていることを確認できた。

白い肌を朱色に染め上げ、まるで雨上がりの葉のような輝きを浮かべた若草色の瞳が俺へ嫌わないでと懇願してきて、最高に最高だった……もう一回見たい。むしろ何度でも見たいと考えていると、フィンの苛立った声に現実に戻された。

「ウキウキすんなクソ主《あるじ》っ、幸せで良かったですね！　是非ともその幸せのお裾分けとして俺にも褒美をくれませんかねっ。アンタ六年も我慢を強いられたじゃないですか……！」

「駄目だ。六年、顧みることなく傷つけ続けた。挙げ句、権力による理不尽な暴力で、努力を、人生を粉々にされる恐怖を刻み込んだ……たった一人で立たせ、口を開くことも碌に赦さず、矜持《きょうじ》を、心を踏みにじったんだ。せめて汚辱と、後悔と、寂寥《せきりょう》感に塗《まみ》れてから死ぬべきだろう？」

自分の言葉に、震える華奢な身体が蘇って握り締めた拳から血が滴る。

ただ殺すだけなら、英雄になった今ならいつだってできた。

離宮に軟禁中だろうがなんだろうが、その気になれば証拠なんて残さずに、生きていた痕跡さえ残さずに消せる。彼女を守るためにそれだけの力をつけた俺なら、そんなことは朝飯前だ。

だが、己の愚行を少しでも理解してもらわないと、彼女の努力と苦労が報われない。そんなことは、赦されない。

「……アイツがツェツィーリアを好きなら、尚更、知るべきだ」

知って、そして愛する存在に赦しを乞うこともできないまま、後悔に塗れて孤独の中で死ぬべきだ
――そう伝えるようにフィンへ視線を向けると、フィンが驚きを顔に表した。

「なんだ」

「マジか嘘《うそ》だろ、どうしてか俺の主ができる子に戻ったたっ……いえ、ちょっと、主がツェツィーリア様以外の人間の気持ちに気づかれたのが衝撃で」

そりゃあツェツィ関連だからな、と頷くと、フィンは何故か項垂れた。

「……そうですね」という残念そうな声音を聞き流し、その少し先にいる同じように……否、それ以上に項垂れている人物を眺める。

「どこまで愚かなんだ……っ」という小さな叫びに、確かに、どうしてこうなるのか理解不能だな、と溜息をつきたくなった。

ツェツィーリアを休ませることが最重要だったから、ぶち込めとだけ指示を出したが……一緒の部屋に入れるとは思っていなかった。恐らく情報を引き出そうと思って入れたんだろうし、まぁそれは別にいいんだが――どうしてヤリ始めるんだ……？　ツェツィのことは好きなんだろうが、抱けるなら結局誰でもいいんだな。

少し呆れてしまい、気づかれないように入室して様子を窺っていたのも相まって、止めるタイミングを逸してしまったのが正直なところだった。

がなりながら一心不乱に腰を振るフェリクスに、破られたドレスで必死に抵抗しながら女が叫ぶ。

「いやぁっ!!　ヤメて……！　いっ……痛いッフェリクスやめてッやめなさ……ッいやぁあッ！」

「うるさい……っお前が、お前がルカスを落とせると言ったんだろうが！　お前が失敗しなければ今頃あの女は俺のモノになっていた……！　この俺がっ王族たる俺がこんな目に遭ってこんな部屋に入れられたのはお前のせいだっ!!　その身で償えッ！」

「は、離して……ッ！　あの女とルカス様の仲は見せかけだって、誓紋は消えたって言ったのは私じゃないっ……王妃様《アルマ》じゃないッ！　アンタなんかに穢されるなんて……！」

女の台詞に、項垂れていた人物がビクッと肩を揺らすのが視界に入る。

王妃と繋《つな》がっているのはわかりきっていた。

夜会の準備もうまく行えない人間が英雄服にだけ興味を示すなど、捕まえてくださいと言ってるようなものだ。やり口も杜撰《ずさん》すぎて調べる必要もなかったし、むしろこちらが大騒ぎにならないよう英雄服を複製した証拠を隠してやったくらいだった。

「あの女、というか隣国はどういう教育をしてるんだ？」と訊《き》いたら、フィンもアナ達も「王族以外は至ってまともです」と言いながら目を逸らした。これ以上聞くなと意思表示するってことは、碌でもないんだろうな、多分。

英雄服に手を出した時点で永蟄居《えいちっきょ》は確定していたから、特にもう必要のない情報だったが……まぁ大人しく消えてもらう分には、情報は多い方がいいからな。

そんなことより、それではない情報を口に出してほしいところなんだが、とフィンの足元の塊にチラッと視線を向ける。

鎖で絞め上げているせいで色の悪い顔を眺めていると、もう一つの塊が主を守ろうと咳《せ》き込みながら必死で身動《みじろ》いできた。

「お、やめ、……っださ……！　こ、爵家を、ど、される……ッ！」

「黙って大人しくしていろニクラス、ルカス様のすることに口を挟むな。……こうなることはわかりきっていたことだ」

フィンに足で肺を圧迫され、それでも必死に俺へ視線を向けてくるニクラスから背後の人物に視線を移し、狸《たぬき》寝入りをするなと口を開く。

「次はないと言っただろう、ディルク」

「……ツフェ、リルは、予想、外、だよ」

「……ハーゼのためだと彼女を説き伏せて、よりにもよってアイツの計画に乗る形でアイツの傍に連れて行った……ツェツィを囮《おとり》に使ったこと自体が間違いだったと気づいてるだろ？　それも何度もだ。

……それとも、それは、今すぐ殺してくれって頼んでるのか？」

「――ッ――が、は……ッ」

裂かれた胸元の赤を思い出してしまい、感情が揺れる。そのせいで鎖が絞まったのだろう、横たわるディルクが身体を痙攣させ口端から血の混じった泡を出したから、息を吐いて鎖を緩めた。

そして強張《こわば》り震える身体を見て、この程度でヒトは死ぬのだと実感してしまい、間に合った奇跡に本当に感謝し――同時に、『次』を赦してしまった前の自分の力のなさを恨めしく思い、小さく唇を噛み締めた。

優しさにつけ込む人間は大勢いる。

ツェツィーリアだって伊達《だて》に貴族令嬢をしていないからそれはわかっている。

けれどつけ込んでくる相手が俺の家族《ディルク》じゃ断りにくかったんだろう……そしてつけ入ることを赦したのは、俺の弱さだ。

もっと鍛錬をつんでいたら、討伐に行く前に、今のように指輪を基点に防御魔法をつけられたかもしれない――そんなできもしないことを考えてしまい、心の中で自嘲してしまった。

ディルクも、勝算は間違いなくあったんだろう。紋章までつけさせて、さらに一族の相当の人数を割いていた。

ただ一つ、予期せぬ出来事が――来るはずのなかったフェンリルが来たというだけ。

でも結局のところツェツィを囮に使ったことは変わりないし、その結果俺が最も恐れていた事態を引き起こしたのだから、ある程度苦しんでもらわないと割に合わない。

……どうせ俺は彼女との約束を守る以外の手がないんだからな、と若干八つ当たり気味に、そして今度こそ『次』を赦してなるものかと決意をするように魔力を込めて鎖で絞め上げてから、その鎖を消し去った。

「……ディルク、彼女に感謝しろ」

低く呟《つぶや》き、ヒューヒュー鳴る音から視線を外す。

そして、決して赦せない元凶を射殺すように見つめ直した。

「ハッ、母上に手を回してもらい何度も会いに行き言い寄っておきながら、一切手を出してもらえなかった女がよくもそんなことを言えるな……！」

そのフェリクスの言葉に、女が悔しそうに顔を歪《ゆが》め苦しげに嘲笑の声を上げたから、ようやくかと寄りかかっていた壁から身体を離す。

「——何よっ、アンタが魔獣を……フェンリルを喚んどいて失敗なんてしなければ、今頃は——」

聞きたかった言葉に、腕が無意識に持ち上がる。

すぐ近くで息を呑《の》む音と震える身体を視界に収め、その人物に諦めろと伝えるように、そして終わりのない地獄の幕開けを知らせるように、幻影魔法ごと防御壁を粉々に叩《たた》き割った。

キラキラと輝きを小さくして消え去る破片を目の端に入れながら、驚愕《きょうがく》で固まる二人と視線を合わせる。

泣きじゃくりながらフェリクスに罵声を上げていた女が、目を見開いて俺を見た。

「——ッる、ルカス、様ぁ……！　助けてっ、フェリクスが私を無理矢理っ……ビビアナを助けてください ルカス様っ！」

「な、ルカス……!?　何故お前がそこにいる……!?　クソッビビアナ貴様、俺を謀《たばか》ったのか!?」

髪を振り乱し、泣き濡れてこちらへ手を伸ばす様は、きっと他の男からしたら庇護《ひご》欲と慈悲を誘うのだろうな、と思う。

けれど俺の心には一切響かない言動に冷めた視線を向けて、動揺から何やら喚《わめ》いているフェリクスを無視して口を開く。

「プライベートな時間を邪魔して悪いと思ったんだが……流石《さすが》に話がしにくいし、無理矢理なら助けた方がいいですね」

その俺の言葉に、女が顔を歪《いびつ》にして喜んだからフィンに声をかけた。

「フィン、切り取ってやれ」

「御意」

「……は？」

「……え？」

掠《かす》れたような二人の声が、数瞬でけたたましい悲鳴に変わるのを聞く。

室内にあっという間に鉄臭い匂いが充満するのを感じながら、のたうち回るフェリクスと自分の股を交互に見て奇声を上げる女に治癒を施して、もう一度口を開いた。

「さて、あなたのお願いをきいたので、俺の質問にも答えていただけますか？　ご令嬢」

「は……な、に……っ？　こ、こんな、おそわ、れ……た、すけ、ッ」

ガタガタ震えて真っ青になり、信じられないと言わんばかりに見つめてくる瞳に嘆息してしまった。

「……ご令嬢、あなたは自国で同じようなことをやっていたと伺ってますが？　気に入った男が婚約者持ちだと、その婚約者の女性を自分の護衛騎士に襲わせていたのでしょう？　彼女たちは気の毒なことに、助ける人間がいなかったはずですが」

所業を口にしてやると、女は目を見開いて口の中で疑問を呈した。

それを見てもう一度嘆息して、さっさと終わらせようと質問する。

「あなたに訊きたいことは二つです。……同じことを、俺のツェツィーリアにも、しようとしましたよね？」

言葉と同時にエルサが塊をドサリと床に放り投げた。

目の前に放られて呻《うめ》き声を上げた隣国の騎士服を纏う塊に、女が悲鳴を上げようとして――ケイトが大剣を股の間に突き立てた。

はひゅっというおかしな呼吸音に、フィンが不思議そうに首を傾《かし》げる。

「おい、アナは？　絶対アイツ来ると思ったんだけど……まさか、俺に皺寄せがきたりしないよなっ？」

「当然ツェツィーリア様についてるわよ。奥歯ギリギリ言わせてたけど」

「残しといてって言われましたよ、ルカス様～」

そう言いながらエルサが手に嵌めた武器で塊をギギギ……と引っ掻き、掠れた叫びが塊から放たれた。それを聞いてフィンが焦ったように声を上げる。

「待てこらエルサ……っ、だ、そうですよ、主っ。是非とも残しといてあげてください、お願いしますっ」

「わかった、あとで纏めて処分しとけ」

アナがついてるなら安心だなと思いながら返すと、処分という言葉を聞いて女が泣き叫びながら後《あと》退《ずさ》り、ケイトとエルサが怒りを露わにして塊に武器を突き刺した。

「ひ、ヒィィいい……ッ！　いやっ違う……っ違うわっ私そんなつもりじゃなかった……！」

「……そんなつもりじゃ、なかった？　貴様、マイアー伯爵令嬢と同じ目に遭わせろって、このクズ共に言っただろ……？」

「手酷《てひど》く嬲られて、壊れればいいって、言ってたよね……？」

　そのケイトの発言にそういえばと思い出し、「おいコラお前らっ、アナに取っておく話を思い出せっ」と横でうるさく口にするフィンに問いかける。

「そっち《ミア》はどうなったんだ？」

「あぁ、結局王妃からそこの女の玩具《おもちゃ》として与えられたせいで、嬲られすぎて心が壊れました。腹の子も流れたそうです」

　……真実の愛なんて、この世のどこにもないんじゃないか？　とついフェリクスを見てしまった。いくら勘違いだったとはいえ、ツェツィと婚約破棄してまで手に入れたかった女を守ることすらしないなんてな。俺も大概オカシイが、アイツも人のことを言えないと思うんだが。

　そんなことを思っていると、顔をグチャグチャにしながらも、フェリクスが俺を指差しながら怒鳴ってきて——悲鳴を上げた。

「ルカス……ッ！　貴様っ正統な王族の俺にこんなことをして——あ？　ぅぁアアア!?」

「懲りない野郎だな……腰を振るしか脳のないクズがでかい口ききやがって。ルカス様だ、様をつけろ。そして指を差すな、不敬だぞ」

「フィン、落ち着け。ソイツが馬鹿だって知ってるだろ」

敬称も指差しも別に構わないし、いちいちソイツに合わせてたら話が進まない、と伝えると、フィンはフェリクスの指がついた剣を払って、舌打ちしながら頭を下げた。

血の噴き出る手を押さえて蹲《うずくま》るフェリクスに再度治癒をして、防御壁に閉じ込める。

そしてガタガタ震える女へ顔を向けた。

「さてご令嬢、お待たせして申し訳ありませんでした。そんなつもりではなかったとのことですが、そこの塊に渡す気ではあったわけですね。では、二つ目の質問に答えていただけますか？」

「ヒッ、ぃや、ちがっ、違うッ！　謝る、謝るから殺さないで……！」

涙と鼻水塗れの顔で懇願されて首を傾げてしまう。

どうしてフェリクスから助けてやったのに、殺されると思ってるんだ？

「殺しませんよ？　あなたには無事に帰国していただきたいので」

そうでないとツェツィが気にするからな。

護衛は全員始末するから、きちんと責任を持って潰れた家にバルを使って送り届けてやるさ。むしろこれ以上ツェツィの心の中に居座られたらホントに殺したくなるから、さっさと目の前から消えてくれ。

「は……こ、殺さ、ない……？」

「ええ、なので質問に答えてください。……あなたはさっき、フェリクスが魔獣を喚んだと言った。それは誰から聞いた話ですか？」

問いかけた瞬間、フェリクスがガンガンと防御壁を叩いた。

焦ったように拳を打ちつけながら何事かを――「言うな」と動く口を見て、女が躊躇ったように俺を凝視してきたから、さぁ早く答えてくれ、と口を開く。

「ケイト」

「お任せを。……フィン、どんまいっ」

「マジかよふざけんなクソ主……！」と嘆くフィンへニマニマした顔を向けながら、ケイトが呻いていた塊に大剣を振るった。

ビシャッという音と共に飛び散った血が女にかかり、甲高い悲鳴が迸《ほとばし》る。

間を置いてドサッと近くに落ちた血塗れの腕に泣き喚き、助けを懇願するように声を張り上げた。

「――ぃ、いやぁあああっ!!　ちが、違うっ私じゃない……私じゃないわッフェリクスよ！　フェリクスが言ったの！　ツェツィーリア様を殺すために喚んだって！　ミアとかいう女を助けるために騒ぎを起こす必要があるって騙《だま》したって！　だ、騙して生贄《いけにえ》にした男性が持ってきた術式の本だって見せてもらったわ、フェリクスよぉ……ッ」

「……何を喚んだと言っていましたか？」

放たれた言葉に、問いかけながら無意識に足が前に出る。

一歩進むごとにフェリクスの肌が切り刻まれ、防御壁にポツポツと血が飛び散る様を見て女がズリズリと後退ったから、再度首を傾げて答えろと意思を示す。

そして狭い防御壁内で半狂乱で逃げ惑うフェリクスへゆっくりと手を向けて、囁《ささや》いた。

「ご令嬢、答えてください。アイツは、何を喚んだと言っていましたか……？」

「ヒィ……ッま、魔狼《まろう》よ……っ！　魔狼を喚ぶはず、だったのにっ、フェンリルが来たって……ッ」

「――ハッ」

その望んだ答えに、嗤いが零れてしまった。

防御壁を解除して、至るところから血を流し、震えて蹲るフェリクスへ治癒を施す。

そして後ろへ声をかけた。

「証言が取れたってことでいいだろう？　フェンリルと同じことを言ってるってことは、間違いなく禁術の術者だ……離宮軟禁なんて甘い罰では済まない。恩赦なんて当然なしだ。……なぁ？」

俺の言葉に先に反応を返したのはフェリクスだった。

「……ッき、さま……!!　ルカス……ッ卑怯《ひきょう》だぞ……！」

「……卑怯？　今の証言は成り立たないとでも？」

ゆっくりとフェリクスへ身体を向けて問いかけ直すと、フェリクスは俺の言葉に光明を見出《みいだ》したような顔をした。

「そ、そうだ……！　この場にはお前の子飼いしかいないのだから、お前の良いように改ざんできる！　そんな中での証言など、証拠として成り立たないっ！」

「つまり、英雄の俺では証言の証人として足りないと言うんだな？　第三者が必要だと？」

「何が英雄だっ！　たかが魔獣の討伐くらいで英雄などと持ち上げられていい気になりやがって……！　大体、侯爵令嬢でしかないツェツィーリアが魔獣に襲われたところでなんの問題があるっ!?　俺を裏切ったあの女に罰が下っただけだ！　そしてお前しか聞いていない証言で正統な血筋である俺を処罰することなどできるはずないんだよっ！　だからこそ俺に恩赦が出たんだ！　王家の血筋を残すためには準王族のお前よりも、王族である俺こそが……俺の方が重要なんだっ！　お前程度に俺を罰することなどできはしない……!!　残念だったなっ！」

……本当に愚かで、そして腹立たしい奴だな。

血筋こそが最上と、王族である自分こそが正しく価値があると思い込み、その傲慢さを振りかざして彼女の心を切り刻んだ報いは受けてもらう。

……彼女にしたように、今度は俺がお前の大好きな権力で、これ以上ない程叩き潰してやる——

「——こう言ってるが、正統な王族であるレオン王太子殿下は、どう思う？」

顔を向けることなく、もう一枚の防御壁を解除しながら問いかけた言葉に返されたのは、小さな、自虐気味な笑い声だった。

「……ハハ、公爵家は本当、碌でもないのばかりだな……だがまぁ、俺の弟が一番碌でもないか」

「——は……」

死にそうな雰囲気で俺の後ろまで来たレオンは、現実を受け入れ難いのか目を見開いて吐息のような疑問を零したフェリクスと視線を合わせると、覚悟を決めるように一つ息を吐いた。

そして、冷たく見据えて口を開いた。

「——そこの痴《し》れ者を押さえつけろ」

「御意」

その声にフェリクスが喜ぶことができたのは一瞬で、近衛騎士に一切手加減のない力で床に叩き伏せられる様を見下ろす。

押さえつけられ肺から息を強制的に吐き出させられて咳き込むと、フェリクスは初めて自分がその命令の対象だったと理解したらしい。

「——が、ゲホッ、——は……っ？　おい……おいっ貴様らふざけるなよ……！」

やめろっ、離せと喚くフェリクスにレオンが「口を閉じろ、これは王太子命令だ」と冷たく伝えると、フェリクスは衝撃を受けたのかポカンと口を開けた。

その様子を見てレオンは小さく首を振ると、控えさせていたアルフォンスから剣を受け取り俺の前に置いた。

そして、跪いて深々と頭を垂れた。

「――英雄ルカス・テオドリクス殿、此度《こたび》の件、我が王家の者が大変な無礼を働きましたこと、誠に申し訳ございません。王家を代表し、謹んでお詫《わ》び申し上げます」

レオンに倣い、アルフォンスも、暇だからとついてきたらしいカールも、ディルクも跪き頭を下げる光景に、フェリクスが顔を強張らせる。

「あ……兄上……っ？」

「黙れフェリクスッ、何度言ったら理解するんだ！　口を閉じて頭を床につけろ馬鹿者が！」

顔を自分の血で汚れた床に押しつけられ、さらに目の前に剣を置かれ、ようやく何が起きているのか理解したのか、フェリクスは見てわかる程身体を震わせ始めた。

掠れた呼吸音を出すフェリクスから視線を移すと、レオンは溜息をついてもう一度頭を深々と下げた。

「痴れ者が申し訳ございません……何卒《なにとぞ》、寛大な措置を」

そのレオンの対応に、どうして同じ教育を受けたはずなのにフェリクスはやらかしたんだろうな、と首を傾げたくなった。

王族の血を引く者は、神器であるエッケザックスこそが最上で、王の上に在るのだと教わる。

魔獣に対抗できる意思を持つ武器は、神から与えられたものだと伝えられており、事実、人間が作り出す武器では倒せる魔獣に限界があるからだ。

その神器を失うことは、滅びを意味することに等しい。

王など、最悪失っても替えがきく。血筋などとりあえず繋がっていればそれでいい。

けれどエッケザックスは替えがきかない――故に、神器を身に宿した英雄は、王族よりも上になる。

そして当然ながらツエツィーリアも、神器に選ばれた者として高位の存在になる。

王太子であるレオンが俺に跪き、フェリクスがしでかした今に至るまでの侮辱行為を、自分とフェリクスの首でなんとか収めてほしい、と頭を下げた様を見て、フェリクスが目を見開いて声を荒らげた。


「な……何をされているのですか、兄上……!! 王族がそんなっ頭を下げるなど……ルカスお前ッ！ 何を、なんのつもりだ……！」

叫べども誰一人として口を開くことのない状況に冷や汗を浮かべ始めた顔を見つめながら、フェリクスの前にも置かれた剣をフィンから受け取る。

そしてゆっくりと鞘《さや》から引き抜いた。

「……ば、馬鹿な、貴様、何をする気だ……!? おいっオイ……！ はなっ離せっ！ ソイツを止めろッ!!」

「……お前は知らなかったようだが、エッケザックスを身に宿した英雄には自分に深く関係する事柄にだけ、誰の判断も仰がずに処断できる権利がある」

まぁ制約は当然色々あるし、宝剣の機嫌を損ねそうなことはできないようになっているが、今回に関しては問題ないはずだ。

なんせ宝剣が認めた命よりも大切な伴侶に手を出された上に、その伴侶を侮辱し、さらには認めていない人間を英雄として呼んだからな。

「な、なにを、言ってる……っ王族だぞ……!?　貴族院を召集せずにそんなことがッ」

「フェンリルを喚び、ツェツィーリアを亡き者にしようとしたこと。そして今夜の夜会で俺の姿を使って彼女を傷つけようとしたこと」

「あ、の女はッ！　俺を裏切ったんだ！　俺の婚約」

「——俺の伴侶だ」

ザンッ!!　と眼前の床に深々と剣を突き立てて黙らせる。

切れた前髪がハラリと床に落ち、刃が掠った鼻先から流れた血が口の中に入ると、フェリクスが小さく悲鳴を上げた。

そのまま切れた鼻に刃を押し込む。

「——ッヒィ！　いだいッやめっやめろっ！　ヤメっ」

「ツェツィーリアは、俺の、妻なんだよ。指輪を見ただろう？　……彼女がいなければ、この国はお前の喚んだ、お前の言うところのたかが魔獣であるフェンリルと竜に滅ぼされていた」

俺の言葉に、レオンとディルクがピクリと反応したのを感じた。

ディルクがより頭を下げた様子に、どれ程英雄の伴侶《ツェツィーリア》が重要か理解したことを悟る。

それ程の存在がいなければ英雄は生まれない。

そしてその守りたい存在を理不尽に失ったとしたら、英雄は意思を持つ最悪の厄災になり得る。

俺が傍を離れた隙にほいほい囮に使い、記憶がないのをいいことに俺の手で彼女を近衛騎士《他の男》に手渡させて、挙げ句公爵家から勝手に出しやがって……。

王家の盾のくせに、英雄に対する認識が甘いんだよ。決して手を出してはいけない存在くらい把握しておけ。そして二度と起こらないように後継に伝える義務を全うしろ。

これで手打ちにしてやるんだ、さっさと結婚して俺達に迷惑をかけるなよ、とつい私情を挟みがちに思ってしまった。

ディルクの肩を落とすような溜息を聞き、もう二度と囮にすることはないなと思いながら、レオンの重くなった気配にほんの少し剣を押し当てる手を緩めてやる。

……ディルクから聞かされた話を、受け止められなかった気持ちはわからないでもない。

真実　弟《フェリクス》が魔獣を喚んで元婚約者を弑《しい》そうとしていたなど、そのせいで国全体を危険に晒《さら》したなど信じたくなかったんだろう。

フェリクスがやった証拠を欲しがったレオンは、夜会前に離宮の警備を緩めた。

出てきたら捕まえなくてはいけない。

捕まえる羽目になったら、事実を認める覚悟も決まるとでも思ったのか……。

そのやり方からいって、ヘアプストの誰かさんが絡んでるんだろうが、どうしてやらかすとわかっている人間を外に出すんだ。

「レオン殿下はお気の毒ですが、稀代のクズのお出ましですよ」

そうフィンに耳打ちされたときは舌打ちを堪《こら》えるのが大変だったし、そのせいで俺のツェツィが倒れただろうが、とやっぱり手に力を入れ直してしまった。

まぁ、俺はやめておけと言ったからこそ、この対応なんだろうけどな、とフェリクスに意識を戻す。

やめろやめろと藻掻いても、自分を押さえつける力は緩まない。

そして決して顔を上げないレオンに、フェリクスは血の気を引かせて戦慄《わなな》いた。

ゆっくりと俺へ向ける視線を上から見下ろして、その動作に合わせるように、殊更ゆっくりと言葉を紡いでやる。

「継承権も持たない、準王族如《ごと》きでしかないお前が、英雄である俺の姿を使い、俺の名を騙《かた》った。俺に、俺の大切な大切な伴侶を傷つけさせようとした。それが、どれ程赦されないことか、わかるか?」

感情に合わせてゆらりと陽炎《かげろう》のように立ち上った魔力に、フェリクスを押さえる近衛騎士の身体が震えるのを見て少し魔力を緩める。

問いかけに答えない、答えられないフェリクスから視線を逸らさず、レオンへ声をかけた。

「レオン」

「——はい」

「死ねと言ったら、今すぐ死ねるか?」

「……御心のままに」

そのレオンの言葉に、フェリクスが目を見開き、そして当てられた剣を辿《たど》るように視線を血塗れの床に向けてガタガタと震えだした。

「——!」

自分の上に立つ王太子《レオン》がその場で首を、命を差し出すということは、どう足掻いても、たとえこの場に王《父親》がいて助けを懇願できたとしても俺相手では無意味だ、ということにようやく気づいたな。

青白い顔に憮然とした表情を浮かべたフェリクスに、少し気持ちが収まる。

そしてレオンの前に置かれた剣をチラッと見る。

自分のした行いの責任を取ろうと思ったんだろうが、こちらが想定していた以上の対応だったな……と胸中で呟き、突き刺した剣を引き抜いて鞘に収めた。

「冗談だ、レオン。楽にしろ」

「……痴れ者の、処罰は」

掠れたレオンの声にフィンが剣を握り直すのを見て、小さく首を振るとこれまた小さく舌打ちを返された。

さっきから駄目だって言ってんだろ、と思いつつ、耐えられなくなったのか気づけば気を失って倒れている女に視線をやる。

「そうだな、関係を持ったわけだし、子は望めないにしても真実の愛らしいから纏めて引き取ってもらおう」

そう言うと、フィンが苛立たしげに口を開いた。

「誰がどう見てもクズによる真実の泥沼三角関係でしょうがっ。つーか全員生かしておくとか、アンタ絶対にツェツィーリア様の心の中に誰もいてほしくないんですねっ、程々にしとかないと怖がられますよ?」

「これでも大分譲歩してるぞ」

何言ってるんだ、当たり前だろうと視線をやると、呆れ気味な視線を返されてしまった。

「ほとんどアンタで占められてんだから、ツェツィーリア様こそこれ以上譲歩するところがないでしょうに」

「……もう少しってことか」

「何喜んでんだクソ主っ、そういうコトを言ってるんじゃないんですがねぇ！」

ウキウキすんな！　と口うるさいフィンを無視してレオンに視線を戻すと、諦めたような苦笑を浮かべて確認を口にされた。

「物理的にも遠くにやりたいわけか……本当にいいのか？」

自分の足元の剣を拾いながらポツリと呟かれ、肩を竦めてフェリクスに聞こえるように伝える。

「いい。呪言を刻むし、切り取ってやったからソイツが誇りにしている血筋は決して残せない。人質としての価値もなければ継承権問題も起こらないからベルンに影響はないし、名も地位も奪われて没落する侯爵家と命運を共にするんだ……実質死んだようなもんだろう？」

俺のその発言にレオンが反応する前に、咳き込んだ音が聞こえてそっちへ顔を向けると、苦しそうに蹲ったディルクがニクラスに助け起こされているところだった。

ヒューヒューと未《いま》だ鳴る音に、仕方ないなと治癒をする。

「……私の弟はホント……この程度で済ませてくれるなんて、クライン嬢には感謝してもしきれないね……」

そう言いながら口端の血を拭いつつ俺を見てきたから、お前今日のことをツェツィに言う気か？と片手に、より苦しむ仕様に変えた鎖を掲げて、伝える。

「兄上、その感謝は示さなくていいぞ」

「——わかってるよ、言わない、言わないからっ、だからその針つきの鎖はしまってくれないか、我が弟よ……っ」

「……主、アンタ本当、その性格直してくださいよ……」

しかも治癒してもらったからってナニちょっと喜んでんですか、気持ち悪いな……と顔を覆って盛大に項垂れたニクラスに「ごめんごめん、ついね」と返すディルクからレオンへ視線を戻す。

「……呪言か、何を刻むんだ？」

「自死の禁止とツェツィーリアの名を呼ぶこと。あとはまぁ、フェンリルを喚んだりしたこととかだろうな。外に出すんだ、口外されたら困ることは刻んでおかないとマズイだろ？」

「……それでいくと、あのご令嬢も対象だろう？」

気絶した女を見て頭が痛いというような仕草をするレオンに、まぁそうなるなと頷いて返す。

「あっちは流石に見えないように刻む」

「……は？　ルカス、お前……そんなこともできるのか……っ？」

驚きすぎて掠れた声で問いかけてきたレオンにもう一度頷いて返し、女へ手を振った。

ツェツィが俺の名前を呼ぶなって言ってたから、それは絶対に刻むとして。ツェツィの名前も呼べないようにしておくか、とササッと女に呪言を刻んでいると、カールが俺を見て恐々と呟いた。

「……いやいや、それコイツにとっては死んだほうがマシじゃね？　呪言刻むって、大罪人って言ってるようなもんだし勝手に死ぬのも赦さないとか……しかもお前、今までの傷全部全快させてるのに、一番初めに切り取ったアレはつけ直してやってないとか……ッ、ルキ、お前マジ怖えな……っ」

「黙りなさいカール」

「カール様、舌は要らない感じですか？」

「やめろぉッ！　要るわ！　待て待て静かにしますんで……っ」

アルフォンスに窘《たしな》められたカールに、フィンがさらに剣を向けてカールが騒ぐ。

それをレオンがげんなりと見ながら盛大に溜息をついて、フェリクスに声をかけた。

「そういうわけだ、お前は王族籍を剥奪され身一つでご令嬢らと隣国へ行くことになる。……二度とベルンの地を踏むことは赦さない」

「な……っ何故そんな……！」

驚愕に戦慄いたフェリクスに、レオンがもう一度溜息をついた。

「……お前はどうしようもないな、フェリクス。禁術を用いて魔獣を呼び寄せるなど、極刑モノだ。これは当然の処罰だ」

「――ッちが、違うっ……兄上っ、俺は悪くな――がッ⁉」

言い訳をしようとしたフェリクスをレオンが剣の鞘で殴り、痛みと衝撃で目を見開いたフェリクスの襟元を握り怒鳴った。

「お前はッ！　どこまでクズなんだ……‼　己がどれ程赦されない行為をしたか、まだわかっていないのか⁉　ハーゼの息子を生贄にして魔獣に食わせ、一切の落ち度がないクライン嬢を逆恨みして亡き者にしようとするなど……‼　まして英雄と勝手に名乗るなどっ！　ベルンを滅ぼしたいのか⁉」

「おっ俺は悪くない……‼　あの女が悪いんだっ！　あの女が……ッ俺を見ようとも愛そうともしなかったツェツィーリアがルカス《ルカス》と幸せになるなど‼　六年もの間俺の婚約者だったくせに！　俺が捨ててすぐに別の男に尻尾を振りやがって……‼」

言い返したフェリクスの叫びに、ハッと嗤うような吐息が口から出た。

片手で顔を覆って湧き出る感情を堪えていると、耳を撫でるような叫び声が聞こえて、つい切り刻んでしまったことに気づく。

視線を上げて、血塗れになってのたうち回るフェリクスに治癒をかけてやると、フェリクスが涙と涎《よだれ》でグチャグチャになった顔のまま「――ッこの狂人が……！」と叫んだ。

……学ばないヤツだな。

「確かに俺は狂ってるが、お前も大概馬鹿すぎて会話に苦しむよ」

「なんだ、と……あ、が……ッ？　――ぁぁあああ――!?」

「……何度言ったら理解するんだ？　主を侮辱するなよ、クズが」

さっき繋いだ手足の、今度は腱《けん》をフィンに切られ、またも床でのたうち回るフェリクスへ再度治癒をかけ、震えて床に転がったままのヤツへ口を開く。

「お前は、ツェツィーリアが唯一の第二王子妃候補だと聞いているはずだがな、フェリクス」

「……っ」

「へぇ？　そこまで馬鹿ではなかったのか。それで、彼女に支えられて成り立っていた王子位と共に彼女自身も失い、ようやく好きだとでも気づいたか？」

六年もあったのに随分と遅いことだな、と呟くとフェリクスが唾を飛ばしながら言い返してきた。

「いつだ……！　いつから狙っていた!!」

「人聞きが悪いな……俺も六年前に引き合わされ、そこで初めて出会えたんだ。当然俺《ルカス》は俺としてではなく、第二王子の予備として会った。だがそれなら、たとえ予備であろうとも彼女に見合うように精進し、資質を示すことの何が悪い？　お前が傷つけ続ける彼女を守ろうと努力することに、誰も異議は唱えなかった。大体、おかしいと思わなかったのか？」

「な、何がだ……っ」

俺の問いかけに対し、フェリクスは怯《ひる》みながらも訊き返してきた。

……コイツは本当に自分のことしか考えていないんだな、と怒りで拳を握り締めると、ディルクが言葉を引き取ってきた。

「フェリクス、普通はね、あれ程お前に婚約者として扱われずにいたら、婚約は解消になるもんだよ。お前はバカスカ他の女の子に手を出していたしね。なのに王家は決してクライン嬢を手放さなかった。まぁ、勿論《もちろん》彼女が限界を迎えていたら解消に至ったかもしれないが……」

そう言うとディルクは俺をチラッと見てから、「どうして彼女も婚約を解消したいと言わなかったのか不思議なんだけれどね？」と呟いた。

そのせいでレオンやアルフォンスまで俺を窺ってくる。

クソ兄貴……それが言いたいから口を挟んできたな。つーか師匠《アンドレアス》のヤツ、まさかツェツィとした約束をバラしてねぇだろうな……？　バラしてやがったらマジ身体の骨全部折ってやる……！

「……う～ん、無表情で全然わからないなぁ」というディルクの小さい呟きに、ニクラスが顔を覆うのを視界の端に捉えながら、よし、バラしてない！　と安堵し、フェリクスを見据える。

「……理解したか？　ツェツィーリアは王家から押しつけられた婚約を、それでも全うしようと努力していた。それをお前が自分から捨てたんだ。彼女に責は何一つとしてない」

そう告げてやると、フェリクスは目を見開き喉を震わせた。

そしてわなわなと震えると、憎悪に塗れた目で俺に噛みついてきた。

「貴様……っだから俺がミアに誑《たぶら》かされて婚約破棄をしたときに、止めなかったのか……!!」

その言葉に、顔を俯けて拳を握り締めてしまった。

ぽたりぽたりと赤黒い染みが絨毯《じゅうたん》に作られるのを見つめながら、フェリクスへ、そして自分へと渦巻く怒りを吐き出すように声を絞り出す。

「……そうだ、俺も、自分のことを最低のクソ野郎だと思ってるよ。手に入れられるから、と、助けもせず、止めもしなかった……お前やツェツィーリアを手酷く扱ったカス共と同じだ。……だが、あのとき俺が庇《かば》っていたら、彼女はどうなったと思う？」

「な……」

問いかけに、まるで答えになっていない声を零され、湧き上がった感情で顔が上を向く。

そして視線に殺意を乗せて口を開いた。

「お前は本当に何も考えていないんだな。介入した結果、護衛をしていた騎士が恋慕していたと少しでも思われてみろ。その時点で彼女の名誉は地に落ちる……第二王子妃候補である彼女にとって他人間の介入は瑕疵《きず》にしかならない。あの場で庇えば庇う程、彼女を追い落としたい人間にあることないことを吹聴され、不貞だ傷物だと囁かれるんだ。……それが、真実ではないと示したところで、ツェツィーリアの六年間は踏みにじられるんだよ。彼女がどれ程努力していたか、どれ程陰で涙を流していたか……お前は見ようとも認めようともしていなかったがな……!!」

荒らげた声と同時に身の内から殺気が、魔力が噴き出るのを自覚する。それを止める気も起きずに、ガタガタ震えるフェリクスに纏わりつかせた。

凍りついたように誰一人動けなくなり静まり返った室内に、怯えた呼吸音が響く。

「そ、んな、しっ……おれ、は、悪く、……っ」

「知らない、悪くない……お前はそればかりだな。知ろうとしないことは、罪ではないとでも言う気か？　……この六年、どれ程彼女に献身され、どれだけの時間微笑みかけられていたと思ってるんだクソ野郎がッ!!」

つい腹が立ちすぎて、みっともなく自分の嫉妬を口にしてしまったことに気づき舌打ちしてしまう。

どれ程願っても、予備である限り、力をつけない限り横に立つことは疎《おろ》か、傍に行くことも叶《かな》わなかった。

傷つけられ、ほんの少し顔を俯けて王城を後にする彼女に慰めの声をかけることさえ俺には赦されず、怒りを必死で殺して、もう少し態度がなんとかならないのかとそれとなく諫《いさ》めれば、フェリクスの彼女に対する態度は何故かさらに悪化する。

それなのに。

傷つけるばかりのフェリクスは、何度だってツェツィーリアに会える。声をかけられ、名を呼ばれ、誰に憚《はばか》るところなく手を繋ぎ横に立てる……っ。

羨ましくて、そして悔しくて苦しくて何度殺しそうになったことか……彼女のこれからが俺と共にあるとしても、彼女の六年に俺がいたとしても、こっちはあの六年を取り返したくて仕方ないんだよド畜生……！

感情に反応して、纏わりついていた魔力がフェリクスの手足を焼くように焦がし、腕や足を捻《ひね》り始めた。

「やっやめろ……ッちが、あの女が俺自身を見な、いッ……お、俺は悪くな――ッやめっやめろぉ……ッ！」

「……見てもらっていただろうが、どれだけ彼女がお前のために奔走していたと思ってる」

見ていなかったのはお前だと、彼女が一人で立ち続ける羽目になったのはお前が原因だと伝えても、フェリクスは違う違うと駄々をこねるように否定する。

……これだけ言ってもツェツィーリアのせいにするなら、愚行を認めないなら、呪言《マーキング》でいつでも消せるにしても、彼女に悪意しか向けない存在を生かしておくことはデメリットしかない――

そうして諦めと苛立ちで噴き出た魔力の圧でのたうち回るフェリクスを、防御壁内に閉じ込めようか考え始めた瞬間――耳環から響いた愛しい声に、怒りが瞬時に収束した。

小さくも不安そうに俺を呼ぶ声を聞いて、湧き上がった感情のままに無言で扉へ足を向ける。

「――おぉいっ、なんだどうしたルキっ？」

「る、ルキ？　何か問題でも？　王都の結界に何かありましたか？」

途端に上がったカールとアルフォンスの引き止める声に、そうだったと扉前で一旦足を止めて口を開いた。

「レオン、あとは任せた」

「……――いやいやいや、何勝手に任せてきてんだ、流石に俺も弟に呪言刻むとか嫌だぞ……！　ルカスっ、お前どうした？」

目を見開いて慌てだしたレオンの言葉に、仕方ないなと手を振ってフェリクスの首から上半身にかけて呪言を施し、端的に返す。

「呼ばれた。戻る」

「……主、もう少し説明しないと殿下方にはわかりませんよ」

頭を押さえて小さく首を振りながらフィンに言われ、面倒だなと口を開こうとするとカールが騒ぎだした。

「は……ちょっ待て待て待てっ！　呼ばれたって誰にだ⁉　怖ぇよココってそういうのいるの⁉」

「……カール様、怖がりだったんですね」

良いこと聞いたな……と悪い顔をするフィンにカールが青褪《あおざ》めてレオンを盾にした。

「またか……！　カールお前っ、俺を盾にするんじゃねぇ！」

「レオンはそういう系大丈夫なんだろ⁉　じゃあいいじゃねぇか！」

「お、れだって、いや、平気だけどっ」

「レオン、お前まだ駄目なのかい？」

「黙れディルク！」

「おや、レオンもなんですか？」

「ええアルフォンス様、ここだけの話、レオン殿下はお小さい頃それでお」

「フィーン！　お前あとでちょっと話がありますっ！　そしてルカス！　お前は何静かにフェードアウトしようとしてんだっ！　ドアノブから手を離せ！　説明しろ！」

ワイワイとうるさく固まるレオンたちから一斉に視線を向けられて、舌打ちをしながら渋々ノブから手を離した。

「ツェツィーリアの目が覚めたんだ。不安そうだから戻る」

「だから端的すぎだっつーの、クソ主……」

ハァーと溜息をつきながらフィンに言われ、何が問題なんだと首を傾げてしまう。

するとと「問題大アリみたいですよ」とカールの盾にされているレオンとその横のディルクをちょいちょいと指差された。


「いやいや待て待て……ルキお前っ、つい今しがたまであんだけ怒りまくってたじゃん……！　何その変わり身の速さ！　怖ぇよマジでこの部屋いるんですか⁉」

「カール、あなたも離宮軟禁レベルの馬鹿ですね。まぁこの部屋は貴族用牢獄《ろうごく》ですから、アレがいないかどうかはわかりませんけどねぇ」

「アルフォンス、君も結構いい性格だよね……まぁ、もう王族じゃないからいいんだけど。ところでルキ、今のは兄さんとしてもちょっと聞き捨てならない内容だったよ？　踏みとどまって、できればもう少し説明してくれないかな？」

「そうだぞルカス！　この際どうやってクライン嬢の声を聞いたのかは置いとくがっ、いくらなんでもこの時間に王子妃の間になんて行ったらマズイだろう……！　お前に運ばれたのも、既に盛大に噂されてるんだぞ！」

　そのレオンの言葉に、あぁ、まぁそうだろうな、と小さく頷いてしまった。

　討伐前にツェツィーリアを第二王子宮に泊めたのは公式のことだから、そういうことを想像されるだろうとは思っていた。

「それはまたあとで払拭する。じゃあな」

「――いや説明になってないからなってコラ待てぇ！　クライン嬢に呼ばれたのはわかったが、いくら頼られたからってそれで行ったら流石に醜聞になるだろうが……！」

叫ぶレオンの言葉に、床に転がり震えていたフェリクスが俺へ視線を向けて、「頼られた」と小さく唇を動かした。

その音のない呟きに、ようやく何を間違えたのか気づき始めたのか、と扉へ向けていた足を仕方なしに戻す。

ツェツィーリアに向いた感情故に気づいたのがなんとも腹立たしいし、正直これ以上彼女を教えてやるのは猛烈にイヤなんだが――……あぁクッソ本当に嫌だ。今すぐコロッと自然死してくれねぇかな、そしたら諦めもつくんだが……。

少し様子を窺うも当然そうはならず、仕方ないさっさと終わらそう……とフェリクスと視線を合わせたまま伝えた。

「醜聞にはならない。俺は自分の部屋に戻るからな」

「――はっ？　なんでそれで――……待て、まさか……っ、連れ込んで……っ？」

「ルカス、お前ね……公爵家《いえ》じゃないんだから……」

そのレオンとディルクの言葉に「お前たちも人聞きが悪いな」と返す。

確かにもう離れていたくなくて俺が連れ込んだ形だが、それ以外にも理由はある。

討伐で離れてから、ツェツィはたまにうなされるようになった。

フェリクスに婚約破棄をされ傷つけられた際も時折うなされていて、できる限り傍に居続け、ようやく悪夢を見なくなったと思ったらまたぶり返してしまって、どうしたのかと思ったんだが。

……まさか、行かないで、ずっと一緒にいたいと言われながら自分の名前を呼ばれると思ってなかったんだよな。

うなされてるツェツィには本当に申し訳なく思った。思った、けど、猛烈に嬉《うれ》しかった……っ。抱き締めると安心するように抱きついてくるのが堪りません。本当にごめん……最高です。

そんなことを思っていると、項垂れていたフェリクスが肩を揺らして笑いだした。

許容できなくて壊れたか？　と少し首を傾げると、ギラついた目で俺を睨み、嗤うような声で怒声を上げた。

「ルカス貴様……っ俺を謀ったな……!!　アレがあの女のはずがなかった……あんなのは俺が知っているあの女じゃないっ……お前の子飼いに化けさせてたんだろうっ！　そうじゃなければあの女があんな風にお前にっ、他人に、頼るはずがない……ッ!!」

そう叫ぶフェリクスを、レオン達が呆然《ぼうぜん》と見つめる。

口を開きかけたカールにフィンが即座に剣を突き立てるのを見ながら、お前と一緒にするなよと睨み返した。

「俺がツェツィーリア以外を隣に立たせるはずがないだろう」

「──ッ嘘だ嘘に決まってる……！　あの女はあんな風に感情を表に出したことがないッ！　会ったときから今まで一切……っあんな風に声を荒らげたりしたこともない！　あんな、あんなお前に寄り添ってっ！　あんな顔をっ見せるはずがないんだ……っ」

嘆くように吐き出されるフェリクスの言葉に、喜ぶよりも先に舌打ちしてしまった。

見せたくなかった彼女を、殺したい程憎いコイツに見せる羽目になるなど……しかもそれで己の愚行を理解し始めるなんてな。

クッソ、俺損しまくってるな……頼むから、せめて盛大に後悔してくれよ？

「お前がどう思おうと、あの彼女が俺の知っている、俺のツェツィーリアだ」

「嘘だそんなはずがない……！　あんな……アレがあの女だったとしてもっ、アイツは誰にも頼らない……！　六年間一度だってなかった！　だから貴様がっ！　ルカスッ、お前が倒れたあの女を無理矢理連れ込んだんだろう……っそうでなければ体裁を気にするあの女がお前の部屋に行くなど――」

そこまで吐き出して、ピタリと止まったフェリクスに目を細めてそっと囁いてやった。

そうだ、お前は彼女の言葉を聞いていたよな？

「……戻りたい」

「――ッぁ、ぁあ……ッ」

悲鳴のような喘《あえ》ぎに、少し口角を上げることができた。

フェリクスがどこで間違えたのかは知らない。

だが彼女は、フェリクスがその行動を改めようとすれば、きっとフェリクスにも徐々に心を開いたに違いない。

六年もある中で自ら、尽《ことごと》くチャンスを不意にし、自分で彼女の柔らかな心を切り刻んだ。

その結果ツェツィーリアは一人で立ち続けることを余儀なくされ、心を守るために望むことを諦めてただ微笑むことを選んだ。

始めたのも、終わらせたのも、あの彼女を見せてもらえない原因を作ったのは全て自分自身だと気づいただろ？

「無理矢理のはずがないだろう。きちんと合意の上だ。……安心しろ、ちゃんとバレないようにしている。今の今まで気づかなかっただろ？」

最後はレオンとディルクへ向けて言って、苦しげに喘ぐ声が響く室内で踵《きびす》を返す。

そして扉の前で、あぁそうだ、と顔だけフェリクスに向けた。

「もうこれで会うのも最期だろうから、餞別《せんべつ》に教えてやる。ツェツィは元々感情表現が豊かな方だぞ。六年前に会ったときからあんな感じだった」

幼いツェツィがフンッと握っていた拳を思い出して少し笑ってしまった俺に、フェリクスが愕然とした。

「……な、んで、……──ァああア──……っ」

その奈落の底へと落ちていくかのような嘆きに、まさか初めからやらかしてるとはな……と盛大に呆れつつ、とりあえず満足する。

アイツは初めて自分の愚かさを振り返った。

地位も名誉も好いていた彼女も、自ら捨て去っていた。そして二度と取り戻すことができないと、ようやく、死にたくなる程理解した。

……ようやく、ツェツィーリアの努力と苦労が少し報われた。

そのまま会うことも赦しも乞えず、ただただ後悔に塗れ、これからを死ぬように生きろ──

◇◇◇

第二王子宮で生活していても、ルカスは父との約束通り、私の体面に傷がつかないよう細心の注意を払ってくれていた。

……たまぁ～に、怪しいときはあったけれど。

主に営みで振り切れちゃったときとか、この際結婚に持ち込んじゃおっかなって考えてたフシがあったなって思うのだけれど。なるようになるさ精神で、いつでも権力を使う気満々だったなって思うのだけれどっ。

でも、一応ちゃんとしてくれてた。……一応。

そして勿論私も注意していたし、何よりチートによる幻影魔法と隠密侍女ズの隠蔽工作のお蔭で、私とルカスは別々の部屋で生活していると認識されていた。

それは、今まで一切の噂が立たなかったことからも間違いない事実。

だから起き抜けの慌ただしさに、置いてけぼり感を感じてしまったのは仕方ないと思う……。

いえ、仕方なくはない……？　なんと言いますか、抱き上げられて退場なんてしちゃった自分が悪いとわかってはいるのだけれど、そこまで大事になるなんて思ってなかったのが正直なところです。

だって恐ろしい睥睨《へいげい》を食らって倒れていたご婦人やらご令嬢やらもいたわけじゃないですか。

結構簡単に人って倒れるわけじゃないですか。

だから私がちょっと倒れたところで、そっち方面に認識されるとそのときは思いもしなかったわけで、ワタクシめが浅はかでした……と心の中で自虐気味に笑い、目の前で困ったように……若干冷や汗をかきながら私へひきつった笑みを見せる王宮侍医を見つめる。

すると侍医はそっと視線を逸らした。

え……逸らさないでくださいませんか……！　と侍医に縋りつきそうになったわ……。

逸らしたまま挙動不審気味に漂う視線に、起き抜けに侍女ズから伝えられた噂が予想以上に重大事項になっていると認識できて、引き攣《つ》りそうになる頬を必死に制御し、決死の覚悟で問いかけた。

「ごめんなさい、驚いてしまって……その……に、妊娠、の……っ？」

困ったように首を傾げ、震えてしまった唇を隠すように口元に指先を当てる。

落ち着いて私……絶対に、絶対に顔に出しちゃ駄目よ……っ。そしてこのまま否定すればいいだけ……あぁっでも！　下手に返して、もし、ルカスとの齟齬《そご》が生じたらどうしよう……っ。

「はぁ、その、お倒れになられた原因は心身の疲労による魔力の減少です。その魔力も、もう大体が戻っておりますので問題ございません。ただ、その、ルカス殿下の妃《きさき》としてお立ちになるツェツィーリア様のお身体に今後ご無理をさせて、万一があっては、と、その、一応の確認を、ですね」

そう真っ青な顔でつかえながら述べる侍医に、このヒト夜会でのルカスの睥睨を知ってるヒトだわ……とうっかり項垂れそうになった。

あれを見てたら、そりゃあそんな顔色にもなりますよね……万一があったら、もう恐ろしい目に遭うこと請け合いですものね。

この場合、関係者各位～とかではなく、もう無差別になりそう……わぁ、王城壊滅しちゃうかも。

さらなるボディブローに現実逃避をしてしまい、捏《こ》ねくり回されている侍医の手元を魂を飛ばし気味で見ていると、「その、よろしいでしょうか……」とまたも問いかけられ、冷や汗を背中に感じてしまったわ……っ。

よろしくないです！　と返したいけれど、既に噂になっていると聞いてしまっている以上、そして侍医まで出張ってきている以上、対応を間違えたら穴掘って埋まりたくなるくらいの案件になってしまうからそうも言えず。

侍医の言葉に薄く微笑みながら、内心で目が回りそうなくらい否定の言葉をぐるぐると悩んでいると、ルカスがノックもせずに入ってきた。

その存在にホッと安心する――間もなく、バッサリと切り捨てるような台詞を吐かれ目を見開いてしまった。

「検査は必要ない」

「ですが、その……討伐前のこともございます。一応の検査は、必要では……」

身に覚えがありすぎるだけに、恐る恐る口に出された言葉に肩がピクリと動いてしまう。

チラリと私を窺う侍医の視線をなんとか作った困り顔でいなし、ルカスへそっと視線を移すと、私の視線に促されるように侍医の視線もルカスに移った。

するとルカスは一枚の書類を渡し、その書類の真ん中を見ろと伝えるように指をやった。

文字を追う侍医の目が見開かれるのを見て、無意識にシーツを握り締めて緊張をコクリと嚥下《えんげ》する。

静かな空気の中、侍医が深々とルカスと、それから私に頭を下げた。

「……失礼をいたしました。ツェツィーリア様のお身体に特に問題はございませんでしたので、私はこれで」

「ああ、ご苦労」

パタンと閉まる扉から私へ顔を向けるルカスから視線を外せない。

何故あっさりと引き下がったのか、彼が何を王宮侍医に伝えたのか知りたいのに、うまく口が動かない。

問いただそうと口を開けては閉め、開けては閉めを繰り返す私に、彼は苦笑するように顔を緩めた。

「来るのが遅くなってごめん。体調は？」

「あ……大丈夫、です」

淡々とした声に緊張してしまい、少し視線を逸らしてしまった。

するとルカスがシーツを握っていた手に自分の手を重ねてきて、そしてそっと問いかけてきた。

「良かった、……じゃあ、少し話をしても平気？」

その問いに意思が、何かの覚悟が乗っている気がして、胸がヒヤリと冷え、そして掌《てのひら》にじわっと汗が滲《にじ》み出る。

不安から小さくしか頷けなかった私の頬へ手を伸ばしてきた彼は、そっと、労《いたわ》るように撫でながら口を開いた。

「昨夜の騒動は特に問題になっていない。あの二人がしたことについてもバレていないし、あなたが倒れた原因は、侍医も言っていた通り、心身疲労に因る魔力の減少となってる。……その元々の原因も、あの女のせいと噂が広まってる」

……わぁ。ビビアナ様に責任を擦《なす》りつけてしまいました。

いえ、まぁ、そうとも言えなくもない、ような？　随分前から悩まされていたことは、間違いないですし。

でも心身疲労の半分くらい、特に『身』の方は、好き放題してくるルカスさんも関わってるような……やっぱり責任を擦りつけてしまいました……。

出そうになった溜息を深呼吸に変えて、小さく頷いて続きを促すと、ルカスがぎゅうっと手を握り締めてきた。

「——夜会のときに伝えた通り、ヘアプストには稀《まれ》に俺のようなのが生まれる。何故生まれるのか、どうして感情に問題を抱えているのかはわかっていない。ただ、直系に生まれることだけはわかっていて、そして直系の子は、王家の影として動くことになる」

「——はい」

その唐突に吐き出された言葉の内容で、何故彼があもはっきりと、わざわざ私の目の前で否定したのか、わかってしまった。

そして私のその返事に、ルカスも私が理解したとわかったのだろう。

小さく、呟いた。

「当然、避妊、してるよ」

「……わかってます」

そっか……と吐息のような声を零して、彼は無理矢理口端を上げようとしたから気持ちを伝えるようにその口元へ指先を伸ばした。

「婚約者、ですから」

言葉に込めた想いを、ルカスは間違えることなく掴んでくれたのだろう、ほんの少し震える口元を綻ばせた。

「……あぁ、そうだね」

婚約段階で妊娠なんて、このヒトがさせるはずがない。

ましてや討伐でどうなるかわからないのに、私にリスクを与えることをこのヒトがするはずがないのだ。ルカスに万一が起こり、さらに私が彼との子を儲《もう》けてしまえば、私は王家の血筋を生み出す器と見做《みな》される。そうなれば王家から離れることは許されず……最悪、本当に最悪、フェリクス様とも関係を持つことを強いられたかもしれない。

何より、これ程の愛を与えてくれるヒトが、私の身に関わる内容を隠したままでいるなどあり得ない。だからフェリクス様が自身の秘密とヘアプストの役割を口にしたとき、あなたは彼を止めなかった。あれは、私に伝えるため。

私に自分と結婚するリスクを教えることを躊躇っていたことの、懺悔《ざんげ》だった。……そして恐らくは、自らの覚悟を決めるためだった。

愛しいヒト。

無理して微笑まないで。怯えないで。決して離れないから。

ただ気持ちが知りたい、と伝えるように、微かに震える唇を指先でなぞる。

そしてそっと呼びかけると、ルカスは私の指先にキスを落として、ポツリと苦しみを零した。

「俺は、あなたがいないと生きたいと思えない」

紡がれた言葉に色はなかった。

まっさらな、ただ事実であり真実を吐き出しただけの言葉。それ故に、苦しみがわかりすぎる程わかってしまった。

どれ程の力を持っていようと、どうにもならないことがある。

それが自分の血のせいなら、尚更葛藤したことだろう。

互いだけの世界で生きている間は、まだいい。

けれど私もあなたも、それは立場が許さない。この婚約は元々がそこから始まったものなのだから、必ず未来を望まれる。

だから、あなたは。

私を手放せないあなたは、私を信じて、私のために覚悟を決めた——

「……でも、それではあなたを、……あなたと、真実幸せになることはできない、と、思うように、なった」

あぁ——どれ程愛してくれるのだろう。

前の夜会後に伝えた私の些細《ささい》な言葉を覚えていて、そして考えてくれていた。

私を幸せにするのではなく、私と幸せになりたいと、共に歩む人生《いみ》を真剣に考えてくれた。

胸から溢れた言葉が、口をついて出る。

「……一緒に、幸せに？」

お互いの手を握り伝えた言葉にルカスは気恥ずかしそうにすると、ふぅ……と息を吐き出して、その吐き出した息に乗せるように言葉にした。

「……もし、あなたに万一が起きて、そして子だけが残ったら、……」

自分の言葉に身を切られたような表情を浮かべる彼の頬にそっと手を伸ばす。

その私の手をギュッと掴み俯くと、彼はもう一度大きく息を吐いた。

そして上げた金色には覚悟が灯《とも》っていて、その強さに思わず息を呑んだ。

「必ず、立派に育て上げると誓う。大切にする。あなたに向けるように俺なりに愛するとも誓う。あなたの守りたいと願うもの全て、守れるよう全身全霊をかける。だから――」

それ以上の言葉を待てずに、私は衝動的にルカスに抱きついてしまった。難なく受け止めて、ギュッと抱き締めてくれる腕に、胸が、目頭が熱くなる。

いつだってあなたは当たり前のように私に応えてくれる。

その純粋な力強さで私を掬《すく》い上げてくれる。

きっと、あなたにとって今の言葉はとても重かっただろうと想像に容易《たやす》い。

だってあなたは私をとても愛してくれているから。

もし私がいなくなったら、あなたはきっと追いかけてきてしまう――それだけがとても不安だった。

追いかけないで、なんて言えない……私だって、あの死を覚悟した瞬間、あなたと共に逝きたいと思ったのだから。

けれど、もし、子供ができたら？

……そこに、私達がいなかったら、その子は、どうなるの――？

覚悟がないまま、独りよがりの愛で未来を紡ぐのは怖すぎた。

幸い正式な婚姻まではまだ時間がある。

だから、それまでにお互いに覚悟と、この問題の落とし所を決めようと、考えていた。

だから、婚約式が終わったら話をしようと思っていた。

だから……だから、今度こそは私から伝えるの――！

「結婚、して、ください……っ」

「――」

溢れ出る感情を震える唇から必死に吐き出して――いきなりベッドに引き倒された。

「ルキ……!?」

私頑張ったんですけど、どうしましたかっ!?

「ツェツィーリア」

ぎゅうっと抱き締められ、肩口に顔を隠したまま呼びかけられ、慌てて返事をする。

「は、はいっ」

「……もう本当、愛してます……マジ好き……ホント閉じ込めて鎖で繋いでぐちゃぐちゃにしたい。幸せにしてくれて、ありがとうございます……全力で幸せにさせていただきます……」

「……っ、は、はい、あの、こちらこそ、末永く、よろしくお願い、いたします……」

あれ、なんか間に恐ろしい言葉があったような……と思いつつ、熱っぽい息と途切れ途切れに伝えられる気持ちに、恥ずかしさと、それを上回る嬉しさで顔が真っ赤になってしまった。

けれどすぐ横にある夜明け色の隙間から見える耳も真っ赤になっていて、そして私の言葉で抱き締めてくる腕の力が強まったから、私も負けじと抱きつき返す。

そうしてお互いに真っ赤になってぎゅうぎゅう合戦をしていると、ルカスがフッと笑った。

「まさか、ツェツィに先に言われると思わなかった。俺の可愛いヒトは可愛いだけじゃなくて格好いいね」

むくりと起き上がり、私の頬を撫でてきたその大きな手へ重ねて口を開く。

「今度は私からって言ったでしょう?」

「……言ってたね、あなたには敵《かな》わないよ」

ハハッと楽しそうに、嬉しそうに笑い、幸せだと言わんばかりの声音で呟かれ、胸が引き絞られて微笑もうとした頬がひくりとしてしまった。

震えだした喉を我慢しようと視線を下げて、結局撫でてくれるその手を濡らしてしまう。

耐えきれずに嗚咽《おえつ》を零した私に、ルカスはそっと、乞うように呼んできた。

「ツェツィーリア」

止められなかった涙を流したまま、焦がれるような声に引き寄せられてルカスを見つめた私に、彼は静かに、けれどこれ以上ない程愛の籠もった声でもう一度意思を伝えてくれた。

「ツェツィーリア・クライン侯爵令嬢、ルカス・テオドリクス・ヘアプストは、生涯あなたを愛し続け、そしてあなたとの約束を守り続けると誓う。だから、俺と、結婚していただけますか？」

「はいっ……はい……！」

間髪を入れずに答えながら、変わらないと言ってくれたルカスを思い出して比翼連理の耳環に指先を伸ばした。

ルカスとしてのあなたと未来の約束をさせてくれた上に、前のあなたへの誓いを今のあなたにもう一度誓わせてくれるなんて、私を甘やかしすぎだと思う。

せっかく私からって思って頑張ったのに、本当、狡《ずる》いヒトね！

そんな狡いあなたを、あなただけを愛してるわ、私の騎士様。


――その後、布団に戻されながら現状の説明をつらつらと受けて、せっかくの感動がさーっとどこぞかへ行ってしまいました……。

余韻、堪能したかったな……と詮ないことを思いつつ、理路整然と伝えられる内容に頷く。

私の予想通り王妃様は関わっていて、永蟄居が確定。

陛下は退位はされないけれど、今回の件で政務から遠ざかることを決断された。そのためレオン殿下の婚姻予定が早められることになり、ご婚約者様の国へ打診しているらしい。

王女様とは第二王子妃候補として何度かお手紙をやり取りした際に、早くレオン殿下と結婚したいって仰《おっしゃ》ってたし、きっと二つ返事に違いない。

良かったですね、レオン殿下。

そしてなんと、ビビアナ様は明日には我が国をお発《た》ちになる予定とのことで、衝撃的でした……。

え、まさか私が怒りすぎて言ったせいっ？　と慌てて確認すると、ルカスはそれはそれは嬉しそうに笑いながら否定した。

「あはは、違うよツェツィ。離宮軟禁中の人間を連れ出して、しかも英雄を勝手に模したんだ。流石にどこの国だろうとそんな人間を手厚くもてなすなどしない。そして大事にしないにしてもベルンとしても立場があるからそれとなく抗議するために、婚約式への出席を取り消して送り返すことにしたんだ。既にディルクたちが遠隔通信で送り返す旨を向こうに知らせている。今日一日あるのは最後の温情というよりも、向こうでの処分を検討してうちに内密に連絡させるための時間をあげた形だね。……だからあなたが引き留めようと頑張ったところで、あの女は明日ベルンからいなくなります」

……言い方……猛烈な悪意を感じます……。

ねぇ、私と彼女はそんな仲良しこよしの仲じゃなかったって、あなたを取り合ってたって恥ずかしいくらいに知れ渡っているじゃない。

なのにどうして賞品ポジションのあなたがそこに入り込むの？　どの役割を担いたいの？　私の役割がなくなりませんか？

清々した！　と言わんばかりの言葉に、心の中で馬鹿みたいなツッコミをしているとルカスが色っぽく口端を上げた。

「それとも、またお願《ねだ》いをしてみる？　あなたの渾身《こんしん》のお願《ねだ》いは強烈だったから、多分俺はまたきいちゃうと思うよ」

「おね……――ッ！　し、しません……ッ」

絶対にしませんよ……！　ナニ言っちゃってるのそんなホイホイ渾身の技使って堪るか――！

ってそれも違うわよ私……いえ、違わないか。

ホイホイ使ったら渾身じゃなくなるものね。気をつけよう。

「ハハッ、残念」

そしてナニを楽しそうに笑ってるのよ、意地悪ねっ。あなたの笑ってる顔が凄く好きなのよ、意地悪もいいとか思っちゃうから、もう笑うのヤメていただけますっ？

「残念って……っもう、揶揄《からか》わないで……っ」

「アレは俺も止めようがないから、凄い武器だね」

あ、言われてみればそうですね。舌を押さえられたらどうにもできない『口きかない！』攻撃とじゃ、切り札の面でいったら抜群に強い――ってだからぁ！

アレは心身共に瀕死《ひんし》状態になって使い勝手悪すぎだから、もう当分使いたくありません－！

「視覚的にも感覚的にも、止める気が一切起きない。……白い胸を歪ませて、小さな口が、赤い舌が俺のに絡む様が本当、最高だった」

いかがわしいあんまりな内容を、足をわざと行儀悪く組みかえながら言われ、目がうっかりソコへ向きそうになるのを必死で耐えました……っ！

ホント変態すけべ……っ、そんなことを色っぽく呟かないでくださいませんか⁉　恥ずかしくて汗が吹き出ちゃったじゃないー！

もうこの話はおしまい！　と赤くなった顔をフンッと背けて寝台から下りようとすると——布団の中に戻されていた。

あれ、私今布団から出たよね？　気のせい？　と目を白黒させながらルカスを見つめる。

「……あの、挨拶」

「必要ない。倒れたばかりなんだ、今日一日部屋から出るのは絶対に許さない。なんなら本当に鎖で繋ごうか？」

言葉の被《かぶ》せ方が猛烈に早かった上に、さっきから鎖に繋ぎたがってる気がする！　そして天蓋から謎の光の幕が下りてきましたけど、これ、垂れ絹に見せかけた防御壁よね？　檻みたいになっちゃってません……っ？

部屋じゃなくてベッドから出す気ゼロじゃない……っと光から視線を戻して、白磁の美貌に浮かぶ微笑みのおかしさに目を見開く。

獰猛《どうもう》な笑顔の大好きな金色が痛みを乗せていたから、怖いと思うよりも先に心配から手を伸ばしてしまった。

「ルキ、ただの魔力切れだってあなたが言ったのよ。あなたが私を助けてくれたから、もう平気だって知ってるでしょう？」

安心してほしくて顔を包み込んで伝えると、ルカスはバツが悪そうに目元を少し染めて躊躇いがちに私に抱きついた。そして項垂れながら「あと二才上でも駄目だなコレ……」とかなんとかぽしょぽしょと呟き、謝罪してきた。

「……ごめん、でも、まだあなたの魔力が戻りきってなくて心配なんだ。頼むから今日一日は安静にしていてほしい。それに挨拶に行くとなると今回の件を赦したと捉えられかねないから、俺とあなたは見送りはしないことになってる」

「あ、そうです、ね……」

その言葉に湧き上がってしまった感情を見られたくなくて、今度は私が俯いてしまった。

私、性格悪い……。

既にルカスからは約束を貰っているのに、ビビアナ様がもうルカスに会うことはないと知って、安堵した、上に、喜んでしまった……っ。

ちょいちょいと私の髪の毛を弄《いじ》る、ルカスの大きな手を見つめる。

他の女性に触れてほしくない。

他の女性に会ってほしくない。

私だけを見て。

私だけを愛して。

――手放すくらいなら、いっそ殺《こわ》して――

……重い。

いえ、もう結構病んでるレベル。でも病んでるって自分で認識できてるから、まだマシ……？

なんかその安心の仕方もおかしいわね。

私、普通だったはずなんだけどなぁ……ルカスにあてられてそっち系になっちゃったのかしら。でもこのヒトの愛も大分、というかかなり……相当重いから、釣り合い取れてる——……。

そのとき初めて、だから私、悪役令嬢なんだ、とストンと理解した。

悪役になる原因、わかっちゃった。

取れてた釣り合いが傾いて、ふざけんなーってなるわけですね。どうりでフェリクス様のときはならなかったはずだわ。

わぁ、納得納得。

やだわ私ったら、気持ちが重い系女子なだけに、今後も悪役令嬢になれちゃう要素がてんこ盛りじゃない。

だってもうすぐ正式婚約しますし？　そうでなくても既に事実上の婚姻までしちゃってますし？

そしてさっき未来を約束したばっかりですしっ。

それ程愛しているヒトに忠告無視で横からちょーいって手を出されて、ぐいーって割り込まれたりなんぞされて、気持ちが重い《ヘビー》級女子から軽い《ライト》級女子に心を移されたら、そりゃあ両方に文句の一言どころじゃなく言いたくなると思うのよね。

お茶会に招待しないなんて生温《なまぬる》いことはしない。

派閥のお茶会に一人ぼっちで呼んで、これでもかと叩き潰すし、こっちから指輪を顔面に叩き返す

――そこまで考えて、顔が歪んでしまった。

悪役令嬢をするのは嫌……けれど何より、ルカスに他の女性を、好きに、なられたら――！

想像して燃え上がった胸を押さえ、奥歯を噛み締めて我慢する。そして小さく息を吐いて落ち着こうとした瞬間、空気を震わせる恐ろしいナニかに肌がぞわりと粟立《あわだ》った。

「何を……誰のことを考えてるんだ、ツェツィーリア……？」

搦め捕るような低い声が肌を這い、身体の中を侵食する。

微かに震えた肩を撫でる大きな手が、そのまま鎖骨から喉を辿ってきて。そっと取られた顎が優しく、けれど有無を言わせない力で上向いて、伏せていた視線を上げざるを得なくなる。

白磁の美貌が狂気的な嗤いを湛える様に、そしてドロドロの金色で射殺すように見つめられて――その独占欲と呼ぶにはあまりにも恐ろしい想いに自分の頬が喜びで染まるのがわかって、また泣きたくなったわ……。

完全に鬼畜に対応しちゃってるじゃない、恋心さんたらさぁ……っ。

ルカスは私の様子をまじまじと窺うと、瞳に愛を色濃く映して、濃密すぎる毒を口から零した。

「閉じ込めて、グチャグチャに食らい尽くしたいくらい愛してるよツェツィーリア……あなただけだと、さっきも伝えただろう？」

ヒェ……心を読むのやめてくださいませんかねーっ⁉

欲しいと思っていた言葉をあっさりと読んで、さらにそれを上回る熱っぽさで伝えてくるルカスに慄《おのの》きながら、心の中で渦巻いた感情をその毒にあっさりと溶かされ飲み込まれた感覚に口元が緩み、絡められた指に自分も絡め返してしまう。

「一目惚れしてから、ずっとだ。俺はあなたにしか心も身体も反応しない。あなたさえいればそれでいい。……あなただから、覚悟を決められたんだよ」

「っ、わ、わかって、ます」

「わかってるのにそんな表情《かお》をするなんて、誘ってるとしか思えないよ、ツェツィ」

「か、お……っ、誘って、なんて……っ」

どんな顔をしたのかわかりませんが決して誘ってません……！　と首を振ろうすると、ルカスが甘く緩みきった顔を傾けて唇の上で呟いた。

「俺のこと、殺すように見つめてた」

「——……？」

それは、全然よろしくない顔では？　どこにもときめき要素ないわよね？

それでどうして誘ってる話になるの？　と疑問を浮かべると、大きな手が私の顔を包み、押しつけるように唇を落としながら言葉を重ねた。

「他の人間に目移りしたら赦さないって」

「——ッ、ん……っ」

えっ……ま、待って……ッ。

「捨てたら、殺すって、蕩けきった表情で睨みつけてた」

「ッ、う、嘘……!!　んぅッ……ん、ふ……っ」

表情《かお》——！　正直者すぎるでしょう淑女教育カムバーック！

イヤだ貴族令嬢の仮面をどこにやったのよ……ちょーっと手痛い想像をしていただけじゃないっ。

それだけであっさり顔に出すなんて……！

それが、恋しい相手にバレバレとか羞恥で死ねる……ッのに！　私の恋しい相手はソレを喜んですよね……あなたも大概オカシイわよね、お揃《そろ》いで良かったですよ!!

見透かされた衝撃に頭が茹《ゆ》だりそうになり、見つめてくる瞳から逃げるように顔を背ける。

すると今度は耳元に唇が移動してきて、言われた言葉にもう一度目を見開いてしまった。

「凄い可愛い顔だった。だから、ね、ツェツィーリア……頼む、さっき思ったことを言って？」

ここで容赦のないおねだりだとぉ……!?　あなたあざとい系の能力が高すぎませんか!?

そんなあっまあまな微笑みで強請《ねだ》られるなんて、心がグラグラ揺れちゃった……！　がっ！　断る！　絶対に嫌です！

たとえ気持ちが重い系女子でも、口に出さないくらいの良識は持ち合わせておりますから……！

了承しそうになった口をむぎゅっと引き結び、拒否を示そうとして――真《ま》っ直《す》ぐ見つめてくる金色に、首筋まで真っ赤になりじわりと汗が滲み出た気がした。

どうして……どうして言わせたがるのよ……っ。

どう考えても言われて嬉しい言葉じゃないはずなのに、光を遮って仄暗《ほのぐら》い顔に浮かぶ瞳がとろりと緩く細まる仕草に、どこまでも愛を求められているとわかってしまって涙が出そうになる。

戦慄く唇を指でなぞられながら名を呼ばれ、諦めと共に熱っぽい息を彼の指に当てて、そっと……乞うように伝えた。

「……浮気、したら、イヤよ……」

「――そんな俺は死んでいい、殺していいよ」

むしろ是非殺して、とさらっと不穏な単語を幸せそうな声音で零され、軽くキスを落とされる。

啄むだけの口づけに寂しさを覚えて伸びた襟足へ手を伸ばすと、ルカスが同じように髪の中に手を差し入れてきた。些細な力で顔同士が近づき、項《うなじ》をするりと撫でられる。

そしてゆっくりと柔らかさを堪能するようにキスを落とされた。

そっと離れる唇を追うと、欲を浮かべた金色が苦しげに弧を描く。

「愛してる。……だから、ちゃんと治ったら少なくとも一晩中抱くから、覚悟して」

気遣う手つきに見て取れる想いの深さに胸が苦しくなると共に、欲求が湧き上がってしまった。

深いキスが、したい。

けれど願いを伝えるのはなんだか憚られて、そして悟られるのが恥ずかしくて、誤魔化すように早口で返す。

「ひ、一晩中は駄目ですっ」

「駄目？　へぇ、そう、そっか……」

けれど私の欲望を簡単に読んでくる彼は、クスリと笑うといきなり噛みつくように唇を奪ってきた。

その深さに、悦《よろこ》びを伝えるように彼の名を口の中に吐き出してしまう。

「ッ、ンぅっ、ん、る、きぃ……んーっ」

ねっとりと舌を絡められたかと思うと喉にまで入り込まれ、苦しさから彼の舌を押し出そうと自ら舌を絡めにいってしまった。

攻め合う舌の動きにくちゅくちゅと口から淫靡な音がして、下腹部がジンと熱くなる。

「う、ジュぅー……ッ！　カハッ……ハッ、ハ……ッ」

息を止めるようなキスに荒い喘ぎを上げた私を満足げに見つめると、ルカスはたらりと繋がった唾液をぺろりと舐《な》め取りながら意地悪げに微笑んだ。

「じゃあ仕方ない……逃げられないようにやっぱり鎖で繋ごうかな。そしたら、どう足掻いても俺に溺れるしかないだろ？」

揶揄う言葉は思いの外真剣な音で、なんて狡くて可愛いヒトかと頬へ手を伸ばしてしまったわ。

「……ひゃんでだ《なんでだ》……」

「繋がないでっ」

「ふなぎひゃいひ《繋ぎたいし》、ひょほれてほひい《溺れてほしい》」

ほっぺた伸ばしたままキリッとした顔で言うのやめてよ、笑っちゃうっ。

ふふふっと笑い、……浮き上がってしまった涙を瞬《まばた》きで散らしながら頬から耳環へ手を伸ばして精一杯伝えた。

「……もう、溺れてるの」

これ以上は怖い、と零すとルカスは軽く目を見張り、そして幸せそうに笑いながらなんだか恐ろしいことを述べました。

「安心して、ツェツィーリア。まだ足りないよ。もっと頑張って」

「え」

「俺に追いついて？」と意味不明で意味深長なことを囁かれ、今度は恐怖で涙目になってしまったわ……っ。ねぇ、なんだかおかしな目標がありそうで凄く怖いんですけど……！

いえ、これ以上はちょっと……っと引き気味に微笑み返すと、ルカスはアハハと可愛らしく笑って

――ニィと腹黒さ全開で口端を上げて「まぁ、今はまだいいよ」と話を終わらせた。

終わらせてくれて大変ありがたいので、ワタクシめもこれ以上は深追いせずに流しますねっ。問題の先送りとか思ってないしぃ……っ。

「ほら俺の可愛いヒト、横になって休んで。次はようやく待ち望んだ式だよ。一緒に準備をしてくれるだろう？」

乱れた前髪を梳《す》かれたかと思うと優しく額にキスをされながら言われて、すぐにそうやって私を喜ばせて……！　と悔しさを感じて彼の肩をペチンと叩く。

そして小さく「頑張ります」と返すと、金色が弧を描きながら近づいてきたから、そっと目を閉じて迎え入れた。

「愛してるよ、俺の唯一」

「……私も、愛してます、私の騎士様……」

囁きながら誓うような口づけをくれるルカスに感激していた私は、彼が、有言実行男子だということをすっかり忘れ去っていたのである……。

【6】

騒動が一段落し、今度は婚約式の準備に追われる中、私は、いやコレもう絶対におかしい……！　と思っていた。

王族、それも英雄ともなる第二王子の婚約だから、確かに大がかりになるけれど、でもまだ婚約段階だ。王城だけでなく、王都全体が華やかでどこかざわついた雰囲気になるなど、あまり考えられないことだった。

何故《なぜ》か周囲はソワソワソワし、私と目が合うと頬を染めながらそそくさと逃げるように去っていく。

そしてたまにお会いするレオン殿下は申し訳なさそうな表情を浮かべ、お父様は死んだような雰囲気で会話にならず、絶対に何かある……！　と思わずにはいられないじゃない。

「レオン様、少し伺いたいことが……」

「すまないクライン嬢、俺には止められなかった……」

なんのことですかっ？　哀愁漂わせて勝手に話を終えないでくださいませんか！

「お父様？　あの……？」

「……あぁ、ツェツィーリア……幸せに、なりなさい……」

あの、幸せです……というか、なんかお父様、ぐすぐす泣いてる気が……っ。

誰も彼もが何かを隠していて、けれど答えてはくれなくて。

式に向けて忙《せわ》しなく動き続ける中、日々覚えのない書類が差し込まれ、想定していた以上の準備量となかなか届かないドレスに首を傾《かし》げていた。

そして明日が婚約式だという日に、ようやくドレスのお披露目となった。

ホッと安堵《あんど》しつつ、ニヤニヤにまにまし続ける侍女ズに出来上がったドレスを見せてもらい――暫《しばら》く椅子の上から動けなくなったわ……。

どういう……いえ、そういうことなのはわかったけれど……いやいや、いくらなんでも腕白しすぎじゃない……？

周囲も、いくら何百年ぶりかの英雄だからって、甘やかしすぎたら駄目だと思うのよ。こんなに望みを叶《かな》えてばかり――……違うな、としたくもない理解をしてゆっくり項垂《うなだ》れる。

あのヒトが簡単に許可を貰《もら》うだけで良しとするなんて、考えられない。

人外並みの美貌と作り込まれた穏やかな立ち振る舞いで、親しくない人間は、ルカスがキレやすくて手がかかる腹黒鬼畜だなんて思いもしない――私の婚約者様、言葉にすると碌《ろく》でもない感が半端ない――けれど、見た目からは考えられないくらいには負けず嫌いで慎重です。根回し暗躍お手の物です。

そんなところが素て――……っ、えーと、だから、そう、自分で手を打つタイプッ。

なのでこれは前回同様に根回し調整済みで、トドメとして睥睨《へいげい》を使ったとみた……。

異議申し立てなんて一切できない状況を作り上げた上で、異議申し立てがあるなら聞こうとか微笑《ほほえ》みながら室内に魔力充満させちゃってたりして……わぁやってそう。

しかもあるはずのないドレスが、作るのにどれ程早くても四、五ヶ月はかかるはずのモノが用意されてるということは、結構前――……もしかすると……っ。

そこまで考えて、顔に熱が上った。

恥ずかしさを上回る感情で自分の身体《からだ》が満たされて、ドレスの中がジワッと熱を持つ。

好き放題して、それで私をこんなに幸せにして……！

胸が張り裂けそうになって、ここにいない人物にするようにドレスを睨《にら》んでしまう。するとご満悦な笑みが透けて見えて、その儀式用の壮麗なドレスにかけられているサッシュの英雄の紋章に、文句を言いたい気持ちでいっぱいになった――……いえ、これは文句をつけてもいい件……！

腕白ばっかりして、自分を止められる人間がいないと思ったら大間違いなのよ……!!

ドレスを睨むように見つめながらアナを呼ぶ。

「アナ」

「はい、体型が変わると調整が必要になりますので、申し訳ございませんが私共よりルカス様に夜を控えていただくようお願いをさせていただきました」

……あ、そういう……。

どうりで触れ合わないようにしてきたわけですね、オカシイと思ってましたっ。だってあのヒトが夜の行為をしようとしないなんて、正直あり得ないもの……！

私を羽交い締めにする割に、ねちっこすぎるキスだけして、その後項垂れながら深呼吸し続けるとか、意味がわからなくてちょっと不気味でしたっ。

……なので、その、病気かと、ちょっと思いましたっ。訊《き》かなくて良かった……！

しかも何日も触れてこないから寂しくて、最近では私からくっつきに行っちゃってた……っ。

拒まれないけど、身体をガッチガチに固くして、奥歯を噛《か》み締めて目を閉じてたから、不安でつい問いかけてしまったわ。

「ルキ、その、くっついたら、駄目だった……？」

「……駄目では、ございませんっ。大丈夫です。どうぞ……ッ」

そう言いながら引き寄せてくれたから、つい嬉《うれ》しくて抱きつくと、ルカスは何故か枕に顔をくっつけたまま「幸せ……死にそう。クソいい匂いで幸せ……死にそう……」とかブツブツ言ってた。

そういうことだったのか〜納得納得——……ちょっと申し訳なかったわね……。

でも、それとこれとは別問題ですっ。

「ルカス様の今日の空き時間は？」

「お怒りがしゅてきぃ……！　本日はちょうどこれから空いているかと」

「では今から伺ってもいいか連絡してくれる？」

「畏《かしこ》まりました。……大丈夫だそうです」

はやっ！　フィンさんかしら、側仕《そばづか》え同士が繋《つな》がってると凄《すご》い便利。……訊いてくれるなって笑顔で見つめてくるの、怖いからヤメてほしい。訊かないから。

扉まで来て、チラッとドレスを振り返る。

前よりもいっそう上品に仕立てられた、覚えのありすぎる色。

そのドレスの、婚約式なら決してつくはずのないモノにうっかり頬が緩みそうになって気を引き締め直し、ルカスの執務室に特攻をかけた。

「失礼いたします、お時間をいただき感謝いたしますわ！　ご機嫌いかがですか、ルカス様っ？」

「あなたに会えるなんてとてもいい気分だよツェツィーリア。でも、そんなに瞳を輝かせた顔でここまで来たのかな？　誰とすれ違ったか教えてもらっても？」

　挨拶をしようと前に立った途端、手を取られあっという間に腕の中に囲われ、その華麗な特攻返しに抵抗さえも思いつかず目を白黒させてしまった。

　え、なんですか、すれ違った相手って⁉　とアワアワしながら高いところにある顔を見つめて、ヒッと息を詰めたわ……！

　瞳孔が開きかけてますけど、ど、どうしてそうなったの……っ？

「だ、誰ともすれ違っておりませんっ」

「本当に？」

　そう言われると自信なくすぅ……っ。

「っ、その、ルカス様にお会いすることばかり考えておりまして、そこまで周囲に気は配っておりませんでした……」

　あなたに怒りつけることでいっぱいだったのよ、自衛が足りなくてすみませんねっと悔しさを感じながら尻すぼみに伝えると、何故か旦那様のお怒りが解けて視線がド甘くなったわ……解せぬっ。

「そう、じゃあ仕方ないね」

　ゆるりと微笑まれながら返された言葉に、ホッと息を吐いて――フィンさん達のぼしょぼしょ話が聞こえて顔が赤くなってしまった。

「ホントのところは？」

「会議帰りの独身貴族が一人」

「ツェツィーリア様を見て頬染めながら挨拶しようとしてたけど、近衛騎士に邪魔されたのもあって、完全に視界に入ってなかったわね」

「言葉通りにルカス様のことしか考えてなかったよ～」

……いたのね、本当に気づかなかったわ……。

いやだ、これじゃあルカス以外眼中にございませんって言ったようなものじゃない……！　しかも私が明日の式を楽しみにしてるみたい……っ。いやぁっ恥ずかしすぎる……！

恐らくはルカスの計画を手伝っていただろう事務官達の生温かい視線に、堪《たま》らなく羞恥を覚えてしまい、近くで楽しそうに微笑む美貌を怒りを込めて見つめる。すると彼はより微笑みを深くした。

そこでご満悦するのおかしいですよ……！

「どうしたんだ、ツェツィーリア。何か不備でもあった？　せっかく予定を空けておいたのになかなか来てくれないから、こちらから会いに行こうかと考えていたところだよ」

――やっぱり故意犯かぁぁぁぁ！

そうよね、ドレスが届くのが式の前日だなんて、絶対にどう考えてもあり得ないものね……！　間違いなくあなたが隠し持っていたんでしょっ！

アレを見て、私があなたのところに問い詰めに来るってわかってたのよね……!!　わざわざ予定まで空けておいてご苦労なことですよ！

ワナワナ震える唇を必死で笑顔の形にして、うふふこの腕白英雄めがぁ……っと低めの笑いを零《こぼ》して怒りを示した私に、ルカスは楽しそうに小さく首を傾げた。

その問いかけるような仕草に、何楽しそうにしてるのよ質問攻めしたいから早く人払いしてくださいなコンチクショー！　と伝える。

「ではルカス様っ、恐れ入りますが今からお時間をいただいてもよろしいですか？」

「えぇ構いませんよ、愛《いと》しいあなたのためならいつでも、いつまでも俺の全てを捧《ささ》げます」

ぞっ、そんなに要らないし、むしろ危ない感じの意味を含んでた気がするのでやっぱり今のなしで……！　とは当然返せず。

綺麗《きれい》すぎて圧が凄い笑顔に「まぁ、それは、ありがとうございます……」とお礼を返してしまったへたれな自分が憎い……っ。

負けちゃ駄目よ私ぃ！　と胸中で鼓舞していると、ルカスはいきなり私をグッと引き寄せた。

その力の強さでヒールの踵《かかと》が浮き、どうにもできずに彼の腕に身体を預けることになり、近づいた瞳の熱に心臓が爆音を上げだす。

ま……まさか、自分の執務室は私的な場《テリトリー内》とか、そんな屁《へ》理屈言わないわよね……っ？

確かに今いる人達は側近中の側近な顔触れで身内ばかりかもしれないけれど！

お願い距離感の約束守って……っと視線で訴えかけた私をルカスは吐息で笑うと、顎を掴《つか》んできて。

ノォ――！　と涙目で訴えました……！

「る、ルカス、様、あのっ」

わぁぁあ容赦なく顔が近づいてくるー！　駄目だめ顔を傾けないでぇ……！

「どうした、ツェツィ？」

ちょっと愛称で呼ぶとかどういうつもり……ってそういうつもりですねっ、了解ですよコンチクショー……っ。

「～っ、る、ルキ様っ、お訊きしたいことがございます……！」

「何かな？　……あぁ、俺の婚約者殿は恥ずかしがりだったね。皆、下がれ」

わざとらしいっ！　そしてこのあと暗にキスするからって言ってるし！

しませんっ、しませんよ！　だからお願い、そんな頬染めながら床を見つめて出て行かないで……

誰か残ってこのヒトを止めてー！

退出する事務官らの背中を縋《すが》るように見つめかけて、ゾクッと悪寒が走り間違いに気づいた。

慌てて顔を戻し金色を見つめ直して——その恐ろしい情炎に身体の芯がじゅんと熱を持ち、ぶるりと震えてしまった。

「……俺の腕の中で、俺以外を見つめて俺を煽《あお》るだなんて、いけないヒトだな、ツェツィーリア」

「——っ」

ま、マズイ……っ。多分、スイッチ、踏み抜いちゃったぁ……ッ。

「俺が、どれ程我慢を重ね、どれ程待ち望んでいたか、わからせた方がいいかな……？」

「ツ、きゃっ、ルキ様……!?」

煙のように囁《ささや》かれた言葉で喉を焼かれたかのように呼吸を乱した私を、ルカスはいきなり強引にエスコートした。

そして私を見ずに執務室の奥にある扉に手をかけると、唐突にアナを呼んだ。

「アナ」

「はい」

「問題は？」

「明日のことを考慮していただければ、特に問題はございません」

流石《さすが》のツェツィーリア様でも、一夜でサイズは変わらないと思いますので……と最後につけ足された言葉に、呆然《ぼうぜん》としてしまったわ……。

え、今のどういう意味……そりゃあちょっと前に測ったときも成長してましたけど、でもそれはアンダーが減ったからサイズが上がっただけ――って違う！

今そんなことは問題じゃない……会話の内容が問題大アリだった……!!

バッとアナ達に縋る視線を向けると、三人は申し訳なさそうな表情で、親指を立てた。

「明日のためですわ、ツェツィーリア様」

「髪艶肌艶アップですわ、ツェツィーリア様」

「愛されて美しく変化する魅惑のボディ～！」

くっ……言ってる意味がわかりすぎてむしろツッコめない……!!

そしてケイトがエルサを止めずに褒めてる！　初めて見たわよその光景……！

「今のはいい追い込みンンンッ……これも主人を思う侍女の務めですので……」ってニヤニヤによによしてる口元で頭下げても信じません……、今、追い込みって言いましたよね……!?

「夜には戻る」

「畏まりました」

私を無視して会話を終わらせたルカスとアナ達を交互に見て、頬を染めながら血の気を引かせる。

嘘《うそ》でしょ……夜って！　今まだ昼すぎっ。長すぎだし、当事者を無視してるのオカシイですよ！

侍女に見放され……むしろ進んで売られて、我が身を守れるのはやはり己しかいない……っと扉を開け足を運ぶルカスに顔を向ける。

「っ、ちょ、ちょっと待ってくださいませっ、ルキ様……！」

「何？」

何って何を普通に返してきてるのっ、本当に待って……だって執務室の奥って確か……っ！

焦る心で扉を閉める手を引き止めようと声を張り上げた。

「――そのっ！　どうして婚約式のドレスにっ、マントとベールがついているんですか……⁉」

「結婚式だからだよ」

それはそれはあっさりと、何を今更と言うように返され、わかっていたのに身体が固まってじわりと熱が上がったわ……っ。

「け――――～ッ」

や……やっぱりぃぃ……‼

それが何か？　みたいな感じで見下ろしてこないでよっ、顔が赤くなるのが止められないじゃないぃ！

「こ、婚約、式の、はずでしょう……っ」

「当初はそうだったんだけどね。諸外国への俺のお披露目を兼ねてるせいか、来賓の数が結婚式並みに多いだろう？　だから警備やらなんやらの準備もほぼ変更なしで済むし……馬鹿が馬鹿をやらかしたから、今後あなたをただの婚約者だと侮る人間を出さないために、もう正式に婚姻誓約書に記入して誓い合おうかなと思って。……二度と成り代わろうだなんて考えられないようにね」

最後の呟《つぶや》きに、ビビアナ様を思い出してしまった私は悪くないと思います……。

なんてこと……去ってなおこんなところに影響を残してくれちゃって、お転婆さんなんだからもう……としょうもない現実逃避《ツッコミ》をしてしまった私を、ルカスは扉を閉めながら笑うような声で現実を見ろと叩《たた》き落としてきた。

「――あなたが言ったんだよ、ツェツィーリア」

「……言った……っ？」

抱えられた腰から手が離れ、鍵のかかる音を背中に受ける。そして目の前にある仮眠用の寝台を見て、無意識に彼から少し離れるように足を引いてしまった。

そんな私を見据えながら、ルカスは見せつけるように上着を脱いで近くの椅子に放った。

クラバットを緩め、手から落とす様を見て、何考えてるんですか、駄目よ拾い直して落ち着いてぇ……！　と後退《あとずさ》りながら首を振って伝えるも、美しい顔を殊更美しく見せる笑顔を浮かべたままベストを脱ぎ捨て私へ向かってきて。

カフスを外してからシャツのボタンも一つ二つ外すと、ベッドがあるせいでこれ以上後退れなくなり動揺した私にゆっくり手を伸ばした。

「俺に言ってくれただろ？　結婚、してってって」

「……――っ」

「まさか、忘れたなんて言わないよな？」

そう言いながら顎を掴んでくる指の強さに、圧のある微笑みと共にもたらされた言葉に、肩が、足が震えてしまったわ……っ。

う、嘘でしょまさかそんな……！　確かに言いました、言いましたけれども……っでも、まさかそんな言葉で予定を年単位で繰り上げるとか思わないじゃない……！　というかあなた絶対に前から計画してましたよね……!? 一月弱であの純白のドレスが作れるはずないじゃない――――!

そう思って、ガクブルしながらも勇気を振り絞りちっさぁく言い返す。

「い、言いました、けど、ドレスが……」

「結婚は確定事項だし、ツェツィを誰にも渡す気なんてないんだ、当然、前から作っていたに決まってるだろう。……あなたの意見を聞かずに作ったのは悪かったと思ってる。でも侯爵夫人の結婚式のときのドレスに似せた雰囲気で作ったんだ……気に入らなかった?」

その言葉に、顔が真っ赤になるのがわかって両手で頬を押さえて叫ぶような声を上げてしまった。

「どうしてそれを……ッ!」

憧れのドレスをあっさりと用意してきたチート婚約者様は、少しだけ申し訳なさそうな表情を浮かべて答えを教えてくれた。

「……随分前に、侯爵夫人に話しただろう?」

――お母様ぁああ!! 婚約内定当初に、おっとりお茶を嗜《たしな》みながら会話をした記憶があるけど、まさかのスパイでしたのねー!

「婚約者がルカス様だなんて、最高級《ハイスペック》な美形《イケメン》を捕まえちゃって。まだ当分先だけれど、婚約式のあとは結婚式ねぇ。やだ楽しみっ」と言われ、そこから流れるようにドレスの話になったのはそういうことでしたかっ! 凄い手腕ですね全然気づきませんでした!

衝撃にうっかり母を褒め称《たた》えていると、ルカスが笑みを深めて念押ししてきた。

「そんなわけだから、明日は結婚式です」

「……っ」

「正式に貴族院でも承認されて内外に周知済みだし、手順もほぼ変更ないから安心して。儀式をして、誓約書に記名して、誓うだけ。ツェツィなら問題ないよ。……な？」

「──は、い……っ」

笑顔で圧をかけてくるのヤメてもらっていいですか……今の「な？」凄く怖かった……っ。

わかりました！　ここまで準備が整ってる中で嫌だなんて駄々こねたりしませんから、だからお願い……っ耳を舐《な》めるのやめてぇ……！

「良かった。あぁ、本当に待ち望んでいたんだ……ベールをつけたあなたと誓い合うのが楽しみだよ、ツェツィーリア……！」

「……ッ、る、ルキ……、ッ、あ……ま、って……！」

掻《か》き抱くと言って差し支えない程の力で腕の中に囲われ、幸せだと伝えてくる声に身体から抵抗が削ぎ落とされてしまう。

言葉だけの制止は全く意味をなさず、粘着質な水音がダイレクトに耳奥に響き、舌の熱さに腰に震えが走る。足から力が抜けそうになり、焦って目の前の胸板をほとんど力の入っていない手で押し返そうとして、外れかけたボタンに手が当たってしまいシャツがより開けた。

まるで私が望んだように彼の身体が露《あら》わになり、動揺からルカスを見上げると欲を孕《はら》んだ金色が弧を描いたから、瞬時に顔に熱が上ったわ……ッ。

「──ッ、ち、違うの、これは……っ」

馴染《なじ》んだ肌に吸い寄せられるように指だけでなく掌《てのひら》まで当てそうになり、慌ててその手を自分に引き寄せて震える唇に当てると、ルカスが火に焚《く》べられてどろどろに溶けた金のような瞳で見下ろしてきた――

「……煽んなよ、三週間もしてなくて俺の理性もぎりぎりなんだ。慣らさないですするにしても、せめて濡《ぬ》らさないと辛《つら》い目に遭うぞ……？」

「――……」

……あ、これ、激ヤバですね……。

口調がもう既に違うし、言ってる内容も結構振り切れてる感あるし……。

そっか、三週間してないとこうなるのかぁ……しかも今回は一緒に過ごしての三週間ですものね。

体調が戻るまでって待ってたら、月のものが来ちゃって……そこから今日まで凄い我慢してくださったようで、ありがたいことです。

でも明日まで保《も》ってほしかったなぁ……まさかの、ワイルド鬼畜様、ご降臨……っ。

恐怖と動揺でドレスの中の足をぷるぷる震わせる私を、ルカスは愛しげに見つめ、愛おしいという気持ちを顔全面に出して、……意地悪な言葉を吐いた。

「まぁ、濡れないなんてことはあんまり心配しなくても平気そうかな。……耳、気持ちよかった？素直な身体が本当に可愛《かわい》い」

そう言いながらドレスをたくし上げるように膝を割り込むと、太ももでわざとらしく刺激してきて、下着が食い込むというより吸いついた感覚に、ぐぁあっと頭が沸騰したかと思ったわ……！

ほんっと根性悪スケベで顔と行動の落差が酷《ひど》い……！

「……ッや、めてっルキ！　……んッ!?」

「駄目、逃がさない。もう我慢は無理だ」

否定早ぁっ！　そして強制的に舌を舐めるのやめてよぉ……！

ぐぃっと顔を上向かされ、口の中に指が入り込んでくる。

ネチネチと舌を刺激され、逃げようとすると口を固定され彼の厚みのある舌に捕らえられ、息が白く見えるんじゃないかと思う程しつこく舌を合わされる。

強引で少し乱暴なのに気持ちよくて、それ以上に強く求められているのがわかって、混ざり合った唾液を嫌悪も抱かずにこくりと飲み込んでしまった。

その私の様子をうっとりと見つめながら、強引さはそのままにドレスに手をかけてきて慌てて抵抗する。

「んッ、んぅーっ……ふぁっ……、あっや、待って、ドレスを引っ張らないで、破けちゃう……っ」

「破られたくないなら脱いで」

「い、いやよ……っ、だってここっ」

「脱いで」

わぁ話を全然聞かなーい！

ホントお願いだから待って……！　ここ執務室の隣ですよ!?　人払いの時間が長すぎて、誰か入ってきてもしこんなことしているのがバレたら……っいくらなんでも明日結婚式なのにぃ！

ぶんぶん首を振って必死で伝えると、ルカスが小首を傾げて、考えるように視線を上に向けた。

どこに疑問を覚えたのよ、その仕草可愛いわい！

「……つまり、意地悪してほしいんだな？」

「──え」

あれ、斬新な解釈をしてきた……ってナニ言って……!?

「仕方ないな……任せて」って判断がポジティブすぎる！　頼んでないしドレスのホックを手品みたいに外すのやめて……！

「ひゃ……!?　ちが、違うから本当待ってルキ……ッ！　やめて駄目よ脱がさな……きゃーッ!?」

シュバッて引き下ろす早業が凄すぎるぅー！

私の防御《ドレス》……！　と腰から滑り落ちる布を掴もうと手を伸ばした瞬間——ダンッ！　と黒光りした革のシューズでスカートの部分を踏みつけられた。

衝撃で固まったまま視線の先で嬲《なぶ》るように黒い靴先を動かされ、その足元の布が塵《ちり》のように消え始めて、喉が小さく痙攣《けいれん》してしまった。

……裂かれて、壁にお片付けされるのも怖かったけど、これも、なんか精神にきたぁ……っ。

靴を形どるようにぽっかり穴の空いたドレスへ伸ばしたまま震えた指先は、諦めて自分だけを見ろと言うように大きな手で持ち上げられた。

上がる手に合わせて戦々恐々と視線を合わせると、ルカスが自分の口に指を入れてちゅるっと舐めて……嗤《わら》いながらガリッと強めに噛みついてきて、痛みよりも恐怖で身体がビクリと反応してしまう。

息を呑《の》んで見つめる私と瞳を合わせたまま、彼は着られなくなったドレスから私の身体をそっと押しやった。

抵抗虚《むな》しくドレスが脱がされ、明るい室内で寝台を背後に下着姿で立たされた自分の姿に、羞恥心が湧き上がる。

顔と言わず身体が色を濃くしたのを自覚し、必死で腕で隠しながら制止しようとして——その声に、喉を掴まれた感覚がした。

「……ツェツィーリア、一度しか訊かない」

囁きと、キスをするようにゆっくりと近づく仄暗《ほのぐら》く危険な金の瞳に足から力が抜けかけて、支えてくれるルカスの腕に縋りながら見つめ合う。

「あ……っ」

「大人しく下着を脱いで自分からベッドに上がるか、立ったまま抱かれるか、どっちがいい？」

「――ど……」

……っち？　とは、今の、もしかして、選択肢……っ？

え、そんないかがわしい二択しかないの？

だってそれじゃあ、仮眠室《こ こ》でこのまますることは変わりないじゃない……！

どっちも遠慮しとうございます……ッと血の気を引かせた私に、ルカスはチュッとキスを落として、キスに合わせるように軽快に脅しをかけてきた。

「あぁ、どちらでも防御壁はちゃんと施すから安心して。……でも、立ったままなら不安定で危ないだろ？　だから……手を縛《つ》って吊り下げるから、足元の絨毯《じゅうたん》、ビチャビチャにしないよう頑張ろうな」

「…………」

頑張って、それ、なんとかなるものですか……？

大体、吊り下げるってナニ言って……気遣ってるみたいに言ってるけれど、気遣い方がおかしい！

それをありがたく思うマニアック女子には、私はまだ到達していませんっ。

流石におふざけがすぎますよこの変態……！　とワタクシめも頭にきて睨もうとしました……したんですけど、わざとらしくベルトを外す音を聞かされまして、ですね。

いきなり手を取られたかと思うと、固くなったのを、触らせられまして、ですね……っ。

無理矢理握らせられて想像以上の大きさを実感してしまい、ひぃやぁぁあ——!!　と心の中で大絶叫を上げていると、鬼畜が耳元でさらなる脅しをかけてきまして、反抗心が、凍りつきました……。

「なぁツェツィーリア……俺とあなたじゃ体格差があるから、立ったままだと多分、狭いナカを突き上げる度にあなたの身体浮くよ。……胎《はら》の奥まで入り込むかもしれないけど、壊れんなよ……？」

ニィッとどす黒い欲望を向けられて、目の前がぶわっと歪《ゆが》んでしまった……。

内容がリアルすぎて泣ける……ホント泣ける……。

無理です……壊す壊さないをそっちで決めるわけであって、壊れる壊れないは、自分じゃ選べないと思うんですよ……っ。

人間て追い込まれたりすると本性出るって言うけど、ルカスさんったら、我慢のしすぎで本性出ちゃった……知ってたけどガチのドS……っ。

なけなしの反抗心がパリーンと割れた音をどこかで聞きながら、あんまりなお言葉に怖すぎて口もきけずに震えていると、ルカスが苦笑して囁いた。

「……いや？」

優しい、優しすぎて怪しい声に、それでもこくこくと頷《うなず》いて意思を示す。

だってそれしかできないので……っ。

「そう、じゃあ……恥ずかしがりのツェツィのために、もう少しだけ選びやすくしようか」

その言葉に希望を抱いてしまったポンコツな私は、やだ鬼畜で優しいとかギャップ萌《も》え凄い……！と馬鹿みたいな感激をしつつ助けを乞うようにルカスを見つめて。

……ちょい上げて、叩き落とすを実践され、あまりの鬼畜っぷりに割れた反抗心がさら〜んと粉になった気がしました……。

「──五」

「──……ごぅ？」

何を言われたのかわからず、こてりと首を傾げて繰り返した私に、鬼畜は甘い笑顔で私の両手を一纏《まと》めにした。

「四、……三」

……え？　あれ？　何これ……鎖、なんで……ッ？

突如縛り上げられた手首に、混乱からルカスへ問いかけようと顔を向けると、いきなり腕が強制的に上がり、文字通り吊り下げられ、つま先で踏ん張りながら叫んでしまう。

「──ヒッ!?　ま、待ってどうして……!?」

「にーぃ……」

いやぁああ清々《すがすが》しい程の無視ぃぃ──ッ！

華麗に私の言葉を流《スルー》したルカスは、ビスチェに指を引っ掛けるとぷるんと揺れながら顔を出した乳頭に舌先を当てながら私の顔を窺《うかが》った。

「好きだろ、ココ」

「ッ、や、やぁ……っ」

「もう下も大分濡れてるな……」

明るい室内で胸を丸出しにされた羞恥で真っ赤な顔を振るも、感度を上げるように先っぽをチロチロと舐められ、下着の中で愛液を広げるように手を動かされる。

羞恥で感度が増しているせいで躾《しつ》けられた身体があっという間に快感を拾い上げ、口から喘《あえ》ぎが零れると、ルカスは吸いついていた胸から顔を上げて最後だと伝えるように微笑んだ。

「んっ、ン、や……っあ、ルキぃ……！」

「──いち……？」

甘すぎる声に本気を感じて、ぞくっと悪寒が走った。

早鐘を打つ心臓に急《せ》かされ、ヤダヤダ言うこときくからぁ……っとブンブン首を振らせていただき、縋るように言い募ったわ……。

どうして脅されてる私がお願いしてるのとか、考えちゃダメよ私ぃ……！

「ぬ……脱ぎます……！　ね、ルキっ脱ぐからっ、今すぐ脱いで、ベッドへ行く……っ、ベッド、へ、行きたい、です……ッ」

私の懇願にルカスは、ふぅん？　と言うように首を傾げ、見据えてきた。

「脱ぐんだ？」

「っ、は、い……っ」

「つまり、ベッドに自分から上がって足を開くってことで、いいな？」

なんか酷く卑猥《ひわい》な作業が増えたぁ……っ。

酷い、鬼だ、この変態ド鬼畜騎士め……！　と胸中で詰りつつ、背に腹は……と毎度のことで自分を慰めて、染まってしまった頬でこくりと頷く。

「……ッそ、そう、です……っ」

羞恥から辿々《たどたど》しく伝えた言葉に、彼はドロリと金色を濃くして嗤い、私を呆然とさせました……。

「どうやって？」

「……どう、やって……って……？」

何が……？　と口の中で呟くしかできず、欲を孕んでなお美しい顔をただただ見つめる。

するとルカスは、雰囲気を一転させるかのようにふんわりと可愛らしく微笑むと、私の縛られた手首を指差しながら、子供のように超絶屁理屈を宣《のたま》った。

「その状態で、どうやって脱ぐんだ、俺の可愛いヒト？」

……何、言ってるの……鎖を外せばいいだけでしょう……？

そう言おうとして、口から出たのは罵声だったわ……こんなの我慢なんてできません……っ！

「……こ、の、変態、根性悪……っ、あなたが、答える前に、こうしたくせに——!!」

「アハハッ、ホント、勝ち気な性格が堪んないな……悔しそうに潤んだ瞳が最高にそそられる。染まった頬に齧《かじ》りつきたいくらい可愛いよ……愛してるツェツィーリア。煽ってくれてありがとう」

そう言ってクスクスと幸せそうに蕩《とろ》けた表情で笑うご尊顔を、束《つか》の間怒りさえも忘れてポカーンと見つめてしまった。

あなたが幸せそうなのはいいんですけど……でも、ねぇ、どうして私にお礼を言ってるの……？

私、怒ってるじゃない……あ、罵声？　罵声がいけなかった？　変態根性悪に、そのまま変態根性悪って言ったから褒めたみたいになったの？　でもそれだと単語の解釈の違いがすぎて、どこから訂正すればいいのかわからないんだけど……。

混乱しすぎて暢気《のんき》にも、わかりやすく伝えるには……？　と言葉を整理整頓していると、彼はおもむろに私の腰の下着に手をかけ、片側をビッと引き裂いた。

「その返答ってことは、意地悪をもっとってことで、いいよな？」

「きゃあ……!?　いや、ちがっ、違う待ってルキ……!!」

屁理屈がやっぱり罠だったぁーっ！　腹が立ちすぎて言い返してしまったわ、どうして私ったらこのヒト相手だとポンコツになるの……っ。

なんだか警戒心を抱けなくて、つい素で返してしまうのよね。それを狙って意地悪をしてくるからホント性格悪い……んだけど、でも意地悪してるときの私だけを見てる瞳が凄く好き——……って馬鹿かぁぁっ！　恋心が恐ろしい程にダメな深みにハマってる……っ。

嘆きつつ、なんとか彼から距離を取ろうとするもチートによる魔力の鎖は、見た目は鎖なのにゆりとも動かず、勢い込みすぎて絨毯につま先が取られた。

バランスを崩した身体を優しく抱きとめられ、そのまま濡れた耳に息を吹きかけられて、ぶるりと震えてしまう。

「ひゃっ……んぅッ!?」

「舐めて、ツェツィ」

「ンッ、んぁ……っふ、ふぅ、んふ……っ」

ハッと吐息を聞かせるように項《うなじ》に舌を這《は》わされたかと思うと、口の中にゴツゴツした指を入れられ唾液を絡ませられた。舌をいやらしく弄《いじ》られ、もう片手で乳房を優しく揉《も》まれ熱っぽい息をはふ……っと出すと褒めるように頬にキスを落とされ、指をそっと引き抜かれる。

その指から滴った唾液を舐め取るように一度自分の口に持っていき、より濡らすと、ルカスは裂かれて落ちそうな下着の隙間から、割れ目に隠された粒の上に指を当てた。

痛まないように気遣いながらクニクニと指の腹で押し撫《な》でられ、恥骨にじんとした痺《しび》れが走り、閉じた入り口がじゅわりと湿る。脊髄をぞわぞわと這い上る感覚に堪らず首を仰《の》け反《ぞ》らせ、手首に絡まる鎖を外そうと腕に力を入れた。――瞬間、パリッと光が走り抵抗を削ぎ落され、肌に広がる快感に、まるで乞うようにルカスを呼んでしまう。

「――あっ……！　や、やっルキ……！　るき、ルキぃ……っ」

「ツェツィはホント、強請《ねだ》り上手だね……直《じか》に触られる方が好きだもんな」

言葉と共に割れ目を開かれ、花芯を露出させられる。

中指をナカへ入れ込まれながら下から持ち上げるように粒を爪先で刺激され、気持ちいいと伝えるようにきゅうっと指を締めつけてしまうのがわかって、顔が真っ赤になったわ……っ。

「あっヒッ……！　駄目っ強いッの……やぁ……！　待ってルキッや、だぁ……！　ンぅ～……ッ」

「甘い声で否定するなんて、もっとって誘ってるようなものだよツェツィーリア。ここ、イイだろ？　あぁ、可愛い粒だけじゃなくてナカの腹側ももっと撫でてほしいってことか……欲張りで甘え上手だな」

なんでそうなったの!?　よく聞いてっ、誘ってないし甘えてないよ!?　意思疎通が図れないとかどうしたらいいのー！

違うちがうと首を振ろうとして、指を増やされて感じる場所を撫でるように愛撫《あいぶ》され、足がピンと伸びた。

「ヒイッ……やぁっ、あっダメッキちゃうぅ……やだぁッ……——ッ！」

「あぁ、その蕩けきった顔堪んね……こっち向いて？　俺にもっと見せて」

弛緩《しかん》した身体を、腕に負荷がかからないようにルカスが抱える。

その腕の強さに、嬲るように首筋を舐め上げてくる欲望に塗《まみ》れた顔にもう一回と言われた気がして震えが走り、必死で声を出した。

「あ、あっ……駄目っ……ルキッ、ルキ待って今イッたの……ッ、イッたからもうやめて……！」

必死で声を出した、のに……嬉しそうに微笑んで指を動かすのは何故なのよぉ……っ。

「うん、ナカうねって、指を気持ち良さげに締めつけてるもんな……可愛い、俺の、俺だけのツェツィーリア……」

グイッと顔を合わせられ、キスをしながら甘く甘く名を呼ばれる。

そのキスと声に反応してしまう身体の内側を愛しげに指であやされ、一度達した身体は愛撫への応え方を思い出したのか、貪欲に快楽を享受し始めた。

指の腹でナカを、掌で花芯をリズミカルに押し潰され、あっという間に二度目の絶頂へ向かい始めてぶわっと毛穴から汗が噴き出た気がした。

「ハッ、あっあッやぁ……！　んっ、だ、め、駄目ソコそんなっ、強く、したらぁ……っ」

「ん……汗まで甘いな。真っ白な身体を震わせる様が本当に淫靡《いんび》で綺麗だよ、ツェツィーリア。もっとイクともっと声も顔も……ナカもトロトロに甘くなるから、もう一回頑張ろうな」

いやぁあやっぱりぃぃいい！　このままじゃもう一回のループ現象起こる……！

予想通りの要求に顔を引き攣《つ》らせ、無理です頑張れません！　とブンブン首を振る私を見て、ド鬼畜は、微笑みに浮かぶ金色をどろりと恐ろしく濃い色に変えた。

嫌がった途端その反応とかオカシイですよ……明らかに喜んでるぅ……っ。

思い通りになるものかと出そうになる喘ぎを奥歯を噛み締めて必死で堪え、太ももを擦り合わせて抵抗しようとして――

「やっ……ん、ンっ……ふぅ、ッ……あっ、ひゃぁん!?」

吊り下げられたせいで踏ん張りがきかず足が開き、ルカスの指を深く誘い込んで喘いでしまい顔の熱が増える。そしてそんな私を見て、ドSは嬉々《きき》として手を激しく動かすのよ……どうしたらいいのぉ……ッ。

見せびらかすように舌を出され、固くなった乳首にじゅうっと音がするくらい吸いつかれる。

同時にぱちゅんぱちゅんと音が鳴る程強く指を出し入れされ、ナカと腰に力が入って足がぶるぶる震えた。その足をゆっくりと愛液が伝い落ちる感触に、微《かす》かに見える絨毯の染みに、背筋を甘美な恐怖が走って血の気が引く。

ビシャビシャは、駄目絶対ぃ……っ！

「も、いや……っやだやだぁ……！　ルキっルキお願い脱ぐからっベッドに行くからぁ……！　あっあっ指、駄目っ、も、イッちゃう……ッや、指、イヤなのっ！　意地悪しないでよ、馬鹿ぁ……！」

その必死で吐き出した言葉こそが、三週間待てをして振り切れてしまったドSの望む言葉だった。

「ふふ、指はイヤ、か……そんな可愛いおねだりをしてくれるなんて、嬉しいよツェツィーリア。愛しいヒトのお願いだ、まだ大分狭いから、なるべくゆっくり挿《い》れるな……？」

「あ、あっ……？　る、き……ッ？」

容赦のない力で膝裏を持たれたかと思うといきなり片足を抱え上げられ、ヒッ……と喉が震えた。

前を寛《くつろ》げ、脈打つ棒を私の濡れた割れ目に擦りつける様を見せられ、違う、と否定しようとすると、ルカスは私の唇に覆いかぶさった。

舌を絡められ、拒否の言葉は全て鼻から吐息として抜けていく。

滑りを確かめられ、もう一度抱える腕に力を込められ熱い身体が触れ合い——じゅぷんという水音に足から力が抜けて、彼が身体に入り込んだ。

「ん……っ、ンッ、んぅ……ッ⁉　ふ、あ、……っる、き……ッだめ、ねぇ駄目……！」

「ハッ……すげ、ドロドロでキッツ……っ少し挿れただけで俺のを飲み込もうと絡みついてきて、この角度気持ちいいんだ？　ヤラしいことに素直な身体で嬉しいよ、ツェツィーリア」

「～ッちが、違うっそんな、そんなこと……っあ……！」

ルカスは嬉しげに吐息をつくと、言葉通り窺うようにゆっくりと入ってきた。鋭敏になった身体が侵入してくる杭のような存在を隅々まで確認してしまい、あまりの大きさに身体が強張《こわば》って息が浅くなる。

「う、あ……っいや……ッむり、無理ぃ……！」

「……ッ、息止めないで、ツェツィーリア」

「は、ハッ、や、固い、おっきぃ……っ、これ怖い、怖いのルキぃ……っ」

「ッ、煽んなよ可愛いな……っ、息、吐いて、な？」

宥《なだ》めるように顔にキスを降らせながら乞うように言われ、やめてと吐き出そうとした言葉が喉からお腹《なか》に落ちていく。

無理矢理なのに、その強引さにさえ気持ちよさと愛しさを覚えてしまっていることに気づいて、泣きたくなりました……。止まる気は全然なしなんだから、酷いって思わないと駄目なのに……っ。

しかも本当に体格差がありすぎて足が踏ん張れず、串刺しにされてるみたいで恐怖を感じているのに……同時に産毛が逆立つ感覚に見舞われ始め、息を吐けば吐く程、ナカを押し広げる存在を感じ取り細胞の全てがルカスへ集中する。

腰を動かされる度に粘着質な水音が大きくなり、もっとと強請り誘うようにうねり始めた自分の身体の素直さに唇を噛み締めると、ルカスにやめろというようにキスを落とされて、余計快感が広がってしまってぶるりと身体が震えてしまった。

「ふ、う──……っ！　ハッ……あ、……る、きぃ……っ」

「っ……ツェツィ、俺のツェツィーリア……ッ」

果てた身体をぎゅうっと抱き締められながら熱っぽく名前を呼ばれて、動かせない腕に胸が苦しくなり、彼に触れたくて堪らなくなってしまった。

「……っ、ルキ、鎖《コレ》、はずして……つぎゅって、したい……」

「──っだから煽んなって、すげぇ興奮する……っ」

ルカスは、伝えた言葉に苦しげに目を細めると、小さく舌打ちしながら拘束を外してくれた。

腕を彼の首に回してホッと息を吐くと、強い力で抱き締められ欲を移すように口づけられる。

「んッ、んー……っ」

「……ッ、あぁクッソッ、キスだけで締めつけやがって、駄目だキッツ……ツェツィごめん、ちょっ

「つらいと思うから、深呼吸して」


と辛《つら》いと思うから、深呼吸して」

そう言ってふ――と長い息を吐くと、濡れた口周りを舐め上げて私の顎を促すように掴んだ。

「……っ、な、に？　なんで」

嫌な予感を覚え……というかもう嫌な予感しかしなくて、怯《おび》えながら回した腕に力を込めて小さく首を振ると、おもむろに指で花芯をぐにぐにと潰され、息を吐けと促されました……今日ホント鬼ですね……っ。

「あ……っ⁉　ルキッそれだめぇ……！　んぁッやだやだ腰動いちゃ、それでイッちゃう……ッ息吐くっ、深呼吸、するから……っ！」

「ん、じゃあ息吐いて……ゆっくり吸って」

もう一回、とそっと耳元で囁かれ、浅い呼吸を無理矢理深呼吸に変えて、吐き出した息を彼の肌に当てる。

その行為を褒めるように背筋を撫でられ、ぞくぞくと快感が走って背中ごと首を仰け反らせると、ルカスが唇同士を当てて、苦しそうに呟いた。

「……愛してるよ」

「……っ」

「ツェツィが好きすぎて、苦しい……もう、気が狂いそうだ。あとで沢山怒っていいから、俺にあなたを愛させて」

その言葉に心がきゅうっとして――息を吐き出しながら罵声が出てしまいました。

何故《なにゆえ》私を脅しまくったの。

素直に乞われたところでここでは絶対に嫌だと断ったでしょうけれど、でも明らかな囮《おとり》で脅して、実は明らかな囮が本命で、その行為にうまうまと持ち込むとか遊び心がすぎますよルカスさんっ。

今怒ります！　許さん！

「――馬鹿ルキ。意地悪。根性悪。ド変態っ。鬼！　絶倫!!」

「……絶倫て……」

ちょっと……何を頬染めてるんですかねぇっ？　褒めてない！　決して褒めてないからねっ!?

私の罵詈雑言に対する受け止め姿勢がおかしい！　どうしてそこでテレテレするの!?　可愛いですねコンチクショー！

ふわっと頬を染めた人外美形に自分までポッと染まってしまった事実から盛大に目を背け、衝動に突き動かされるまま、謝りなさいよこんにゃろう……！　と汗で張りついて鮮やかに光る襟足をグイーッと引っ張る。

「せめて最初からそう言いなさいよ……っ、回りくどいことして！」

「いだだ……っごめん、申し訳ございませんっ。ツェツィの恥ずかしそうに嫌がりながらイクのを我慢する仕草がエロ可愛くて興奮しまして、歯止めが利かなくなりましたっ。誹《そし》りは甘んじて受けるよ、俺の可愛いヒト」

素直に謝った点は認めましょう。……でも素直に言いすぎよ……！

だって今、嫌がって我慢する仕草がエロ可愛いって言いませんでした……!?

どっこも褒めてませんしっ、わざわざ恥ずかしがらせて嫌がる素振りを見て興奮するとかホント変態……！　許さーん！

「アホ馬鹿すけベルカス……!!　そこまでわかってるなら止まりなさいよ……っ！」

「ごめん！　でも止まるのは無理です！」

「そっ――……そう、なの……」

潔く謝って、潔く否定するだとぉっ!?

清々しすぎて気勢を削がれた上に、言い返そうと思っていた言葉が、何故か彼の行為を仕方ないと認めるような返答になってしまったわ……それどういう技なの。

半ば呆然としていると、ルカスがハァ……と口を開いた。

「悪い……でもツェツィ、自分じゃ気づいてないだろうけど俺の行為の全部に反応してくれるし、感情が昂《たか》ぶる程俺のこと好きって言うみたいに見つめてくるから本当に堪んないんだよ……正直煽られて仕方ない。今日だってこれでも凄い我慢してるんだ」

……え、これで？　と目を剥いてしまったわ。容赦なく抱かれてると私は認識しているんですが、まだ本気じゃないなんて、流石にこれ以上はご遠慮願いたいです……。

そしてもう一回ループ現象の原因が自分自身のせいとか泣ける……正確には恋心のせいだけれど、そんなのどうやって対応したらいいの……。

染まる頬で嘆きつつ、悔しくてルカスを睨みつける。

「し、仕方ないじゃない……っあなたのせい、だものっ、馬鹿……っ」

勢いよく口を開いた割に、出た言葉の勢いのなさと好きと伝えるような内容に、自分でも恥ずかしくなってしまう。

もっとこう、あるでしょう色々言いたいことがっ！　と心の中で叫んでいると、何故か彼は「すげぇ威力なんだけど……」と天井を仰いでいた。

あっれー？　弱々しい馬鹿が結構な効き目だったようで……ホントこのヒトの思考が読めない。

まぁ効いたならいっかと見つめると、ルカスが眉間に皺《しわ》を寄せた。

「……ツェツィ、俺の言ってることホントにわかってる？　あんま煽ると俺だって我慢の限界があるからな」

嘆くみたいにハァ――と盛大に溜息《ためいき》をつかれ、ムカッとなった私は悪くないと思いますっ。

どうして私がそんな風に言われなくちゃいけないの。確かに勢いはちょっとなかったけど、どう考えても怒ってるじゃない！

「何よ、わかってないとでも言いたいのっ？」

状況をすっかり忘れ去っていた私は、腹が立って回した腕に力を込めて睨みつけてしまった。

すると私の言動に、ルカスが獰猛《どうもう》な光をゆらりと金色に浮かべた。

「……無自覚に煽りやがって……ぜんっぜんわかってないから、わからせてやるよ」

「……え？」

その、聞いたこともない程乱暴な言葉に目を見開いた瞬間、いきなり恐ろしい力で引き寄せられて視界が揺れた。

繋がった部分からぶちゅんっと酷く卑猥な音がして、肌が強く当たる。

理解が追いつかないまま涙が盛り上がって揺れていた視界が歪み、かふっと口から息が飛び出た。

「あ、ハッ、あ……？」

戦慄《わなな》く唇から意味のない言葉を吐き出す私を強く抱き締めると、ルカスは狂気を浮かべて苦しげに嗤った。

「愛してるよツェツィーリア、このまま壊して……殺してやりたいくらい愛してる」

ほとんど殺意に近い愛を耳元で囁かれ、歓喜が胸を満たし、脳が焼けた。

抱え込まれた身体を激しく揺すられ、その振動が身体の芯を辿り、狂った愛に答えるように口から甘い悲鳴が迸《ほとばし》る。

それが自分の嬌声《きょうせい》だと気づいたときには、既に身体は痙攣していた。

「あ、あっ……イッ……あぁ——ッ！　ア——……あぁ……ッ」

伝えられた愛に喜ぶように内壁を顫動《せんどう》させながら、苦しい程の快感に涙が零れる。

長い絶頂のあまりの気持ち良さに力が抜けかけると、ガリ……と肩を噛まれ、その痛みで飛びかけていた意識が明確になった。

荒い息でしゃくりを上げた私を宥めるようにゆっくりと髪を梳くと、彼はそっと囁いた。

「横、見て、ツェツィ」

「……っ、？」

促されるままそっと横を向いて、ガラスに映った自分の、愛に耽《ふけ》るあまりにも淫らな表情に身体が固まった。

乱され、髪はぐちゃぐちゃで、泣き濡れた顔はヒドイ状態なのに……どう見ても、そこにいるのは愛されて幸せそうに蕩けきった顔をした女で。

……あれ、は、誰……っ？

疑問のままに震えた唇をパクパクと動かすと、ガラスの中の女性も口を動かす。

イヤイヤと小さく頭を振ると、ガラスの中の女性もゆるゆると首を動かす。

気づかないうちに震えだしていた身体を大きな手があやすように撫でてきて、そして、ガラスの中の男性が、その女性を愛しげに見つめて口を動かした――

「ツェツィーリア、あれが、俺に愛されているときのあなただよ。俺の言葉に、俺の行為に、あなたがどれ程愛を返してくれているか、わかっただろう？　……俺が、それにどれ程狂わされるか、あなたならわかるだろう」

その言葉に、血液が沸騰した。

勢いよく顔を俯《うつむ》けた拍子に、彼の首筋から伝った汗がお互いの合わさった胸の間に吸い込まれるのを目にしてしまい、気持ちの伴った行為をしていることを自覚して心臓がうるさくなり呼吸が乱れる。

「や……違う……っ」

「違わない」

口先だけの拒否を零し、その実、もっとと愛を強請る女の表情を浮かべていた自分が受け入れ難くて、無意識に否定の言葉が出てしまった。

けれどその言葉をあっさりと否定され、余計に顔が燃えるように熱くなる。

隠そうとして、顎を掴まれグイッと上向かされて。

愛し合ってるんだ、理解しろ、と真っ直《ま》ぐ《す》に促してくる金色に、口が戦慄いてしまった。

「～～ッいやっ見ないで……っ」

「俺が見つけて俺が引き出した、俺だけのツェツィだ。当然見ます」

俺にはその権利がある、とドヤ顔で言いながら指輪をそっと撫でつつ指を絡められて、小さく詰るしかできない。

「ひど、い……っ」

するとルカスは少しバツが悪そうな表情を浮かべ、真摯な声で謝ってきた。

「……ごめん、悪かったよ。でも綺麗だよ、とても」

「ッ、ぅ、そよ、あんな……っあんな、顔……！」

どこにも綺麗な要素なんてなかった。あったのは、愛に塗れて壊されたいという、はしたない望みだけ。愛し合う度に煽ってると言われる理由がわかってしまって、消えたくなる……っ。

ポロポロと涙を零して小さく首を振ると、コツンとおでこを合わされた。

「あのあなたは俺しか見ない、……俺しか、見られない、だろう？」

陰った金色の奥に執心が浮かび上がって、胸が甘く震えてしまう。それでも、理解と納得は違うのよ！　と戦慄く唇を動かした。

「そう、だけど……っだって……！」

「だって？」

「だ、だって……っ」

ふわりと甘やかな苦笑を浮かべながら優しく促され、羞恥から顔を背けると、ルカスがおもむろに私を抱え直してベッドに座り、そっと頬に触れてきた。

「ホント、愛しくて仕方ないよ……いきなり俺に入られて、それだけで達したのが恥ずかしい？　それとも俺の言葉で感じたから？　囁いたら凄い締めつけてきたから、気持ち良すぎて持っていかれるかと思った」

「——ッや、やめてっ、そういうこと言わないでよ……！」

「言うよ、少しは自覚してもらわないとマジで壊しそう……」

そう言ってハア……と溜息をついたかと思うと、身動きすら許さない力で身体を押さえ込まれ、ぐちゅぐちゅと泥濘《ぬかる》んだ中を確認され、湧き上がった感覚にルカスの首に縋りつく。

「あっ……！　あっあっルキッ、んぅぅ——……ッ」

あっという間に上り詰め震えた瞬間ボソリと呟かれた言葉に、ヒィィッと顔が真っ赤になってしまったわ……っ。

「ッ……あークッソ……ホント、今日ヤバいな。ちょっと動かしただけで軽くイキやがって……突き上げてグッチャグチャに泣かせたい。……いっそグチャグチャにして俺のが身体の中に入ってないと満足できないようにしてやろうかな……」

……ま、マズイっ、半分以上本気が見て取れる……!!

どうしよう、明日結婚式なのにそんなことされたら出席できなくなる……！

私の肩口にぐりぐりおでこを当ててくるルカスに、身体を強張らせながらなんと声をかけようかと悩んでいると、ルカスがぽそっと口を開いた。

「……困るだろ？」

「こ、困り、ます……っ」

それはもう当然っとぶんぶん首肯する——は怖くてできなかったので、小さく頷くと、ルカスは「だよな」と返して、そして、最強の可愛いを繰り出してきました——……。

「俺も困ってる」

「……へ？」

なんか言い出した……どういう意味？

ほんの少し不安を覚え、肩に乗る夜明け色を撫でて、見えた耳の赤さに目を見開いて凝視してしまう。するとルカスは私から顔を逸《そ》らした。

ジん……ッ？　いや、あの、もう片方の赤い耳が見えてます……っ。

「クッソ恥ずかし……一回イッとけば平気かと思ったんだけど、我慢してたせいかツェツィに想像以上に煽られて理性吹っ飛びそうなんだよ……でも明日結婚式だろ。本当、ずっと待ち望んでたんだ……だから我慢してたわけで」

なんだこれ、どうしたらいいんだ……と呟く声に、心臓がこれ以上ない程お仕事をし始めたわ。嘘でしょ……ここでそんな可憐《かれん》さを出してくるとか、私こそどうしたらいいの……っ。

無性に抱き締めたくなって回した腕に力を込めると、私の行動に反応するようにルカスが身体を強張らせた。

「ツェツィ、今は煽んないで……っ」

「あ、おってない……っ」

「……いやナカ締まっ——いってぇ！　襟足は痛いですツェツィさんっ」

どうしてそういうこと言うのよっ、私のときめきを今すぐ返しなさーい!!

そんなことを思いながら、引っ張れる程度には伸びた襟足に月日を感じて震えてしまった心が、瞳から溢《あふ》れた。

「……っ」

「ツェツィ？」

「ツ、いつから、結婚しようと、思ってくれてたの……っ？」

誤魔化すように出した声さえも震えてしまって、ルカスが肩から顔を起こそうとしたから慌ててぎゅっと頭を抱き締める。すると彼は大人しくなって、どこか躊躇《ためら》いがちに問いかけてきた。

「……言わないと駄目？」

「駄目。……お願い」

知りたい、と腕に力を込めると、彼もぎゅうっと抱き締め返してきて……そして何故か念押ししてきたわ。

「……わかった、でも頼むから、絶対に誰にも言うなよ」

「……？　言わないわ」

「ん、よし……あ――……多分、子供っぽいんだよなぁ……は――……」

……なんですかその呟きと深呼吸、そんな重い話なの？　ちょっと聞くの怖くなってきた……っ。

どくどくとうるさくなった心臓が、次に放たれた言葉で、止まりかけた。

「――会ったとき」

「――……え、会った、とき……？」

予想に反した言葉の意味がすぐに理解できず、ポツリと繰り返した私に、ルカスは恥ずかしそうに、半ば自棄《やけ》気味に言葉を重ねた。

「近衛騎士になってからじゃないからなっ。初めて会って、約束を交わしたときですっ。好きなんだから普通だろっ？」

「……え、六年前……？」

「ッ、確認するのやめてくれませんかっ……そうですよっ！　あぁクッソ、言いたくなかったのに……！」

真っ赤になった顔を隠そうと、私の肩に額を押しつけてくる仕草に、身体の輪郭がなくなるかと思う程衝撃を受けた。

守ってもらえるような王子妃を目指すと、近い将来会えるのを楽しみにしていると言った私に頷いてくれた少年。

好きになってくれたのは、あのときだとは知っていた。

けれど、あのとき私はフェリクス様の婚約者として挨拶をした。だから、流石にあのときから結婚を考えていただなんて、あり得ない――そこまで考えて、置いた手のすぐ近くにある傷が視界に入り込んで瞼《まぶた》の裏がチカチカとした。

身体中にある小さな傷跡の数々。書棚の、王族教育本の数々。

そして、継承権――まさか。

「――だ、だって、私、フェリクス様の婚約者だったわ……」

「だから何」

私の言葉に被《かぶ》せ気味に返しながら、少し怒ったように顔を上げたルカスに、まさか、と震える唇で問いかける。

「だから……だから、だって婚約者……」

「……今だから言うけど、あれは、俺も婚約者候補として引き合わされてたんだよ。まぁ当初は俺に

チャンスはほぼなかったから、王族教育を受けつつ保険として英雄を目指したんだけど……最悪、本当に最悪、下賜を願おうと思ってた。でもあのとき俺のモノにするって決めたんだ。だから今現在俺のモノだろっ」

顔は赤いまま、開き直ったようにフンッとドヤ顔をされて、そんな子供みたいなアレが欲しい――！から始まっていたのかと思ってしまい、ついポロポロっと本音が溢れてしまった。

「ホント、お子様……」

「お子……っ!?」

「可愛い」

「かわっ……～だから言いたくなか――ッ」

怒ったような真っ赤な顔に細胞の全てが喝采を上げ、愛しさでいっぱいになった。

奪うように唇を重ねて、見開く金色と視線を合わせたまま気持ちを伝える。

「好き……好き、愛してるわ、ルキ……っ」

「……俺も、愛してるよ。だから結婚するんだ。……なんで、頼むから、本当に誰にも言わないでください……」

恥ずかしくて堪らないんだと言わんばかりの表情に、笑いながら頷く。

そして、……恐怖を覚えて震えてしまった気持ちを誤魔化すようにもう一度キスをして囁いた。

「ねぇ、お願い、愛して……？」

「――ッ」

腰を抱える腕がぎゅうっと強まり、身体のナカの存在がより固くなるのを感じて、ハッ……と熱っぽい息を吐き出してしまう。

　驚いたような、どこか怒ったような表情を浮かべる美貌から一旦顔を背けて、小さく深呼吸をして、羞恥心で身体が朱色に染まるのを自覚しながらも、心を占める唯一の人を愛したくて口から願いを零した。

「駄目なら、私があなたを愛していい……？」

「……え、何それ」

　呆然と返された言葉を敢《あ》えて無視して、体勢を直し小さく腰を動かしてルカスを窺うと、落ち着き始めていた彼の顔は、またも真っ赤になった。

「な、何、これ、夢……っ？」

　そのあどけないと言っていい表情に勇気を振り絞って腰をぐっと落とす。

「っ、ふ、ンッ……ルキ、私の騎士様……愛してる、あなたを本当に愛してるわ」

「あ、うん、俺も、だけど、え、待ってヤバい、ちょっとイキそう……っ」

　動かそうとした腰をガシーンと押さえ込まれ、仕方なしにもう一度、誓うようにキスをする。

　微かに震える唇に泣きそうな程の愛しさを覚えて、彼に教え込まれたキスをしようと舌をそっと差し込むと、ルカスはいきなり激しく舌を絡めて――私を抱き締めたまま背中から布団に倒れ込んだ。

「んぅッ、ん、ふ……ひゃ……っ!?　ルキッ？」

「……待って、ちょっと、頭沸騰してる……幸せすぎて死んだらどうしよう……」

　腕で染まった顔を隠しながらぽつぽつと返された言葉に、頬が緩んでしまったわ。

「……結婚しないの？」

「します」

あまりに早い返事にふふっと笑うと、ルカスがそっと囁いた。

「……俺にとっての愛を、あなたに誓うよ」

その言葉に、心の片隅に巣食っている恐怖が小さくなった気がした。

「私も、私にとっての愛を、あなたに誓うわ」

囁き返し、キスを落とす。

……だから、赦《ゆる》して、と声にならない声を喉奥に留めながら――


『真実の愛』

ベルンに住む、恋に焦がれる者なら誰もが一度は耳にしたいと思うだろう言葉。

結婚式の誓言に使われるこの言葉に、私も小さい頃憧れを抱いていた。

言葉を捧げる相手が好いた相手であれば、それが添い遂げる相手であればなおのこと、生涯心に残るだろう。

……この言葉は、悪役令嬢役だった私にとって、異なる意味で生涯心に残るモノになった。

初めはヒロインであるミア様。

――「たとえあなたがフェリクス様の婚約者でも、私達の愛こそが真実の愛なの――」

そう高らかに宣言した彼女は、確かにフェリクス様を見ていた。きっとあのときの彼女にとって、それは真実愛だったのだろう。

そうして悪役令嬢《わたし》はその言葉に負けて、呆気《あっけ》なく舞台を去ることになったけれど。

ミア様とフェリクス様の『真実の愛』は、離宮軟禁後、あっさりと崩れ去った。

二度目はビビアナ様。

彼女は、私の愛するヒトを勝手に隣に立たせて「真実の愛を見つけたの」と楽しげに言い放った。

彼女の言葉はとても軽くて心に響くことはなかったけれど、それでも、私にとってあの光景とその台詞《せりふ》は少なからず衝撃だった。

……どうして？　と思ってしまったのだ。

だって、もうゲームは終わったはずだったから。

私の役割は終わったはずで、だから、『真実の愛』を否定するなんてことはもうしなくていいはずなのに――そう思いながらも、愛する人を貶《おとし》める彼女をどうしても赦すことができなかった私は、『真実の愛』を悪役令嬢らしく全身全霊で叩き潰した。

そして思ってしまった――こんなにもその言葉は弱いのか、と。

私に……誰かに否定されたら、呆気なく砕け散る儚《はかな》いモノなのか、と。

どちらも『真実の愛』と呼べるものではなかった――そうは思えども、心の中に棘《とげ》として突き刺さり抜けなくなった。

……彼女達と同じようにその言葉を口にしてしまったら、ルカスも、離れていくのではないだろうか、と。

『真実の愛』は、私の中で恐怖を纏う、別れと同義のような言葉となってしまった。

勿論《もちろん》、結婚式で誓い合ったからといって、ルカスの心が離れていくとは思えない。

むしろ別れだなんて言葉が出たら最後、いえ、最期……もう、透明の檻《おり》――最近赤にハマってるから、もしかして赤い鎖状の檻かも……とにかく、そこから出られないだろうなって……。

雁字搦《がんじがら》めにされて、恐らくゆっくりゆっくり、じわりじわりとやり殺される……っ。

だからルカスを信じてないわけじゃない。

むしろ彼に乞われたら命を捧げても良いくらいには信じてるし、あのヒト以外に愛を誓う相手は生涯できはしないと断言できる。

――だからこそそんな彼に、信じることができない言葉を捧げたくはなかった。


結婚式当日は、雲一つない晴天になった。

大聖堂の扉前で顔を伏せて小さく深呼吸をしながら、朝からこれ以上ない程磨き上げられ、怒涛《どとう》のような時間を過ごして完成した姿を見つめる。

結い上げられた髪を覆うようにジュリエットベールがつけられ、真珠のピンと白の花飾りで留められている。

首周りから袖にかけてレースで覆われた、伴侶以外には決して肌を見せないと宣言するようなドレスは、真っ白い絹糸で織られた繻子《サテン》に真っ白い糸で刺繍《ししゅう》が繊細に施されたレースが被さる、壮麗でクラシカルなAライン。

同じように刺繍が施されたレースのマントは、王族の結婚式のドレスにしか用いられない特別な物だ。

そして左肩から伸びるサッシュに施された紋章は、王家の紋章ではなく英雄の紋章。これは、この結婚を王家が間違いなく認め、英雄自身が望んだものだと言わしめるもの。

過去、英雄の伴侶の身分が低かった際に揉め事が起こり、つけられるようになったと聞いている。

このサッシュは英雄の選んだ伴侶に対して、何人であっても異議は決して赦さないと示すためのものだ。

だからこそ、この紋章に決して恥じない行いが求められる――緊張からドレスのヒダで隠れる手を握り締めようとして隣から手を取られ、ついでに顎も取られて視線を合わされた。

そして心の中で溜息を零しちゃったわ……ホント、本日も随分な神々しさで……。

毎度思うのだけれど、このヒト本当に美形すぎる。

今日のルカスは、白の英雄服ではなく第二王子の正装だ。

だって白だと花嫁《わたし》と被るからねっ。そこら辺はいくら英雄でも当然考慮されました。

考慮されてほんっとうに良かった〜……！　白同士とか、完全に負ける……！

どっちが花嫁かわからなくなったら困るからねっ、本当にっ。……まぁ、第二王子の正装も似合いすぎてて負けそうなんですけど。

騎士服に似ている濃紺の礼服に英雄紋が施されたサッシュ、そして緋色《ひいろ》のマントをつけ髪まで整えた、事前挨拶で現れたお姿に臨席の皆様方のざわめきが収まりました。

場が静まるとか凄いなって思いました。でも花嫁として遣る瀬《や》ないなって思ったのは内緒です。

ハラリと落ちてきた夜明け色の前髪へ手を伸ばし、耳にかけ直してあげると、ルカスがふわっと微笑んだ。

あまり見ることがない耳を出した髪型は、耳環を見せるためらしい。

儀式内での指輪の交換がない理由を示そうとしたらしいけれど、美形具合を全面的に押し出した結果に……と思いながら、弧を描く金色を見つめ返す。

するとルカスがぎゅっと手を握りながら口を開いた。

「緊張してる？　指先が冷たい」

「……少しだけ」

「珍しいね、ツェツィがそんな風になるなんて」

「失礼です、一生に一度ですよっ、緊張するに決まってるでしょう」

私の気持ちも知らないでっと少し苦しさを覚えて視線を逸らすと、ルカスが小さく笑った。

「もう誓ってくれるなんて、嬉しくて今すぐキスしたくなったよ、ツェツィーリア」

その言葉に引き寄せられて視線を戻す。

甘く緩む瞳に頬を染めてしまいながら、疑問を覚えて小首を傾げると、彼はそんな私にもう一度小さく笑い、顔を寄せて囁いた。

「一生に一度、なんだろ？」

「？　そうです、けど……――ッ」

……どうしてそうやっていつもいつも、私を翻弄しようとするのかしらね……！

生涯離れる気はない、と本人に宣言したような言葉だったことに気づき、赤かった頬がより熱を持った。

その頬に白い手袋をそっと滑らせてくる性悪美形を、潤んでしまった瞳で睨みつけると、ルカスはハハッと楽しそうに笑った。

くっ……格好良すぎてコンチクショウだわ、整った髪型に子供笑顔が猛烈に素敵ぃ……っ。

足震えるくらい素敵！　もう本当に素敵ぃ……気張って私ぃぃい！

悔しく感じながらも重ねた手から熱が伝わり冷たさが少し緩んだことに……そして強張っていた心までも少し緩んだことに気づいた。

どこまでも優しい彼の手をぎゅっと握り返して、けれど恥ずかしさから少し早口で言葉を紡ぐ。

「キ、キスはまだよっ、誓約書に記名して、誓ってからだものっ」

「手順通りに？」

「そうですっ」

ふぅん、と少し細めながら見つめてくる金色から逃げようと顔を背けかけると、顎を掴む指先に力が入った。

ほんの少し震えてしまった唇の下を親指でスリッとされ、深く低い声で愛を紡がれ肩まで震えてしまったわ……っ。

「綺麗だよ、本当に信じられない程に……あなた以上に美しい人は、この世のどこにもいない。俺を世界で一番幸せな夫にしてくれる女神に、心からの愛を誓うよ、俺のツェツィーリア」

「ツ、ありがとう、ございます……」

あんまり見ないで喋《しゃべ》らないで……っ格好いいが凶器……っ。

そして後ろの侍女の呼吸音が猛烈に気になる……！

「……エモ……エモーショ……ッすっご……すっごぉ……」

「……絵面ぁ……すっご……すっごぉ……ふぁお鼻血は決して出さぬ……ッ」

「……ガッチョ……ガッチョ様ぁ……ありがとうございます焼かせていただきますぅ……ッ」

――……何を言ってるのか全然わからないわ。

もうすぐ扉開くから、プロに戻ってね。お願い……っ。

アナ達から意識を戻し、お礼を言えども顎から外れない指に、まだ何か……っ？　と首を必死で動かして視線を合わせると色っぽく笑われて、ヒィッと仰け反りそうになったわっ。

「……その真っ白なドレスの下に、赤い印が散っているのを想像すると堪らない気持ちになるね」

「～ッそ、ういうことをっ言うのはやめてくださいと言ったでしょう……っ」

「つけた数の分、今夜は抱いていい約束だろ」

殺す気だ……！　初夜――って言っていいのかわからないけれど、初夜にやり殺す気だわ……！

どれだけ痕がついてると思ってるのよ！

昨日だって結局私から主導権奪い返してきてっ、気遣ってはくれたけどねちっこく離してくれなかったくせに……っ。

「そんな約束、私は了承してないったら……！」

「……痕をつけるのでなんとか我慢したんだ、今夜だけは諦めて」

それは無理です！　と伝えると、熱の籠もった瞳で見つめられ、願うように囁かれて、小さく頷いてしまった意志薄弱な自分が恥ずかしいです……。美形の懇願の威力が半端ない……っ。

どうしよう、せっかく結婚するのに明日の朝日を拝めるかしら……と考えていると、「時間です」と後ろからフィンさんに囁かれ、繋いでいた手にキスを落とされた。

そして「待ってるよ」と微笑まれ、離れた手を寂しく思いながら、覚悟を決めるようにこくりと頷いた。

開け放たれた扉の、緋色の絨毯の先をそっと見つめる。

色とりどりのステンドグラスから差し込む光が大神官様の横にある台座に真っ直ぐと延びていた。

今までの身分を捨て、生涯王家とその伴侶に身も心も捧げるという意味合いから、花嫁は一人で花婿のところまで歩くことになっている。

父や母が見つめてくるのを目の端に入れながら、ふっと息を吐き、白いレースの裾を緋色の絨毯の上でふわりと滑らせ、佇《たたず》むルカスの元へ歩を進めた。

そうしてひたすら膝を折り、女神伝説やら王家の伝承やらの話を延々聞くという、忍耐の修行かと思うような儀式を終え、一段高い場所に設けられた台座の上にある厚手の紙を見つめる。

……わかってた、けど、本当に結婚式だなぁ。

なんか、ふと思ったけれどルカスったら権力の使い方間違ってる――あれ、そう言えばこのヒト初めから権力の使い方間違ってた！

私を抱くために娼館《しょうかん》まるごと買い上げるというお金と権力の無駄遣いを思い出し、なんだか項垂れたい気持ちになりながら、手を引かれて婚姻誓約書の前に立つ。

ご機嫌そのものという感じでサラサラっとサインをするルカスの後に続いて、自らの名を書いた。

このサインがこの生涯において、ツェツィーリア・クラインとして最後のサイン。……ここからはもう、悪役令嬢役のツェツィーリアはいなくなる。

きっと、ルカスに出会えたことが奇跡だった――胸が痛む程の感情に、最後の一筆が少しだけ乱れてしまった。

震える手で筆を置き、眦《まなじり》に浮かぶ雫《しずく》を瞬《まばた》きで散らす。そして心の中でルカスに謝った。

愛してる。

信じてる。

だから、きちんと誓うから……心の中で、あなただけに、私にとっての愛を誓うから……！

だから、この一度だけ、あなたに嘘をつくことを赦して――ッ。

大切な誓いの言葉を怖がる心を無理矢理抑え込み、言祝《ことほ》ぎの呪文を述べる大神官様の手の中で小さく光り始める婚姻誓約書を見つめる。

「ルカス・テオドリクス・ヘアプスト、そして、ツェツィーリア・クライン・ヘアプスト」

輝きを増す紙と共に呼ばれ、変わった名にドキリとしながら、そっと跪《ひざまず》く。

ミア様が、ビビアナ様が口にした言葉が脳裏を掠《かす》め、緋色の絨毯と白いドレスの対比を見つめながら手を握り締めた。

――愛してる、ヒトに、精一杯の誓いの言葉を……っ。

緊張で乾く喉を動かし――続いた大神官様の言葉に、そして繋いだ手をギュッと握り締められ、無意識に視線を上げてしまった。

「――この愛を、唯一無二の愛と、誓いますか？」

……唯一？　真実では、なくて……？

もたらされた単語を脳が理解する前に、鼻の奥が熱を持ってツーンとし始めた。

耳に、瞳に膜が張り出す中、大神官様が呆《あき》れたような視線をルカスに向けて、そして次に私を見て優しく微笑んだ。

その仕草に、涙が止まらなくなった。

どこまで——どこまで守ろうとしてくれるのか。

どれだけ心を砕いてくれるのか。

儀式の言葉を変えさせるなんて前代未聞よ……っ英雄の権力を無駄な方向に使いすぎだわ……！

そう思うのに、少し窺うように見つめてくる金の瞳が、ホッと緩んで甘やかさを纏ったから、ひくついてしまう喉に必死に空気を取り込む。

そしてぎゅうっと手を握り返した。

始まりはただの口約束。

その子供じみた約束を支えに、たった一人で立ち続けたと思っていた道……その横に実はずっといてくれた彼が、今、現実として誓い合う相手となった奇跡に、……奇跡を引き起こしてくれたその愛の強さに、緋色の絨毯が歪んで濃くなった。

ポタリ、ポタリと絨毯に落ちる雫を見つめながら、震える声で、けれどこれ以上ない程の意思を込めて二人で答えた。

「唯一無二の愛と、誓います」

「唯一無二の、愛と、誓います……っ」

——あなたに、誓う——

「では誓いの口づけを」

その言葉で、促すように手を引かれて立ち上がる。

ハンカチでそっと涙を拭われて、潤む瞳で間違いなく夫になったヒトを愛を込めて見上げて——蕩けた瞳の奥の焔《ほのお》に、ヒッと頬を染めてしまったわ……っ。

な……何を考えているの……結婚式よっ？　ホント誓言は嬉しかったです、感謝してます……けどっ！　諸外国の方々もたっくさんいらっしゃってるわけですよ……！

なので！　ホントお願い……、ホントに止《よ》してっ、このまま大人しく式を終わらせてください腕白はやめてぇ……!!

目で必死に伝えた私にルカスは綺麗に微笑みかけると、優しく、けれど有無を言わさずに引き寄せ……腰と頭を抱え込んできて。

イヤぁぁ駄目だめホントご勘弁をぉぉぉ！　とちっさぁく首を振ろうとした私に、それはもう楽しそうに、意地悪げに笑って「手順通り、だろ？」と囁いて私を真っ赤にさせると、諦めろと言わんばかりに愛を告げてきた。

「あなただけを心から愛してるよ、俺のツェツィ」

「っ、んぅッ……！」

うわぁあん酷いヒドいぃ……！

私の言葉を逆手に取った上にわざと愛称で呼んできて、挙げ句、し、舌まで絡めてきたぁ……！

人前で肩を叩くわけにも、まぁ当然の如《ごと》く、拒否なんてできるはずもなく。

強い口づけに耐えられず口を開けてしまった私は、そこからさらに舌を絡められて声だけは出すまいと耐えに耐えることになり。

それはそれはたっぷりと、もう誓いの口づけとは言えない程濃厚すぎる口づけをした私達に、お父

様が音を立てて立ち上がり、それをレオン殿下がワタワタと宥めに行くという一幕があったり、大神官様が溜息をつきながら時間潰しの祝福の奇跡を見せてくれたりと、優しすぎるフォローをしてくださりました……。

そうして荘厳な儀式のはずの結婚式は、どこか温かい空気で満たされた――

大聖堂の外に出て祝ってくれる観衆へと手を振っていると、繋いでいる手の甲へキスを落とされた。

呼ばれた気がして仰ぎ見ると、舞い散る花びらの中、とろりと揺れる金色が幸せそうに微笑んだ。

どこまでも深い愛で私を絡めて、離さないと伝えてくれるその手をギュッと握り締めて愛を返すと、私の騎士は狂気的な愛を浮かべた。

「これで本当に、ようやく、俺の、俺だけのツェツィーリアになった。……生涯をかけてどろどろに愛して、魂にまで俺を刻み込んで、未来永劫《えいごう》手放さないから覚悟して、俺の愛しいヒト」

……あの、気持ちは凄く伝わりましたけれども、言い方、もう少しなんとかなりませんか……。なんか、猛烈におどろおどろしい気がしてならないのだけれど。どう解釈しても、恐ろしい呪いを魂に刻み込むって言ってません？　もしかしてあの婚姻誓約は、その呪いに同意したことになるとかでしょうか……。

いやいや、ちょっと待たれよと頬を引き攣らせながら見つめ返すと、ルカスはスゥッと目を細めて低く問いかけてきた。

「……唯一無二だと、誓った、よな？」

「……ち、誓い、ました……」

「だよね」って、ナニ可愛らしく微笑んでるのよ、今の明らかに脅しじゃない……っ。瞳孔がまだ開いてますよ、怖いから早く閉じてっ。

……というか、やっぱり同意したことになってる……！

そういう大事なことは事前に言うべきよ！　と染まってしまった顔で、目を眇《すが》めて高いところにある顔を見つめる。すると愛しい旦那様はほんのりと頬を染めたから、ムキッとしてしまったわっ。

何故睨まれてそんな幸せそうな顔をするのかしらね……！

いいわ、私がいつまでも翻弄されっぱなしでいると思ったら大間違いなんだからっ。

「旦那様」

「……なんですか、奥さん」

耳の先が赤いわよ？　未来永劫一緒にいるとか恐ろしい呪いをかけてきたくせに、旦那様呼びで照れるなんて……それ物凄く可愛いです！

向き合って、ふと六年前を思い出した。

あのとき二人を隔てていた距離は、今はない。

誇れる私になれた――かは、最近ポンコツ気味で少し自信がないけれど……それでも、交わした約束通り立つことができた。

苦悩も苦労も、あなたを想えば全て報われる。あのときからきっと、私はあなたに囚《とら》われていた
……何度でもあなたに会えるのなら、呪いだって祝福のようだわ。

緩んでしまった瞳で目の前の強く美しいヒトを見つめると、ルカスが不思議そうに首を傾げた。

その左耳の金色が陽光を弾《はじ》いて誘うように煌《きら》めく。

光に引き寄せられるように手を伸ばしながら微笑みかけ、永劫の愛を伝えた。

「来世《つぎ》は、年下でお願いします」

「……絶対やだ」

とろりとした金の目元が朱色に染まり、指を絡めながら不貞腐《ふてくさ》れたような表情を浮かべる。

そしてぶっきらぼうに返されながら、あのとき繋げなかった手で引き寄せられて、湧き上がった愛しさに涙目で笑って唇を受け入れた。

――きっと私は、あなたに逢《あ》うためにこの世界に生まれた。あなたが繋いでくれた鎖を頼りに、来世でもきっとあなたを見つけ、あなただけを愛し続けるわ、私の騎士様――

⚜ 番外編

MELISSA

【番外編　幸せな監禁生活？（ツェツィーリア）】

「──外せないって知ってるくせに、どうして呼ぶ度に太くなるのよ……！」

ルカスの名を出す度に、まるで呼応するように厚みを帯び重くなる魔力の鎖《くさり》をシーツに叩《たた》きつけ、枕に突っ伏してしまう。

──めでたく結婚式をあげたあと、なんと、本当に部屋から出られなくなりましたっ。

侍女ズから、今夜こそが正式な初夜だと興奮気味に『新妻の嗜《たしな》み』なるものを諭《さと》され、それを鵜呑《うの》みにして「好きにして、可愛《かわい》がってください」と言ってしまったのが運のつき……気持ちいいこと以外を考えられない状態にされ、どうもそこで私は彼のおねだりに頷《うなず》いてしまったらしく、目を覚ました翌々日、自分の足首から繋《つな》がる鎖と告げられた言葉に声を失ってしまったわ……。

「約束通り繋がせてもらったよ。ツェツィが俺に溺れたいって、繋いでいいって言ったんだし、お互《たが》いに当分休暇だから別に問題ないよな？　……俺に溺れきって、俺なしではいられなくなろうな、愛《いと》しい奥さん」

……正真正銘の監禁だと!?　冗談でしょう、同意した覚えはございませーん！　とワタクシめも当然の如くお断りしようと思いました。思ったんですけど、口を開こうとした瞬間、幸せそうに微笑《ほほえ》みながら記録水晶を見せつけられまして。

「証拠、見たい？　嬉《うれ》しくて全部撮ってある」と恐ろしい脅し文句を食らいまして、「も、問題ございません、よろしくお願いいたします……」とこちらから三つ指をつかせていただきました……。

変態ドＳめ……っ、いくら夫婦としての初めての夜が嬉しかったからって、どうして撮ってるのよぉ……！　閨《ねや》での自分を映像で見させられるとか断固拒否……!!

思い出してぎゅうっと枕に抱きつき、微《かす》かに香った匂いに寂しさと不安が膨れ上がる。

「……もうっ、いつ帰ってくるの、馬鹿ルキ……」

堪《たま》らず小さく悪態をついた瞬間――応えるように足首をクンと引っ張られて飛び起きた。

逃がさないと伝えるような太さだった鎖が元の細さに戻っていく様子を目に留めて、薄手のガウンのまま室内履きを引っ掛け慌てて外風呂へ通じる扉へ駆け寄る。そしてドアを開けた先で、シャツを持ちながらびしょびしょの頭を振る長身を見つけ、ホッと息を吐き出した。

湯浴みを終えたばかりなのだろう、身体《からだ》から湯気を立ち昇らせる大きな背中へ声をかけようとすると、ルカスが振り向いた。

「……部屋から出ない約束だろう、ツェツィ？」

低く嗤《わら》いながら私を射貫《いぬ》く瞳に、負けるもんかとお腹《なか》に力を入れて微笑み返す。

「お帰りなさいませ、旦那様。お戻りを心配していたところ鎖が戻ったので出迎えにきましたのに、喜んではくださらないのですか？」

睨《にら》むように見つめると、ルカスがハハッと笑い声を上げて私へ近づいてきた。

浴室を使ったということは、汚れるような戦い方をしたということだ。

ほとんど見ることがない研ぎ澄ました刃のような雰囲気にキュッと奥歯を噛《か》み締め、まだ微かに殺意を浮かべる金の瞳と視線を合わせる。

「ただいま、俺の愛しい奥さん。そんなに俺に会いたがってくれたなんて、嬉しくて今すぐここで抱きたいくらいだよ。……あぁ、そういうつもりで来てくれたのかな？」

からかう声と共に顎を掴《つか》まれたから、両の掌《てのひら》を胸に当て返す。伝わる鼓動とゆっくりと当てられた唇の温もりに彼の存在を実感して——つい、文句ではなく弱音を吐いてしまった。

「……どこも、怪我《けが》は、していない……？」

掠《かす》れた問いかけに驚いたのか、離れていこうとする唇を追うように踵を上げて自らの唇を押し当てる。軽く見開いた金色から逃げるように目を伏せると、強く抱き寄せられて口内に愛を零《こぼ》された。

「——愛してるツェツィーリア……！　不安にさせてごめん」

殺意が消えた緩んだ瞳で愛しげに頬を撫《な》でながら紡がれた謝罪に答えようと、紫紺の髪から垂れた雫《しずく》で濡れて煌《きら》めく耳環へ手を伸ばし——ぎゅっと握ってやりましたっ。

「そう思うなら、鎖の形状を勝手に変えて黙っていなくならないでくださるっ？　あと、顔が笑ってます！　もっとちゃんと謝って！」

「イテテッ、ごめん、申し訳ありませんでしたっ。でも俺のいない間に勝手に室外《そと》に出てほしくなかったし、よく眠ってたから起こすのも忍びなかったんだよ」

痛いと言いながら楽しげな笑みを零され、繋いだ指先にキスを落としてくるルカスに溜息をついてしまったわ。どうして怒りつけたのに嬉しそうにするの……やっぱりMなの？

「もう……本当に、怪我してない？」

問い掛けながら一応と指先で陣を描いて彼へ治癒を施す。微かに煌めいた私の魔力にルカスはフッと吐息をついて、甘やかに微笑んだ。

「体術の鍛錬にもならないくらい弱すぎて話にならなかったから、安心して。それより、約束を破って部屋から出たからおしおきしていいよな？」

エスコートをするように手を繋ぎながらウキウキと寝室へ足を向けられて、素直について行きつつも、はぁ～ん？　と目を細めて言い返してやったわっ。

「確かに約束をお守りできなかったことは申し訳ないと思っておりますけど、足の鎖で身動きの取れない中、目覚めたら一人きりだったのです。愛する方に置いていかれたと思って胸が張り裂けんばかりでしたのに……不安にさせて部屋から出るように仕向けた悪い方はどなたかしら、ルカス様？」

彼は私があの討伐以降、出陣を知らされると眠れなくなることに気づいている。だから今日も黙って外へ出た……だから、名前を呼ぶ度に自身の生を知らせるように鎖の形状が変わったのだ。

気遣ってくれたのはわかってる上で、私傷ついてます！　と伝えると、ルカスは瞳を軽く見開き、次《つ》いで炙《あぶ》った金のようにとろりと蕩《とろ》けさせ、喜びを満面に浮かべた謝罪をした。

「本当にごめん、ツェツィーリア。わざとだけど、ちゃんと悪いと思ってるよ」

相変わらず顔と言葉の落差が激しいわね、このヒト……わざとですって……⁉

衝撃で、目も口も開けて彼を凝視してしまう。するとルカスはそんな私を愛しげに見つめ、頬を染めて幸せそうに呟《つぶや》いた──

「無意識に甘えてくれるようになってきたし、俺がいないと駄目な身体《からだ》になってきたかな……」

言葉が耳から脳へ届き、内容をかみ砕くと、心臓が忙しなく動きだした。そのせいで顔と言わず身体の隅々まで真っ赤に染め上がり、涙目になってしまったわ……っ。

「──……こ、の……っ腹黒ど鬼畜馬鹿ルカス──ッ‼　話があるから今すぐベッドに座って！」

今日こそその性根を正してあげるわっと声を荒らげると、ルカスはハハッと笑い声を上げて私の手を引っ張り、ベッドへ倒れ込んだ。

「キャッ……!? ルキッ、話をしにくいからやめて――」

大きな身体の上に倒れ込んでしまい、慌てて固い胸板を押しやって逃れようとすると、足に繋がる鎖を恭しく持ち上げられキスをされ……懺悔《ざんげ》をするように乞われた。

「――溺れて、ツェツィーリア」

「……っ」

「俺が悪い、酷《ひど》いことをしてるとわかってる。……それでも、頼むからもっと俺に溺れて。俺だけを、殺したくなる程愛して」

――愛されるためなら、どんな手でも使う。それさえも受け入れてほしい――

傲慢で残虐でありながら切実な懇願に、喉奥が熱くなる。幸せすぎて泣きたい気持ちを堪え、ふふんと笑って彼が握る鎖ごと指を絡めた。

「あなたになら苦しめられてもいいと思うくらい愛してるわ、私の可愛い旦那様。だから、不安なら抱き締めてほしいってちゃんと言って?」

私だって愛しいあなたに甘えてほしい。ようやく隣に並び立てた未熟な私だけど、あなたが与えてくれる全てを余すところなく受け止めてみせるから――

驚きを露《あら》わにしたルカスへチュッとキスを落とし、掴んだガウンの紐の端っこで彼の唇をちょんと突《つつ》いてから、視線を伏せて腰紐を緩める。羞恥で顔が熱を持つのを自覚しながら、開けた隙間から見える誓紋の名の部分を指でなぞり精一杯頑張ってあなたのモノだと伝えると、ルカスは悔しそうに目元を染め、愛を叫んでくれた。

「──……っクッソ、あなたの言動一つ一つに死んでしまいそうなくらい嬉しくさせられる……俺ばかり夢中にさせられて、好きすぎて腹が立つよっ、ツェツィーリア！　そんな仕草して子供扱いしたこと、後悔させてやるからなっ」

おいでませっ、もんのすごく可愛いヒトー！

腹部に乗っている私をものともせずにガバッと起き上がると、噛みつくように口づけながらお尻の割れ目を辿《たど》り、指を割れ目に入れてこられ、首に縋《すが》りつく。

そして私だってと、溢《あふ》れる想《おも》いを返した。

「──後悔なんて決してしないわ、だからこの先を不安に思うことがないように、もっと私にルキを刻みつけて──……」

【番外編　『可愛い』で得た最上の幸福（ルカス）】

今日から数か月、ツェツィーリアと三才差になる。

それだけで今まで興味のなかった誕生日がとても嬉《うれ》しく思え、二人きりの部屋でグラスを渡してくれる彼女にお礼を言って、気分良く口へ運ぶ。

そんな俺を見て彼女が堪《たま》らずといった風に笑いながら零《こぼ》した言葉に、数瞬固まってしまった。

「──ふふっ、ルキったら、ご機嫌ね。二十才になったのを喜んでて、可愛《かわい》い。本当にお誕生日おめでとう」

……可愛い……!?

可愛いのは珍しく髪の毛を結い上げて項《うなじ》を見せてきてるツェツィだし、二十才になった男に言う台詞《せりふ》じゃない。

「……ありがとう」

三才も年上になったんだが、となんとか心の中で呟《つぶや》くに止《とど》め、萎《しぼ》んだ気持ちが声に出ないよう細心の注意を払ってお礼を返す。するとツェツィがふんわりと可愛らしく微笑《ほほえ》んだ。

「三つも年上ね」

「あぁ」

即返事を返すとキラキラした若草色の瞳をまん丸にされ、またも「……やっぱり可愛い」と頬《ほお》を染めながら小さく言われ、項垂《うなだ》れたくなった。

彼女にとっては誉め言葉なのかもしれないが、俺としては全然喜べない言葉にショックを受けて誤魔化すようにグラスを呷《あお》ると、ツェツィがふと小首を傾《かし》げた。

可愛いっていうのは、あなたのことだよな？

「……ルキって、お酒強いの？」

違かった。

「強い……かはわからないな」

まぁ酔ったことはないけど、と思いながら注いでくれた分をやさぐれ気味に飲み干していると、ツェツィが本当に小さく、ぽそりと呟いた。

「……ルキが酔ったところ見たい、かも」

なんだそれ。俺の奥さんは俺に何を求めてるんだ――……待てよ、『可愛い』ね。

チャンスに気づいて、口角を上げる。そして愛《いと》しいヒトに欲望を見せないように微笑みかけながら、空になったグラスを差し出した――

「可愛い……ホント可愛いねツェツィーリア、キスしていい？　いいかな、したいな……していいって言って？」

「あっアッ……やめてルキッお願い離して……！　ね、も、いいですッ、あッ、やだ指っゆびヤメてぇ……！　ヒッ、駄目っる、きぃ……ッ」

とろついて吸いついてくる内壁を刺激するように、挿《い》れた指を少し曲げてくちゅくちゅと動かすと、膝の上の白い肢体が弾んだ。それに合わせてふるんとまろい胸が揺れて俺の腕に触れてきて、固くなった乳首が擦れた瞬間ぎゅうっと指を締めつけられた。

こぷっと指の隙間から蜜が垂れる感触に、ゆっくりと指を引き抜く。

背中を丸めて小さく震えだしたツェツィに軽くイッたこと、そしてまたイキそうなことを悟って嗜《し》虐《ぎゃく》心が湧き上がり、抱き締める腕に力を込めて囁《ささや》きかけた。

「やだって、どうして？　ツェツィのお願い、全部きいてるだろう？　沢山キスしてほしいって言うから身体中《からだじゅう》にしたし、ゆっくり愛し合いたいって言ったからその通りにしてる。ずぅっと優しく甘やかしてるよ？」

微《かす》かに汗をかいた背中から項へと舌を這わせながら、これはあなたが望んだことだと伝えると、ツェツィが身を隠すように身体を縮こませた。

飴色《あめいろ》の髪から覗《のぞ》く耳を真っ赤に染めて恥ずかしそうに顔を俯《うつむ》ける仕草に、縛り上げて今すぐ華奢《きゃしゃ》な身体を蹂躙《じゅうりん》したい衝動を堪《こら》え、言葉を待つ。

「……ッ、そう、だけど……ルキが、プレゼントとして甘えてほしいって私に言ったから……っ」

「あぁ、優しすぎて物足りないってことか。それならもっと頑張るから、だから俺にご褒美を頂戴《ちょうだい》、ね？　お願い、ツェツィーリア」

「えっ、違っ——ひぅっ!?　ま、待ってお願い指増やさないでっ、物足りなくないからぁ……！　さっきっ、さっきイッたの……！　ホントにずっとイッてて……ッ、お腹《なか》の奥がおかしいからキスだけにしてっ……も、許してお願いルキぃ……ッ」

イッてるって言うのが恥ずかしくて泣きそうになってる顔クッソ可愛い……そんな顔されて止まる

わけないし、ツェツィが『可愛い俺』に愛されることを望んだんだから、ちゃんと責任を取ってもらわないと。

　どうせツェツィしか知ることはないと思えば甘えるのも案外恥ずかしくないし、りんご酒のときのツェツィと同じように、最終的になかったことにできる――……酔ってないってバレたらすげぇ怒りそうだけど。そして俺が酔ってるって思ってるせいか、拒否の仕方がぬるくて最高。

　でもかなり度数高いのを何杯も飲まされたから、大分興奮気味ではあるんだよな……騙《だま》して悪いけど、おあいこってことで。

「キスしていい？　あぁ嬉しい、ありがとツェツィ。ふふ、じゃあ甘えてくれたお礼に、キスしながらもっとしてあげるね」

　にっこり笑いかけながら終わらないことを告げ、荒い息をヒュッと呑《の》んだツェツィの濡れた唇に伸しかかるようにかぶりつき、舌を絡めて吸い上げる。

　パチュンパチュンとわざとらしく音を立て指を出し入れして、狭《せば》まるナカを愛撫《あいぶ》してやると、ツェツィは真っ赤になりながら俺の口の中に悲鳴を吐き出した。

「ン……ッ!?　ふぅっ、んっ、ンぅ――……っ!!」

　逃げるように痙攣《けいれん》する身体を抱き締め、そのままひくんひくんと蠢《うごめ》く蜜壺《みつつぼ》へ指の付け根ぎりぎりまで入れ込む。

「――ヒッ、いやぁッもうダメ……ッ！　ルキッ、駄目なのなんか変っ、な、なんか出ちゃっ――」

「変になって、ツェツィ。何度でも、わけわかんなくなるくらい……俺の手で狂うくらい感じて乱れるさまを見せて」

首を振って拒否をするツェツィに、快楽に身を委ねろと告げながら、吸い上げるように指の腹に触れてきた子宮の入口部分を優しく押し撫《な》でる。

すると声も出せない程だったのか、彼女は盛大に仰《の》け反《ぞ》って涙を散らした。

「――～ッ!?」

同時にプシュッと掌《てのひら》に水滴が付き、彼女の腰がガクガクとイヤらしく動いた。

随分長く仰け反っていた身体が唐突にもたれかかってきて、肩にしゃくりあげる吐息が当たる。

乱れて顔に張りついた髪をゆっくりと梳《す》いて、蕩けきって放心状態で涙を流す彼女を抱え上げ、ベッドへ押し倒した。

ハッとなり、俺を見てカタカタと震えだした彼女の両手と指を絡めてシーツに押しつけ、こぷりと蜜を零す淫《みだ》らな穴へ反り立った自身を差し入れると、濡れた桜色の唇がパクパクと動いた。

「……ッ！　……ル……、待っ……イッ……～っ！」

聞こえない音に、嬉しくてつい笑いが零れてしまう。

「ふふっ、声が出なくなる程気持ち良かったんだ？　俺のズボンをびしゃびしゃにするくらい潮を噴いたもんな……ホントいやらしくて可愛いよ、ツェツィーリア。……今のイキ方、覚えただろう？」

ゆっくりと抜き差しをする度に華奢な身体を波立たせ、ぷるぷる首を振ってこれ以上イキたくないと拒否を示す彼女に、駄目だとにっこり微笑みかける。

より深く挿れようと腿《もも》の上に彼女の足腰を乗せて体勢を整え、軽く奥を刺激すると、つながった部分からプチュッと小さく水飛沫《みずしぶき》が上がった。

「――ッ、や……見……っ！」

慌てて桜色に染まった指先を下腹部へと伸ばし隠そうとしてきたから、熟れた実のような胸の頂をくりくりと刺激してやり、感じて仰け反った喉に唇で挟むように噛《か》みつくと、ツェツィは熱っぽく息を吐いて抵抗を止めた。

「次は、俺のでイクところ見せて。……ズボンだけじゃなく、俺を汚すくらいイッて、な？」

頬を撫でながら止まらなくなった欲望を伝えると、ツェツィは顔を真っ赤にしながら潤んだ瞳で俺を睨《にら》み、次《つ》いで諦めを伝えるように俺の肩を弱々しく叩き――そっと口を開けた。

……このキスを強請《ねだ》る仕草、すげぇ好き。

「見せたくない？　見るのは駄目なのか？」

意図に気づいて苦笑しながら訊《き》き返すと、ポロポロと泣きながら可愛らしくこくりと頷《うなず》かれ、羞恥に耐える可憐《かれん》な表情に興奮を覚えて陰茎が硬さを増す。その小さな俺の反応にさえ彼女はビクッと身体を跳ねさせ股を濡らした。

制御の利かなくなった身体の隅々まで血色を良くした彼女は、俺の首へ震える腕を回して自分から口づけてきて。声にならない声で、俺にとっての最上の愛を告げてきた。

「……っ、いじ……る……ば……ッ！」

「――ハハッ、誘い方が最高。それじゃあご期待に応えようか、俺の愛しいツェツィーリア。……大丈夫、恥ずかしいなんて思えなくなるくらい抱くから、存分に俺のこと濡らして」

唇を重ね、息が見えそうなくらい舌を絡めながら揺さぶると、あっという間にツェツィは果てた。

へその下に望んだ通りの生温かさを感じて唇を外すと、見るなと震える身体で弱々しく引き寄せられて頬が緩む。

「……ごめん、愛してるよ、逃げないで――ッてぇ……」

しゃくりあげながら引っ込もうとする舌を追いかけた瞬間、がぶっと噛みつかれて驚きに目を見開き――艶やかな飴色の髪をシーツにまき散らしながら泣き濡れていた若草色が苛烈な愛を浮かべていて、心を丸ごと奪われた。

「謝るならしないでっ」と動く唇に自然と口角が上がる。

あぁ、あなたは本当に、際限なく俺を救いながらどこまでも俺を駄目にする、唯一無二の花――

「……もっと激しく、手折っていいってことだな……？」

血の出た舌で唇を舐《な》めながら低く告げると、ツェツィの顔色が悪くなった。

逃げようとしているのか、力の入っていない手でシーツを撫でる仕草をする彼女に喉奥で笑う。

「ホント、可愛いなぁ……」

せっかくツェツィが煽《あお》ってくれたんだ、アレ、試すか。

「いいよ、何度でも噛んで。噛み千切っていい。……」

静かに告げながら魔力を操り、内壁を傷つけない硬さの小さな瘤《こぶ》を陰茎に何個も纏《まと》わせる。

すると敏感な身体はすぐさま異変に気づき、開いた喉から甘い空気を迸《ほとばし》り激しく果てた。

「……――っ!?　……っ、る、ひっ……――ッ！」

「ッ……ハ、ハハッすげっ……ナカの痙攣が凄《すご》すぎて、奥の奥まで入り込んで犯し尽くしたい衝動に駆られるな……」

狂暴な感情を息を吐いて抑えると、彼女が怯《おび》えた呼気を吐き出し小刻みに首を振りながら、とろりとろりと狭路を潤した。必死で制止してくるツェツィーリアにうっとりと笑みながら首を振り返し、見開いた瞳に血の滲《にじ》んだ舌を映し込ませて追い込む。

濡れた腰同士を擦り合わせて水音を聞かせた俺に、ツェツィは涙を盛り上がらせ――強請るように腰を押しつけ返してきながら、再度口を開けて俺を誘った。

俺の奥さん、悪女の素質ありすぎるだろ……ヤラしすぎてイクかと思ったっ。

「キスを強請れるってことは、痛くなさそうだな。どこもかしこも刺激してあげられるから、死ぬ程感じてね、ツェツィーリア」

悔しさを覚え、余裕のあるフリをするべくニコッと笑って抱き潰す宣言をする。すると何故かツェツィがとろんとした瞳で俺を見つめ、愛を伝えるように口を動かした――

……ハァッ!?　「子供っぽくて可愛い」……!?　ふっざけんなよ、ぜってぇ訂正させてやる……！

――ちなみに、翌朝ツェツィの枕元に小さめのクッションを並べつつしらばっくれた俺に、彼女は可愛らしく怒りつけてきた。

「――変態……っ馬鹿ルキッ！　ホント変態ど鬼畜……っ」

「……でもシーツをびしゃびしゃにしたのは多分ツェツィ――ぶっ、ふふう《ツェツィ》、ふふふんふんふ《それこうやって使う物》？　ふ《投》ふふんふんふ《げるんじゃなくて》？」

「力が入らなくて腕が振れないのよ……！　あなたのせいなんだから、早くお風呂へ連れていってっ。……あと、次はもう飲ませないから、もう少し手加減して……あんまり、見ないで……」

そう言いながら受け入れるように開かれた両手に、顔が赤くなるのが止められなかった。

俺のこと、幸せにしすぎです……もう子供っぽくてもいいかな。

【文庫版書き下ろし番外編　新しい約束】

「——どうして私を欠席させたんですか」

約束を破ってまで、と視線を強めて寝台に座り項垂《うなだ》れるルカスに記録水晶を見せると、彼は目元を染めて顔を歪《ゆが》めた。

「ディルクッ……なんでも記録しやがって、あのクソッタレ兄貴が……っ」

……すみませんディルク様。鎌《かま》を掛けるためだったのに何故《なぜ》かあなたのせいになりました。

でも日頃の行いだと思うので、今だけ悪者になってください、と心の中で謝罪しつつ寝台に近寄る。

「私は、……」

あなたの訓練姿も見られないと思われるくらい弱く見えるの？

どうしても訊《き》けない一言を呑み込む代わりに、お腹《なか》の前で組んでいた両手を白くなるまで握り締めると、ルカスが躊躇《ためら》いがちに手を伸ばしてきた。

謝るように触れてくる指先の熱を感じて、抱き潰《つぶ》された腹立たしさ以上に、彼に隠すことを選択させてしまった自分への怒りが増す。

騎士服に血を付けて帰ってくる彼の姿に青ざめたことは少なくない。

「ただいま」と無事を知らせるように笑いかけてくれるルカスへ伸びる手が震えてしまい、ほんの少し申し訳なさそうな顔をさせてしまっているのもわかってる。

いつも私に告げずに討伐に出て行くことが、彼なりの気遣いだということもわかってる——だから今回のバルナバーシュ様と元帥閣下二人を相手取った模擬試合の見学も、私が怖がると考えて、抱き潰して欠席させたのかもしれないけれど。

なにせ〈英雄〉だからという理由で全騎士に稽古をつけた上に、ヴェーバー元帥閣下に宝剣《エッケザックス》を貸して、ルカスは素手でお二人と戦ったらしいし。

どれほど〈英雄〉が強いのか諸外国に見せびらかす意味合いもあったらしいけれど、やることが極端すぎるし、最強の黒竜であるバルナバーシュ様のプライドは粉々なんじゃないかなと思ってしまったのは仕方ないと思います……。

……まぁルカスさんなので、ただ単に多くの騎士が集う場所に来てほしくなかったという、いつもの理由な可能性もありますが。

それにしたって、出席させてくれるはずだったものを前日の夜に覆されたことは、今までのルカスを考えるとあり得なかった。だから何か他に理由があるはず。

……そうでなくても私は騎士の妻だ。

いつまでもこんな風に守ってもらってばかりではいられないから、このヒトと話し合う必要がある。

「……ルキ様が私を欠席させた理由は、私が元帥閣下から招待された際に聞いていた『今回の鍛錬と模擬試合は自業自得』という言葉も関係してるんですか？」

コトッと寝台脇の袖机に記録水晶を置いてルカスを見つめると、彼はあからさまに視線を逸《そ》らした。

「……っ」

言いたくないと明瞭に示されて、はしたなくも仁王立ちで睨《にら》みつけてしまったわ。

ふーん、そう……そっちがその気なら私だって容赦《ようしゃ》しないんだからっ。

「ねぇ、旦那様」

甘く強請《ねだ》るように呼びかけると、ルカスは逸らした顔をビュンッと音が鳴りそうな速度で戻した。

「なんですか俺の愛する奥さんっ」

そう言いながら窺《うかが》うように顔を近づけてきた彼の両頬《りょうほお》を、つい湧き上がった愛《いと》しさで包み込んでしまったわ。

言いたくないくせに気持ちを聞いてくれようとするから、あなたって返事がとてもいいのよね……本当に腹立たしいヒト！

「私、寂しかったです」

あなたに約束を破られて……と伝えると、甘えるように私の手のひらに顔を押しつけていたルカスが、ピタッと動きを止めた。

「……その、寂しさは、当然俺のせいだよな……？」

あれ、思ってた反応じゃなかった……どうして恐ろしく低い声でそんなことを確認するのっ？

気にするところはそこじゃないですよ、ルカスさんっ。

「る……ルキ以外に、私に寂しいと言わせることができるヒトは、いないに決まってるでしょうっ？」

あなたに囲い込むように愛されたせいでこんな風に弱くなったんじゃないっ、と八つ当たり気味に声を荒らげると、ルカスはポッと頬を染め、見るからに幸せそうに微笑《ほほえ》んだわ。

「うん、だよね。ツェツィを寂しくするのも、満たして癒やすのも、俺だけの特権だもんな」

……ものすごく自然に、寂しくするのもって言った。

もしや、わざと寂しくさせてたことがあるんですかっ？

確かに結婚後の監禁生活のせいか、日常に戻ってから夜の時間の短さに物足りなさと寂しさを感じていたけれど――……まさか、依存度を高められてた……!?

許せないわ、あなたにも私に溺れてもらいます――じゃなかった、私に訓練を見せなかった理由を絶対に言ってもらいます……!!

湧き上がった腹立ちが身体《からだ》を動かした。

自分の髪を結んでいたリボンをシュルリと外し、ルカスへ微笑む。

「では私も私の特権を使わせていただきますね、旦那様。……両手を出してください」

この際、約束を破ったことを逆手に取ってやるわ。

何もさせてもらえない苦しさをちょっと味わいなさいっと飴色《あめいろ》の紐を眼前に掲げると、何をされるのか気づいたルカスが慌てた声を出して謝罪してきた。

「っ、ごめん、抱き潰して欠席させて、本当にごめんツェツィ……！　俺が悪かったから……っ」

「……謝罪は受け入れますから、私が欲しいもう一つの言葉もいただけます？」

悪いと思っているなら『自業自得』の内容を言えるでしょう？　と彼の顎に手を掛けて、圧を掛けるようにっこりと間近で微笑むと、ルカスは瞳をとろりと潤ませ――頬を染めて、あっさりと両手を差し出した。

「どうぞ、俺の女王様」

……率先して差し出してきた上に、今私のこと、女王様って言った……!?

あなたを喜ばせるためにやってるんじゃないんですけど……！　いいわ、追加してやるんだからっ。

わ。

「じゃあ、ついでにこちらもいいですか？」

手首が痛まないように結んで、別の幅広の白布を見せると、ようやくルカスさんは項垂れてくれた

「嘘だろ……っ、試合後の興奮している状態でツェツィのそんな顔を見せられてさらに興奮したってのに、それすらお預けとか最高だけどちょっとキツい……っ」

項垂れてくれたけど、言葉の端々に釈然としないものがある……！

でも問い詰めたらこちらが恥ずかしい目に遭いそうな予感がするので、ここはスルーします。

それに、いつもいつも好き放題されている私はもっと辛《つら》いので、たまにはあなたも忍耐を鍛えたらいいと思いますっ。

項垂れたまま抵抗をしない、明らかに受け入れ態勢を取っているルカスの後頭部へ腕を回して布を結び、瑠璃紺色の髪を緩く梳《す》く。

それから大好きな金色を隠す白布をそっと撫《な》でて、頬から首筋、鎖骨へと片手を滑らせた。

「……っ、つぇつぃ、りあ……っ」

熱っぽく吐かれた強請る声を受け流して誘うように輪郭をなぞり、夜着の胸元の開きを調節できるように編み上げられた紐を、指で引っ張って緩める。

滑らかな肌の下の張り詰めた筋肉を堪能するように指先を服の中へ入れると、ルカスが息を詰めた。

その微《かす》かに震えた形の良い唇を、キスを強請るようにもう片手でそっと撫でながら、左耳の耳環に唇を当てて囁《ささや》きかけてやったわ。

「今夜は、ルキは何もしちゃ駄目よ。私にされるがままになって？」

「……ちっくしょう、焦らして言わせようとしてるのはわかってるけど、これはこれでいい……っ」

……喜んだだと……!?　予想の範疇《はんちゅう》外すぎて手強《てごわ》いっ。

「見るのも勝手に触れるのも色々強請るのも、あと『待って』と頼むのも禁止ですからねっ！」

つまり恥ずかしい目に遭いたくなかったらさっさと教えなさいってことですよ、ルカスさんっ。

今回は私の弱点であるあなたの目も隠したし、キスさえしなければ絶対——きっと……恐らく大丈夫なはず……多分。

ルカスに弱すぎる自分に嘆きつつ己を鼓舞していると、少し考え込んでいた彼が口を開いた。

「……つまり、好きだと伝えるのはいいのか。あなたが俺の傍《そば》で俺の言葉を受け止めてくれるなら問題ないよ」

言うやいなや唇同士が触れそうなくらい私に近寄ると、キスをするように顔を傾けて「愛してるよ、俺のツェツィーリア」と甘く甘く告げてきたルカスさんに、一瞬無言になってしまったわ。

『つまり』から先の意図が伝わっていないのも悔しいんだけれど、このヒトの本当にズルイなと思うところは、この愛してるの言葉を心から言っているところなのよね……。

嬉《うれ》しくて負けん気がぐらぐら揺れちゃった……っ。

ほだされちゃ駄目、今欲しい言葉はそれじゃないでしょツェツィーリアー!!

やるわよっと意気込みながら着ていたボレロを腕から引き抜くと、防御壁で囲まれているせいか、微かに生地の擦れる音がした。

「……待ったツェツィ、何して……ッ？」

焦りを覚えたのか。両手を彷徨《さまよ》わせたルカスの手元に、脱いだ薄絹を落としてやる。

するとと彼はビクッと肩を強《こわ》ばらせて、悔しげに悪態をついたわ。
「――っう、そだろ、あぁクソッ音と布だけかよ……！　抱き締めるのは駄目ですかっ？」
……ボレロ一枚で効果抜群だった。
即座に交渉を持ちかけてきたところをみるに、相当焦れてるわね。焦らし効果を高めるためにって
アナ達がガーターベルトにストッキングまで用意してくれたけど、この様子だと必要ないかも。
「ねぇルキ、今日は新しい夜着なの。前から見ると普通なんだけど……」
そこで一度言葉を止めて、縛られて輪になっている彼の腕の中へ身体をくぐらせる。
抱き締めるのはいいと示しながら背に流れる髪を片側に寄せると、いつも手で梳いてくれるからか、
私の髪を探すように動いたルカスの手が剥《む》き出しの背中に触れ、ピタッと静止した。
『視覚が遮断されると、聴覚と触覚が敏感になるんです。手触りと音でどうなっているのかを想像し
ます。そこで本日のお召し物です。前面は隠されつつ背面は完璧にノーガード……脇からふんわりが
チラ見えしている夜着で焦らされていると気づいた瞬間のルカス様のお気持ちがわかりますか、ツェ
ツィーリア様……!!　間違いなく打ちのめされること請け合いですっ』
『そんなお姿のツェツィーリア様が一枚一枚脱ぎながら誘っているわけですよ！　模擬試合に来てほ
しくなかった理由を言えば赦《ゆる》しを得られる……一時の恥を耐えて煩悩を取るか、見栄《みえ》を張って我慢し
続けるか。どう考えても選択の余地なしですっ』
『今回は見えている谷間がお尻《しり》という所もポイント――ってバルが言ってましたっ！』
――ふと大興奮するアナ、ケイト、エルサの言葉を思い出して、奥歯を噛《か》み締めちゃったわ……。
エルサがケイトに殴られまいと失言をバルナバーシュ様になすりつけ始めてて、変な方向に成長し

てるなって感心するどころじゃなかったのよね。

ルカスの気持ちを理解する前に侍女に心を抉《えぐ》られてやめようかなって思ったけど、や……やめれば良かったかも……っ。

「み……見たいって、言って……っ」

微動だにせず、無言になってしまったルカスの様子に、不安が胸を埋め尽くした。

煽《あお》るはずの声は掠《かす》れてしまい、乞うように目の前の広い胸元におでこを当ててしまう。

途端、ルカスがヘッドボードにごんっと頭を打ちつけて、天井を仰ぎながら盛大に息を吐いた。

「ハァ――……マジで無自覚怖《こえ》ぇ……見たくて死にそう……。最高だよ、ツェツィーリア」

「あ……そ、そぅ……」

良かったと思うのに、何故か最高と言われた瞬間チクリと胸が痛んで喜べなくて。

続きを口にできないでいると突然持ち上げられ、縛られた手で器用に抱き直された。

「きゃっ……ルキ？」

「勘違いしてそうだから一旦休戦。顔を見て話したいから、布取《コレ》って」

宥《なだ》めるような口調で言われて、おずおずと目元の布を外す。

乱れた前髪を直してあげると、柔らかい熱を灯《とも》した金の瞳が優しく私を見つめた。

「服が最高って意味じゃないよ、ツェツィーリア」

「え……？」

でも見たいって言いましたよね？　と心の中でツッコみつつ、さっきは感じなかった安堵《あんど》が胸にじわりと染み渡るのを感じて肩から力が抜けた私に、彼は胸を疼《うず》かせる笑い声を上げた。

「ハハッ、わざとそんな服を着て俺を煽っておきながら、俺の反応を怖がって不安になるところが最高ってこと。あなたの全部を欲しがる俺が、俺をどうにか屈服させようとしてることを嫌がるわけないって知ってるはずだろう？」

確かに言わせたくて頑張りましたけど、屈服という言い回し変えてもらえませんか……っ。

「だ、だって仕方ないじゃない……っ」

見たがって。欲しがって。こんなことをしてまで知りたがる私に、どうか失望しないで——

向かう想《おも》いで臆病になってしまう……なんてことは、『されるがままになって？』と強気に言ってしまった手前、悔しいので絶対に言いませんっ。

「へぇ？　視界を覆われて、手首を縛られてるのに？　完全にツェツィに身命を委ねている状態の俺を怖がる理由があるんだ？」

出たわね、訊きたがり……そんな素敵な意地悪顔しても、屈しないんだからっ。

「あるけど言わないわっ。ルキだって私に理由を教えてくれないじゃない！」

ふんっ、これでどうだ!!　と火照《ほて》った顔で蠱惑的《こわくてき》な笑みを浮かべる美貌《びぼう》を睨みつけたのに——

「わかった。ちゃんと理由を言うから、ツェツィも言って」

あっさりとした敗北宣言をされて、魂が飛びかけちゃったわ……。

「え……教えて、くれるの……？」

嘘でしょ……っ？

知りたいから負けを認めるなんて、あんなに嫌がってた時間は一体なんだったの……!?

このヒトにとっての重要度が全然わからないわ……と呆然《ぼうぜん》と見つめると、ルカスが肩を竦《すく》めた。

「言いたくない気持ちは変わらないけど、俺にとってツェツィを知ること以上に重要なことはないんだよ。それが俺に起因する事柄ならなおさらね」

そこで言葉を止めると、彼はおもむろに「ふぅ――……」と息を吐き出し、私の肩に顔を隠した。

相変わらず仕草が可愛《かわい》くてズルイですね、ルカスさん……真っ赤な耳が隠せてません。

「ツェツィと俺が婚約した当初、フェリクスが公爵家に来たことがあっただろう」

「フェリクス様が？　――あっ……」

そのまま喋《しゃべ》るんだ……っと思った瞬間記憶が蘇《よみがえ》り、恥ずかしさから身を縮こませてしまったわ。

ディルク様との毒舌会話でルカスが好きだと気づけたのは良かったけれど、そのせいで変なタイミングで告白してしまったあの出来事が、まさか関係してるの……っ？

知りたい気持ちがしぼんじゃった……っ。

羞恥《しゅうち》から声を出せず、頷《うなず》くだけでなんとか促すと、ルカスが謝罪するように抱き締める腕を強めた。

「フェリクスのクソ野郎が来ることは予想がついてた。でも当時の俺は、離れてもあなたを守れるほどの力はなかった。だからディルクに頼んでおいたんだ。なのに……結局泣かせた」

肩にぎゅっと押し当てられた額と、唐突に途切れた言葉尻に後悔が垣間見えて、慌てて彼の背中へ手を回し、あなたは一切悪くないと言い募ったわ。

「違うっ、ルキは守ってくれたわ……！　私が泣いたのは、好きな人に迷惑ばかりかけてしまってると気づいたせいだから……っ」

そう伝えた瞬間パッと顔を上げられて、間近から殺意かと見間違うほどの執着を浮かべた金色に凝視されて、カチンコチンに身体が固まりました……。

「好きな、人？」

ひぇっ……私ったら何かまた失言をぉ……っ。

「好きな人……ツェツィ、俺のことが好きだってあのとき気づいたの？　あの涙は好きな人である俺のために流れたモノ？」

「そっ……そぅ、です……っ」

うわぁん私の好きな人、怖いししつこいし、押しが強すぎる……っ。

「そっか、好きな人……。じゃあ、どっちにしろエッケザックスを出すのは我慢できなかったから、どのみちどこかの鍛錬で同じ目に遭ってたな」

「え……？」

どうして話の着地点がそこなの？　そして顔まで真っ赤なのは何故なのっ？

「……つまりですね、討伐以外でエッケザックスを使ったのがバレて、罰として扱《しご》かれました」

「……罰」

なるほど、だからヴェーバー元帥閣下が自業自得と仰《おっしゃ》っていたのね……と可愛らしく染まった顔に疑問を覚えつつ納得していると、ガッと肩を掴《つか》まれ顔を突き合わされた。

「～クッソくだらない理由でみっともなく鍛錬させられてる姿を見せたくなかったんです!!　守りたくて騎士に……〈英雄〉になったのに、そのせいであなたに余計な負担を掛けてるだろうっ？　幻滅されたらイヤだって俺だって思うんだよっ、ようするにさっきのツェツィと同じだ！」

「なっ……!?　わ、わかってるくせに言わせようとするなんて、あなたって本当に意地悪だわっ！　負けず嫌い！　根性悪……！」

ゆでだこみたいな顔をして、お互い様だと優しく終わらせようとしないで……っ。

〈英雄〉になったことを悪《あ》し様《ざま》に言って、私を守ろうとしないで……!!

「――たとえあなた自身であっても、自分のことをそんな風に言わないで！　幻滅なんて絶対にしないし、負担になんて思ってないっ……何があっても、私は決してあなたから離れたりしないんだから――きゃッ……」

叫ぶように気持ちを伝えると突然食いつくように唇を奪われ、言葉を封じられて。

「んッ……ふ……っ……ず、ズルイわ、こんな風に、して……っ」

喜びを伝えてくれる口づけに、舌が痺《しび》れてうまく言葉を紡げなくなる。

私にもちゃんと謝らせて、と涙目で見つめると、甘い苦笑を浮かべられた。

「愛してる……本当に愛してるよ、俺のツェツィーリア。約束を破ってごめん」

今回の発端を謝罪することで私からの謝罪は要らないと示されて、あまりの優しさについ彼の頬へ手が伸びてしまった。

「そういうところが、ズルイのよ……っあんまり私を甘やかさないでっ」

「……へも《でも》、まいはいほーはふはらもほるひやびにふふへへるらろ《毎回討伐から戻るたびに震えてるだろ》」

怖いんだろう？　と躊躇いがちに尋ねてくる金の瞳に喉奥がきゅっと熱くなって、衝動的に膝で立ち上がって彼の両頬を手で包み込んだ。

「ツェツィーリア……？」

はらりと落ちた髪が、まるでどこにも行かせたくないと言うようにルカスを覆う。

騎士である彼を引き留めることはできない。

無茶をしないでなんて、行かないでなんて口が裂けても言えない。

……そしてどれほど怖くても、隣に立ち続けたいと願うなら、彼に約束を破らせることを選択させるべきではない。

だから――

「愛してるわ、ルカス・テオドリクス・ヘアプスト卿《きょう》」

あなたの強さに頼る私を赦してくれるあなたに返せるモノは、この身、この心一つしかない。

培った力で私の全てを受け止めようとしてくれる彼に、感謝と愛が泉のように湧き上がり、自然と素直な気持ちが口から零《こぼ》れる。

「〈英雄〉として立つあなたをとても愛してるの、ルキ。王子妃として気を張っている私を甘やかそうと意地悪をしてくるズルイところも、我慢が効かない子供っぽいところも全部好き。全部愛しくて堪《たま》らないの」

だから、と見開く瞳に謝罪を込めて微笑む。

「愛してるから、戦いに赴くあなたを見送るのはとても怖い。……怖いと、口にすることさえ怖かった。でも、これからもちゃんと騎士《あなた》の妻として立ちたいから、私にも心配くらいさせて？」

形の良い額に願うように口づけると、ルカスは歓喜と羞恥が入り交じった複雑な表情を浮かべた。

「言ってくれて凄《すご》く嬉しい……けど、我慢が効かない子供っぽいところは言わないでほしかった」

婚約した頃よりも精悍《せいかん》になった美貌を乙女のように染められて、つい笑いと本音が零れてしまう。

「ふふっ、あなたのそういう真《ま》っ直《す》ぐすぎるところが、私に覚悟を決めさせてくれるのよ」

「……受け止める覚悟をしてくれてありがとう、俺の愛しい奥さん」

「どういたしまして、私の可愛い旦那様」

　あなたが結婚相手で本当に幸せだと金の目元にキスを落とし、覗《のぞ》き込んで――子供のような可愛さがなりを潜め、蠱惑的な色気を纏《まと》った表情にぞわっと背筋が寒くなったわ。

　感動の余韻ゼロ……!!

「……ようやくあの約束をなしにできたことだし、悪いけど今から可愛いままではなくなるよ」

　恥を忍んだ甲斐があった、と口角を舐《な》める様に恐怖がじわりと這《は》い上ってきて、足が震えてしまう。

　今の流れのどこにそんな要素があったのか全くわからないけれど、間違いなく言質《げんち》を取られたっぽいことだけは理解できる……っので、とりあえず逃げ――られない!?

「えっ……ど、どうしてっ……!?」

　彼の首に回していた自分の縛られた両手首に目を見開くと、ルカスが不思議そうに首を傾《かし》げた。

「どうしてって、愛し合おうと思ったんだけど何か問題あった?」

　あ、可愛いまま――って違う!

「し、縛る必要はないじゃない……っ!」

　純粋に疑問を覚えているところ申し訳ないですが、愛し合おうの言葉で縛られることに疑問を覚えない妻はいない――ちょっと自信ないけど、そこまでいないよねっ?

「必要あるよ」

　え……疑問を覚えたら駄目だった……っ?

「あ……あるの……?」

　被せるようにきっぱりと返されたせいで混乱してしまい、つい受け入れるような返答をすると、ルカスさんが無駄にキリッとした顔をして説明してきた。

「あるに決まってるだろ。寂しかったとあなたが言ったんだよ、ツェツィーリア。俺も随分我慢を強《し》いられたし……縛っておけば気を失っても離れる心配がないだろ？　煽ってくれたあなたに報いて、心も身体も俺で満たしきってみせるよ、可愛いヒト」

……なんですかその間違った方向性での心配の解消の仕方……っ。

頑張るねっと伝えてくる全力の笑顔とかみ合いすぎる、どう考えても今夜一晩では終わらないと告げる内容に、震えながら首を振って抗議すると、鬼畜が頬を染めつつ瞳孔を開いた……。

「ふふ、上手に焦らすなぁ、ツェツィーリア……無茶苦茶《むちゃくちゃ》にされたいってことでいい？」

ヒッ……駄目だめ、さらに変な方向に納得しないで……!!

「だ……抱き潰さないって……約束、してるじゃない……っ」

さっきそれで謝ってくれたところですよねっと涙目でなんとか言い返したのに、彼は悪戯《いたずら》が成功した子供のような顔で、私を愕然《がくぜん》とさせた。

「その約束は、今ツェツィが自分から撤回してくれただろ？　我慢が効かない子供っぽい俺でもいいって、それが受け止める覚悟を決めさせるって言ってくれただろう」

「——……あ……っ」

完璧に取られた言質に沸騰しそうなほど顔が赤くなり、湧き上がる涙でルカスを見つめるしかできない。

すると彼は金色をとろりと蕩《とろ》けさせ、深い深い愛を告げてくれた。

「……だから俺も、これからどこへ行くにも必ずあなたの元に帰ると言うことにする。何度だって永《えい》劫《ごう》の愛と忠誠をあなたに誓うよ、ツェツィーリア・クライン・ヘアプスト夫人」

その、お互いがお互いの支えだと伝えてくれる言葉と欲しいと思っていた約束に、唇を噛み締めちゃったわ……っ。

「……ッあなたのそういうところ、腹が立つわ……っ！」

「……好きすぎて？」

「そっ……そうよっ！」

そういえばさっき全部好きって言っちゃった！　私のバカー!!

「あ、そうなんだ……そっか、好きすぎて……」

……そうやって些細《ささい》なことで照れて……そうやって好き勝手してっ、挙げ句簡単に私の不安を払拭《ふっしょく》してくれちゃって……！

私だって何度でも覚悟を決めてみせるわよコンチクショー!!

「いいわっ、あなたの忠誠を受けます！　でも一つ訂正してくれますっ？」

「……何を？」

腹立ちを表情で示すとルカスが小首を傾げたから、奪うように唇を重ねて愛を返した。

「……あなた『でも』じゃないわ、あなた『が』いいのよ、ルカス・テオドリクス・ヘアプスト卿」

ふんっと貴婦人らしく少し傲慢《ごうまん》に言い放ってみせて——眼前の真っ赤な顔がくれた新しい約束に、堪えきれず涙が零れてしまった——

悪《あく》役《やく》令《れい》嬢《じょう》と鬼《き》畜《ちく》騎《き》士《し》3

猫田

2023年4月5日　初版発行
2024年1月17日　第二刷発行

著者　猫田

発行者　野内雅宏

発行所　株式会社一迅社
〒160-0022 東京都新宿区新宿3-1-13 京王新宿追分ビル5F
電話　03-5312-7432(編集)
電話　03-5312-6150(販売)
発売元：株式会社講談社(講談社・一迅社)

印刷・製本　大日本印刷株式会社

DTP　株式会社三協美術

装丁　AFTERGLOW

落丁・乱丁本は株式会社一迅社販売部までお送りください。
送料小社負担にてお取替えいたします。
定価はカバーに表示してあります。
本書のコピー、スキャン、デジタル化などの無断複製は、
著作権法の例外を除き禁じられています。
本書を代行業者などの第三者に依頼してスキャンやデジタル化をすることは、
個人や家庭内の利用に限るものであっても著作権法上認められておりません。

ISBN978-4-7580-9539-6
©猫田／一迅社2023　Printed in JAPAN

MELISSA
メリッサ文庫

●本書は「ムーンライトノベルズ」(https://mnlt.syosetu.com/)に
掲載されていたものを改稿の上書籍化したものです。
●この作品はフィクションです。実際の人物・団体・事件などには関係ありません。